听见

陈燕的调律人生

陈燕 著

Chen yan
Ting Jian
Chen yan de tiao lü ren sheng

人民文学出版社

图书在版编目(CIP)数据

听见:陈燕的调律人生/陈燕著.—北京:人民文学出版社,2015
ISBN 978-7-02-010798-8

Ⅰ.①听… Ⅱ.①陈… Ⅲ.①传记文学—中国—当代 Ⅳ.①I25

中国版本图书馆CIP数据核字(2015)第044146号

责任编辑　陈彦瑾
装帧设计　陶　雷
责任印制　苏文强

出版发行　人民文学出版社
社　　址　北京市朝内大街166号
邮政编码　100705
网　　址　http://www.rw-cn.com

印　　刷　三河市鑫金马印装有限公司
经　　销　全国新华书店等

字　　数　240千字
开　　本　880毫米×1230毫米　1/32
印　　张　11.75　插页6
印　　数　38001—53000
版　　次　2015年5月北京第1版
印　　次　2016年8月第7次印刷

书　　号　978-7-02-010798-8
定　　价　39.00元

如有印装质量问题,请与本社图书销售中心调换。电话:01065233595

在调琴

我的眼睛——导盲犬珍妮

骑独轮车

用心画画

我画的猫

我画的荷花

在联通门口被拒

珍妮带妈妈去西藏

在大连导盲犬基地给珍妮过生日

在拉萨盲校

与动物保护组织在石家庄佛教协会

在南宁孤儿学校励志演讲

话剧《推拿》谢幕

和秦怡

与杨澜等

参加 CCTV—1《挑战不可能》节目

目　录

辑二　我有一个梦想

辑四　生命的脆弱与坚强

序　最美的枝条依然向着东方

王小柔

　　我的早晨从五点开始,而冬天未尽的窗外还满是黑暗,我从床下摸出手机,手指一按,世界亮了。这个时候,不知道陈燕在做什么,她说她每天凌晨三点就醒了。

　　人是恐惧黑暗的,所以我们醒来的第一件事总是要让眼前亮起来,飞蛾宁愿扑火也不愿意当瞎蛾子乱撞,这是习惯。黑暗对于我们就像一件熟悉的衣服,习以为常脱穿自如。可是陈燕看了四十年黑暗,全黑里的疼痛没人知道,只有她在独自打磨,四十年过去,连疼痛都有了一种令人感慨的光泽。

　　陈燕画画,在宣纸上挥毫泼墨,我不知道她靠什么来揣摩毛笔上色彩的深浅,我没问过。她会把她画的画拍下来通过微信发给我,然后问:"行吗?"这试探的问话里是有期待有忐忑有深意的。我说:"荷花的叶子可以再生动一些。"然后她再画,再问:"这次呢?"其实对于一幅画,我们心里有各自的期待。就像她问我,蓝天的蓝和海的蓝到底有什么区别? 蓝天的蓝、大海的蓝和你衣服的蓝一样吗? 蓝色是什么颜色?

　　当你把一个颜色解读到最后,词汇是穷尽的,又该怎么描述呢,黑暗对蓝色的想象?

　　她说:"我要是能看看我画的画就好了。"我,沉默。

我很喜欢陈燕画的猫，最普通的黄花狸猫。她从小一直摸着猫的形态，时间长了心里就有了细致的轮廓，你怎么也难想象那是出自盲人的笔下。她画画的时候会在宣纸上扔出几块小瓷片，啪啪啪地飞出，如同暗器落在纸上，这些小瓷片，就是她纸上定位的标识。陈燕左手在纸上摩挲着，右手里已经着墨的笔下开始有了猫的痕迹。

陈燕用同样的方式抚摸生活，久了，黑暗中有了扎实的城堡。

她把手臂伸进自己的生活，不停地掏啊掏啊。她掏出了浓稠的黑暗，掏出了心里的光亮，掏出了如蜂蜜一样的甜。陈燕太用力了，用力地与这个婆娑世界保持同步，她不摸索。为了不摸索，她用微笑在你的视线里捂住自己的遍体鳞伤，倔强地站在黑暗尽头，脸迎着阳光。

所以自始至终，我也无法把陈燕和"盲人"这个词放在一起。她超常的记忆力和听力已经在黑暗边界开疆扩土，变得像雷达一样敏锐准确。一个七拐八绕的陌生地方，我拿着地图都找不到原路，但她只要走过，就能找回去。她一边引领着我，一边轻易说出路两旁的商店和建筑，我大惊，她得意地说："你边走边说，对于你也许是闲聊，但你说过的话、走过的路我全记在心里了。"陈燕，就是这么给自己人生导航的，我相信她的心里能看到。

耳边的世界很大，大到荒凉。你总是要用更多的内容去填充它，因为空旷让人恐惧。陈燕选择了钢琴。她的琴房里摆满了她亲手选来的进口钢琴，每台音色都不同。钢琴是她的朋友，她要为它们找到各自的知音。在这间琴房里，常常会来很多学琴的孩子，希望陈燕帮他们选一台好琴，陈燕一定要摸着他们的手型，按照孩子的性格来找到与他们匹配的钢琴。

她能在这里从天亮待到天黑，时间是没有色彩的，每台琴前面坐一首曲子的时间，音乐就填满了一天。琴房里装着陈燕全部的愉快。弹琴的她是最自由的，站在陈燕身后，每当熟悉的旋律从她手下漫出，我的眼泪总是碎在地面上。

黑暗那么长，那么厚，像一堵结实的墙，让所有的钻头都无济于事。光亮，隔绝在外。

有一次，陈燕让我试一下她的独轮车。那一个轱辘的车我推着都难以掌握平衡，但她腿一使劲就上去了，还做各种杂技动作，我看着就提心吊胆，她却游刃有余地在我身边一圈一圈转着，仿佛身处舞台。她说她喜欢一切能动的东西。她用简单的喜欢和命运和解了，哪怕那黑暗的封印再不能被打开。

有一天晚上，陈燕拍了张照片发我，问她新买的衣服是不是好看。我打开，手机屏幕上是一片漆黑。那团黑在我眼睛里蔓延，像我的沉默一样无法开口。她快乐的追问从微信里冒出来，我手指一碰，又让她的声音在我的书房突兀地询问了一遍。我对着手机说："你拍张底片给我，我哪看得见啊。"她不好意思地回复："哟，忘了开灯了。"只有这时候，我才清晰地意识到，陈燕是个盲人。

地上的一片积水，能让她突然整个人重重摔在地上，她一边爬起来，一边说："看不见，总是要摔跤的。"这句自我安慰的话，从一出生不知被她重复了多少遍。如同一剂中药，在老病号的灶台上总是要咕噜咕噜地熬着，把苦都熬出来，才能治病。陈燕咽下一碗又一碗的苦，并告诉自己，多喝下一碗就离健康近了一步。生活里，总会苦尽甘来的。

跟陈燕聊天的时候，她常常说自己"看见"了什么，其实我知道，陈燕口中的"看见"其实是"听见"，她为了迎合有形世界的语言习惯，耳边的世界洒满尘世光芒。

岁月摇啊摇啊，黑暗里她依然笃定地信任着人间的美好。

　　我认识陈燕的时间并不长,满打满算也才一年时间。在很多人眼里,她是励志人物,她是中国第一位女盲人钢琴调律师,她是"导盲犬畅行"的发起者,她是作家。在我的感觉里,她是一棵大树,无论环境是否恶劣,根紧紧抓着泥土,最美的枝条依然向着东方。

前言 听见的美丽

陈 燕

我经常会问朋友一句话:"美,是什么样儿啊?"对方总是要沉吟一会儿才能给我描绘他们所看到的美。他们描述的美,有的是"视野的辽阔",有的是"色彩的绚丽",但这些对于我而言,仅仅是词汇,到底辽阔是绵延多远,到底绚丽是怎么样斑斓,对于我似乎都没有意义,我的世界只有两面,动的和静的。

视觉把我们的世界分开,但是我只是看不见它而已。在很多人的印象里,盲人都是面部表情呆滞、仰着头翻着白眼球、平时不怎么出门,好像盲人自己已经选择在色彩世界消失了,躲在黑暗里才安全。

最初听见有人说:"这人长得真不像盲人。"我还会在心里暗自高兴。起码乍一看去,我和健全人没有太大区别。可是随后,盲杖敲击地面的反射音还是会引来身边人的好奇,尽管我看不见,当别人看我的时候,我能感受到全身被目光打量的焦灼。有的人甚至会伸出一根手指在我眼前晃,来测试我到底能不能看见。我去旅游,会听见身边人战战兢兢地问:"旅游就是看风景,她什么都看不见去干什么?"我发微信写微博,有人会疑惑:"盲人不是看不见吗,她怎么打的字?"我走路,跟在后面的人窃窃私语:"前面有沟她居然知道迈过去,一定是假盲人……"太多的质疑让人心寒,或者那就是从健全人窗口里透出的目光,如此不解地看着盲人。

这也是激发我写这本书的初衷,我把自己的生活打开,希望你们走进来,看到黑暗世界里的风景。

我自从出生就生活在黑暗里,很长一段时间我以为我和所有人是一样的,我看不见的你们也看不见,后来我才知道,世界有自己的模样,它不是纯黑的。而我,依然像一滴墨汁流淌在砚台里,无法自拔。

我渴望你们眼中的景象,所以我克服恐惧和困难向着光亮世界摸索,好奇心让我走出家门,我希望自己能和健全人一样,去聆听,把那些不熟悉的在心里转换成熟悉。

写作,是我生活的一部分,这本书里的内容都是我一个字一个字在电脑上敲出来的,你一定不知道,真正的"盲打"速度比看得见屏幕的人更快。如今的现代科技早就让我们生活实现信息无障碍,很多电子设备都可以语音化,我们用的手机、电脑、阅读器、计时器等都会"说话",我用"听",来实现你们的"看"。

常常会有人抱怨生活的不如意,每当想到这些声音,我会长久地站在家中的窗前,朋友们告诉我,我面对的方向有远山,可是我看不见,我只能想象,山到底是什么样,日出是什么样,甚至你们都在抱怨的雾霾什么样。我是多么渴望"看见",为什么有人的眼前那么丰富还要抱怨呢?

所以,别人用来抱怨的时间,我在黑暗里学习了很多技能,哪怕为了这些我付出了比常人艰辛许许多倍的努力,我还是可以笑着对你说,这一切看似没用的小事是多么重要,它让我的生命有了独特的风景,让我在黑暗里走得坚定自信。

这本书记录的,就是我,一个盲人钢琴调律师的生活。

辑一　姥姥培养我长大

前图：和姥姥在一起

生下来就看不见

记得姥姥说,在我刚刚出生三个月的时候,我的爸妈发现我眼睛里面有一个白点,对东西没有看的欲望。他们开始注意我的眼睛。再长大些,爸妈带我去了很多医院,得到的答复都是:这孩子看不见,主要是先天性白内障,还有什么病目前太小还不好检查。我爸妈接受不了他们的第一个孩子就是个瞎子的事实,确实呀,谁都想让自己的孩子出人头地,养我这样的孩子,还真要有点勇气呢。后来我妈妈又怀了个孩子,所以就没有奶水喂我了。每天他们只给我八块动物饼干吃,还商量着要把我扔到离家不远的那条河里面淹死。

在我五个多月大的时候,我的命运发生了改变,是姥姥把我抱回家,才有了这个感人的故事。姥姥带我去医院检查,我不光是眼睛看不见,还有过敏性哮喘、颈椎畸形、免疫力低下等等的病。所以在我四十多年的人生中,就做了十一次手术,三次宣布病危,我之所以生命力这样顽强地生存下来,是因为姥姥的原因。

姥姥很担心养不活我,就给我起了个小名叫咪咪,民间传说猫有九条命七个魂,所以姥姥希望我能顺利地长大。在我十个月大的时候,姥姥带我去同仁医院做了眼睛手术,那时候医院没有床位,姥姥就在楼道里抱了我七天七夜。等纱布拆开之后,我第一次看到了这个模糊的世界。我眼中的世界是多个巨大的物体组成,还有特别好看的色块。但这一点点视力远远不能用来走路和识别东西,姥姥不死心,一直带我到处看眼睛,以至于在我三岁之前,只要一坐公交车,我就玩命地哭。直到我三岁那年,姥姥才彻底死心了。她开始开发我的耳朵、鼻子、手的功能,在我三岁的时候我还不能独立行走,因为我看不见障碍物,经常会摔倒,所以就不肯自己走了,我都是拉着姥姥的手或衣服走路。姥姥说:"万物都有反射音,虽然你的眼睛看不见了,但你别的器官是好的,你一定能靠别的器官像正常人一样生活的。"

姥姥还说:"在你的前面有墙有门有障碍物的时候,一定会有反射音的,你就靠着听一定能走。"就这样靠听自己脚步的反射音,在三岁半的时候我才敢自己独立行走。从此姥姥就不再牵我的手,她总说:"我不可能跟你一辈子,你以后早晚会自己生活,所以你自己的事情要自己做。"我不明白为什么姥姥不能陪我一辈子,我多想让她不在我的生命中消失呀。

看不见就要比别人付出更多努力

姥姥说:"如果你要在这个世界上生存,就要比别人付出更多的努力,才能像别人一样地生活。"她进一步开发我的听力。姥姥把一分、二分、五分的硬币丢到水泥地上,因为硬币大小不一样,掉到地上的声音也不一样,姥姥让我靠听分辨这是多少钱。这对我来说不难,因为硬币面值不一样,它们的反射音也就不一样。但姥姥说:你不但要听出这个是多少钱,硬币掉到地上,要滚动,你要靠听捕捉硬币停止的声音而一步到位捡起硬币,不能在地上摸。这可难坏了我。我对这个一点也不感兴趣,我学这个有什么用呢?没想到我长大后学了钢琴调律,我的这个定位的本领,让我终身受益啦。但小孩就是小孩,我一点也不配合,姥姥就说:"如果你能听出硬币的面值,还能靠听一步到位地捡起硬币,不在地上摸,我就给你去买冰棍。"我小时候特馋,有吃的自然动力就来了。在我四岁多的时候,我就学会靠听生活了。

姥姥总是说,我要跟别人一样地生活,所以不能让人看着我像怪物,或者成为别人取笑的对象。她教我用耳朵代替眼睛,但眼睛一定要跟着手走,比如我要在桌子上拿杯子,先想好杯子在哪里,当然杯子必须是我自己放在桌子上的,然后用手去拿,眼睛必须跟着手走,这样虽然我是靠感觉拿杯子,但让别人看起来,我是看着拿的。还有姥姥教我跟别人说话或者听别人说话的时候,必须眼睛看着别人,虽然我看不见人家的表情,但姥姥说:"看着人家,是对人家的尊重。"因为我看不见别人的表情,所以我无法掌控自己的表情。很多时候都说孩子长得很像家长,还说姿势动作都很像,其实孩子小时候是有很大的模仿力的,但我这点就做不到了,我的这一点点视力,是看不见人家的五官的,更看不见人家的表情。所以我遇到个熟人,如果他不说话,我都不知道他是谁。

姥姥经常提醒我的怪异表情,有原地转圈,看着天,一只眼睛睁着,一只眼睛闭着,等等。就像后来我上了盲校,那里的盲孩子什么表情都有,我们称为"盲相"。我们有个同学一边摇头一边往前走,被同学起外号叫"琼瑶"。有个同学走路看天,外号叫"望天"。当然这是后话,当时我可不认为姥姥是为我好,我认为姥姥总爱跟我过不去。我说:"姥姥这样不累吗?"她总说:"小时候累点,长大了受益很多呢。"当时三岁半的我理解不了姥姥的用心,但当我长大了才体会到姥姥的苦心。当我听别人说"我看你怎么不像盲人呀",那时候我心里很开心。但随着社会的变化,现在我遇到了很多质疑,质疑我是假盲人,现在真是信任危机了,装什么的

一岁生日

都有,还有认为别人装瞎的,很无奈呀。如果姥姥活到现在,也许会后悔千辛万苦培养我像正常人一样生活,倒给我造成了麻烦,成了别人诋毁的理由了。不过姥姥训练我像正常人一样地生活,也给我带来了人生的改变,这个本领加上我的钢琴调律技术,让我一生衣食无忧了。当然这是后话,那时的我,可想不了这么多,只知道姥姥比较残忍,她总是要求我太多太多。

童年的小竹车

童年跟我时间最长的是我的小竹车,我在车上玩车上睡,直到七岁。车上有三块板,把中间那块板放在上面,两边就可以坐两个小孩,把中间的板放平了,就可以睡一个小孩了。姥姥经常推着我去买菜办事,她到哪里都带着我。小时候我身体不好,经常生病,但我很好动。一次我爬到车的一头,站在把手上,车突然翻了,我重重地摔到地上,现在我额头上还有一个疤呢。小时候我特别爱说话,总爱叫姥姥,平均一分钟叫一次,有时候姥姥烦了,就说:"你是不是怕我也把你扔了呀。"姥姥推我出门的时候,我特别爱看姥姥走路的脚,她有一双大脚,穿着白袜子黑鞋,走路很轻快,就像在冰面上滑动一样的感觉。我总想:姥姥和这辆小竹车都会飞,姥姥带着我飞到一个有好多爸爸妈妈的地方,我不但有姥姥的爱,还有好多爸爸妈妈喜欢我。我小时候确实很羡慕别的小朋友有爸爸妈妈的爱。我也很多次问姥姥:我爸妈在哪里?姥姥开始不回答我,问多了,她就说你爸妈在很远的地方,等你长大了,他们就来接你了。我问:如果他们来接我,那您跟我回家吗?姥姥说:"当然不跟你去,因为这是我的家呀。"我说:"那我不要爸爸妈妈了,我不要离开姥姥。"

　　姥姥确实很爱我。那时候姥姥家住平房,冬天要生火,但早晨还是很冷,在我没起床的时候,姥姥就把我的棉衣放在炉子边上,等我穿的时候,是暖融融的。

　　在我四岁的时候,姥姥就教我包饺子,她最爱吃的就是饺子。姥姥总是说:"我不可能陪你一辈子,以后你要不会包饺子,你就吃不上了。"当时我总是理解不了为什么姥姥不能陪我一辈子,当时不会包饺子,确实吃不上。但姥姥不知道现在有了速冻饺子啦,不过确实没有姥姥包的好吃呢。姥姥教我擀皮,皮要圆圆的,可我总是擀得奇形怪状。姥姥教我用皮把馅包起来,可我包的饺子总是露馅。姥姥说:"学一样本领,没那么容易,但只要用心,你一定能学会的。"姥姥说得对,在我五岁的时候,我就会包饺子了,现在都在受益呢。

关于颜色的问题

　　我小时候能看见鲜艳的颜色,所以对颜色特别感兴趣。总爱问姥姥关于颜色的问题。邻居家的奶奶来找姥姥,我就问:"奶奶穿的什么颜色的衣服啊?"姥姥说:"是灰色。"我记住了。我听收音机里面讲大灰狼的故事,我问姥姥大灰狼是什么颜色,姥姥说:"是灰色。"我记住了。一天邻居家的奶奶又来串门,我赶紧迎上去特热情地说:"奶奶,我知道您穿的衣服是大灰狼颜色的,您就是大灰狼呀,哈哈。"奶奶自言自语:"我怎么是大灰狼呢?"姥姥赶紧说:"小孩子乱说的。"我小时候特爱喝糖水,我发现红糖水放在我的奶瓶里面是有颜色的。一天姥姥在干家务,没注意到我,我就拿个杯子倒了半杯水,然后爬到桌子上去拿白糖罐。我往杯子里面放白糖,放了一勺又一勺,可为何水还是没有颜色呢?我不死心,又放一勺白糖,然后把杯子凑到眼前看看变颜色没有,然后再重复。等姥姥发现我的时候,杯子里面的白糖已经比水也少不了多少了。小姨爱穿红色的衣服,我问姥姥:"什么是红色?"她正好切西红柿呢,她说:"西红柿就是红色的。"我记住了。等小姨再穿红色,我就嚷着说:"小姨穿着西红柿上学去啦。"气得小姨骂我是臭猫。她经常这样骂我,因为我叫咪咪。一天我出去玩撞到电线杆上,我问姥姥:"电线杆是什么颜色?"姥姥说是白色。我大姨特爱干净,爱穿白色的衣服,我特认真地问大姨:"您为什么总爱跟电线杆穿一样颜色的呀,您是喜欢电线杆吧?"大姨气急败坏地说:"我喜欢你!"我说:"我也没穿白色。"姥姥说:"你穿的是粉红色衣服。"

　　我确实永远也理解不了健全人眼中的世界,我在模糊的色彩和模糊的物体轮廓中长大。但我的这一点点视力,在我三十三岁那年也突然消失了。姥姥好像有先见之明似的,所以她从来不跟我说看见的东西有多美丽,她总说:"听见的东西也很精彩。"姥姥说,在她带我到处求医的时候,她遇到一个老中医,那个老中医说:"你现在不要集中精力带她到处治眼睛了,我看的这样的病人家属太多了,把家里的积蓄都花光了,病也没治好。现在最重要的是让她习惯看不见的生活,而不是给她一个永远也实现不了的光明梦。"听了老中医的话,姥姥就明白了,也许以后,不知道是哪一天我就跟光和色彩永远告别了。从那天开始,姥姥从来不跟我说看见的东西,她总让我用耳朵鼻子手来感知这个世界。所以我很大了都意识不到我跟别人不一样,别人能看见的东西我看不见。我总认为大家都是平等的,我看不见的东西,你们也一样看不见呢。确实没看见过的世界,不论别人怎样形容,我总归没有概念,就像一个好吃的,我说有多好吃,你一定理解不了,只有自己尝尝才能体会有多好吃呢。

好朋友黄黄

我小时候从来没意识到跟别的小朋友不一样,所以我也爱玩,爱跟小朋友们玩。我最好的朋友是雷雷和乐红,她们从来不欺负我,我们在一起总爱玩过家家。我最擅长的就是玩摸人,我蒙不蒙眼睛都一样,抓小朋友很准的。可有好多小朋友总是好奇我的眼睛到底能看见什么。所以他们总是打我一下就跑,看我是否能追上他们。这不难,我虽然身体不好,但短跑速度很快,后来在学校我短跑总拿冠军呢。可他们打完我不直着跑,他们总是绕着障碍物跑,跳过沟跑,或者藏在一个地方。当然我为了追小朋友会撞到树上,掉到沟里,撞到障碍物上,总之会摔得鼻青脸肿。我总是哭着回家找姥姥。姥姥一边给我摔伤的伤口上擦药,一边说:"我现在完全可以带你去找欺负你的孩子家长理论,但等你长大了,再有人欺负你,那时又有谁能带你去找他们的家长呢?"当时我并不懂姥姥话里的意思,总认为姥姥是袖手旁观。于是我开始自己想办法。我四岁半的时候,就爱听小说了,我最爱听的是白眉大侠徐良,我最羡慕徐良会打墨玉飞蝗石了。如果我也会,以后小朋友打我一下就跑,我也不用追了,我用石头砸他们就行了。但往往想得容易做得难,我拿着石头出去玩,一个小朋友又打我,我拿着石头扔向他,可我看不见,哪那么容易能打到人家呀。可小朋友就捡起石头砸我,那时候我总是被小朋友打得鼻青脸肿的。但姥姥经常说:"只要你想学,就去学。不要考虑成功在哪里。其实最重要的是过程。"我就一心练习,功夫不负有心人,几个月后,我的技术突飞猛进,技术好到想打你哪,就打你哪。一个大男孩不信,偏要打我一下就跑,我不慌不忙地从兜里拿出一个大点的石头,扔过去,把大男孩的头打破了。等男孩的家长找上门来,姥姥才相信咪咪能拿石头打人了。

说实话,童年练就的本领真的不容易忘记,后来我上学了,用饭盆盖打破了同学的头,用药片跟男同学打架,这都是我练"墨玉飞蝗石"的结果呀。不过当时姥姥可不敢再让我出去惹祸了,她赔不起给人家看病的钱呀。姥姥给我养了一只小黄猫,叫黄黄。姥姥说,这就是我的好朋友,它不会欺负我,让我也不要欺负它。姥姥说:"动物跟人是平等的,所以你要把它当成一个独立的生命对待,不要认为它是你的玩物。"现在想来,姥姥说的话真对,如果那些虐猫虐狗的人,小时候得到家长的正确教育,长大了就不会对小动物那么残忍了。

从此黄黄就成了我的好朋友。我小时候特别淘气总是不好好吃饭,总是让姥姥追着喂。黄黄来了后,姥姥把我的碗和黄黄的碗都放在桌子上,让我们一起吃饭,姥姥说:"如果你吃得慢,猫吃完自己碗里的,就会来吃你的饭。"啊,我哪里有猫吃得快呀,尤其是吃鱼的时候,那只猫吃饭简直是风卷残云呀。不过时间长了我吃饭的时候也很专注了,再不用姥姥喂我了。

小时候大人总是爱逗孩子说:"你长大了理想是什么呀?"我记得我小时候第一个理想是当一个画家。那时候我能看见鲜艳的颜色。我那时候不知道我跟别人不一样,我不知道我永远也不会看清这个美丽的世界,所以我就毫不犹豫地说:"我要当一个画家。"我长大了才知道,在我小时候,每次我说要当画家的时候,其实姥姥都特别伤心,她知道我永远也不可能当画家的。但姥姥总说:

我画的黄黄

"想学什么就去学,不要想成功,其实最重要的是过程,有了过程,就会有果实属于你。"姥姥为了还盲孩子一个当画家的梦想,她拿起了我的手,开始在纸上画。画什么呢?谁又能让我总是摸他呢?只有我的好朋友黄黄了。它喜欢让我摸,它舒服了就打呼噜,我摸着黄黄的模样,我把小黄猫的样子深深地记在了心里。直到我十四岁那年,北京盲人学校把我画的猫画送到日本,我获得了两地残疾儿童画画二等奖的时候,姥姥说她的心血没有白费。但姥姥不知道,她去世以后我还在画我心中的猫。2008年中残联举办的爱心助盲活动中,我的猫画第一次拍卖,卖了两千元,给一个老年白内障患者做了复明手术,当她又能看见这个美丽的世界的时候,她不知道,她的手术费是一个盲人画的画换来的。

姥姥有千里眼和飞毛腿

在我五岁的时候,姥姥就让我一个人去帮她买东西。我说:"您为什么不跟我一起去呢?"姥姥总是说:"等你长大了,也会一个人去买东西的。"我那时候不明白为什么我长大了,姥姥就不牵我的手了，五岁的我确实不明白呀。我小时候最喜欢的是荡秋千，姥姥也不带我去，她总说："如果你想去公园荡秋千，就自己去吧。"我那时候感觉姥姥特残忍，为什么邻居家的雷雷都是她奶奶带她出去玩，为什么姥姥就让我自己去玩呢？姥姥去商场买东西时，也先让我坐四站车，然后过一个很宽的马路，在公园门口等着她。坐公交车对于我来说不难，数三站下车就是了，但过马路就很危险了，我看不见来往的车。姥姥就教我等有人过马路的时候，跟在他们左边齐着走，因为车从右边来。等到了马路中间，再快速从人家的左边转到人家的右边。因为车又该从左边来了。就这样，别人过马路没危险，我就没危险。我照着做了，一做就是几十年。到了公园门口，姥姥总是等在那里，我总是爱摸姥姥的手，我好奇她去买什么了。但姥姥总是两手空空。她说："先带你去玩，我买的东西，等以后再说。"就这样她说了十八年，她总是让我自己出门，但当我找不到回家的路或者摔倒在街头的时候，姥姥总是第一个出现。以至于我小时候认为，姥姥有千里眼和飞毛腿，她能看见咪咪有困难了，她能知道咪咪需要姥姥的帮助了，她总会及时出现在我身边。

　　一天姥姥对我说："今天你妈妈来看你。"我都以为我听错了，"妈妈"这个词对于我来说真是太陌生了。我问姥姥妈妈长什么样，姥姥没好气地说："长得人样！"我不知道为什么只要我提到爸妈，姥姥就对我没好气了。是爸妈不好，还是咪咪不乖呢？终于听到外面传来声音了，我赶紧跑出去看妈妈是什么样的。啪的一声一个小女孩打了我一个响亮的嘴巴。我都没来得及哭，我不明白那个女人带着的小女孩为什么打我。那个女人对小女孩说："你怎么打她呀，她是你姐姐。"原来这个女人就是我妈妈呀。我听不懂姥姥她们说什么，我只注意那个打我的小女孩，她高兴地玩着我的玩具，还把它们弄得乱七八糟。我躲在角落里，那叫一个气呀。机会终于来了，那个所谓的妹妹要喝水,妈妈递给她一碗水,她正喝水,我悄悄溜过去用手准确地把那个碗轻轻往上一推,水洒了小女孩一脸还顺着脖子往下流,碗也掉到地上摔碎了。小女孩哇哇大哭,我哈哈大笑。妈妈说:"你都瞎了,怎么还这么坏呢。"姥姥不爱听了,说:"你怎么这么偏心眼,这么多年,你第一次看见你的孩子,你都没抱她一下,你的孩子还打她,你还骂她。她是你亲生的吗?"

小孩子打架一会就好,大人们还在有意见的时候,我们就一起玩了,我把我的玩具都拿出来跟妹妹玩过家家。一会妈妈说去小卖部给我们买好吃的,我自告奋勇说带她们去。姥姥紧着嘱咐妈妈要看好我。我们到了小卖部,我给妹妹介绍有什么好吃的,姥姥给我买过米花糖、巧克力、水果糖等。妈妈买了好多好吃的,还给我们两个买了冰棍。妹妹在前面跑,我在后面追,前面有块大石头,妹妹跳过去接着跑,我被大石头绊倒在地,手里的冰棍也摔得老远。我哭着往家走,离很远姥姥就跑出来问我怎么了,当她看见我腿上手上的伤口时很心疼。她一边给我擦药,一边埋怨妈妈没看好我。妈妈说:"谁让您养她呀,当时我要把她扔到河里淹死,是您要把她捡回家的呀。这瞎了吧唧的长大了也没用,就是拖累大人的包袱。"姥姥抱着我哭了,我不明白姥姥为什么哭,我一边用小手给姥姥擦眼泪,一边说:"姥姥别哭,以后咪咪听您的话。"姥姥自言自语地说:"如果时间停滞不前,如果咪咪不会长大就好了。"

没有学校收我上学

可时间不可能停滞不前,转眼我七岁了,到了上学的年龄。姥姥带我去青年湖小学报名上学。经过老师们的考试,我很优秀。

可老师很遗憾地告诉姥姥，因为我看不见黑板，看不见写字，所以他们不能收我上学。后来姥姥又独自去过学校好多次。到了9月1日那天早晨，雷雷和乐红她们都背着书包高高兴兴去上学了，姥姥牵着我的手，把我带到北海公园。我在秋千上荡来荡去，我问姥姥，为什么小朋友们都上学去了，只有我来公园玩呢？姥姥不说一句话，我似乎懂了什么，哇的一声大哭起来。姥姥抱着我说："等明年我一定带你去东城区所有的小学报名，如果有收你上学的，就是再远，我也送你上学。"世间就是这样，有时候事与愿违，第二年虽然姥姥带我去了好多个小学，但因为我的眼睛看不见黑板和写字，所以还是没有学校能收我上学。姥姥说："要想长大了有本事，你就应该去上学，这里不收你，那你只能回到你爸妈家，跟你的妹妹一起上学，你妹妹还能照顾你一点。"就这样，一个八岁半的孩子，一个还不懂人情世故的孩子，因为上学回到了她出生的家。

离开姥姥的那天，我抱着姥姥哭了很久很久，姥姥说："我养你八年也算对得起你了，我把你培养成能自己照顾自己的孩子，也算很满意了。孩子总归要回到自己的家，那里有你的亲生父母，那里才是你的家。"我听不懂姥姥的话是什么意思，我是抱着先去上学长本事，以后再回到姥姥身边的想法回到本应属于我的家的。

离开姥姥的日子

我家在离县城七公里的村庄，那里有一望无际的麦田，有广阔的田野。爸爸是当地农民，妈妈在县城上班。妹妹看我回家了很高兴，她提议去拔草喂猪。我跟着妹妹到了田野上，我看见了满眼的绿色，原来这里草这么多呀，我蹲下一会就拔了半篮子草。妹妹也拿着一把草往篮子里面放。她突然大叫,"你怎么拔麦子呀!"她赶紧把我拔的麦苗倒掉,拉着我就往家跑。晚上妹妹睡着了,我陷入了思念的痛苦中。平时这时候姥姥该叫我睡觉了,黄黄就等在我的枕边。我听着黄黄的呼噜声进入梦乡。可现在这一切却离我很远很远。

我盼着快点上学长本事,然后快点回到姥姥家。9月1日那天早晨,我比妹妹起得还早,但妈妈只给妹妹准备了新书包,妈妈说:"今天只让妹妹去上学,一个瞎子上学也没什么用。"妹妹问:"不是说好了让姐姐跟我一个班,我拿着她的手写字,她就会了吗?"妈妈说:"宝贝别天真了,你是咱家的希望,你以后要好好学习,一定要考上大学给我们争气,可不能让你这个瞎姐姐耽误你呀。"妈妈送妹妹上学去了,太姥姥看我魂不守舍就说:"你真是小姐的身子,丫鬟的命,心比天高可是命比纸薄呀。"我特别想不通,为什么姥姥总说,通过自己的努力就能跟别人一样生活,但爸妈和太姥姥却说我是个废人呢? 过了两天妈妈说:"你也别总吃闲饭,你也在家干点活吧,以后洗衣服,做饭,扫地,扫院子,喂猪喂鸡打水都是你的事情。"我听了那叫一个不服气呀:"姥姥把我当成掌上明珠,你们不让我上学,还让我干这么多活,不怕我姥姥找你们算账吗?"妈妈冷笑道:"你是我的孩子,你的命由我们说了算。"太姥姥开始教我扫地。她说:"扫地要一笤帚一笤帚地挨着扫,这样能扫干净,也不会起土。"我学了两天,就是成心东一笤帚西一笤帚地扫,弄得屋子里面都是土,呛得人都往外跑。妈妈看出来我是成心了,她说:"我就不信管不了你。"她教我喂猪,用勺子把桶里面的猪食一勺一勺地往猪食盆里面放,不许洒到外面。我故意把猪食洒了,妈妈一声大喊:"你瞎了吗,猪食盆那么大,看不见呀!"我瞪起眼睛不示弱地说:"你说我瞎了就是瞎了,我不是你生的吗?"她用抓猪食的铁勺子打在我身上，弄了我一身猪食。

　　从此我再也不渴望父母的爱，我学会了好汉不吃眼前亏。他们说早晨六点你必须起床熬粥，粥不要太稠。好吧，你们睡觉让我熬粥，等粥熟了，勺子能轻而易举地站在粥里面，可想而知粥有多稠了，我换来的又是一顿骂。但妹妹每天早晨都能吃一个鸡蛋，然后就高兴地上学去了。妈妈说给妹妹吃鸡蛋有营养，她能好好学习，给我吃就是浪费，因为我是个废人。但干起家务活，我这个废人就要当一个大人用了。那时候用水，还是院子里面有压水机，把水压出来，然后用桶接着，放在水缸里面。他们说：水不能洒了，否则会冻冰。那么沉的水桶，我怎么提得动。我把水均匀地洒在水缸和压水机之间，等冻冰了我再压出水倒桶里，然后让桶在冰面上滑到水缸边。他们让我用玉米喂鸡，说少喂点，不能浪费粮食。我就拿特多的玉米喂那些鸡，还说："你们一定要吃干净呀，否则我又要挨骂了。"有一只芦花鸡，可能是把这一切看在了眼里，它跟我成了朋友，谁都抓不住的鸡，我一叫，它就乖乖地趴在我脚边。我兜里面也装着玉米，碰到芦花鸡就给它吃。时间长了，这只鸡能听懂我的话，只要我招呼它，芦花鸡就从不知道什么角落奔向我。

　　八岁多的我也渴望跟小朋友玩，但妈妈总说我出去玩会丢人现眼，所以不让我出门。偶尔妹妹的同学来家里玩，她们惊讶地发现妹妹还有我这么个姐姐。听着场院里孩子们玩耍的嬉戏声，有时候我也会偷跑出去玩。我认识了小文小荣，她们不嫌弃我看不见，倒羡慕我是城里来的孩子。我跟她们在窝棚里面看瓜，躺在干草堆上，看着蓝天白云，我真渴望有她们的自由。不过等妈妈发现我不在家而把我找回家的时候，自然又是一顿暴打。小荣知道了我的情况，她们商量好有时间就来我家院子边上的篱笆墙边上学鸡叫，我就溜到篱笆墙那里跟她们聊天。她们因为家里穷兄弟姐妹又多,所以也没上学,但她们要干活,所以不能经常来找我玩。那只芦花鸡就成了我的知心朋友。我有什么话都跟它说。虽然芦花鸡不能回答我,但它也不会骂我打我。

为什么我要来到这个黑暗的世界

一天刮着大风妹妹从学校跑回家,跟爸妈说她这学期得了"三好生"。妈妈高兴得不得了,做了一桌子好饭给妹妹庆祝。妹妹问我送她什么,我能有什么呢,只好把我仅有的五分钱给了她。妹妹问我为什么不高兴,我的眼泪止不住地往下流。妈妈说:"你姐姐是羡慕你呢,乖宝贝快吃饭,咱家就靠你给我们争气呢。"要过年了,每年姥姥都给我买漂亮的新衣服,大年初一那天早晨还把压岁钱放在我的枕头下面。我总是拿着姥姥给的压岁钱去找小姨,比比我们的钱谁多。每年都是我的多呢。不过今年妈妈说我又不出门要新衣服也没用,所以带着妹妹去县城买衣服。妹妹说:"带上姐姐吧。"妈妈说:"不行,如果碰上我的同事怎样解释呀,我可怕她给我丢人现眼呢。再说了她在北京什么没见过,还看得上咱们这小县城呀。"他们都去城里赶集买年货了,我摸着芦花鸡对它说:"为什么姥姥不嫌弃我看不见,为什么我爸妈说我是瞎子是废人呢。"我不知道城里赶集是什么感觉,但我很渴望跟着爸妈和妹妹去赶集。很多年以后,我长大了还经常做着同一个梦,梦到爸妈领着我和妹妹去县城赶集。这可能是童年的缺失造成了我心里永远的阴影吧。

姥姥说大年初一不论孩子犯了多大的错误也不能打骂,如果初一挨打,一年就会经常被打呢。我在亲生父母家过的第一个大年初一,早晨起床妹妹有新衣服,有压岁钱,但我没有,还要去煮饺子。爸爸说："千万不要煮破了，不吉利。"听着外面震耳欲聋的鞭炮声，我的心里却安静得可怕。为什么孩子就不能选择父母，为什么姥姥把我养到八岁就不管了，还不如我小时候姥姥不会出现，让我还没感知这个世界的时候，就消失在空气中呢。我一边煮饺子一边想，这时候姥姥在干什么呢，她为什么不来看我，她是不是把我忘了呢？突然妈妈一声大喊："饺子都破了！"我又遭到一顿打。

　　我从家里跑了出来，我想去跳河死了算了，但河里冻着厚厚的冰。我想沿着火车道走，我想去找姥姥。但我又怕走丢了，那就永远也见不到姥姥了。我迎着寒冬腊月的北风大哭，九岁的我想不明白，为什么我要来到这个黑暗的世界，为什么我的亲生父母嫌弃我是个瞎子，为什么姥姥要把我送回父母身边，姥姥是否知道我现在的遭遇，这辈子我是否还能活着见到姥姥。我在寒风里不知走了多久，冷得受不了了，求生欲望让我走到了离我家三里地的奶奶家，那还是我刚回家的时候爸爸带我去的呢。我跟奶奶虽然不熟悉，但我是姥姥带大的，我就认为天下的老太太都是好人，所以当我长大了还是喜欢老太太呢。奶奶看见我很意外，留我吃了饺子塞给我两块钱说："你赶紧回家吧，不然你妈会在我这里闹的。"我问奶奶："你怕我妈妈吗？"奶奶说："你有个姑姑跟你的眼睛是一个病，你妈妈跟你爸爸结婚以后，对你姑姑特别不好，还打她，所以你姑姑就凑合找个人嫁了。村里的人都背后说你妈妈。等你出生了眼睛也看不见，大家都说你妈妈是遭报应了。你妈妈听说后，差点把你扔到河里去。后来你离开了他们，我就放心了，但不知为什么你又回来了。"

　　过了春节很快到了二月二，大家说这是"龙抬头"的日子，预示着一年耕种的开始，也是我居住的这个村庄的庙会。我不知道什么叫庙会，就知道那天家家户户都吃好的，亲戚朋友都从别的村子

2011年10月在奶奶家

来做客。妹妹说:"庙会那天村里有好多卖东西的,还有走高跷的,舞狮子的,可热闹了。"我很向往能去看看那似乎离我很远的热闹,妹妹就求妈妈让我跟她一起去玩。妈妈终于同意了,我兴奋得一夜都没怎么睡。我总盼着天亮,但我睁开眼睛,就是黑暗,睡了一会又睁开眼睛,还是黑暗,就这样一夜我醒了二十几次,天终于亮了。这是我人生中第一次失眠。早晨我跟妹妹去了村里的庙会,只记得有卖玩具和吃的,没留下什么深刻的印象。但每年的农历二月二我都会想起童年这一段往事。

　　就这样我在这个小村庄里虚度着我童年的时光。我每天都在想着远方的姥姥,想着我的朋友黄黄。我不知道哪天能见到她们,我盼着长大以后去找她们。我不喜欢黄昏村庄固有的喧嚣声,那时候人们都从地里回家了,小鸟也要回窝了。可我呢,哪里是我的归宿？我不喜欢月圆的时候,那样会让我更加想念远方的亲人。我不喜欢春节稀稀拉拉的鞭炮声,我听了会莫名其妙地感到凄凉。我不喜欢接近生人,因为妈妈总说我是个废人,我会很自卑。我喜欢一个人坐在某个角落幻想,我喜欢跟芦花鸡说话,我喜欢把自己封闭起来,我需要一个坚硬的壳,但我没有。

抱着姥姥不撒手

两年后姥姥终于来看我了,我抱着姥姥不撒手,恐怕一撒手姥姥就飞了,我又要过着与世隔绝的生活。我把这两年来所有的事情都跟姥姥说了。姥姥听了很震惊,她说我妈妈一直给她写信说我上学了,学习很好。不让她来看我,怕我不好好上学要跟姥姥走。原来这都是骗人的。姥姥跟我爸妈说:"你们也别嫌她给你们丢人现眼,你们就当没生过这个孩子。我养了她八年,我满以为把她培养得可以自己照顾自己了,你们会收留她,没想到你们这么对她。以后就当咱们不认识吧。"

我终于回到了日思夜想的家。也许别人不认为姥姥家就是我的家,但我是这样认为的。这是我童年生长的地方。姥姥把我的姓名都改了,她给我起名叫陈燕。陈是姥爷的姓。燕,姥姥希望我像小燕子一样快乐地生活。

回到姥姥家后,姥姥发现我跟两年前完全不一样了。我整天不爱说话,不爱理人,不爱动,总爱自己发呆。原来那个爱笑爱说爱闹爱哭爱动的咪咪消失了。为此姥姥想尽办法改变我的性格。也许外表的行为能改变,但深层次的东西是永远也抹不掉的。我还是不喜欢黄昏,黄昏时我会莫名地伤感,我不喜欢春节那稀稀拉

听见

拉的鞭炮声，我会伤感，我不喜欢提起我的父母，那样我也会蓦然地伤心。

小时候多学本领，长大了不受委屈

　　因为健全孩子的学校还是不收我上学，所以姥姥开始在家教我自学文化。她把字写得大大的，但复杂一点我就看不见了，她就握着我的手写字。我模仿能力很强，很快就能学会，但别人学会了可以看书写字，可我只能写不能看，所以忘得也就太快了。姥姥说我是狗熊掰棒子。我还是对画画比较感兴趣，我能看清纸上我画的乱七八糟的鲜艳颜色。我总是爱拿着我认为特别漂亮的画，去问邻居阿姨："我画得像吗？"阿姨就反问我："像什么呢？"等我长大点了就拿着我画的画问阿姨："您看我画的像猫吗？"阿姨总是说太像了，真好看。我心里也知道，这不是自欺欺人吗，如果我不说是什么，人家都看不出来我画的是什么东西，但孩子那一点点虚荣心作怪，我还是爱问："我画得好看吗？"

　　姥姥总是说："小时候多学点本领，等你长大了不受委屈。"我就理解不了，您让我学本领，可我现在受委屈呀。就像姥姥让我学拉二胡，那二胡的声音就像哭一样，我一点也不喜欢，但姥姥就是强迫我学。找老师就是难事，谁愿意教一个看不见的孩子呀，怎么教也是个问题呢。但姥姥去求人家，终于有个拉二胡不错的张老师收了我，二十世纪七十年代还不讲收学费，张老师是义务教我的。可练习的时候真的很痛苦。一天我练拉二胡，我摸着两根弦中间的弓子想，什么时候我能把这个弓子拿下来玩玩呢？想着就开始琢磨。我把琴弦下端的码子抠下来，琴弦就松了，我再把连着琴弦的木头棒拆下来,终于二胡的弓子被我拆下来啦,我拿着弓子满屋子乱舞,那叫一个高兴呀,吓得黄黄跳到桌上躲着。姥姥进来看见了,她抢过弓子就打我屁股,我大哭起来。姥姥很少打我,但也不代表就一下都不打我。我小时候爱哭,外号"夜哭狼"。哭起来就没完没了,听说特烦人呢。但这次我没敢当"夜哭狼",毕竟我理亏嘛。后来我回到自己家的那两年就没拉二胡了。现在姥姥又让我学拉二胡,说实话真的很难听呢,我特别不爱听我拉的二胡声音,真的跟锯木头差不多。但姥姥总是说:"小时候勤劳点,以后一定会有用的。"那时我练二胡坐不住,身体扭来扭去好像坐在摁钉上。一练琴我就找借口喝水、吃东西、上厕所,门外有一点动静我的注意力就被吸引过去。听着小朋友们在外面玩,我好羡慕,多想去玩呀,但我突然想起姥姥手里拿着笤帚疙瘩在看着我呢。我的心里很不平衡,为什么小朋友们都在玩,我却要练琴?我从小就好动不好静,我虽然喜欢音乐,但我爱听欢快的曲子,可二胡拉出的乐曲大多数都是缓慢忧伤的。学了几年以后,我对二胡还是不感兴趣,但姥姥对我的早期教育,奠定了我后来继续学习音乐的基础。我上学后又学了电子琴,我曾经在保利剧院演出;学了手风琴,在学校乐器比赛中得了三等奖;学了钢琴,后来用钢琴考上了钢琴调律专业;学了架子鼓,在2008年残奥会的开幕式上,我终于登上了世界的舞台。但当时我可不知道以后有这么受益,就是不爱练。

上盲校

在我十二岁的时候,我听北京人民广播电台的节目,无意中听到北京有盲人学校。我问姥姥,我能上盲校吗?姥姥想了想说,也许能上，健全学校不收你，像你这样的也不止你一个呀。于是我给电台打电话问出了盲校的电话和地址。我给盲校打了电话，这个学校在定慧寺，已经有一百多年的历史了，我让姥姥带我去报名。姥姥却说："自己的事情自己做，你自己去找吧。"我有点生气，这么远您也不怕我丢了。但姥姥忽略了一点，凭我的能力，确实能找到盲校，但就是因为是我自己去报名的，导致老师不相信我是盲人而不收我上学。第二天我按照姥姥的指点开始去找学校。我看不见车牌，经常会坐错车，也会坐错站，所以从早晨出门，如果到了中午还找不到就回家吃饭，然后下午再出去找。

第三天下午我才找到位于定慧寺的盲人学校，别人用两个多小时就能找到的路，我却用了两天的时间。进了盲校我才知道，这里的孩子不像大家想象的那样都是看不见的，好多孩子的眼睛都特好呢，至少比我眼睛好多了。到了教导处，牛老师接待我，听说我要报名上学时，她说："现在已经开学一个多月了，你跟不上了。"我说："我在家自学过。"牛老师说："你会盲文吗？"说着她拿出一本厚厚的盲文书。我以为盲文跟汉字是一样的，摸了才知道，这是完全不同的两种文字。牛老师问我："谁带你来的？"我说："是我自己找来的。"她问我："你是不是在健全学校学习不好，才想来这里上学呢？"我说不是，是健全学校都不要我。牛老师怎么也不相信我眼睛看不见，因为盲校的同学们都是家长接送的，很少有像我这样自己来的。最后她说："你明年来报名试一试吧。"我问老师："我肯定能上学吗？"牛老师不回答我。我走出学校，心里很迷惘，健全学校说我看不见写字而不收我上学，盲校又说我能看见而不收我上学，我到底应该去哪里上学呢？

过了几天我在收音机里听说中国有残疾人联合会，会长是邓朴方叔叔。我问姥姥，邓叔叔管上学吗？姥姥说你可以去找他试一试。于是姥姥帮我找到中国残疾人联合会的地址,我用了一天时间就找到了,一方面是有了上次找盲校的经验,还因为这个地方离我家比较近。到了残联门口,传达室的叔叔拦住我问,去哪里,我说找邓叔叔。他说没在。我想那就明天再来吧,我一连去了四天,那个传达室的叔叔总能看见我,他第四次看见我问:你到底找邓叔叔干什么,我说让邓叔叔帮我上学,那个传达室的叔叔笑了,说:"你是找不到邓叔叔的,我姓余,你如果相信我,我就带你去找邓叔叔的秘书杨文娟阿姨,她能帮助你上学。"我赶紧感谢余叔叔。到了杨文娟阿姨那里,我说明情况,当时虽然我只有十二岁,但我从小最不发愁的就是说话,这是姥姥说我的。阿姨听了很感动,她说:"你这么小就知道为自己争取权利,我支持你。"阿姨当着我的面给盲校写了一封信,内容阿姨给我念了,就是推荐我上学。她说:"我现在就寄出去,希望你上学以后,能做个自食其力的残疾人。"

我回家跟姥姥说了经过,姥姥说:"咪咪真的长大了,能办事情了。"我还不放心,姥姥说北京的小学都归教育局的小教处管,姥姥又帮我找到地址,在西单附近。我找到了小教处,是副处长李慧玲阿姨接待的我,她听了我要上学的要求很感动,她也给盲校写了一封信推荐我上学,她说:"你长大了一定有出息。"

我又在电视上听说国家领导人习仲勋爷爷去大学参加活动,于是我给习仲勋爷爷写了一封信,内容是让爷爷帮我上学。不久我接到了习仲勋爷爷的秘书写的回信,他已经给盲校写了推荐信,他说我明年一定能上学。

十三岁的年龄本应是一名初一的学生了,但我因为眼睛看不见,在别人上小学的年龄,在别人无忧无虑的年纪里寻寻觅觅了六年。六年中我挣扎着,努力地寻找求学的道路。通过努力,我终于能上学了,这也可以说是如愿以偿了吧?我并不抱怨老天对我的不公平,这六年我学到了在课堂上学不到的东西。我学会了坚强,学会了努力,学会了与命运抗争。虽然我十三岁才走进学校的大门,但我要把时间抢回来。我用了五年的时间读完了九年义务教育的所有课程。我相信老天是公平的,我相信通过我的努力,我会战胜一切困难!

盲校生活

开学了,我是从三年级开始读的,当时我什么也不知道,不知道考试是什么,不知道怎样写作业,盲文基础也不好。第一次考试,我光顾了抄题,却没写答案,也没时间写答案了。当时我写盲文的速度也很慢。毕竟我们班同学都学两年盲文了,我是刚开始。期中考试语文和数学我都考了七十分。到了期末考试,我语文考了九十八分,数学是一百分,还被评为"三好学生"。记得前几年在爸妈家,妹妹得了"三好生",妈妈很高兴,说她能给爸妈争气,以后能考上大学。为什么我在父母眼中就是个废人呢?我这也达到他们的要求了呀,想不通!

第二学期我被大家选为学习委员,我学习确实很好了,但我不是一个称职的学习委员。当时学习委员不光要帮助和督促那些学习不好的同学,还要每天晚自习后收所有科目的作业,整理好,第二天早晨交到任课老师那里。每天下了晚自习,同学们都能出去玩了,可我要花上十分钟整理各科作业,那时我的心都飞了,自然整理出来的成果不太好。一天我刚把所有作业交到老师那里,回班里上晨检。数学老师就找我来了,说我把语文作业交她了,一会英语老师也来了,她那里的作业有一半是数学作业,一半是语文。弄得班主任陈老师哭笑不得,说:"陈燕,你能认真点吗?"从此我想了个办法,在下晚自习前十分钟,同学们的作业必须交上来,否则,最后一个交作业的同学,就帮我整理作业。这下不出错了。

　　我虽然上学比较晚,但不是班里年龄最大的。因为在盲校同学们都是住校,又都看不见,所以家长们送孩子上学的时间都晚。虽然我们都是十三四岁的孩子了,但通常心理年龄都小。有时候我们那叫一个淘气,弄得班主任陈老师束手无策。一天我出主意比赛摔跤,男生一对,女生一对。我一声令下大家一对一地开始摔跤,那真是棋逢对手将遇良才,在我们摔得不可开交的时候,班主任陈老师气喘吁吁地出现在我们班门口,大喊一声"赶紧给我住手",她的声音都岔了音,我们马上停手愣愣地看着她。心里都在想,老师怎么来了呢?陈老师看我们的表情也很诧异,她说:"是路

和同学在一起

过的韩老师看见咱们班里一片混乱以为是打群架，所以就赶紧跑来的。"我们听了都哈哈大笑。我说："老师您是一场虚惊呀。"那时候我们上课也不让老师省心，我跟几个同学算是接受能力快的，老师讲一遍的知识，我们就听懂了，然后老师再给理解力差一点的同学重复，我们就开始捣乱。老师不让上课说话，可我就爱说话，老师经常让我罚站。老师要求我也跟听话的同学不一样，如果那些同学上课回答问题错了，没事。如果我回答错了，那就不好说怎么罚我了。罚站是家常便饭。我也不知道那时我的脸皮怎么这么厚，罚站根本不在乎。

随着年龄的增长攀比心倒增长了，我总回家跟姥姥说，哪个同学有了自动铅笔盒，哪个同学有了漂亮笔记本。因为我们班有一半同学能看汉字，所以他们会有一些健全孩子的文具。姥姥从来不批评我的攀比心理，她总是说："等你的考试成绩好了，我就给你买。"再大一点我又要电子琴录音机。姥姥向我提出更高的学习要求，等我达到了，她就说话算数给我买。那时候开家长会，老师总是强调学生的攀比心，让家长千万不要纵容。我问姥姥，你怎么不说我跟同学比是坏事呀？姥姥说："你对东西感兴趣，想拥有，这是优点。如果你对什么都不感兴趣那生活才失去了意义呢。但我一定要让你知道，想要什么，一定要付出代价。用自己的努力果实换来的东西，你是不是认为很幸福呢？"

在我四年级的时候，我辞去了学习班长的职务，被同学们选为文艺班长。本来文体是一个同学管理，但我身体不好，体育课很差，所以老师为了让我发挥特长，把文体拆开，要两个同学管理。后来我多次担任学校的主持人，班里的活动，更是少不了我的主持。姥姥说："你们老师真会发现人才，你小时候最不发愁的就是说话，说起来没完没了，真是烦人。我看你当文艺班长最适合。"确实,我从四年级开始管班里的文艺,一直到钢琴调律毕业。

老师总说班干部要起带头作用,但我总不带好头,老师给我的评价是:一周不挨说你就长不大。我就不信了,有一个星期我特老实,一直挨到了周末该回家了,我这高兴呀,老师终于没说对,我这周没挨说哈。中午吃完饭,我准备回家,但有东西落在教室里面了,我要找周末不回家的同学拿钥匙开门。我站在男生宿舍门口叫蔚长生同学,叫了两声没人理我,我想起了他的外号"喂饱圈",就是猪的意思。我大叫"喂饱圈",同学没出来,班主任从值班室里出来了,说:"陈燕,我说你什么来的,你一周不挨说,你就长不大,你还不服。"我也不想犯错,谁都爱听老师表扬,可我就是做不到。

我们最活跃的时候是上午第四节下课,一下课大家都冲向饭厅,如果晚了,去饭厅排队要好长,还买不到好吃的。于是刚上第四节课,我们就盼着下课了,下课铃一响,大家就拿起饭盒冲向饭厅,大家都跑得特别快,别看我们眼睛看不见,那早就熟悉的路对于我们根本不在话下。如果那时候哪个质疑我是假盲人的人见了,他一定会更了解盲人的。我们以最快速度排好队,那天周飞飞同学又想起了打我一下就跑的恶作剧。因为我的视力看不清谁是谁,同学们知道后,就经常悄悄过来打我一下就跑,跟小时候小朋友们对我一样。一次我被同学打哭了,哭着去找赵老师告状,赵老师问我,是谁打你?我竟然说不出来。所以知道我分不清是谁的同学就更多了。那天中午排队买饭,周飞飞打我一下就跑,我有点生气了,想起小时候用石头砸小朋友的事情,可我手里没有石头,我便想好用饭盒盖打她。我特潇洒地扔出了饭盒盖,只听砰的一声,周飞飞就捂着头大哭了。老师过来一看,周飞飞的脑袋破了。自然老师要请家长了。姥姥赔了医药费,还给人家买了营养品。我也挨了姥姥的一顿狠说。

爱美，爱唱

随着年龄的增长，我也知道要穿漂亮衣服了。记得小时候，别人看见我都夸，这孩子真漂亮，可惜眼睛看不见呀。姥姥总是说，她一点都不漂亮，长得很丑。但上学以后，老师和看得见的同学都说我很漂亮，可姥姥总说：好看不能当饭吃，你还是要努力学本领才行。所以我都长到十几岁了，还不知道自己到底好不好看。但姥姥给我买衣服的时候，会充分尊重我的意见，如果我喜欢的衣服很不适合我，她会耐心给我讲这件衣服为何不适合我穿。所以我长大了，在穿衣服上也是很有主见的，不像有的人，自己本来很喜欢这件衣服，但穿出去别人只要说不好看，以后她就永远也不穿

在校园

了。姥姥喜欢鲜艳颜色，还喜欢有花边的衣服，我也很喜欢。同学们都羡慕我有漂亮衣服，都说我是人好看，衣服也好看。我五年级就会设计衣服了，我摸摸同学的背带裤就设计出了我喜欢的背带裤的样子，姥姥按照我的意思做出来，我穿上，同学老师都说漂亮呢。

在我们学校开始流行电子琴的时候，姥姥就给我买了，条件是我要好好学二胡。后来二胡没好好学，因为我不喜欢二胡的声音，我总觉得拉出来像哭的声音。不过学校组织去美国大使馆演出，还是让我去拉了二胡。我们班在学校是重点班，有人来参观的时候，都来我们班参观。我们班同学基本上都有电子琴，我弹琴比较好，所以每次有人来参观我们班的时候，老师就让我弹琴伴奏，大家一起唱英语歌曲。姥姥说："你的电子琴也算没白买吧。"后来我们学校又流行买录音机，我骗姥姥说："我要学英语，您给我买个录音机吧。"姥姥说："看你的样子我就不信，坦白说，要录音机干什么？"我只好说："大家都喜欢听歌曲，买了录音机就能听歌了。"姥姥的条件是：半年老师不会因为你淘气请家长，期末考试要"双百"。我只好答应。后来姥姥的条件我达到了，姥姥真的给我买了个很先进的录音机，还是立体声的呢。不过我考试确实是"双百"，但关于老师为什么没请家长嘛，嘿嘿，不是我没惹祸，而是我有办法求老师别请家长了，不过这是秘密呀。

那时候大家都听张蔷的歌，每天下了晚自习，我就和最要好的朋友杨梅一起抱着各自的小录音机放张蔷的歌，那些没有录音机或者爱跟我们玩的同学，就在后面跟着。那时候我最爱听张蔷的《淘气女孩》："你说我是淘气女孩，天真活泼人见人爱，温柔笑颜什么都好，这么温馨陶醉多少小男孩。你说我是淘气女孩，一切表现都合节拍，虽然没有特意打扮，人人见我反而觉得这样更帅。你说

在游乐园

我是淘气女孩，从来不愿谈情说爱，有的时候装聋作哑，有的时候却又摆出一副姿态。啦啦啦啦。"我特别爱唱这首歌曲，引得好多男孩子来主动跟我做朋友。在同学们眼中我是快乐的，在同学们眼中我是富有的，就是那种想要什么就有什么的孩子。其实姥姥对我的物质要求特别严，她总说："有欲望，甚至于攀比的欲望是很正常的。但要付出才能得到。孩子从小就必须知道大人挣钱的艰辛，孩子得到物品也一定要付出努力，这样长大了就会更好地去努力创造生活。"

我在同学们眼中是快乐的，但我有时候也会伤心，看到同学的爸妈来学校，我就会躲到角落，暗暗地伤心，不知道我的爸妈什么时候能来学校看我，他们也许永远也接受不了我是个瞎子。在学校歌咏比赛中，老师让我领唱《世上只有妈妈好》，我坚决不唱。老师问我为什么，我也不说。同学们的好奇心很强，都来问我。那几天我真是度日如年。我怕大家知道我的身世,我害怕他们背后议论我。我回家跟姥姥说了,姥姥想了想说:"人对不知道的事情本来就很好奇,所以同学们问你是很正常的。没有笑话你的意思,你别多想。你没有父母的爱,这不是你的错,所以你不如就跟同学们说了,人要面对现实,这才是人生。"我不愿意跟别人说我的伤心事,我很不开心。姥姥说:"周一我去送你上学,我跟你们班主任说吧。"

后来我在全校歌咏比赛中,获得了个人三等奖。我唱歌在学校不算好的,唱歌对于盲人真的不算特长,可以说是个盲人就会唱歌呢,但我选的歌曲是《妈妈的吻》,我是用心在唱,不由自主泪流满面。评委们都感动了。

失去好伙伴

转眼几年过去了,我快满十八岁了。一个星期六,我和同学约好去玩儿,姥姥打来电话,让我放学快点儿回家。我说都跟同学约好了去玩儿。一向教导我做人要守信用的姥姥这次却说,你和同学说不去了,然后快点儿回家。我有点不情愿。我突然想起我的黄黄,它都病了好几个星期了,会不会——我不敢想了,我急急忙忙回了家,姥姥说黄黄等着你呢。黄黄一动不动躺在窝里,我抱起它,发现它比原来轻了好多,只剩一把骨头。姥姥说,好几天它都没有吃东西了,它总是瞪着两只大眼睛好像在等着你。黄黄连叫的力气都没有了。我看着黄黄的样子,眼泪刷刷地流着。"黄黄你别死,你是我童年唯一的朋友,你陪了我十三年,我不能没有你。"黄黄在我的哭声中慢慢地死去了。我久久地抱着黄黄不愿放下,我舍不得这个好朋友。姥姥说猫只能活十多年,传说猫都不死在家里，它们快死了就上山了，它们死了以后，就变成狸了。我把黄黄放在一个纸箱里，给它盖上了我最喜欢的猫手绢，在它身边放了好多它爱吃的东西，我抱着纸箱来到公园，把黄黄埋在一个小山上，这里离我荡秋千的地方不远。我经常来这里荡秋千，在我荡得最高的时候就能看见黄黄了。

我在小山上哭了很久，我失去了童年最好的伙伴。黄黄生来就不会歧视我，它没有嫌弃我看不见。我看不见而踩到它，它也没记恨过我。时间长了，黄黄看见我走过来，就会给我让路。黄黄生来与世无争，只要吃饱了就蹲在一边，瞪着两只大眼睛，好像在审视着这个世界。我从没想过黄黄会从我的生活中消失。我永远也不会忘记我童年唯一的朋友！我下定决心以后再也不养猫了，因为无论我怎样对它好，它们也会死在我前面。我要从现在开始就收藏假猫，几十年后我有了几百只各式各样的猫。回家后我翻箱倒柜地找到了我五岁时姥爷给我买的瓷猫，我想就从它算起吧！

十八岁，开始谈论爱情了

姥姥说咪咪马上就要过十八岁生日了，你终于长大了。以后你在人生路上还会遇到许多悲欢离合，你要学会承受一切！

十八岁是对未来充满好奇和幻想的年龄。我在一天天地长大，我们开始谈论爱情了。

学校规定每天晚上九点半熄灯，熄灯后我们就开始了大讨论。杨梅说："我要找一个爱我的白马王子，他永远对我百依百顺。"李飞说："我要找一个我爱的人。"张平却说："应该找一个爱我的人才对呢！"她们都问我要找一个什么样的人，我想了想说："没仔细地考虑过。只要以后过日子不让我刷碗就行。"她们都笑我："就这点要求呀!"

张平说："陈燕,追你的男孩一大堆,随便挑一个就行了。"我说又不是买白菜,随便挑一个! 先别考虑我,你们帮杨梅想想她的白马王子是什么样的吧。李飞说肯定是个子高高的,张平说肯定很有钱,我说肯定会飞檐走壁,爱打抱不平。她们全笑了,说:"陈燕看武侠小说看多了。"

正说得带劲儿,我想我如果敲敲门,她们肯定会以为生活老师来了。学校规定熄灯以后不许说话,生活老师有时候检查。如果查到谁说话就扣分,扣分多了,还要写检查呢,所以我们都怕老师来。我的床就在门后面,我悄悄坐起来敲了三下门,同学们知道是我搞的恶作剧,没想到门外一个河北口音说:"干什么呀!"我们全笑了。生活老师李老师真来了。李老师非要进来看看是谁敲的门。我想坏了,我又闯祸了。我们都不去开门,李老师用钥匙开了门,进来说:"我在外面听了好久了,我抬手刚要敲门,门就响了,吓了我一大跳。"我们趴在被窝里,笑得眼泪都出来了。李老师问是谁敲的,我们都不吭声。李老师急了,说:"如果没人承认,就都扣分。"我想好汉做事好汉当,就说是我敲的门。李老师说:"我一猜就是你。"

第二天晨检,班主任魏老师叫我:"陈燕。"我连忙站起来。"你昨天熄灯以后干什么了?"我假装一脸无辜地说:"没干什么,睡觉呀。"逗得全班同学都笑了。一大早魏老师就知道了,肯定李老师真生气了,可能是昨天吓得不轻,所以才告诉班主任的,想到这儿,我又笑了。魏老师说:"干了坏事还笑。"男同学也非常想知道我干了什么。我开始一边比画一边学着李老师的口音说了昨天的事。大家听了都在笑,连魏老师都笑了。我接着说:"其实我不是想吓

十八岁生日

唬李老师,可不知怎么那么凑巧,李老师一抬手,我就替她敲了门。"大家笑得肚子都疼了,魏老师说:"陈燕,你还狡辩,第一节课你就站着听吧。"我心想罚站对我来说可不新鲜,简直是小菜一碟。

就这样总是罚站,但也没把我的身体练好。因为我有过敏性哮喘,跑不了一会儿,就会犯病。还有先天性颈椎病,经常头痛。那些按摩专业的同学经常给我治颈椎病。有时我哮喘病发作了,就不能平躺在床上,杨梅她们就轮流抱着我,有时她们一夜都不能睡觉。真的,她们好让我感动。

偶尔,那些毕业了的大哥哥大姐姐们会来学校玩。李飞说她好羡慕那些毕业生,她说想快点毕业去工作。但我可不这么想,我真舍不得离开学校的老师和同学们。十八岁的年纪,也许情绪很不稳定,有时我会莫名其妙地伤感,有时我会听着齐秦的歌浮想联翩,有时我会跟着张蔷的磁带一起唱《走过咖啡屋》。

考上首届钢琴调律班

在我上完初二的时候,中国第一届盲人钢琴调律专业开始招生了。因为是三年才招一届,所以我又跳班参加考试,很顺利地考上了。所以后来我被媒体称为中国第一位女盲人钢琴调律师,那是因为我们班的女同学只有我一个从事这个行业。但当时我要一边上钢琴调律专业,一边自学初三的课程。姥姥知道后,说:"学吧,两个班的课程对你来说不难,最好能上三个班的课才适合你呢。"我听了噘起嘴,你是我的亲姥姥吗?

我们这个班是由一半本校生和一半考来的外校生组成的。开始我们大家互不相识,谁也不听谁的,经常吵架。有一次我和杨文打架——我可不是那种先欺负同学的人,我的宗旨是:人不犯我,我不犯人。我虽然不欺负人,但人也别欺负我。我们上课间操的时候,杨文在后面捅我,我回手还击的时候,正好被体育老师看见了,当着全校同学的面说:"陈燕你干什么呢!"说得我那叫一个没面子,心想杨文你等着。课间操结束,我们回到教室,我想起了小时候用石子儿砸人的本领,就用我治哮喘病的药片打杨文。我砸人是百发百中的,杨文上蹿下跳地躲我。老师来了我才住手。

但半年以后,大家就成好朋友了。我和张倩是最好的朋友,她心烦的时候喜欢大喊大叫,我就用钢琴给她伴奏。有一次周朗也加入了我们的行列,我弹着不和谐的音符,他们有节奏地怪叫,只听钢琴调律班是一片鬼哭狼嚎声!这时,一个大虫子也来凑热闹。大虫子围着灯飞,发出嗡嗡的声音。我听见了,吓得就往外跑,我是最怕虫子了。周朗说:"陈燕,你别走呀,接着给我们伴奏。"我倒是很想给他们伴奏,可想起那个大虫子,真是吓死人了。周朗说:"我把它打死。"他拿着笤帚满屋追着打虫子,可打不着,于是除了我以外,大家都追着虫子打,弄得教室乌烟瘴气。生活李老师来了,她说:"你们疯了。"确实学音乐的学生比较活跃。

我们不光在屋里疯,还在外面疯呢。一天,李任炜老师给我们留了调律的作业,让我们在琴房里练。李老师刚走,我们就到操场上放风筝。那天刮着六级风,把风筝线刮断了,风筝不知飞到哪儿去了。校长看见我们不上课,就去问李老师:"难道上午第一节课就是课外活动吗?"这时体育老师也来凑热闹,他来告我的状。他说:"昨天上体育课,我让他们跑步。陈燕身体不好,我没要求她跑全程,我让她尽力而为。但她也不知道想的什么办法,竟能让周朗上墙头。我刚让周朗下来,不一会儿杨文又让她说到树上去了。您好好管管吧。"说完,体育老师就走了。李老师更火了,问我是怎么回事。

　　我向他详述了事情的经过——昨天上体育，他们都去跑步，我觉得待着没劲，就跟他们一起跑。我们路过操场的东面，看到杨树发芽了，想起小时候家门口有棵大杨树，到了春天还没有长叶时，先长出一串串红色的东西，有人叫它"杨树掉"，我们都叫它"毛毛虫"。我经常用"毛毛虫"玩过家家，听说"毛毛虫"能蒸包子，可香了。我跟周朗说了，周朗说："我没吃过'毛毛虫'包子。"我说："你去摘点，咱们做包子尝尝。"侯健说："咱们什么都没有，怎么做包子？"张倩说："我拿回家做，还可以放好多瘦肉，星期一我给你们带来。"杨文说："你不会偷吃吧？""哪能呀，"周朗说，"树这么高，怎么上去呀？"我说你从双杠上墙，再慢慢走到树这来。大家都说好主意。周朗上了墙，终于够到了"毛毛虫"。他太急了，总想着"毛毛虫"瘦肉包子的香味，就迫不及待地尝了一口。"啊，是苦的！"张倩

和同学在一起

不信,说:"扔下来我尝尝。"周朗扔下来一串,大家尝了尝,确实是
苦的。杨文说:"陈燕骗人。"我说:"没有,我记得'毛毛虫'是暗红
色的,圆嘟嘟的,也不是这味儿。"张倩说:"算了吧,树的品种不一
样。"这时体育老师跑过来说:"你们干什么呢?"我们吓得赶紧接着
跑步。一会儿我又想起:槐树是不是也该开花了? 槐花可香了,吃
起来还有股甜丝丝的滋味。张倩说:"我也吃过。"杨文问:"现在有
吗?""不知道,你可以上树去看看。""没问题。"说着,他把外套脱
了,撸胳膊挽袖子地往上爬。他好不容易爬了上去。他说:"树杈
上没有花,只有刺和树叶。"没等他下来,就被老师发现了。老师问
清楚了,说:"你们两个男生怎么被一个女生指挥得上墙的上墙、上
树的上树呢!"我想,老师还挑拨我们的关系呢。老师接着说:"罚
你们跑两千米,陈燕在操场中间罚站。"

　　李老师听了大怒,说:"你们都罚站。"我趁李老师一回头,小声
说罚站算什么,我是经常事。没想到李老师不愧是调琴的耳朵,他
听见了。他说:"你们在教室罚站,顺便看着陈燕在五分钟内用调
琴扳子把二百二十一个弦轴一个不许落地插一遍,如果超出五分
钟就重来。"啊,我可真倒霉! 对于教我们钢琴调律专业的李任炜
老师,我倒是比较服他。他刚来学校是带乐队排练的。我一边嚼
着口香糖,一边心不在焉地听李老师讲乐器,李老师突然说:"哪个
同学上课吃口香糖,还是'大大'牌的。"我听了差点把口香糖吞到
肚子里。太厉害了吧,李老师一点都看不见,他能听出我不发声音
地吃糖,还知道是什么牌子的。李老师接着说:"如果不承认,我就
点名了,后果比较严重呀。"我赶紧说:"老师,是我吃的。"李老师
说:"还比较诚实呀,虽然我看不见你们在干什么,但你们的一举一
动我都能听到,所以以后同学们上我的课,不要有侥幸心理。"从此
我就对李老师心服口服了。

熬过学习的难关

其实学调琴一点都不像我想象的那样容易,八千多个零件等着我们去熟悉,还必须都会修,太难了。我还记得第一天上课的情景。我们的任课李老师,是经过欧美老师培训的,李老师说,你们不但要学会精确的调律技术,还必须学会修琴。钢琴有八千多个零件,你们不但要知道零件的分布,还要熟练地掌握拆装和维修。你们是盲校中第一届钢琴调律专业的学生,你们毕业后,将要承担的是一项艰难而光荣的任务,是要铺出一条盲人就业的新路,你们干好了,会有更多的盲人受益;如果干不好,这条路将很难走下去。全国的盲人都在关注你们。

在开学的第一个星期,我就意识到学调琴不是我想象的那样容易。我真有些后悔了,还不如去学中医按摩呢。人只有二百零六块骨头和六百多个穴位。真没想到,钢琴的结构怎么比人的穴位还复杂呀!如果光学调琴和钢琴的结构也不难,但我们还要学修琴。修琴的基础课是工艺课,要学习把一块木头用刨子刨平,用钻子在木头上打眼,把螺丝拧进木头里,把钉子垂直钉进木头里还不能歪。最不能想象的是老师让我们在一个星期内制作一组钢琴键,还要跟真的一样。这对于我来说简直是天方夜谭呀!工艺课让每个人都感到畏惧,我经常在钉钉子时,把锤子砸到手上,拧螺丝时螺丝刀扎到手上。自从有了工艺课,我的手上就布满了大大小小的伤口。真没想到学调琴不光有美妙的音乐,还要学木工,人们可以想象,这对盲人有多难。我真的不想学了,同学们也都是这样想的。

一天,李老师给我们讲钢琴保养,他说钢琴里要放樟脑,否则钢琴里面的呢毡就会被虫子咬坏。他给我们布置好作业，就让我们去琴房练。琴房只有六平方米左右，有一架钢琴、一张桌子和一把椅子，真没劲。我一边练调琴，一边想着李老师说的话，钢琴里要放樟脑。我灵机一动，吐出了泡泡糖，捏成一个大白虫子，放在键盘上，就去找李老师，说钢琴里有个大虫子。李老师连忙跟我到了琴房，说快把虫子捏死，我说不敢，还是您捏吧。没想到李老师也怕虫子，他也不敢。他让我去叫其他同学来打虫子。我想要叫一个胆子小的，否则一捏就知道是泡泡糖了。我把侯健叫来了，他也不敢打。李老师说去叫周朗，我想如果周朗来了，他的胆子可大了，他敢摸虫子，就能发现是泡泡糖了。我趁侯健去叫周朗的时候，悄悄把虫子放在手里，因为李老师是一点也看不见的。周朗来了，没看见虫子，说可能虫子跑了吧。李老师急了，说："你们真没用！虫子爬进钢琴里，就会把钢琴咬坏了。"我看李老师真认真了，就害怕了。只好说那不是虫子，是我用泡泡糖捏的。我想，又犯大错了，李老师肯定轻饶不了我。李老师说大家不要练琴了都在教室里集合。周朗在我前面一边走一边转过头逗我，我知道他在想什么，肯定在幸灾乐祸。到了教室里老师并没有提刚才的事，而是说："我给你们讲讲我学调琴的事吧。"

李老师说："我是学小号的，毕业后分到评剧团，但是二十世纪七十年代末唱评剧不用小号了，我就失业了。有同事说盲人的耳朵好，听说国外有盲人调钢琴的，你也学学呀。我听了觉得有道理，就马上买来教授钢琴调律的书，求别人帮我念，我用录音机录下来。但图形没法说，钢琴上有那么多零件，光靠背书是解决不了的，于是我通过拐弯抹角的关系把钢琴厂的一位老师傅请到家里，想请他教我。当时我把家里所有的好吃的东西都拿出来招待老师傅。当他知道我请他来是为学调琴时，他送我两句话：'我劝你不要跟自己过不去,作为调律师眼睛稍微差一点,修琴都困难,别说一点看不见了。'说完他就走了。我听了,没有再说什么,但从此我发奋学习,我就不信盲人学不会调琴。我克服了许多别人难以想象的困难,终于掌握了传统的调律技术。后来中残联为盲人引进第二条就业道路,我有幸向欧美老师学习二十世纪九十年代最先进的欧美三六度验证技术。那时我一天练调琴十四个小时,除了睡觉就是在琴房练琴。有一次我发烧39.5℃,那次是我有生以来第一次去医院输液,"我笑了,小声说,李老师没输过液,还不如我呢。张倩听见了说,谁像你似的一个月不去医院挨几针就难受。李老师继续说:"躺在医院里我感觉到从未有过的寒冷。我想到了家,我输完液又去琴房练琴。因为我背井离乡是想真正学会一门先进的技术。当时残联派我去学先进的技术,是让我学会了回来教你们,如果我当时不认真学,哪有你们的今天和明天呀。你们应该珍惜这个学习的机会,你们是第一届,全国的盲人都等着你们成功呢!"到这时我才似乎懂得了,一个盲人不是想学什么东西都能顺利地去学。今天我们能够坐在这里顺利地学习是来之不易的。

　一星期后我真的做出了一组琴键,有黑键有白键,一共十二个,和真的琴键一模一样。通过做琴键,我又明白了一个道理:只要努力,总会有或大或小的收获。我下定决心一定要学好调琴技术。我觉得学调琴对我是比较容易的,可是修琴对于一个看不见的人来说确实不是件易事。学换弦的时候我的手被弦勒得一道道青紫。学弦码开胶时,要钻到钢琴下面把弦都摘下来,在键盘下面头都抬不起来。还要学修理后背架开胶,这就更麻烦了。先要把所有的琴弦都松掉,然后用特制的螺丝刀,把钢板上的五个特大号的螺丝拧下来,再用比普通钻头长四五倍的钻头打眼,还必须平行保持控制电钻不能震颤,简直太难了。学三角琴的维修更难一些:

先把机芯从琴箱里平行抽出来,身体不能碰到琴键,因为在取机芯时如果碰到琴键,弦槌就会被琴箱刮折。但是三角琴的机芯有几十斤,我取出来非常费劲,老师就让我平行拿着机芯不许放下。我坚持不住了也不敢松手。我的眼泪刷刷地往下流。李老师说如果现在要求你们不严,以后到了用户家就没法干了。我问李老师我们学大修有什么用,以后能有多少大修的琴呀。李老师说作为一名优秀的钢琴调律师不光是会调琴就行了,必须会修琴。尤其是盲人,用户一般不会担心盲人能不能调准琴,因为大家都知道盲人的耳朵就代替了眼睛。但用户都会认为盲人看不见肯定不会修琴。你们必须掌握所有大大小小的修琴技术,碰见什么问题的琴都能修,才能排除用户的不理解。幸亏当时李老师要求我们学会处理所有的问题,后来我们遇到许多年久失修的钢琴,都用欧美最先进的技术挽救了这些琴。

现在回想起来,真不记得当初熬过了多少难关。在那以后的学习过程中,又遇到了许多我认为不可能学会的技术、克服不了的难题,但有坚定的信念支持着,我坚持了下来。

初 恋

在学校,拥有磁带最多的是按摩班的郭长利。他家穷,他就把吃饭的钱省下来买磁带。他的磁带都保护得特别好。我颈椎病一发作,有时就是他给我做按摩,时间长了我们就熟了。他大我五岁,像个大哥哥。他的声音很好听,学习也好,是学生会主席。但听说他长得难看,又是农村户口。他有一个女朋友,但对方家长不同意。他爱帮人,只要他能做到的都管。有一个星期六,他帮同学买方便面，一下午他去小卖部十三趟，都快把小卖部的方便面买空了。时间长了，我遇到什么事都爱跟他说，有时不开心就去找他。他对我就像哥哥对妹妹一样好。一次我想听齐秦的磁带，就试着跟他借。听说他不愿把磁带借给别人，没想到他连单放机都一块儿借给我了。

时间慢慢地流逝，我对他好像和以前不一样了。一天不见，我就心绪不宁。我喜欢听他的声音，没事儿就去找他治颈椎。他爱吃面条，我就总给他送方便面。有一天我们上体育课，郭长利坐在宿舍的窗台上。我问他为什么不去上课，他说早晨跑步时崴脚了。我听了好心疼，安慰了他几句。晚上我让同学给郭长利送去方便面和我治嗓子用的螺旋霉素片。后来他总是嘲笑我，说我让他用螺旋霉素治崴脚。我说不是那个意思，我是不知道送什么好了。老师总是说学生时代的爱情不能长久。我很早就收到过情书，从没当回事儿。可这次我动心了，也许这就是恋爱吧！

星期六我找你有事

郭长利去按摩医院实习以后，我们见面的机会少多了。可我对他的感情发生了微妙的变化。原来我把他当成大哥哥，但现在好像不一样了。他没有时间给我治颈椎了，我只能去按摩医院花钱治。他给我介绍到他师傅那儿。他的师傅是全国有名的颈椎病专家。他师傅给我治了一段时间后，因为太忙，每次都要等好长时间，我上学时间又很紧，后来他师傅叫他给我治。随着我颈椎的好转，随着一次又一次的见面，我对他的感情越来越深。我曾多次向他暗示，但他好像无动于衷。难道他不懂感情？不对呀，那他交女朋友干什么。

随着年龄的增长,那些喜欢我的男同学对我展开了更猛烈的进攻。其实,他们哪个的条件都比郭长利好。他们大多数都长得很帅,家里也很有钱。他们经常约我出去玩,还想出各种办法让我高兴,但我只把他们当成我的好朋友。只是我对郭长利的感情越来越深,可他却一谈感情就躲躲闪闪。是他不喜欢我吗?还是恋着原来的女友呀?我不相信凭着我的能力和执着征服不了他。我又多次向他表达喜欢他的意思,可他仍然无动于衷。当时,没听说有哪个女生主动跟男生表白的,我左右为难,又不是嫁不出去,干吗要先跟他说呀。假如以后成了还不让他一辈子都瞧不起我呀,何况有那么多男孩子追我。我考虑了几天,认为谁先对谁说不是问题,干吗非得男孩子主动呀。

我找到郭长利对他说:"星期六我找你有事。"说完我就开始盼着星期六的到来。但我又害怕,真够难为情的。其实这次找他我是经过深思熟虑的。我想过,这么早谈恋爱是否会像老师们说的那样,是不会长久的。如果恋爱,难道必须是郭长利吗?他长得难看又很穷,以后怎么过呀。但同学们聊天说找爱人最重要的是感情好,钱是人挣的,可感情是金钱买不来的。大家还说看一个人是否好,不仅看他对你怎样,还要看他对周围的人怎样。考虑了很长时间,我觉得他除了长得难看和太穷以外就没得挑了。随着时间的推移我一天天地加深了对他的思念。记得我小时候姥姥经常说的一句话:"你想做什么就去做,不要想结果,只要你努力了,以后就不会后悔了。"我想不能让自己后悔,哪怕是说出来他不同意。我想,我应该成功,凭我的真情实意,我不应该遭到拒绝。

星期六的晚上他来了,面对他我一时又不知说什么。聊了一会儿,我一狠心说:"郭长利,我跟你说件事,我想跟你好。"他愣了一会儿说："我知道你是一个可爱的女孩,但我不能答应你。"我感到非常意外,他接着说："我是农村户口,毕业以后不可能找到正式工作。我家很穷,你应该是听说过的吧。我十三岁那年,父亲就去世了,是我姐姐供我上学的。到现在我家也很穷。我家在远郊密云县,我不可能把你带到那里生活,但我又不可能在北京买得起房子。我很喜欢你,但我这辈子无缘和你在一起。"我听着他的话,渐渐地我的那股不服输的劲儿又来了。我说:"没有钱,以后咱们一起挣,如果你跟我结婚了,户口也能转成城市户口。你有了户口,就能找到工作了,我有信心。如果你跟我好,我一定会给你带来幸福的!"在电影里,一般都是男孩对女孩承诺,我一定要给你幸福。但是现在,我也不知为什么,就向他承诺幸福了。郭长利说:"你不要过早地下结论,明天我就带你去我家看看吧,你敢去吗?"我说:"那有什么不敢。"

长利的家

第二天,我们一起去了密云。他家离县城有四公里,叫西智村。进村后我感觉有很多人在看着我。街道都是土路,每家都有一个小院。房子有高有矮,院墙大多数都很矮,一个又一个的麦秸垛却很高。郭长利边走边说:"我家里现在有两个姐姐和两个弟弟,还有我妈妈。大姐已经结婚了。爸爸去世后,二姐接了爸爸的班,一直供我上学。昨天咱们谈完,我就给二姐打电话,说今天你要来。二姐很高兴,说会把全家都叫齐。"

我走进了他家,一个不大的院子和五间很矮的房子,他们全家都迎了出来。到了屋里,黑洞洞的。屋里还有张很大的土炕呢。

我问，都九十年代了，怎么还有土炕？问得他家人都有点紧张。我突然意识到不能随便说话。

他家五间房子里没有一样电器，没有一件像样的家具。这么穷的家，我真是想都想不到。他家人都很热情，问我多大了，什么时候毕业，还说我长得漂亮，比他们家长利长得好。到了吃饭的时间，他妈妈和两个姐姐做了好多好吃的。他们总是说多吃点，别认生。我心想，这么穷的家，怎么变得出这么多好吃的。吃完饭，他五弟给我买来软包装的汽水。我咬开瓶口喝了一口，说难喝死了，抬手要把它扔掉。他五弟说："你不喝我喝。"说完就拿过去喝了起来，也不嫌我咬过。这么难喝，他却喝得津津有味。郭长利看着我发呆，就说："平常我家从来不买汽水。你认为难喝的，我弟一年也喝不上一次！"我默然了。真不知道，在二十世纪九十年代，在我的身边一个家庭还能穷到这种程度。

吃完饭，他两个弟弟出去玩了，两个姐姐和他妈妈跟我聊天。他妈妈说："姑娘，真难为你能看上我家长利。长利是个好孩子，但就是我家太穷了。如果你能看得上长利，我们借钱也要给你们盖新房子。他两个弟弟说了，以后一定挣钱帮大哥盖房子。"他们家兄弟姐妹的关系可真好呀。真让人羡慕。他妈妈说："长利小时候非常聪明，就是他的眼睛耽误了他。我们连着有了两个女孩，第三个终于盼来了一个男孩。但他出生几天我们就看出他的眼睛有问题，他的黑眼珠上好像有一层白膜。出了满月，我们就带他去了同仁医院。大夫说太小了，过几个月再来看。当时我们根本接受不了这个残酷的现实。过了几个月医院确诊了，是角膜浑浊，这病在当时的医疗条件下是治不了的，他注定一辈子只能看见光，不能有真正的视力。如果他生在现在就能换角膜，但当时还没有这种技术。即使有，我们也没钱呀！"

　　我说:"现在换角膜可以吗?"长利妈妈说:"我们也带他看过,大夫说因为他这么多年都是光感,眼底早就萎缩了。他三岁时有了他的小强弟弟,在他六岁时有了他的小五弟弟。他爸爸在工厂上班,我在家种地,日子过得很紧张。长利从小就很懂事,主动帮我干活。他七岁就会蒸窝头熬粥。到了上学的年龄,学校不收他,说他看不见字。再说在农村好多看得见的小孩都不上学,何况他是个残疾人,上了学也没用。但他爸不这么看,他爸说有机会一定要让长利上学,我们不可能养他一辈子呀!我们并没有溺爱他,也没有歧视他。对他和别的孩子一样,就是想让他有一颗平常心。同时我们教育另外四个孩子,让他们知道照顾长利就是他们的职责。在七十年代初,村子里还没有一台收音机的时候,他爸爸就从城里给长利买回一台收音机。长利很喜欢听,听过的歌他都会唱。他两个姐姐上学,听不了小说。他听完了,等他姐姐回来,他就一字不落地讲给姐姐听。姐姐们也很偏爱这个看不见的弟弟。长利出去玩经常被小朋友欺负,小朋友还骂他瞎子。他二姐比较厉害,每次都去找人家打架。长利喜欢养蝈蝈,他带着两个弟弟上山。他听到蝈蝈的藏身地,就让他弟抓。长利从来不主动跟别人打架,他很自卑,总觉得自己看不见不如别人。在长利十三岁那年,他爸爸看报纸知道了北京盲人学校。5月份带着长利去学校参加了入学考试,6月录取通知来了,9月长利就能上学了。"

　　那年7月,厄运降临到这个本来就很不幸的家庭。长利妈妈说:"很早长利就觉得肚子疼,后来他摸到肚子里有一个包。他平常就不爱说话,得了病也不爱说。他疼厉害了,才告诉我们。我们带他到医院检查,大夫说必须做穿刺才能化验是不是良性的。穿刺是很疼的,长利说那是终生难忘的。十多个人摁着他,针头很粗,往肚子里扎真是撕心裂肺地疼。化验结果是良性的,但这个肿块已经很大了。大夫说一般人早就肚子疼了，不会让它长这么大。

"长利忍耐力很强，做完手术，我心疼地抱着他说：'长利，你要疼就哭吧。'长利说不疼，还给我擦眼泪。他从小就是个很懂事的孩子。他还没有出院，我就得了急性胆囊炎，和他都住在县医院里。后来我做了胆囊摘除手术。他爸爸为了照顾我们，累得不轻。他爸爸身体也不好，有风湿性心脏病。俗话说福无双至，祸不单行。我们刚出院，他爸爸心脏病就发作了，住进了县医院。经过抢救病情稳定了，他爸爸说想孩子了，让我把五个孩子都带去。我说家离医院有四公里，孩子们来不方便，可他执意要孩子们来。我回家把孩子们带到医院，他爸爸对孩子们说：'我最不放心的就是长利。他小时候，我给他取这个名字就是希望他在人生的道路上是个胜利者。本来我想让他上几年学，然后就让他接我的班，那样他就能转成城市户口了。他看不见，是当不了农民的，但现在看来是等不及了。'孩子们都说：'爸爸你一定能活着，你是个好人，好人能长寿，我们不能没有你。'

"他爸爸说：'但愿吧，如果我这样走了，我对你们是很不放心的。但是要说的话，我一定要说。假如我真的走了，两个女儿你们也不小了，一个十七岁了，一个也十五岁了。你们谁能供长利上学，谁就接我的班。但是长利要去北京上学，费用会很高。可能你们一个月的工资刚够他上学的。你们谁供他上学，能供到什么程度，就要供到什么程度。以后科学发达了，也许他能上大学。凭他的聪明，如果条件允许，不是难事。你们要供他上完大学，其间不能结婚。你们姐俩谁能胜任？'一向顺从乖巧的大女儿没说话，性格倔强总是替弟弟打抱不平的二女儿说：'我能胜任。'他爸爸露出了满意的笑容，说：'乖孩子们，你们哪个都是我的好孩子。我舍不得离开你们。你们一定要团结，长大了也要互相帮助。我和你妈妈把你们带到这个世界上，我们希望你们五个能互敬互爱。遇到什么事，都能大家一块商量。俗话说团结起来力量大。还记得我教你们的那首诗吗?'五个孩子齐声念:'煮豆燃豆萁,豆在釜中泣。本是同根生,相煎何太急。'他爸爸拉着两个小儿子的手说:'你们以后千万不要忘了帮助你们这个看不见的哥哥,如果他不能自食其力,你们必须养他一辈子。'八岁的小五弟弟、十一岁的小强弟弟用力地点了点头。"

长利的爸爸好像有预感似的留下了最后的遗言,在第二天凌晨4点多,带着太多的牵挂,带着太多的遗憾,带着太多的不放心去了!

爸爸走了,家里如同天塌了一样,大家都不知道以后的日子怎么过。只有八岁的小五弟总是哭着要爸爸,也许在他那幼小的心里,还没有意识到爸爸是永远也不会回来了。他只有八岁,但他幸福的童年随着爸爸的走而结束了! 长利平常就不爱说话,突如其来的打击,使他那大病初愈的身体显得更为单薄。他从不哭出声来,总是默默地流泪。一天,长利流着眼泪对妈妈说:"我不上学了,您下地干活,我可以在家做饭。您让大姐上学吧。她马上就能考大学了。她学习又那么好,肯定能考上大学。"大姐说:"我不上学了,在家帮您干活,供三个弟弟上学。"妈妈哭了,说:"你们都是我身上的肉,哪个耽误了前途,我都心疼! 你们自己商量吧。"大家都争着让对方上学,自己干活。后来,二姐说:"别争了,按照爸爸的遗言做吧。"后来,大姐在家帮妈妈干活,二姐接了爸爸的班。她们共同供三个弟弟上学。两个姐姐放弃了自己美好的前程,帮着妈妈挑起了家庭的重担!

开学的前一天,两个姐姐带着长利来到爸爸的坟前。长利跪在爸爸的坟前说:"爸爸,我明天就去上学了,我不会辜负全家对我的期望,我要好好学习,长大了挣钱,养着妈妈和姐姐们。"二姐说:

"爸爸放心吧，我们一定要供长利完成学业，三个弟弟一定要有一
个大学生。"第二天，两个姐姐把长利送到学校。长利的心里在流
泪，他是带着全家的希望上学的。

听了这些，我流下了眼泪。这不是故事，这是一家人真实的人
生呀！我才明白郭长利在学校为什么学习总是第一。他各方面都
是第一，原来他有着这么凄惨的童年。他二姐说："我们马上就看
到希望了，长利马上就毕业了，还找了你这么漂亮的城里姑娘做女
朋友。如果你不嫌弃我们家穷，我们会想办法给长利建造一个温
馨的家，这样九泉下的爸爸也就放心了。"我问她："两个弟弟上大
学了吗？"二姐说："没有，小强弟弟十四岁就不上学了。他看家里
太穷了，就不愿意上学了。他出去打工，挣了钱都给妈妈，说让弟
弟和哥哥上学。后来他学了烹调。小五弟弟初中毕业也不上学
了。他也去打工，后来学会了开车。他们有一个共同的愿望，就是
让长利学有一技之长。他们还清楚地记得爸爸的话：'一个健全人
有多大本事就吃多少饭，就是什么都不会，捡破烂也饿不死。但一
个残疾人如果没有一技之长，生活起来就很困难了。'"

回学校的路上，我一言不发，我还沉浸在那真实而凄惨的述说
中。姥姥说我父母是二十世纪八十年代第一批个体户，但他们没
有给我父母的爱。长利家很穷，但兄弟姐妹之间有那么深的感
情。我被深深地感动了。我喜欢上了他们家的每一个人，我决定
和郭长利交往。

求 爱

郭长利显得无精打采，他问我："去了我家，后悔了吧？"我一本

正经地对他说:"我不后悔。我被你的坦诚感动,因为两个人交往,都会有多多少少的善意的欺骗,但你没有。我还被你家的故事感动了,我不会收回我的话,我一定能给你幸福,我还能给你家人带来快乐。我要打破那种男人家花钱娶媳妇的风俗,我不会跟你家要钱的,咱们要靠自己创造幸福的未来!"郭长利很感动。我说:"赶紧向我求爱!哪有女孩向男孩求爱的,我怕一辈子留下话把儿。"郭长利说:"行,我郑重向你求爱。咪咪,我爱你!"我说:"去你的,哪有叫人家小名的!"一抬眼,看着长利朦胧的身影,一句话脱口而出:"长利,以后我就叫你利利吧。"他说:"行,叫我什么都行。"

　　我被长利一家的朴实真情深深感动。我愈加坚定了对长利的爱。我决定要一生陪伴着他,给他幸福。这决不是感情用事,我清楚地知道,如果我们结合了,今后的路会有多难。还有,我们相爱所要面对的方方面面的阻力……

交　注

　　利利说,其实他很早就喜欢我了,但他从来没想过能跟我好,他觉得配不上我。我们开始交往了。这消息不胫而走,我的朋友们说什么的都有。那些追求我的男生也开始跟我作对。我的好朋友杨梅说:"你怎么能跟他好呀!他长得多难看呀!个头不到一米七,除了声音好听外,哪儿长得都难看。"张平说:"听说他很穷。"问我:"你以后怎么跟他过呀?再说他有女朋友。"我说:"他说过已经跟他的女朋友分手了,因为他女朋友的家长不同意。否则他是不会跟我好的。"李飞说:"难看和没钱不是重要的,最重要的是,他是不是真爱你,是不是真对你好。"我说:"咳,交往一段时间不就知道了。"

那段时间真是很美妙。一到周末我们就出去玩。也许你们真的想不到，一对眼前只有光和颜色的盲人，携手去触摸大自然给人类的美丽。他爱划船，我们就到紫竹院、北海或陶然亭去划船。但是两个盲人出去确实很困难，船划出码头，想回来就不那么容易了。我们只能围着湖边转，听见有船码头的特有声音就问，是不是这儿的船？如果我找一个健全人，就没有这种事了。但从小姥姥就培养我，自己的事情不要想着靠别人，所以我养成了不服输的性格。为了爱情，我宁愿两个人互相搀扶摸索着往前走。我知道我们的路有多坎坷，我知道以后会有许多麻烦，但我一定会走好。我们听说天坛好玩，就约好去天坛，但看不见路，路过西门也没看见。后来走了三站地，才找到北门。

天气已经很热了，利利出了好多汗。他说渴了，想喝凉水。凭着他那时候的条件，渴了只能是找点凉水喝，但我为难了，哪儿找去呀？我很心疼他，就去买了两听可乐，花了四块钱。他说太奢侈了。但可乐一转眼就喝光了。我们在树荫里走着，我拉着他的手说："以后我挣了钱，给你买好多可乐。"他说："咪咪，我知道你心眼好，我就是怕配不上你。"我发现他总是很自卑。我总是开导他，但有时候我也说服不了他，我想慢慢来吧。我们的感情越来越深，我的颈椎病也被他治得差不多了，他说他还要把我的哮喘病治好。我觉得这太难了，我吃过许多药都没治好，按摩能治吗？利利说只要有信心，就能治好。随着我们的感情越来越深，他也有了自己的成果。他学习了中、小学生假性近视的治疗，并加入了自己的创新。在海淀区技能展示会上，他当场给一名中学生治眼睛，从0.3治到了1.2。当时他的成果轰动一时。现场就有许多中学生找他治眼睛。在他即将毕业的时候，他又掌握了治颈椎和腰椎的绝活。

分离，相聚

利利在按摩医院一年的实习要结束了。

按摩医院是学按摩的最好的去处，那是中残联下属单位。按摩医院的大夫都是参照国家公务员的待遇，享受医疗、养老、分房的待遇，连许多城里按摩师也是可望而不可即的。利利是农村户口，根本不可能进按摩医院。乔老师看利利的技术好，就把他介绍到廊坊一家医院。利利头天毕业，第二天就要到廊坊医院去报到了。记得他毕业的那天晚上，我们两个难舍难分。他拥着我，让我给他唱他教我的第一首歌。我唱道："在无人的海边，寂静的沙滩。海浪拍打着海面，问你是否记得去年夏天，在无人的海边，我面向着蓝天，呼喊你的名字，一遍又一遍。在无人的海边，往事历历在眼前。我期待你会出现，一天又一天……"利利说："咪咪，我知道你很喜欢海，我以后挣了钱，一定带你去海边玩。"我哭了："你一定要保重。你去那么远的地方，以后咱们怎么见面呀？"利利说："咪咪，我会隔两个星期来看你一次。""多远呀！""不怕，只要咪咪等着我，再远我也会来的。"

就这样，利利带着我的思念走了。许多时候，学生期间的爱情，到了毕业，也就随着分离而淡化了，最后也就各奔东西了，就像老师总说的那样，学生谈恋爱就是浪费时间，能成的寥寥无几。我不知道以后我们会怎样，我也不知道我们的爱情是否牢靠，我不知道两个盲人以后生活起来是不是幸福，我不知道未来等着我们的是什么。

两星期后，他真的回来了。记得那天很热，他的衣服全湿透了。他说从医院到火车站要走四十分钟,路上没有几棵树,很晒。他到了火车站,背心已经能拧出水了。然后坐两个多小时的火车才能到北京。我好心疼他。我问:"你晚上去哪里住呀?"利利说去同学家住。我说:"去我家吧,让我姥姥看看你。"他说:"我有点害怕。如果你家人不同意怎么办?""我不管,只要我喜欢你,我就要嫁给你。"我带他去了我家。他走后,我姥姥坚决不同意我们好。说他长得太难看了,个子太矮了,扛个煤气罐都扛不动。但姥姥预料不到,后来家家户户都是煤气管道了,不用扛煤气罐了。姥姥接着说:"他还是农村户口,又是属羊的。"我问属羊的怎么了,姥姥说属羊的穷命。还挺迷信,我可不听别人的,只要我喜欢他。姥姥从小就培养我想做什么就去做的性格,所以她知道我不听别人的,索性不理我了。她觉得我还小,谈恋爱是胡闹,早晚我会看不上他而分手的。可姥姥这次低估了我,我是认真的。

有一次,我们约好在前门站等。说好7点半在西口等,可我等到8点半,他也没来。他说坐早车来呀。我似乎看见他穿的绿衣服,又好像不是。等到9点,我想,他是不是去我家找我了? 我赶紧坐地铁回家。我家离地铁站有十五分钟的路。外面下着大雨。我回到家,姥姥说他来找过我,刚走。我要急死了,他好不容易来的,如果找不到我多失望呀。我扭头往外跑,姥姥在后面喊什么,我没听见。又回到了地铁站,还是没有他。我想了想,他找不到我,一定会去回廊坊的班车站。我连忙坐地铁到了前门,往长途车站走。廊坊早班往前门发一趟车,早晨7点半到,中午12点半开。我到车站已经是11点了,车上没有他。我在车上等着,过了半小时他来了。我一下抱住他说:"去哪了?"他说:"我一直在地铁站等着你。8点半我就去你家找你,你姥姥说你出去了,我又在车站等,我以为你不来了,才想坐车回去。"我想,我看见的那个绿色就是他。

我二十五岁和利利在公园

唉，眼睛不好真耽误事。我盼了两个星期才见他一会儿。这就是两个盲人的不方便，对面都认不出来。利利说："不要紧，两个星期很快就会过去，我会来看你的。"我哭了："你别去那么远的地方行吗？"利利苦笑着说："我没有城市户口，在北京市很难找到工作的。"

从此我们约会的时候，都有暗号，比如学猫叫，或者在第几个电线杆子下面等。因为淋了雨，晚上我发烧了。第二天他往学校打电话找我，得知我病了，他很着急。当时我家没有电话，他就一天给我写一封信，信的字里行间充满了对我的关心。那次我病得很重，哮喘病也犯了。过了一个星期他就来看我了，利利摸着我的手说："咪咪，我让你受苦了。以后条件好了，我一定对得起你。"还说："我要研究治哮喘的办法，我一定要给你治好病。"那次他连着给我写了三十多封信，我一直留着，直到后来搬家，搬丢了，我很遗

憾。这还是眼睛的缘故吧。看不见，一不留神，就不知道东西哪儿去了。

咪咪是一只猫，她喜欢自由

我很怀念那段思念的岁月！

利利毕业了，那些喜欢我的男生又开始追我了。他们坚信近水楼台先得月，他们比郭长利的条件好得多，肯定能成功的。其实，郭长利早就从他朋友那儿听说有男孩子追我。我问他："还怕我丢了吗？"利利说："我是很爱你的，但你有你的自由。你想跟谁好，我无权干涉。但你来找我，我一定对你好。感情是争不来的，我的各方面条件都不如他们，我相信缘分。"我很感激他的信任。利利说："如果你能跟我一辈子，我永远会相信你，永远会给你自由。"利利言而有信，从来没有干涉过我的自由。我不止一次地问他："你怎么这么大度，你不会吃醋呀？"利利总说，咪咪是一只猫，她喜欢自由。如果谁干涉了她的自由，就是往外推她。他太了解我了。

实　习

时间过得飞快，转眼我也该实习了。李老师经常跟我们说："你们学的是欧美最先进的技术。"我们想以后找工作肯定会很容易，我们的技术先进，还怕别人不用吗？但我们想错了，实习就没有一家单位用我们，理由是没听说过盲人还能调琴。钢琴很贵的，盲人看不见,弄坏了怎么办?我们也很迷惘,白给人家调,人家都不用,以后毕业了可怎么办?

学校领导和李老师都很着急,好不容易给我们联系去一个幼师学校实习。我们高高兴兴地来到幼师。没想到这里的钢琴破得吓人,多数钢琴都不能正常弹奏。钢琴里什么都有,我们发现琴里竟有虫子屎、老鼠窝,还有一条很长的蛇皮呢。杨文问,李老师我们就管调琴是不是就不用修琴了?李老师说必须修,还要修得和新琴一样。我们全傻了,不会吧?这么破的钢琴,虫子还咬坏了好多零件,怎么可能修好。李老师说,幼师给你们提供了一些钢琴零件,利用我教你们的维修技术把琴修好。李老师看我们一个动手的都没有,就接着说,你们以后去用户家看到这么破的琴修不修?是欺骗用户还是让我去替你们修呀?当时,我心想用户家怎么会有这么破的琴呢。但后来我成了小有名气的钢琴调律师的时候,去用户家调琴真的遇到过这么破的琴。当我费了一番力气修好了钢琴,用户对我千恩万谢,并说找了好多钢琴调律师都说这琴不能修了,找我只是想试试看,没想到我真的修好了!

这时我不由自主地想起了当年的一幕,想起了李老师对我们的严格要求。可惜当时我们还不能理解李老师的一片苦心!

记得当初我们是很不情愿地去了不同的琴房。我修的那台钢琴糟糕透了,肯定有老鼠光顾过它,琴里的大部分羊毛呢毡都被老鼠咬下来,并搭了一个圆圆的窝。我围着钢琴转来转去不敢下手。可又怕被同学们看见,他们肯定会取笑我说,什么咪咪呀,连老鼠窝都怕!我硬着头皮哆里哆嗦地用吸尘器把钢琴的里里外外都吸干净,开始修了。这时,李老师耐心地给我讲,遇到这种年久失修的琴应该先修什么后修什么。我把老鼠咬过的呢毡都换成了新的,还紧固了几千个零件。音律也是乱七八糟,标准音低了二百

我二十岁在盲校

多音分，我连调了七八遍。经过一个星期的努力终于把这台钢琴修好了。当我在琴上弹奏《土耳其进行曲》的时候，心里有说不出来的高兴。

通过我的努力，一台不能弹奏的破琴有了它的第二次生命。通过我的努力，或许也能改变我的命运！几个月的学习实践，大大提升了修琴的技能，在幼师实习结束的时候，我用一天时间就能把一台破琴修好。中国音乐学院的王兴龙老师听说了盲人调琴的事后，说可以让我们去中国音乐学院实习。我们都很高兴，能到这么有名的音乐院校实习，能给那些音乐专业人员调琴，正好可以试试我们的技术。

到了音乐学院，我听见到处都有音乐声，每间琴房里都发出美妙的钢琴声。他们弹的曲子都不一样，只要想听，站在琴房门口就可以了。琴房楼就像一个收音机。琴房里有各种牌号的钢琴，这回我们真是什么牌子都见过了。我调了几天以后发现，虽然钢琴的牌子型号不同，但是内部结构大同小异。我们住在琴房的六楼上，每天上下楼，爬几个来回很累。但这儿的老师很好，很信任我们。我问过王兴龙老师，为什么信任盲人调琴，不怕我们把琴调坏吗？王老师说："如果我没见过盲人调琴，我也许会有这个担心。但我在奥地利留学时看见过盲人调琴，所以我就不觉得新鲜了。"

原来如此。现在大家都不相信盲人能调琴，是因为没有亲眼看见，只要我们脚踏实地去做，技艺超群，大家就会相信我们。想到这儿，我有了一个梦想，就是通过我的努力，让更多人知道盲人可以调钢琴，如果大家知道了，以后盲人钢琴调律师就好找工作了。但这只是梦想，我认为如果想真正实现，也许要用我一生的时间去宣传盲人钢琴调律，我不知道是否能坚持下来，我会努力的。

毕　业

转眼，一年的实习结束了。

随着毕业的临近，我的心越来越往下沉。我们在实习的时候就遇到了许许多多人的不信任，以后的路该怎样走呀？在结业仪式上，我们一人弹了一首钢琴曲。我还编了一个小品，名字叫《我的未来不是梦》。意思是我们经过许多年的拼搏，取得了许许多多人的信任。我们又走到了一起，开了一个钢琴调律公司，专门调修钢琴。这个公司里大家都是平等的，没有歧视，没有高低贵贱之分。第一个月的效益就不错，我们每人挣了十元钱，我们都很高兴。

但这仅仅是我们的梦想呀。我们每个人都无法预知自己的未来,但我们每个人都深知自己脚下的路会很难走。当时我在编小品,十年后,通过我们的努力,"北京陈燕新乐钢琴调律有限责任公司"成立了。在这十年里我脚下的路走得异常艰辛,在这条路上我留下了高兴的笑声、伤心的眼泪、血的代价甚至差点付出了生命。但是我终于成功了。我们留恋生活学习了十多年的学校,我们忘不了辛苦教育我们的老师,我们舍不得离开同学们。我们每个人都害怕走上社会,每个人都害怕去接触陌生人,我们渴望永远生活在这片安全的土地上,都渴望永远躲在老师撑起的保护伞下。但这是不可能的,我们长大了。老师教会了我们生存的本领,我们需要去走一条中国盲人没有走过的新路,老师正期待着我们的成功!

音乐响起,我们流着眼泪一起唱:"风雨中这点痛算什么,擦干泪,不要怕,至少我们还有梦!"掌声此起彼伏地响起。我们,中国第一届掌握了欧美最先进钢琴调律技术的盲人学生,怀抱着这美丽的梦想毕业了。我不知道以后的路是什么样的,我不知道自己能走多远,我不知道是否能坚持从事这个行业。但我相信机会对于每个人都是平等的,就看大家怎样抓住。我暗暗告诫自己:一定要努力!

辑二　我有一个梦想

到华普钢琴厂工作

我们被音乐学院的王兴龙老师推荐到华普钢琴厂工作。

钢琴厂的工人没有把我们这个小小的群体当成普通职工,而是觉得非常新鲜。记得第一天上班,我们各自调着琴,我突然感觉到好多工人都在远远看着我们,还不停议论。有的说看不见怎样调琴呀,有的说钢琴那么复杂他们会调吗,有的说他们能自己走路吗。那一刻我感觉好孤独,大家把我们当成外星人了吧,我听着他们的议论,心里说不出是什么滋味。在那一刻我似乎觉得我们生活在一个孤岛上,四周围被水围困着。我渴望大家的理解,我渴望能有许多朋友,我希望大家不要像观赏动物园里的动物那样看我们,我渴望大家走进我们的生活,与我们和睦相处。在那一刻,我萌生了一个愿望,我想,要尽我的全力,让所有人都了解盲人是怎样生活的,理解盲人可以调钢琴。

记得在1994年的某一天,我在上班的路上看见那些小学生蹦蹦跳跳地背着书包上学去。我忽然觉得好羡慕他们。我为什么要长大,如果一辈子都在学校该有多好呀!那里有永远保护我们的老师,在学校里没有人看我们新鲜,没有人对我们好奇。可现在呢,在厂里大家都用那种好奇的眼光看我们。我一边想,一边漫无目的地走着。我不想回到那陌生的工厂,我不想听见那些不熟悉的声音,我脚下的路刚刚开始,我预料不了未来是什么,我不知道前面的路该有多坎坷,我害怕走上社会。那天,我走了很长时间,迟到了,可我真恨不得永远不迈进这个厂门。这时,姥姥的话又响在耳旁:路在你的脚下,只能往前走不能往后退。

时间长了,大家对我们没有那么好奇了,我就主动跟他们说话。我告诉他们我们是怎样生活的,我说人的一个器官不行了,别的器官就会代偿,我们其实都跟大家一样,只不过我们用耳朵和手代替了眼睛。渐渐地我和大家成了朋友。但这期间有两个同学耐不住这无形的压力,改行了。记得我第一个月的工资是一百二十五元,我很高兴,给姥姥买了好多她平常爱吃的东西。姥姥看着已经长大的咪咪,流下了眼泪。姥姥说:"咪咪终于能自食其力了,以后咪咪不会饿死了,我没白养你,我终于把你培养成人了!"

利利失业了

生活不是一帆风顺的,一个盲人在生活中会遇到更多的坎坷。

利利因为廊坊那家医院取消了按摩科而失业了。他研究过颈椎、腰椎病系统治疗,他在老师的指导下研究出一套治疗中、小学生假性近视的有效手法。但不论他怎样努力研究,不论他研究出多好的治病手法,在二十世纪九十年代初的时候,一纸农村户口制约了他的发展。他只好待在家里,但他能治疗近视眼的消息慢慢地传遍了密云县。越来越多的人来找他治近视眼。许多孩子从城里骑车好几公里来找他治病。他萌生了想开一个诊所的想法。我听了很支持,希望他赶快开业。

他开始办执照。一打听才知道,办诊所的执照根本就不给办。他找了当地残联和卫生局,求人家帮帮忙。后来密云卫生局说:"你把材料报上来回家等,但这期间不能开诊,否则要罚款。"利利在家等了一年,问过多次,都是杳无音信。在这一年,利利的情绪很差,他不知道脚下的路该怎样走,未来对于他这个农村户口的盲人就是个未知数。直到三年以后,利利家里收到了一封信,打开一看是利利的营业执照批下来了!我看了哭笑不得,如果一个盲人等着这执照养家糊口,岂不早就被饿死了。

多么漫长的等待呀。假如开诊所的执照很快下来,那么现在我们也许在密云县拥有几家诊所了,也许早就买了很大的房子,也许在那个小县城里过上安稳的生活了,但命运却不是这样的呀。

那时,我放假经常去看利利,也经常开导他想开些,以后的路还长着呢。我喜欢他们家的每个人,他们家虽然很穷,但富有的是亲情。

记得那年冬天我去他家玩,小强弟养了一只大黄狗叫虎子。虎子不认识我,就不停地叫。我最怕狗,吓得不敢进院子。怪的是小强弟跟虎子说自己家人不许咬,虎子好像听懂了,真的不叫了。他家不远有个鱼池,冬天结冰了,小五弟给我做了一个冰车,我们一起去滑冰。我坐在冰车上,小五弟拣起一块石头说:"你有石头跑得快吗?"我说有。他就在冰上玩石子儿,不小心石子儿打到我了。我急了,拿出小时候的本领,也用石子儿打小五弟,我还是百发百中,打得他上蹿下跳的。利利知道我的厉害,赶忙说:"他不是成心打你,你手下留情吧。"我住了手。小五弟说:"没看出来,我这未来的嫂子可真厉害,大哥你可小心点。"其实他的两个弟弟都比我大,但他们都叫我姐。我很喜欢当姐姐,但做出来的事可真不像姐姐做的。我一点也不知道让着他们。虽然这样,他们也爱跟我玩儿。有时我闹得太出圈了,弄得家里鸡飞狗跳的,他妈也不急。我问利利为什么,利利说因为我家人都很喜欢你,他们说你长得漂亮,心地善良,还活泼可爱。

他二姐做的饭非常好吃。她知道我爱吃鱼,每次去他家,二姐都给我做鱼吃。二姐因为供利利上学,快三十了还没交男朋友。小强弟交了个女朋友叫雅琴。她比我大两岁。雅琴说小强跟她确定恋爱关系的时候很坦白,说我家很穷,没有新房子。我有一个哥哥,他看不见,以后如果我大哥遇到困难,我们会尽全力帮助他。你不会反对吧?雅琴说:"我就是被他这种坦白感动了,我告诉小强我不会歧视他大哥的。"雅琴是这样说的,也是这样做的。她每次做完饭,都先叫利利吃。雅琴对我也很好,她经常骑车带我去玩儿。她拉着我的手,让我在水库边玩水。我们到县城逛商场,看好看的衣服,就是没钱买。我爱在露天卡拉OK唱歌,两元钱一首。雅琴说她很喜欢我唱歌,我一唱就有好多人驻足听音。大姐带着她儿子小健回来。大姐是个很朴实的人,是个典型的任劳任怨的农村妇女。我也喜欢和小健玩,大姐很会教育孩子,小健很乖。

我听说农村有个风俗,就是父母必须给儿子盖了新房子,才能娶回媳妇。这种风俗一直延续着。父母要劳碌一辈子,为了给儿子盖房。一代一代的,农村生活真是不容易呀。但是利利没有父亲了,也不可能有人给他们哥仨盖新房了,但他们的坦诚和浓浓的亲情感动了一个又一个女孩。我不由得想到了自己,我,没有父母亲情的呵护,却拥有姥姥无私无怨的爱,我也是幸福的。

我由衷地敬佩利利的爸爸,不知道他是怎样把五个孩子教育得这样富有爱心。我也由衷地敬佩利利的妈妈,她把五个孩子拉扯大,不知受了多少苦。

我爱利利家的每个人!

租房子找工作

利利待在家里。一年过去了,利利的情绪一天比一天坏,他简直要绝望了。我劝他想开些,路是人走的。我说:"你既然办不下来执照,就来北京发展吧。"他说:"我连住的地方都没有,怎么发展?"我说:"可以租房子呀。"他没有说话,我知道他没有钱,又不好意思说。我看他没有反对,就背着他忙活起来。

我找到一个叫李浩成的同学,求他帮我租间房子。李浩成是个非常热心的人,他问我谁住,我说男朋友住。李浩成很快就租好了,一个月房租一百四十元。我去看了那房子,是一个农家小院,院里除了三间北房,两边盖的都是大大小小的石棉瓦房,院子里一共住了七家。我租的房子在东面,门朝西,跟李浩成的租房是对门。我走进屋里,房顶很矮,我跳起来伸手就能够到房顶。四壁空空的,没有涂白灰。这好像是在人家房子旁边搭的棚子。不知为什么,我心里好凄凉,只想哭,什么都没有,怎么过呀?李浩成看出我的想法。他说:"你别着急,我是帮人帮到底,咱们动手收拾收拾就行了。何况以后住对门,他遇到困难,我会帮他的。"我不禁想起了一句话,当你遇到困难时,才能看出朋友的真诚,我非常感谢李浩成!

我们开始收拾屋子,说是我们一起干,其实我连见都没见过这些活。平常在家里我姥姥是不可能让我干这些的,何况我家住楼房。李浩成看我不会干,说你看着我干,时间长了你就会干了。他先扫地,然后擦玻璃,他用白面熬成糨糊,用挂历纸白面朝外糊在墙上。他跟房东借来炉子,让我去买烟囱。我说:"到哪里去买烟囱呀?"他说:"你连到哪儿买烟囱都不知道?去买床被子来,还有平常用的锅碗瓢盆,这儿的事交给我吧。"

我一边走一边想,我哪有钱? 我已经交给房东一百四十元了,我的钱也不多了,再说我在单位还要吃饭呢。我灵机一动,找姥姥去。我回到家,姥姥问我:"没到星期六,你怎么回来了?"我说:"单位太冷了,您能给我一个被子和一个褥子吗?"姥姥说:"在柜子里,去拿吧。"我挑了一床最厚的被子,接着说:"姥姥,有时候单位食堂的饭太难吃了,我们想自己做。"姥姥说:"你也不会呀。"我说:"正是因为不会,才学呢。"姥姥想了想说:"应该学学,去厨房拿吧。"我拿了锅碗瓢盆,包了一大包。姥姥说:"我送你去。"我说:"您别去了,单位太远了。"姥姥很纳闷地说:"平常让你拿点东西,你就不愿拿,说拿不动。今天是怎么了?"我的脸直发烧,因为我从来不跟姥姥说假话。

我好不容易把这些东西拿到了出租房,一进屋我感到非常温暖。李浩成已经把墙糊得白白的了,他已经把炉子生好了,还买来五十块蜂窝煤。他用啤酒箱搭了个很窄的床。我把拿来的东西放好,真像个家了。我开始求朋友们帮利利找工作。我听说德胜门外浴池招按摩师,就给利利写了封信,让他来试试。我去东直门长途车站接他,到了出租房,利利问这是谁的家,"你的,是我和李浩成帮你弄的。"利利很感动。我给他放下我仅有的一百元钱。利利说:"你没钱怎么办?"我说:"还是你拿着吧,我还有钱。"其实我兜里只剩下两元钱,这个星期只能吃馒头了。

利利找工作非常不顺。在二十世纪九十年代初,盲人按摩师还不被大家认可,往往那些招按摩师的都是酒店,一看他是盲人就不行了,说形象必须好才行。有一天,李浩成给我单位打电话,说利利病了。我急忙请了假,到了出租屋,见利利躺在床上,他在发烧。李浩成对我说:"前几天长利去一家夜总会应聘。他给老板按摩完,等了很长时间老板才出来,对利利说你的技术很好,但你是盲人,形象不好我也没办法。我颈椎不好,以后治病找你吧。出来得太晚了,已经没有公共汽车了。他舍不得打车,就在外面溜达了一夜,第二天回来就病了。但利利不让我告诉你。我听见他有时候睡着了还叫着你的名字,所以背着他给你打了电话。"

看着利利难受的样子,我流下了眼泪。利利说:"咪咪别哭,也许我一辈子也不能给你幸福了,咱们还是分手吧。那天我在外面遛了一夜,也想了一夜。开始我还想试着回来,后来有点没知觉了,就机械地往前走,不知道前面是哪里。我想了许多许多,我觉得我不能再连累你了。你各方面的条件都很好,找一个健全人都很容易,何必跟我受苦呢。我这辈子没希望了,有一口饭吃就凑合活着吧。"

我对他说:"利利,你不能灰心,你总会找到机会的。其实机会对于每个人都是一样的,就看你怎样去寻找。"利利说:"我还不够努力呀?"我说:"不,不是你不努力,而是机会还没来。你千万不要自卑。我不会离开你的,我认为爱情不是建立在金钱上的,我相信你以后肯定能行。"

真的,我当时说这句话的时候,心里一点底儿都没有,就是为了安慰利利。但后来我的话终于成了现实。李浩成说我是一服良药,能治利利的病,确实利利看见我就好多了。

利利卖唱

在那个年代盲人最适合的工作不是按摩,因为那时候还没有太多按摩店能让盲人工作。盲人最好干的是街头卖唱,一天能挣一百多呢。我试着跟利利说了，他说："我从来没想过毕业后能落到找不到工作的地步，如果能挣钱生活，就去唱歌吧。"我托朋友给利利买来了一个音箱，配上话筒，找来伴奏带。准备好了，利利是一点信心都没有，他脸皮薄，我知道如果不是到了一定程度，他是不会选择卖唱这条路的。他还不如我，我认为靠自己的能力挣钱就是光明正大的，卖唱我也不怕。我想跟利利一起去唱歌，但他说什么也不同意，他说："咪咪以后肯定有出息，不像我，一个农村户口的盲人，永远也找不到一份正式工作。"

我们找了一个星期六，早晨我们拿着卖唱工具到了新街口书店旁边的角落，听说这个地方卖唱能挣钱，还没有人轰。把东西摆好，但利利就是磨不开唱，我都快急死了，我说先替他唱，他又不让，我只好鼓励他，你一定成。他开始唱了。利利唱的第一首歌，是郭峰的《甘心情愿》："漫漫的长路，你我的相逢，珍惜难得往日的缘分。默默地祝福，轻轻地问候，互道今生多保重。还有一个梦，你我曾拥有，愿我们今世天长地久。紧紧地依偎，深深地安慰，相亲相爱不离分。多少岁月已流尽，多少时光一去不回头，可在我心中你的温存到永久。和你相依为命永相随，为你朝朝暮暮付一生。真真切切爱过这一回。无论走遍千山和万水，和你白头偕老永相随。为你甘心情愿付一生，风风雨雨艰险去共存，陪你走过一程又一程，不后悔。"利利动情地唱着，有三个人驻足听音，我从兜里拿出一元硬币投进了利利的收钱罐子里。我希望利利唱歌挣的第一块钱是我给的，我希望以后有许多人听了利利的歌感动了给他钱。我知道利利是为了让我过上好生活，才在大街上卖唱的，我知道利利想努力工作来证明，他配得上我。一天下来，我数了数罐子里的零钱，竟有六十六元多，在二十世纪九十年代初这钱可不少了，我们都很高兴。从此利利就早出晚归去街上唱歌，冬天他的手和脚都冻了,夏天他晒黑了,但他坚持如果不下雨每天都出去唱歌挣钱。可能朋友们偶尔去KTV唱歌,觉得不错,但天天在露天唱,那个滋味,只有利利自己知道了。但他不怕苦,他说辛苦点不怕,就是有时候,他唱歌大家都爱听,围的人多了,就有警察来管了。利利唱歌很卖力气,最多的一天挣了三百三十九元,利利说:"照这样挣钱,咱们买房子也不成问题,就是我唱歌不合法,总觉得不踏实。"

我又给利利出了个主意,让他宣传能治近视眼。现在近视眼的孩子非常多,肯定会有许多病人。我这个主意真的救了他。他开始给邻居的孩子治近视眼,从0.2治到了1.5。不用利利说什么,几天的工夫,那孩子班里的同学就来了十几个,就这样一传十、十传百,利利在海淀区已经是很有名了。我给利利买来了一个视力表,当场查视力。没治之前查一次,治完五分钟后再查一次。一般情况下都能治到1.5。后来,每天晚上,胡同里都有几十人在等着治眼睛。利利也很高兴。我说:"是金子总会发光的,你做每件事都要有信心。"

一个偶然的机会,北京按摩医院的老院长碰到了利利,他还记得郭长利原来在医院实习过,那时他的表现就很不错,他的治病手法很好,唱歌也很好。一天,利利的同班同学、在按摩医院工作的赵晓兴找到他说:"老院长叫你到医院去一趟。"利利问什么事,赵晓兴说不知道。

那天利利从按摩医院一出来,就找了个公用电话给我打电话说:"院长说让我去按摩医院工作,还说先当临时工,但所有的待遇都跟正式工一样,以后户口转成城市户口了,就给我转正。"这简直是天大的喜讯。要知道,就是有城市户口,按摩医院也不是随便要人的。

1994年7月1日,利利终于上班了。

利利求婚

利利有了稳定的工作,便向我求婚了。我真的没想过现在就结婚。但利利说这是早晚的事。再说如果早点结婚,我是居民户口,他的户口也能转成城市户口,那样他就不用当临时工了。我说:"可我不会干家务呀。"利利说:"不用你干。"我说:"我也不会做饭。"利利说:"这些都我干,以后微波炉普及了,用微波炉做饭,不就省事了。"我问他:"微波炉能做饭?"利利接着给我讲微波炉的好处。他说等以后咱们有了钱就买个微波炉,想做什么,就把什么放在微波炉里面,几分钟就能吃了,这微波炉什么都能做呢。我想不用做饭就好。没想到几年以后我们买了微波炉,不像利利说的什么都能做,这个工具擅长热剩饭。我上当了。但一直到现在,我还是很信利利的话,我觉得他的话都能实现。我回家跟姥姥说:"我结婚行吗?"姥姥很吃惊:"你跟谁呀?""郭长利。"姥姥听了直摇头,说跟他绝对不行。他那么穷,又没有房子,还长得难看。又是属羊的,属羊的穷命,不能跟他受一辈子苦。

我知道如果姥姥不同意,不论我怎样说也没用。我跟利利说了,利利很为难,我们交往已经四年了,我对利利已经有了很深的感情。让我放弃,我从来没想过。我认为利利是个很有本事的人,虽然现在境况不好,但以后他肯定能行。虽然他现在没钱,但我喜欢的是人。我下定决心就嫁利利了!

姥姥不同意,那就意味着拿不出户口本登记。不过我知道户口本放在哪儿。会不会伤了姥姥的心呀?咳,如果我们过得幸福,姥姥会高兴的。我从家里偷出了户口本,1994年10月24日,我们在密云办理了登记。

当天晚上，我们两个一起回家告诉了姥姥。姥姥快气疯了，说："我都是为你好。你从小就不幸，我好不容易把你养大，你又找了个农村户口的，既没房子也没钱，以后怎么过呀?!"利利说："姥姥，我知道您不喜欢我，我既然娶了咪咪，就要给她幸福，我用我的生命保证，以后一定对咪咪好。"

姥姥看生米已经煮成了熟饭，说："我也不管了，但你们不能在家住，因为家里实在没有地方了，自己去想办法吧。"我心里很内疚，觉得对不起养我这么多年的姥姥。我知道我在姥姥心目中的分量有多重，我知道这样，姥姥会为我担心。但姥姥以后一定会明白利利是我生命中的第三个人。我生命中一共有三个人，缺一不可。第一个人是姥姥，第二个人是李任炜老师，第三个人是利利。

我们结婚

我们办婚礼的日子定在11月20日，我们开始操办婚礼的事了。姥姥给了五百元，我想用姥姥的钱买一张床吧，看见床，就能想起姥姥。利利说用他攒的钱买一个冰箱，我说饭都快吃不上了，哪有剩饭往冰箱里放？利利说："你不是夏天多热也不会出汗吗？你只能用冰水降温，买一个冰箱方便。"我问利利："结婚那天穿什么？"利利说穿红的，我们去商店看衣服。我说："听说女人结婚的时候，要买好多衣服，你没钱给我买吧？"利利说："你知道为什么女人结婚要买好多衣服吗？因为女人结了婚，就没有机会买衣服了。尤其在农村，当了媳妇就要干好多活，不用穿新衣服。再说一般要听婆婆的，婆婆节俭，也不让再买衣服了。所以女人结婚的时候,就要把一辈子的衣服都买下来。"我说:"去你的谬论,你不怕我以后也不能买衣服啦?"利利问:"为什么?"我说:"婆婆不让买!"利利笑了,说怎么可能,这个家你说了算。我买了一件红毛衣,一件深蓝色的鱼尾裙,一件红色呢子大衣。利利花一百二十元买了一身西服。

20日那天,二姐借了一辆白色的捷达车来接我。我要走的时候,姥姥哭了。我说:"我又不是住在密云了,明天我就回来。"姥姥说:"姑娘出嫁时都是妈妈哭。你妈妈就是来了,也不会哭的。"

到了利利家,我还没下车,鞭炮声就响了,他家的亲戚都来了,我喜欢放鞭炮,想玩。利利说:"你今天是新娘,大家都看你,要稳重点,哪有新娘放鞭炮的。"结婚是人生中的一个转折点,可当时我一点也没有意识到。就这样,我们没有钱照婚纱照,没有钱买第二身新衣服,没有钱大办婚宴,没有钱买一样首饰,没有婆家的彩礼,没有我父母的祝福,就这样,我成了人家的媳妇。

蜗牛的家

第二天我们回来,看了姥姥,就回到了出租屋,开始了新的生活。真正过日子了,我有好多事都不会。我不会生炉子,不会添煤,甚至连煤眼儿都对不准。不会做饭,我只会熬粥。总之不会的事情很多。利利对我的要求也不高,他说只要我高兴怎么都行。冬天,平房只能靠炉子取暖,煤烟熏得我都快犯喘病了。利利说:"明年咱们攒点钱买个电暖气,就不用炉子了。"星期天,我借了一辆三轮车,和利利去买煤。这是我第一次来煤铺,里面很大,但是黑洞洞的,四处码的都是蜂窝煤,成了一堵堵黑色的墙。地上全是

婚纱照

煤面,天花板也是黑色的,就像一个大山洞,很壮观的。我们费了好大劲,才把煤拉回家。我还数了数煤眼,大块的十六个眼,小块的十二个眼。我开始学做饭,做得一点也不好吃。利利跟单位的老师傅学了肉丝炒扁豆。利利说往肉里放点儿淀粉,再放姜、葱。利利说得可真慢,肉都快煳了,利利还在想放什么料呢。

　　夏天,我们买了一个煤气炉,在院子里做饭。晴天还好,要是下雨就惨了,我只能打着伞做饭。有时候利利的动作太慢,我就说:"你再不快点,菜就不用放水了。"夏天,尤其是下午,太阳直射我的家,房顶又是石棉瓦的,太阳早就晒透了。尤其是在屋里睡觉,简直是蒸笼,热得我心率过速了。利利说:"我有办法。"他拿脸盆接了水,往房顶上泼。我问有什么用。利利说:"你摸从房上流下来的水,都是热的。这就等于下雨,你再进屋试试。"果真不太热了。李浩成也跟利利学，接了水就往房上泼，没想到没泼到房上，泼到了院子里。院子里乘凉的人四散奔逃，我笑得眼泪都出来了。李浩成不信这个邪，说你们能泼到房上，我也能。他又接了一盆水往房上泼，还是泼到了院子里，那些乘凉的人吓得都不敢在院子里待了。利利说："你的房子比我的高，你当然就泼不上去了。"

　　我慢慢地适应了这种生活。但我们最怕的是搬家。租房子经常要搬家，因为谁出的价钱高，房东就租给谁。看得见的人还怕搬家呢，何况我们两个都看不见。记得有一年，春节快到了，我们准备着回家过年。农历二十九那天，房东通知我们搬家，越快越好。房东带着我找了几家出租房的房东，但他们租金都很高，我们承受不了。最后我好不容易找到一间便宜点的房子。利利下班回来知道了，他求房东过了年再搬吧。房东说初五之前一定要搬走。利利对我说："今年咱们不能回家过年了，咱们去你姥姥家过年吧。"我说："不行，我姥姥要回老家。"利利说："那咱们自己过吧。"记得三十那天晚上，家家户户都在看着电视吃团圆饭，可我们除了冰箱，没有别的电器了，也没有电视。这是我们结婚后自己过的第一个春节。我喜欢热热闹闹地过春节，可现在，我心里有种说不出的凄凉，我们就这样对坐着。突然利利说："咪咪，咱们离婚吧。"

　　我吓了一跳，利利平常是很珍惜我的，怎么可能说出这种话？他接着说："记得结婚之前我答应姥姥一定给你幸福。但婚后我并没有，我让你受的苦太多了。凭着我的实力，是永远也不会有自己的房子的，也许你跟着我会租一辈子的房，那就意味着居无定所。"我说："利利，你别难过，也许咱们以后攒钱能买到自己的房子。"

　　其实我心里清楚，买房子对于我们一对盲人来说，也许只是天方夜谭。利利没有说话，他给我唱了一首《蜗牛的家》。至今我还记得那个清冷的除夕之夜，他唱道："密密麻麻的高楼大厦，找不到我的家。在人来人往的拥挤街道,浪迹天涯。我背着重重的壳,努力往上爬,却永永远远也跟不上飞涨的房价。给我一个小小的家,蜗牛的家。能挡风遮雨的地方,不必太大。给我一个小小的家,只是小小的家,一个属于自己、温暖的蜗牛的家。"

利利唱着唱着眼泪流了下来。我知道他心里很痛,他非常想给我一个安逸的生活。但现在他做不到,我知道一个男人此时的心情。自从利利跟我交了朋友,他就经常自卑。他越是喜欢我,他自己就越痛苦。我不止一次地劝他想开些,美好的生活是两个人创造的,我预知不了未来,但为了我深爱的利利,我无怨无悔!

听着利利唱的歌,我抱着他哭了。在这个年三十的晚上,在这个家家户户高高兴兴过节的时候,我们却相拥而泣。初三那天下着大雪,我借了一辆三轮车,我们开始搬家。我们装了一车的东西,我在前面掌握着方向,利利在后面费力地推着。路上没有一个人,只留下我们两个的脚印和三轮车的轱辘印。我不知道我脚下的路在哪里。我无法预知以后的路还会有多坎坷。但是为了我心爱的利利,我一定要坚强地走下去。不管路有多坎坷,我会永远陪在他身边。

盼了六年的户口

利利说,如果户口转成城市户口,在医院就能有正式的身份,就能分房子了。我去了派出所,找到户籍警,要求合户。户籍警得知利利是农村户口,就说结婚必须五年以上才能合户。我跟他说明了我们的困难,如果有居民户口,就能转正,就能分到房子了。那个户籍警却说:"你们残疾人有口饭吃就不容易了,还想分房!"

这句话深深地刺痛了我的心,我没想到人民警察竟能说出这样歧视残疾人的话,我站在派出所门口,暗暗地下决心:以后我要努力争取比你过得好,让你看看残疾人不光是有口饭吃就行了。

想着容易做起来难。因为户口,利利失去了许多机会,错过了两次分房。当我们结婚刚满五年时,我又找到了户籍警,还是原来的那个人。我满心认为这次就能把利利的户口转了,但他对我说现在政策改了,结婚十年才能合户。这话如同晴天霹雳,我们盼了五年呀!我问他为什么,他说:"如今的年轻人跟残疾人结婚,就是想把户口落到北京,所以改成十年了。"我说我们都是盲人,不存在骗婚转户口。他说谁能保证你爱人转了户口,不和你离婚呀!我流着眼泪走出了和平里派出所。我们的路在哪里?

1999年,北京市残联给我们办的人伟调琴中心开业以后,残联的领导非常关心我们,不止一次地问我们有什么困难。我如今已经对利利的户口失去了信心,但我抱着试试看的心情对吕理事长说了我的困难。没想到吕理事长说:"确实不太好办,但我试试吧。"我想我又没给领导送礼,他也就说说罢了。让我没想到的是,一个多月以后,召主任给了我一张纸条,说去你的户口所在地办吧。召主任说:"这一个多月我为你的事天天上公安局,办下来可费劲了!"我拿着纸条到了和平里派出所。还是那个户籍警,但这次他看了纸条一反常态,对我非常热情。我把相关的证明都给了他,我问多长时间能给我准迁证,他说七个工作日。我说其间还用我打电话问吗,他说不用问,肯定给你办,你就差找总书记了!我心想如果能找到总书记,我非告你们一状不可。七天后,我拿到了准迁证,很顺利地把利利的户口转成了城市户口,并且跟我的户口合在了一起。

记得这一天是2000年9月14日,我们看着这盼望了六年的户口,却一点也高兴不起来。利利就是因为农村户口,错过了许多工作上的机会,最遗憾的是利利错过了他们医院最后一次分房。这意味着我们必须自己去买房。买房子对于一个健全人也不是件容易的事,何况我们都是盲人。虽然我还记得,在1996年的春节我对利利说以后咱们可以买房,但我永远也忘不了利利流着眼泪给我唱的那首《蜗牛的家》,我不知道什么时候我们才能攒够买房子的钱,我不知道什么时候我们才能有一个属于自己的蜗牛的家。但我们非常感谢市残联的吕理事长,是他给我们排除了生活中我们自己过不去的难关。

到长城钢琴厂工作

在工作上我也不是一帆风顺的。在钢琴厂我好不容易打开了局面和大家成了好朋友,可还不到半年我就听说厂子不景气要倒闭了。我想如果真的倒闭了,全厂二百多人一起去找工作,又有几个工厂需要这么多人呢,我不如未雨绸缪。我打听到长城钢琴厂需要钢琴调律师,就想去试一试。可我没有应聘过,我害怕。利利说:"一个人一生当中会遇到许多这样或那样的经历,其实最重要的不是结果而是过程,你还没有去就害怕了怎么行,你脚下的路还长着呢,去试试吧,你会成功的。"我带着利利的祝福走进了长城钢琴厂。

一位女厂长接待了我,她个子高高的,说话和蔼可亲,她说她姓杨,有什么事就和她说。我紧张到了极点,心怦怦跳着,平常我最不发愁的就是说话,但那时我紧张得话都不会说了。杨厂长好不容易弄清楚我的来意,她说小姑娘别紧张,如果你的技术好,我们欢迎你来工作,你调一台琴吧。我想,跟厂长说不说我是盲人呢?如果说了,她不用我怎么办,如果不说,在这儿工作迟早会被看出来的。咳,告诉她吧,我本来就看不见。我吞吞吐吐地告诉杨厂长我是盲人,我的眼睛只能分辨颜色,只有一点光感。厂长听了一愣,我的心凉了一半。她说真看不出来你是个盲人,但如果你的技术好我们可以留你,我认为盲人和健全人是一样的。

我听了非常感动,其实社会上有许多人理解盲人,有许多人不把盲人看成是另类人。我认真地调了一台琴。杨厂长在我调的琴上弹了一首曲子,她说我调的琴非常准,下星期可以来上班,不过我看不见,工厂的机械又非常多,很危险,我想到哪里就让周围的师傅们带我走。她是这样说的,也是这样告诉大家的。后来我上班了,不论走到哪里,只要快撞到东西了,总会有人提醒我。这是一家军队办的工厂,这里大多数人都是军人,大家相处得很融洽,对我也很好。在这里没有人歧视我,没有人用另类眼光看我。他们对我的生活好奇就善意地询问,他们知道我学的调琴技术先进就来跟我学。我也不保守,谁来问我我就告诉谁。大家相处得跟好朋友一样。我永远也忘不了长城钢琴厂的杨厂长、焦书记、郭主任、郝师傅、谭师傅、贾师傅。我忘不了!

我失业了

好景不长,一次意外的事故让我失业了。一天早晨,我像往常一样坐公共汽车去上班。在我下车时售票员要验票,我出示了盲人免费乘车证。但她反复看了我和手中的证件以后,却说证是假的。我知道,因为从我的眼睛看不太出来是盲人,也难怪她不信。

我从不愿让人注意到我是盲人,我不戴墨镜,不用拐杖,我的很多同学、师弟师妹也是如此,我们愿意像一个正常人一样出现在人群中。我反复跟她解释有三分之一的盲人是看不出来眼睛失明的,但她就是不信,还把我的乘车证扔到地上。车上的好心人帮我捡起了证,还指责售票员不应该这样对待残疾人。售票员更生气了,说查假票是她的职责,别人管不着。这时车到站了,我想赶紧下车,跟她也讲不清道理。车门开了我随着别人往下走,但想不到售票员没等我下稳就关了车门。我人下了车,胳膊却被车门夹住了,乘客都喊夹人了,售票员才把门打开了。我真不知道,如果乘客不喊,车会不会就那样开走?

当时我觉得胳膊痛得并不厉害,以为没什么事,又着急上班,就赶快走了。但到了单位我觉得胳膊很疼,已经不能调琴了。同事说你的胳膊肿得很大。他们带我去医院检查,拍了片子,大夫说骨折了。同事们听我说了事情的原委,都很气愤,我也很委屈。

在同事们的建议下,我给北京交通台热线打电话诉说了我的遭遇。接热线电话的记者非常重视,当天就和肇事车的车队取得了联系。下午车队查出了肇事的售票员,并且带着肇事者和交通台的记者一起到我单位给我赔礼道歉。

那个售票员说:"我真的没看出你是盲人,一直认为免费乘车证是假的,所以才拿车门夹你,实在对不起。"

我没说话,但眼泪流了下来。我心想我跟你解释了,可你根本也不听呀。谁知道你们眼中的盲人是什么样子?说我不像盲人,难道"盲人"两个字写在脸上你们才能认可吗?

他们说赔我医药费,但求记者别给曝光。我心想用车门夹我的时候怎么没想到曝光呀。记者把话筒一伸向他们,他们就不说话了,生怕自己的声音在收音机中播出。后来他们干脆让记者把话筒放在另一间房间里才肯说话。车队的人一直围绕着曝光问题和记者交涉。但记者看我太痛了,说这事明天再谈吧,就送我回家了。

回到家,利利看我这样吓了一跳。他对记者说:"我们盲人出行本来就很困难,可是那些不理解我们的人还给我们制造障碍,我们生存起来简直太难了。"第二天交通台的热线新闻就把我的遭遇播了出来。北京有一百多人打进电话谈自己的看法,有的说残疾人本来就是弱势群体,我们应该多给他们一点关爱,不应该欺负他们。有的说希望我能早日康复。我坐在收音机旁,那些陌生人的声音震动着我的耳膜。这么多素不相识的人,却都在此刻的电波中汇聚到一起,关注着我的遭遇和痛苦,想到这儿,我的眼泪又流了下来。

后来,在记者的监督下,事情圆满地解决了,但我却因为骨折失业了。这不能怪工厂,工厂要讲效益,不可能等我而不调琴呀。我自认为自己很坚强,从未抱怨过自己的命运。我觉得只要加倍努力,一定能和健全人一样地生活。但现实却不肯和我想的一样简单。因为个别人对盲人的不理解,我丢掉了好不容易找到的工作。一个健全人能找到许多工作,但对一个盲人来说,工作的机会又会有多少?

差一点改行学按摩

半年后,我的身体完全恢复了。该去找工作了。我又想起了毕业时的理想,就是给钢琴弹奏者调琴。因为李老师不止一次说过,我们学的是欧美最先进的三六度验证调律技术,又是中国第一届盲人钢琴调律师,我们不光自己找到工作就行了,我们还肩负着在中国推广盲人钢琴调律这个新生事物的使命。我想,钢琴厂调琴再多,又有多少人知道?应该走上社会为钢琴用户调琴,才能让更多的人知道盲人调琴。我打算去琴行应聘,做些售后服务工作,这就可以直接面对钢琴使用者,就可以逐步实现自己的理想,体现自己的价值。

我去了多家琴行,都因为不相信盲人调琴而被拒绝了,甚至连试调都不允许。碰的钉子多了,我真有些失望。

我真的灰心了,我想还是学中医按摩吧,盲人按摩已经被社会认可。人们甚至认为盲人按摩是一门特殊的学问,可人们为什么就不认可盲人调琴呢?通过努力我取得了中医按摩中专的毕业证,还到我爱人的工作单位——北京按摩医院实习。

一天听利利的师傅聊天时说起,在二十世纪五十年代的时候他是中医按摩的第一届毕业生。他说那时老师带着他们实习,没人敢让他们治疗,都怕给人家揉坏了。后来盲人按摩师越来越多,大家都认可了这个职业。现在大家找他治病要排很长的队,真是不一样了!说者无意,听者有心。我当时就想,我不应该放弃盲人调琴这个新生事物。也许几十年后我们的事业也能在中国推广起来。我是盲人调律的第一届学生,如果我改行了,别的同学也改行了,那就只能向世人表明,在中国不适合开展盲人调琴,那中残联对盲人就业的一片苦心和巨大的投资不都白费了吗?

苦闷中我又找到老师,诉说我的苦恼,探讨今后的发展。李老师是个很执着的人,他的路比我更艰难。在他求师学习时,就已经历了那么多的冷遇,今天,他依然是那么自信地教着一批又一批的学生。他鼓励我说:"目前的坎坷肯定是暂时的,正因为我们是刚开始,人们才这样不理解。如果没人走,永远没有路。我们干得多了,社会一定会接受。"老师的这种自信也鼓舞着我,我还是要和他一起走通这条路,让更多的人接受盲人调琴。

在按摩医院的实习马上就要结束了,我马上就能拿到上岗证了,有了上岗证就能找一份相对稳定的工作了。我忽然跟利利说,明天我不去实习了。利利以为听错了,我又说了一遍。利利很惊讶,别忘了你学按摩的学费还是借来的呢,你先学完按摩,拿到了上岗证,再想去干钢琴调律也可以呀!我明白利利的意思,我也知道我的学费是借来的,但是我不能给自己留后路呀。否则调钢琴一遇到困难,我就又会想到还可以干中医按摩,我不能给自己留后路,我不能回头,我只能往前走。利利生气了。这是我认识他以来,他第一次跟我生气。我没有再说什么,小时候姥姥常说,如果你认为是正确的,想做什么就去做吧,你不要总想着成功,最关键的是你努力的过程。你真正付出了,总会有或大或小的成功等着你。

应聘琴行,背熟北京地图

我又找到一家大的琴行,向经理提出应聘。这次我多了个心眼儿,利用自己外表看不出是盲人的特点,没对经理说出我是盲人。

经理让我调了一台琴,他仔细检验后非常满意,高兴地说:"看你小小的年纪,没想到琴却调得这么好,干得还挺麻利,明天来上班吧!工资给你八百元可以吗?"

我又高兴又害怕,犹豫着告诉他我是盲人。

经理诧异了,想了想说:"真没看出来,没听说过盲人能调琴。"

我说明了自己学的是欧美的先进技术,一定会使用户满意,也能给琴行赢得好的信誉。经理却说:"你的技术我看到了,也能相信你调得比别人好,但我不可能总让你在店里调琴,钢琴卖到哪儿,你就要走到哪儿。你的工作只能是上门为用户服务,没人带着你,你能找到用户家吗? 再说路上车很多,你在上门工作时出了交通事故,琴行要负责的。"

我对经理说:"北京一年出了多少交通事故,可你又听说有几个盲人被车撞死了? 你知道是为什么吗?"

经理说:"为什么呀?"

我说:"俗话说淹死的全是会水的,盲人只能靠听来走路,胆子小,所以不会出事故的。"经理听了也笑了。

我马上说:"给我一个月的时间来熟悉北京的大街小巷,一个月后我来上岗,可以吗?"

经理说:"试试吧!"我买了一份详尽的北京市地图,请家人协助,把图上的地名、车站、胡同、小区等一一抄写成盲文,再一条路一条路地背熟。

尽管全市的地理环境很繁杂,但"纸上谈兵"还是容易得多。真的去实践,可就太难了。就在我感到有些勇气不足的时候,我爱人给了我很大的支持。利利在按摩医院每周上五天班,双休日还要陪我出去熟悉街区。其实他跟我一样,视力仅有光感和能分辨颜色。但我觉得两个人出去能壮胆子。因为如果去了一个很陌生的地方,找不到回家的路,我就会很害怕。每每这时,我总觉得四周一片空旷,自己很无助,于是就会在路上哭。直到现在,我还是有那个坏毛病,只要认为自己丢了就会在路上哭。当然,真走丢了,我也只好打车回家。上了出租车,我会问司机这是哪儿,司机莫名其妙,反问我:"你是怎么来的?"一些司机听我说明了情况,都很同情。他们热情地给我介绍附近的交通,告诉我坐几路车可以回家。我时常感动地想,他们可能并没有意识到,这些小小的帮助,对于一个盲人是多么重要呀!

无奈,还没有挣到工资,因为迷路而打车的钱先花去了一百多元。一个月的时间很快就过去了,大街小巷虽然熟悉了不少,但要找到楼号、门牌、小胡同,还不知有多难呢。

上岗了,担心找不到用户家

就这样我上了岗,却不知为什么怎么也高兴不起来。更多的是担心,怕找不到用户家,耽误琴行工作,影响自己的信誉。记得刚上班的那段时间我的神经高度紧张,没有一天晚上不做梦的。我经常梦见自己提前从家出来,但怎么也找不到用户家;或是我走丢了,在路上大哭。我经常急醒或是哭醒,也把利利吵醒。利利一边给我擦眼泪一边说,咪咪你总是怕找不到用户家而精神紧张,身体怎么受得了,如果觉得吃力就别干了。我总是摇摇头说我认定的事一定要做到底。其实找不到用户家的时候我也不止一次地动摇过,是不是盲人调琴不适合在中国干呀?!我听那个美国老师说过,在欧美地区盲人调琴都是由一个司机开车带着,不用盲人自己找路。但在二十世纪九十年代的中国盲人要请一个司机帮忙绝对是不可能的事。

每当没有信心坚持下去时,我就想到鲁迅先生的话:世上本没有路,走的人多了就有了路。我为什么不当那个先吃螃蟹的人呢?如果我退缩了,我那个想让全国的人都了解盲人、知道盲人还有钢琴调律这项工作的梦想就永远也实现不了了。那我的师弟师妹毕业了将会重走我的老路。所以,如果到用户家需要一个小时,我就提前两小时出门。即便如此,偶尔也会因走冤枉路、找门牌而误了约定时间。一个健全人在胡同口看路牌、在小区里看楼号是很容易的事,而我却做不到。到晚了,用户不高兴:"说好9点来的,现在都9点半了,怎么不守时间。"我心里很委屈,可又无法解释,只好向人家道歉。有时干着活,还在偷偷抹眼泪。但我无怨无悔,因为在上岗之前我就给自己立了一个规矩,去用户家前,绝不告诉他我是盲人。这有两个原因,一是用户会觉得我眼睛看不见来接我,二是用户没听说过盲人能调琴,怕我把钢琴调坏了不用我,这样我会失去许多机会,而那些用户永远也不会知道盲人还能调琴。到了用户家,我一边调琴,一边教用户钢琴保养的知识。琴调完了,用户也和我成了朋友,这时我再告诉他我是盲人。一般用户都很惊讶,要问我一连串的问题。就像:"你怎么找到我家的?""你是怎样调琴的,我怎么没看见你在摸琴呀?"每一次我都会诚恳耐心地回答用户这些好奇的提问,换来的是用户对我的信任。他们说以后还要找我调琴,还要把他们亲戚朋友中有琴的都介绍给我。

找用户家的各种苦

迟到的事情,也常使我无可奈何。记得有个住在广外小红庙的用户,电话联系时叙述得很容易,说是从车站走五分钟左右就能到。我按他说的车站下了车,冒着夏日38℃的酷暑,却怎么也找不到他家。路上连个行人都没有,这样的热天,谁不想在家休息呢,问路都找不到人。八十分钟后,我找到他家,他还埋怨我晚了。我说从这到车站,走熟的人也要半个小时,你怎么说五分钟呢? 他却毫不在乎地说:"我们都是开车,我没想到你是走着来。"说完就去做自己的事了。好像我就该他的。我很热但不会出汗,脸憋得通红,心理很不平衡。调琴的时候,我真想像有些蒙人的调律师那样,给他对付十几分钟就走,反正他也听不懂好坏,这也算是以其

在客户家调琴

人之道还治其人之身。但当我拿起调音扳子，又像听到了老师的嘱咐："要认真对待每一台琴，每一个音，把每个用户都当作钢琴演奏家，才能给自己留下好的信誉，才能使人们正确看待盲人。"我还是认真地给他调好了琴，并给他讲了有关保养知识。

在我工作的过程中，最重视的莫过于信誉。因为我深深地知道，我不仅代表我自己，更代表着盲人的整个群体。

有时候我会感觉很委屈，每次我约用户的时候都非常详细地问他家怎样走，有的用户真的说不清自己家怎样走，可是有的用户会很不耐烦地说："你一问就知道了。"开始我想既然用户这样说，肯定周围的人都知道他家的地址吧。可是我想错了，十次有九次我下了车却问不到他家的地址。当我问不到的时候我就特别生气。有时我找到用户家楼下，问从楼里出来的人，人家说不知道。其实并不是人家不告诉我，有时他们真的不知道自己住的楼的详细地址。就像用户说不清自己家怎样走一样。直到现在我最怕用户说："你一问就知道我家了。"

我也尝过用户说错方向的苦头。一个用户住在万寿路十五号院，他说万寿路地铁往西走大概二十分钟就到了。我往西走了半小时找不到。给他打电话，他说附近有一条河。我又往前走了很长一段时间还是没有找到，这时我已经走到了玉泉路。我用了两个小时才气喘吁吁地站在他家门口。进门以后他还说这么好找的地址你怎么找不到呢。我听了差一点被他气死。我说明明是万寿路往北走你怎么说往西走呢，他说对不起我对方向的感觉有点差。我心想你找不着北我却差点累死。

一天早晨下起大雨，利利说给用户打个电话改天再去吧。我说不行，做人要讲信誉，如果用户是请假在家等我怎么办。这是一家从没去过的用户，他说在花家地附近，离骨伤学院不远，到那一问就知道了。我想糟糕，又是一个"一问就知道了"。从我家到花家地用了两个小时。我找到了骨伤学院，但怎么也找不到他家。我想他说在附近，到底有多近呀，怎么问谁都不知道呢。雨越下越大，路上行人越来越少了。轰隆隆打了一个霹雳，吓得我一哆嗦。平时我在家里还非常害怕打雷，何况现在路上一个人也没有。脚下一滑我摔倒了，眼泪和雨水混在一起流淌在我的脸上。我索性坐在地上大哭。为什么我生下来就看不见！为什么我学了这倒霉的调琴！那一刻我恨不得死了。我这时才明白，有些残疾人宁愿享受国家低保也不愿意走出家门工作，真的太难了。这时走来一个老太太，她的伞也被风吹得快拿不住了，她问我为什么哭，我像迷失方向的船找到了航标，我跟她说了我的事。她说这儿的楼不好找，太多了，这儿的人都是新搬来的，所以他们不知道，你跟我走吧，你说的十一号楼就挨着我们七号楼。到了用户家门口，我浑身都湿透了，顺着衣服往下流水。用户开门看见我直发愣。我意识到他家一定是木地板，我说我改天再来吧，否则会把你家地弄湿的。回家我大病一场。从此利利多了一个心眼。天天听天气预报。听到有雨就提醒我拿伞。每次打雷的时候利利总是心神不宁地想，咪咪是否在路上。

和用户成为朋友

一次，我按照服务单上的电话与用户联系，这个用户说："听说你们钢琴城有盲人调音，如果你要是盲人就不用来了，请换个别人。"我试探着问他："您认为盲人调琴怎么不好？"

他说："盲人不会拧螺丝，我还是不用的好。"

　　我当时心里很不舒服。心想：你不让我调，我还不伺候你呢。不少人点名找我调，换个单子很容易。以后你找我，我都不去。可转念一想，李老师说过："越有偏见的人你越要争取。一个人不理解你，他周围的人可能都会不理解，你用自己的能力消除了他的偏见，可能就争取了十个、百个。"我没有回绝他，也没有告诉他我是不是盲人。我如约到了他家，连调带修地干了两个小时，他试弹后很满意，并说他的两台琴以后都请我调。

　　我问他为什么。

　　他说："你比以前来的人调得好，而且很认真。"

　　我说："你不是怕盲人不会拧螺丝吗？"

　　他奇怪地说："我又没说你不会。"我告诉他我就是个盲人，起初他不信，说我拿他开玩笑。我拿出残疾人证给他看，他不好意思了，解释说："我是听一个调律师这样说的，看来这人说话有问题。我是彻底相信你了。不但我的琴让你调，我的亲戚朋友中也有弹琴的，我要让他们也找你。"后来，我们就成了常来常往的朋友。

　　有一位301医院的陈大夫让我至今难忘。他原来住在五棵松，我去他家很方便。后来他搬家了，说来接我，我一再说不用接我能找到。可他就是不答应。他到万寿路接我一起去了他家——是够远的，从万寿路打车还要四十分钟呢。陈大夫说以后你来调琴我都接你。可他已经七十多岁了，我怎么忍心呀！一次又该调琴了，陈大夫说来接我。我跟他约好下午3点在万寿路等，但一定接到我电话再出门。下午1点他就呼我，我回电话说，现在正调的琴有点麻烦，请他再等我电话。下午3点，我准时出现在他家门口。陈大夫和他的老伴都惊呆了，他们总是重复着一句话："这么远你怎么来的？！"我笑了，我不是来过一次吗？自从干了这行，我就告诫自己去过的地方永远也不能忘。找一个陌生的地方对一个健全人来说是很容易的,但对一个盲人来说比登天也容易不了多少,所以我去过的地方永远也忘不了。陈大夫他们非常佩服我,我心里也很高兴。我很感激陈大夫七十多岁了还来接我,我也为自己能找到陈大夫家而自豪。我生来就不想给别人添麻烦,我永远希望给大家带来快乐!

同样我也忘不了朝阳区的李先生。他家住在枣营南里。他说从亮马桥站往东走就到了。过了三个多小时,李先生打来电话说,我去车站接你吧。我说不麻烦您,我能找到。他想了想说,我正好出门,回来时顺便接你。见面后李先生一边走一边说,他朋友介绍我是盲人,怕我走路出危险,尤其他看见路边有一个没有盖的井,怕我掉下去,就想来接我,可又怕伤了我的自尊心,所以谎称从外面回来。听了他的话我眼泪差点流下来。其实我的许许多多用户都像陈大夫和李先生一样关心着我,鼓励着我,我才坚持往前走,如果没有他们的鼓励我也许不会有今天。

经历多了,经验也多了。我和用户们的关系越来越融洽,很多人主动帮我的忙,我也交了很多朋友。他们理解我,支持我,感动之中,觉得生活中的每一天都那么充实。

这算是成功了吗?

用户的理解和支持,增强了我战胜困难的信心和勇气。我在钢琴城工作了两年,尝到了各种酸甜苦辣,也收获了许多经验和知识。信誉越来越好,用户也越来越多。报纸、电台、电视台也纷纷做了报道,到处充满着赞扬声。回到家后我常想,这算是成功了吗? 盲人调琴这条路我算是走通了吗?

　　一天，我爱人下班回来，说起他的一个小病号，是钢琴演奏家鲍蕙乔老师的学生，引起了我的兴趣。我自信调的音律是精确的，为演奏家服务一直是我的梦想。我的同学也有没找到理想岗位的，下一届的师弟师妹们更面临毕业后的就业。如果鲍老师这样的演奏家能接受我们的服务并给以好评，这对我们将是非常有利的，她的钢琴城就有可能为我们安置几个人。我应该试一试。于是，抱着试试看的想法，我口述，请人帮忙，很郑重地给鲍老师写了一封信，并附上了我的照片。两天后，鲍老师真的打来了电话，她说原来虽然不知道盲人调琴，但愿意给盲人这个机会，答应让我来试调给她听。我按约好的时间来到她的钢琴城。

　　钢琴城经理给我找了一台破旧不堪并有很多机械故障的琴，必须首先进行全面维修，排除故障后才能调律。我猜想这一定是鲍老师有意要全面考查我的技术水准。作为一个优秀的调律师，当然不仅要把音律调准，同时也要具备全面的钢琴机械整调和排除各种故障的能力。我曾调修过不少这样的琴，早已胸有成竹。

　　两个多小时后，我很顺利地完成了全面调修工作，然后请鲍老师试弹。她仔细检验后高兴地说："我知道这台琴状态很差，你真的把它整出来了，音也准了，触键感觉也好多了。我原来觉得盲人听力好，调律可能会不错的，但维修恐怕就太困难了，没想到你还真掌握了维修技术。"

　　她又给我找了一台新琴，这次我只用了五十分钟，她几乎始终在看着我调，试弹后她很满意，说我的操作很规范、很熟练，并希望我到这里来上班。我急忙和鲍老师解释说："我现在有工作，可我有个同学最近失业了，后一届的师弟师妹们也将要毕业，我是想替他们应聘，他们和我的技术是一样的，希望您能给他们一个机会。"

　　我本以为没有事先说明，她会不高兴。谁知鲍老师却被我感

和鲍蕙乔

动了,她说:"现在大家都怕自己下岗,为自己找工作,没想到你却给别人来应聘,冲你这精神,我也会答应你的请求。"

果然,我那个同学先去上了岗,后一届同学毕业时鲍老师一下就收下了五个人。现在,有两个同学,已成为鲍蕙乔钢琴城的技术骨干,有的月工资达到五千元,为此,同学们都说我为他们铺了路。李老师更是感激地说,我做了他难以做到的事,他的事业已真正成为我们共同的事业,要我永远和他一起努力。

自己开业

我所工作的钢琴城,用户越来越多,售后服务的量越来越大。由于经营的需要,开始改变了管理方式,要求调律师每天至少要跑四个用户家,这可给我出了个大难题。要知道,用户分布在北京市的十八个郊区县,有的甚至在河北省。即使只跑近郊,照目前的交通状况,大量的时间都要消耗在公交车上,而且那些使用多年的琴,又都不是单纯调音,需要花很多时间去整修,才能正常使用。要想完成每天的任务,又保证每台琴的调修质量,我一个人已经完全不可能做到。

我知道,有的人调琴从进门到出门只要半小时,这里面肯定有欺骗行为。李老师曾反复告诫我们:"恪守职业道德,对我们尤其重要。一个人更容易被人记住的往往不是姓名,而是特征。如果健全人调律质量不高,人家会认为是他不负责任,下次换个可靠的人也就是了;而盲人调不好,人家会认为盲人能力差,都调不好,以后再也不会找盲人了。所以,一个人的信誉好坏,代表的是一个群体。"

为了保证每台琴的调修质量,为了给盲人群体创造良好的信誉,我只有辞职了。人家说盲人也敢炒老板,胆子可不小。这当然是有风险的,但我靠的是什么呢?靠的是实力和自信。我没有再去应聘,决心靠自己的奋斗,去扩大自己的用户网,以真诚去换得信任。

我成了个体调律师。自己开业后,我的收益还提高了,时间也灵活了,可以更方便地按照每一个用户的意愿来安排。用户们也纷纷介绍自己的朋友、同事找我调琴。为了满足用户们的种种需求,也为了更系统地积累自己的调修经验,我把每个用户的情况和要求,每台琴调修前后的状况,都做了认真详细的记录。有时用户自己都记不清的事,我都能跟他们说清楚。为此,他们常感动地说:"没想到你对我的琴比我自己都认真,能这样做的人现在可不多。"此时,我也感到无比欣慰,因为,从小我就总希望人们觉得我是个对社会、对别人有用的人。虽然总是很忙碌，可我却感到生活很充实，精神很满足。

公益热线

1996年，一个用户的提问，对我触动很大。这个用户问我："升E弹什么音？"我告诉他："应该弹F那个键。"他说："因为老师没讲清，我又不敢问，自己琢磨了一天，也没想出来。"

我意识到家长都望子成龙，给孩子投资买了钢琴，学琴更是一笔不小的投入。可由于不懂音乐，给孩子辅导时不知有多少难题，走了多少弯路。如果能帮助他们，我不是对别人更有用了吗？于是，我通知用户们，每晚7点到10点可以给我打电话咨询有关问题，只要我能提供帮助，一定尽力。

渐渐地，电话成了热线，有问乐理知识的，有问演奏方法的，有问儿童教育的，甚至生活中的许多问题也要和我商量。为了更准确、有效地解决他们的疑难，尽我所能，我设法钻研了儿童心理学、成人心理学。利用为专家调律的机会，向他们学习请教钢琴演奏方面的各种技法和儿童学琴中常遇到的问题及解决方法，这使我积累了许多人文知识和钢琴艺术方面的知识，大家觉得我的回答是专业的、可信的，更愿意向我咨询，和我交流心得体会。

时间长了大家的问题更五花八门了，有许多人都问到一个类似的问题：你们都是盲人，生活上肯定遇到许多困难，但你们总是很快乐；我们有房子、有车，也有钱，可总觉得不开心。遇到这种问题我总是耐心地给他们讲我的经历，希望他们能悟出点什么。

一天刘女士打来电话说，她家是靠出租房屋生活的，两个人都不用上班,还有一个八岁的女儿,按理说生活是非常幸福的,但她老公在外面包二奶,她想离婚,又可怜八岁的孩子没了一个完整的家,凑合过吧又咽不下这口气。她问我怎么办,我一时不知怎样回答。我突然想起中午在麦当劳吃饭时无意中听到的邻桌的一番话。那个女士说:"我想好了一定跟他离婚,我宁愿带着两个孩子过。"男士说:"像你这种情况离婚很容易,但我们当律师的见得很多,离婚的最后都后悔。尤其是男人,在三十多岁时心理状况是不稳定的,但他们到了四十五岁以上就会恋家、恋老婆、恋孩子,你不再等几年吗?"我把这些话对刘女士说了。她说我也不想离婚,可我天天生气。我劝她想开些,生活不是一帆风顺的,寂寞了可以养一只小动物,它也许能带来快乐。我问她家附近有野猫吗,她说有,经常在房顶上跑。我说你买吃的喂它们吧,人们都说猫这种动物有灵气,也许能给你带来好运。其实我不知道猫能不能给人们带来好运,我只是安慰她呢,因为我喜欢猫,所以说猫能给人带来好运。我跟她聊了一个多小时,她的情绪好多了。后来我们成了好朋友,她经常给我打电话诉说她的喜怒哀乐。过了几年,刘女士告诉我,她老公学好了。他们重新照了结婚照,还去欧洲旅游了,她说谢谢我,如果没有我的开导,她也许早就坚持不了,离婚了。我听了非常高兴,我的努力没有白费。

　　我越来越感觉到更多的人需要我了,每天晚上大家也许在看电视,也许在聊天,也许一家人去散步,但我要坐在电话旁边接一个又一个的电话。有时利利听烦了也会讽刺我几句:人家都得腰肌劳损,但你不会,你要得就得"舌肌劳损",因为你说话太多了。

　　几年以后由于我说话太多得了慢性咽炎,连续说话时间长了就会发烧,还会引起哮喘。每次发烧了我只能采取输液治疗。一次我病得很厉害,利利说把电话线拔了吧,你不能再说话了。我说不行,每个打电话的人都是信任我才打的。人家都说猫是奸臣,但我从小对黄黄好,它就对我好。所以我坚信只要我对别人好,别人一定会理解我的。从此利利不再说拔电话线了,而是在我生病的时候替我接电话。利利说现在是网络时代,如果以后有了钱办一个网站,把我的经历写成文章放在网站上,以后再有人打电话问我的经历,就可以让他们去网站上看了。如果再有了钱可以把我的经历写成书,那样就能有更多的人看见了,我就可以不用在电话旁边一遍又一遍地讲自己的经历鼓励别人了。那时我觉得他简直在做梦。是呀,在二十世纪九十年代末的时候,一对盲人,一对居无定所的盲人,怎么可能办得起网站呢!怎么可能出得起书呢!但有梦想总比没有梦想好吧,我们会抱着这一个个的梦想努力往前走!

梦想何时才能实现

几年来,找我调琴的用户越来越多,但我常常想起我的老师,论挣钱他比我们都有条件。当年和他一起接受培训的那些学员——各地盲校的老师,回到各地后,都利用所掌握的技术去挣钱了,唯独李老师一直坚持在学校教学。他是利用手中的技术,为我们铺出了一条生存的路,虽然自己没有时间去调琴挣钱,但他却无怨无悔,仍是那么执着地在为盲人调律事业的发展而奔波忙碌着。

一想到这些,我总觉得自己也有同样的责任。我一直向往着要创办一个由盲人组成的调琴服务机构,以同样规范的技术标准,以同样的敬业精神,为社会提供优质的调律服务。这样会使更多的人了解、信任盲人,既满足了社会对调律服务的需要,又创造了盲人就业的机会,这才是我真正的愿望。

李老师说一个人想推广盲人调琴,再努力也是杯水车薪。因为再努力又能调多少琴呢,只有大家一块儿努力,才能被世人承认。我又想起了毕业时我编的那个小品,大家走到了一起,成立了一家调律公司,去共同编织我们的梦想;我又想起了最后我们流着眼泪一起唱的那首歌:"风雨中这点痛算什么,擦干泪不要怕,至少我们还有梦。"

我就是抱着这美丽的梦走过了这几年。但我回首这几年的路,我走得实在太艰辛了。我尝到了那么多人世间的酸甜苦辣,如果让我回头重走一遍这条路,我恐怕坚持不到今天。现在我通过自己的努力被别人承认了,但我看到我的师弟师妹还在我走过的那条老路上挣扎着。每个人都经历过用户的不信任、同行的排斥、老板的不理解。他们的技术很好,但有的却被同行陷害,让老板炒了鱿鱼。他们害怕走上社会,恐惧这个世界,有的人宁愿躲在"家"这个保护伞下,不愿面对现实。我看到这一切,心里很难过。如果这样,我们的梦想何时才能实现呀? 盲人调琴何时才能像中医按摩那样被世人承认呀? 这个问题困扰着我们每个盲人调律师。

创办钢琴调律公司

1999年10月15日第十六届国际盲人节那天,在市残联的帮助下,北京人伟钢琴调律中心成立了。开业前夕,翟洪祥副市长接见了我们,给我们以巨大的鼓励。开业仪式那天,市政府领导为我们揭牌。残联理事长还听取了我们的工作汇报,多次询问工作进展情况,随时提出指导意见。

　　我山任了中心业务经理，李任炜老师也兼职做了经理。我们终于开始为我们的共同事业而奋斗，我也将此视为自己毕生的事业。为此我把自己的不少用户一一逐步转移、奉献给中心。虽然自己的收入减少了，但比以前更忙了。我也一样无怨无悔，因为我的梦想是通过我们的努力，几十年后让大家都了解了盲人，到那时我的学弟学妹们就不会被用户拒之门外了。

　　爱人也很支持我的工作，他没有一句怨言。可是10月26日却让我感到了愧疚。这天是他的生日，我们认识九年了，结婚也已五年，年年我都要向他祝贺生日，今年却因忙中心的事而忘记了。那天我回家很晚，临睡时他才悄悄告诉我："今天是我的生日。"我愣住了，眼泪刷地流了出来，这是第一次忘了他的生日，我感到很对不起他。他却安慰我说："过生日倒无所谓，只是耽误了一顿面条。"我答应他一定补上。第二天，我给他买了两束鲜花，早早回到家，晚上一起吃了面条。

　　我的朋友看我放弃了高收入，当起了不挣钱的业务经理，感到不理解，我只是一笑而过。他们不了解，我所尝到的酸甜苦辣，使我亲身体会到盲人创业之难。我不希望在我之后的师弟师妹们仍像我那样单枪匹马地闯世界，我要为这个"残中之残"的群体，多创造一条就业的新路。

　　我相信，在我们的共同努力下，在各级领导的大力支持下，我们终会创出自己的品牌，形成自己的特色。也许五年，或者十年，我们争取形成这样的口碑，推出一句口号："要调琴，找盲人。"这也是我的奋斗目标。

　　我和健全人没有什么不同，健全人能做到的，我通过加倍努力，一定也能做到。无论现在还是将来，我都会继续默念这一句话，我相信我的路一定能走成功。

当经理没有想象的那么容易

公司开业了,但经营起来并没有想象的那样容易。原来作为一个调律师,我可以和用户做朋友。但现在我代表的是公司,用户再也不愿把我看成朋友,他们习惯地把我当成了商家。

我负责用户的投诉。第一次我接到投诉,说调律师看不见,钢琴里有那么多零件,他会不会没摸着,少调几个音?我听了气就不打一处来,简直是无理取闹。开始我还比较耐心地解释说调律师虽然看不见,但绝不会少调几个音的,他们是经过严格训练才上岗的。但用户听不进去。我火了。我爱人说,你怎么能跟用户耍态度呢?他不理解盲人,你可以耐心解释。俗话说用户就是上帝,你把上帝都得罪了,以后谁还找你们?你别忘了你代表的是公司。

我说:"那我应该怎么办?"他说:"你先向用户道歉,然后再解决问题。原来用户把你看成朋友,现在把你看成商家,你的角色不一样了。"

可是跟别人道歉是我的弱项。如果我做错了,自然该道歉。要是别人冤枉我了,那我可不干,非让他跟我道歉不可。我爱人说,那你就先学道歉吧,你假装我是你的用户跟我道歉。我跟他重复着道歉的话,但他说口气不对,像背书。我终于想出了一个好办法,去商场看顾客和售货员发生口角以后,值班经理是怎样说的。

学会道歉

不过这可不好碰见,有时我在商场溜达一天也看不见,那些售货员还不断问我买什么,有时我实在烦了,就没好气地说我什么也不买,售货员就一句话也不说了。我心想她们是不是以为我有什么毛病呀!后来我又想了一个办法,先买东西,然后再去退,售货员肯定不愿意,然后就发生口角,我再看值班经理怎样处理。

值班经理肯定能看出来我是无理取闹,但她还是很耐心地解释。我听完了,对她说,对不起我是来学习道歉的。她听了哭笑不得,说都像你这样,我们的工作可就难了。不过有的经理被我这种执着感动了,就和我聊一两个小时,教我怎样与顾客打交道。在许多好心人的帮助下,我终于学会了代表公司与用户沟通。

现在,用户再投诉调律师,我会先说对不起,耽误您的使用了,然后再询问情况解答问题,或去用户家看琴。但有时放下电话,我会很生气。真的不是调律师的失误,而是用户对盲人的不信任。

开业之初,一个星期就有八个用户投诉我的一个师妹。我急了,如果照这样下去,我不用干别的了,就忙活应诉吧。因为公司规定从调琴之日起,机械部分保修半年,用户提出问题要及时到用户家解决问题。我决定,对这八家用户不论问题大小,全登门看看。

当我看完八台琴,心里很难受,这些琴调得都很准,机械部分也修得很标准。那些用户都是感觉某个音或某个地方是不是不好,让经理来看看他们就放心了。他们是放心了,我可真要累死了。这八个用户最远的在平谷,我到用户家耐心地给他们讲解,慢慢地打消了他们的疑虑，再给他们弹一首好听的钢琴曲，和他们做了朋友。但最后我会告诉他们，我也是盲人。他们很惊讶，说没想到盲人还能当经理，真不应该还让您亲自来一趟，并且表示以后一定还是找盲人调琴。

学会与人沟通和管理

作为业务经理，我应该反思，难道光技术好就行了吗？重要的是要学会与人沟通。到了公司例会的时间，我和大家说了我去投诉用户家的经过。我还没说完，小师妹哭了，委屈地说她对待每一台琴都非常认真。这是我第一次看见她哭。平时她很开朗，从没看见她哭过。我们认真对待用户，但换来的却是误解，我心里也很难受。我嘴上说着用户不理解盲人是很正常的，你们一定要从自身寻找不足。我的眼泪却不由自主地流了下来。我急忙走出办公室，因为我不能让他们发现我在流泪，我要把坚强的一面留给他们，我怕他们失去信心。

我向许多大企业学习了怎样上门服务和以人为本的知识。我也做了一项调查，就是健全人眼里的盲人是什么样的。最后得出了一个结论，在大多数健全人眼里，盲人就是穿一身脏衣服，手拿一根长竹竿，在路上摸摸索索地走，甚至没眼睛，长得很难看。他们会沿街乞讨，还可能会在街头卖唱。我下定决心，一定要通过我和我公司职员的努力，让世人知道，盲人也有美好的理想，也渴望通过自己的努力，过上幸福的生活。

我重新制定了服务规范，工作时要着装整齐、佩戴胸卡、微笑服务，女职员淡妆上岗，到用户家拆开钢琴以后要把里面的尘土擦干净,要帮助用户把樟脑片放到钢琴的固定地方,必须教给用户有关钢琴的保养知识。调琴时几件调琴工具要放在钢琴的固定地方,取工具时手不能在钢琴上摸索,要准确地取到工具。

当我把这些制度公布以后,大家都觉得很难。一个师弟说,你杀了我吧,我做不到。我说,如果你们记住工具放哪儿了,肯定能一下拿到。我给他们请来了礼仪老师。还请残联派给我们的干部王蔺大姐教我们化妆,她原来是学美容的。眼睛看不见学化妆可难了,我先以身作则学化妆。好不容易化完了,让别人看,大家笑得都直不起腰,都说我的脸对应我的小名咪咪是非常形象的。我不在乎,仍然反复地练,终于做到凭感觉和记忆能够熟练地化妆了。别人看了不再觉得可笑,还觉得很漂亮。但凭感觉化妆也能给我带来麻烦。一天中午我在麦当劳吃饭,这里人很多,我对面坐了个女士。我吃完饭从包里拿出化妆品补妆,因为我是靠感觉化的,所以不用看着。但那人很纳闷地问我:你化妆怎么不用镜子,难道你拿我的脸当镜子了吗?我只得解释我看不见,不用照镜子化妆。为了避免这种尴尬,我让朋友帮我买了个小镜子,我想以后在外面化妆就假装拿着这个镜子。但那个镜子一面是镜子,另一面是个可爱的小熊图案。我可真不知道。一天我拿出镜子假装照镜子补妆,坐我对面吃饭的人突然特别好奇问我:你为什么把镜子照着我,对着小熊化妆呢?我一愣明白了,原来这个圆圆的小镜子两面不一样哈。经过我的带动,大家也努力地练习各种服务规范。

一年以后,用户的投诉渐渐少了,我的那个师妹也从原来一星期八个用户投诉到现在一个月也没有投诉了。是她的技术原来很差,现在一下子突飞猛进了吗?不是,因为我们毕业时都经过很严格的考试。是她学会了与人沟通。

投　诉

　　一次用户投诉说钢琴调完以后不好听了。我答应上门看一看。我先把用户的记录调出来看了一遍。我到了她家把钢琴的上顶盖打开看了看，什么事都没有，音也很准。我忽然明白了。问她：您家的钢琴是五年没调了吗？是。我说，钢琴的一个音是由两根弦或者三根弦组成的。时间长了不调琴，会造成一个音、三根弦的音高不在一个位置上，那样会增大二分之一倍的音量。琴调准了，三根弦的音高就一致了。但您听着就觉得声音比较单，显得声音就小了。您必须适应现在的音高和音色。我正跟用户说话，她的孩子想看看钢琴里面，就扒着钢琴往上爬，钢琴晃动了一下，上顶盖被晃得砸了下来。我想完了，肯定会把上门砸坏，我下意识地伸出了右手垫到了上顶盖与上门之间，砰的一声，我的手指就没有知觉了。但钢琴完好无损。用户赶紧给我道歉，再看我的手已经肿了一大块。我的眼泪刷地流了下来。我不是痛而是觉得太委屈了，我们的调律师认认真真地调琴，换来的是用户的投诉，如果顺着这乱七八糟的音凑合给她调调，她也许就不投诉了，我的手也就不会挨砸了。

　　回到家利利看了好心疼，说你怎么这样傻，钢琴的漆坏了还可以修，但你的手如果砸坏了，你可怎么弹琴呀！我说当时我是下意识地伸出手的。因为李老师说如果一个健全人不小心把钢琴漆碰坏了，找人补上就行了，但一个盲人如果把琴碰坏了，用户会认为就是因为盲人看不见才把琴弄坏的。所以盲人调琴不能有失误！李老师的话根深蒂固地印在我的脑子里，所以我才会这样做。我觉得最起码这个用户相信盲人能调琴了，我也值了。

比起我来侯健就没那么幸运了。俗话说苦好吃气难受。一个丰台的用户投诉侯健调琴时把钢琴漆碰坏了。可我问侯健，他说我记得她家地方比较小，我把琴盖摘下来放在她家床上了，怎么可能坏了呢？我带着油漆工上门鉴定。看了钢琴，油漆工说不是最近磕的，因为这不是新茬。可那位四十多岁的女士却振振有词说，绝对是调律师弄的，因为他看不见，如果是一个看得见的来，我就不赖他了。我气得差点跳了楼，这叫什么理由，难道看不见就是罪过吗?! 我一再提醒自己代表的是公司的形象，代表的是盲人钢琴调律师的形象，我不能跟她一般见识。我压着火说对不起，给您造成了不必要的损失，我们把磕的漆补上，肯定和原来一样。我没有想到那位女士不紧不慢地说:"那可不行，钢琴不是小物件，坏了心里太别扭了，你们公司要给赔个新的。"我听了肺都要气炸了。我又问了一次油漆工:"你肯定这不是新茬吗?"他说:"肯定。"我对那个可恶的女士说:"你也别一口咬定琴坏了就是盲人磕的，我也不说你是血口喷人。你去鉴定吧，如果你能拿来权威部门的鉴定书，我不用公司赔也不用调律师赔，我赔你一台新钢琴，连鉴定费都赔你。但如果你拿不来鉴定书，你在我这花钱补漆我都不伺候!"没想到她一点也不急，还觍着脸说:"你能赔一台像这台琴一样的吗?"我说没问题，你不要认为盲人就好欺负。说完我打电话给我的好朋友刘亚南，问她现在有时间吗，她说在睡觉。我说别睡了，拿上你的摄像机来找我，快点。她说你又要投诉谁呀。我说是人家投诉我。很快刘亚南来了，她很仔细地把钢琴的外表都拍了一遍。过了几天那个女士给公司打电话说:"我想了想你们看不见也不容易，干脆给我修一修算了。"为这事我把大家集中起来开会。大家一致认为:不管她。但李老师说:"能容人且容人，咱们讲的是信誉,不要跟她一般见识。"我听了气就不打一处来:"您说得轻巧,您知道当时我去她家时她有多可气吗?! 她差点把我气得从五楼跳下来。"大家都笑了。后来李老师还是安排人去给她修了琴。

没想到过了一个月,我都快把这件事忘了的时候,那个女士又打来电话说:"你们公司也太不负责任了,光把琴修好了就行了,都过了一个月了你们也不打电话问候问候我,我的精神也受到损失了!"我差点脱口而出:"你活该,怎么你这种人还在世上活着呀。"可我突然想起李老师的话:用户就是上帝。我生生地把话咽了下去,说:"您不满意我们的服务可以起诉。"她说:"小姑娘,你怎么能这么说呀。"我说:"我可没有主动给您打电话说这些。"没等她说话我就挂断了电话。

是啊,人的忍耐是有限度的,我们盲人更需要人们的理解和包容。

你不了解盲人调律

有时,我们会遭遇到更让人生气的事。一天,公司传过来一个用户,说是点名让我调的。这是住在东城区的一位女士,她说买的是一台旧琴,是星海108型,大概有十多年没调了。她问我这琴怎么样,我说弹的琴半年调一次,不弹的琴一年调一次。

好多用户不知道钢琴不用也要调,当过了几年或十几年,用户想起调琴,但一般都调不到标准音。因为当钢琴达到标准音时,张力是十六到二十吨,如果标准音很低,就不能一下调到标准,否则会造成断弦或开胶开裂。弦折了可以换,但如果开胶开裂,就要大修了。她问钢琴不弹为什么跑音,我说因为钢琴张力很大,它是自然跑音的，这是个物理现象。她说她的琴是让一个钢琴老师挑选的，没问题。我说我详细检查后才能告诉她能不能调到标准音。

当我排好时间给她打电话约调琴时，她却说调完了。我赶紧对她说："对不起，让您等着急了吧？"

而她却说："我不着急，但我送你一句话，作为盲人，你们生存本来就很困难了，希望你以后做人要诚实。"

我听了就蒙了，我诚恳地问她：您认为我哪里不诚实？

她吞吞吐吐地说："如果你不会调琴就直说，别说我的琴不好，我请了一个专家，一会儿就调完了。"

我没有解释，说了声谢谢就挂断了电话。我一动不动地坐在那里，直到我爱人叫我，我才回过神来。我想哭却哭不出来，说不清心里是什么滋味。我爱人知道了劝我说，世上什么人都有，别在意别人怎么说，只要问心无愧就行了。李老师听说了，也来劝我。我真想不通，我从学调琴之日起就告诫自己绝不能蒙人、骗人，李老师也再三强调信誉的重要性，还说谁要是违反行规，马上吊销他的调律师资格证。我怎么能做人不诚实呢！我无时无刻不在维护盲人调琴的信誉，我怎么能接受这样的指责呢？再说那个女士明明受骗了还引以为荣，十多年不调的琴一会儿就调完了，那是不可能的。因为给那种年久失修的琴调音，必须连续调两三遍才能稳定住，机械部分也要整调。她受骗了还不知道，真是可悲！世界上往往有那么一些人，听不得别人说自己的东西不好，甚至自己买的破烂别人也要说是好东西，这是欺骗自己还是欺骗别人呢？

我一连几天想不通。接着就病了，发烧39℃。

同事们一起来看我，小师妹看见我就哭了。她说前天去宣武区调琴，去之前给用户打电话，用户说钢琴一年多没调。她到了用户家，发现钢琴的标准音低了二百多音分，机械部分也很乱，需要维修。因为公司规定到用户家检查完以后，必须讲清楚钢琴的状态，如需要复杂维修，收费须先与用户讲清楚。她跟用户说："钢琴的机械一项整调维修，要加收二十元。"用户同意了。她接着说："现在钢琴的标准音低了一百九十音分，这可不是一年没调，像是七八年没有调过的。调一次可达不到标准音，如果调到标准音，会造成钢琴开胶、开裂或是断弦。凭经验这琴不能调到标准音，否则就是毁琴了。"用户听了很生气，说："调不到标准音，你还调它干什么？我这钢琴每年都调一次，我请的还是一个老师傅。人家老师傅都没说过这琴不能调到标准音，你说什么呀！年纪轻轻的，说话不诚实！"另一个人说："既然来了，就让她调吧。"小师妹不知所措，调也不是，不调也不是。这时，又听见用户在屋里说调不到标准音，还调它干什么，还不如劈了当柴烧。

师妹说："听了这话，我把琴盖装好，跟他说，您还是找那个老调律师吧！从他家出来，我的眼泪止不住地往下流。我真想不明白，我说的全都是实话。我实事求是地把琴的情况告诉他，可是他却不信。假如我也像他原来用的那个调律师一样，不告诉他琴的真实情况，来了就调，准不准的他肯定听不出来，我既能挣到钱，也不至于挨骂。"

小师弟说："我更倒霉。前天下午，我去方庄调琴。方庄很大，用户又没说清楚该怎样走。我找了一个半小时，才找到他家。但他开门一看我是个盲人，就不干了。他说你会调琴吗！你们公司怎么能派一个盲人来呢？你给你们公司打电话，换一个看得见的人。我怎样解释他也不信，我只好用他家的电话给公司打了电话。我要离开他家时，他竟然跟我要一元钱电话费。"说到这里，我们大家全笑了，没想到还有这样的用户。

公司开业到现在，我走得太累了。有时我心里也很矛盾，是蒙人、骗人去取得一点儿利益，还是靠着信誉艰难地走下去？有些用户的投诉，真是让我哭笑不得，但我还必须耐心解释。

一次，用户投诉说，调律师到他家调音，还要拆琴。我说不拆琴怎么调呀？用户说原来调音，从来没拆过琴，为什么你们公司那样特殊呀？我说不拆琴就能调，那绝对是骗人！因为调音要用扳手拧弦轴，弦轴在钢琴里面，不拆琴是够不到的！有的用户投诉说，为什么盲人调律师调一次需要一个多小时，看得见的调律师只需要十五分钟。是不是盲人的技术差呀？我告诉用户，按照国际标准，调一台琴需要一小时。钢琴经过半年的变化，需要整调里面的零件，也需要时间，所以调一台琴就要一个多小时了。

我真的很迷惘，有时候某些健全人调琴骗了人，用户倒觉得很好，而我们盲人调律师极力维护自己的信誉，认真对待每一台琴，却遭到用户的怀疑！

李老师说："你们不论遇到多大的委屈和困难，都不许蒙人骗人，因为你们的信誉直接影响着盲人调琴在中国的推广。"

不过，我们的大多数用户都很支持我们。我们到用户家去调琴，当用户知道我们是盲人，琴又调得不错，就主动帮我们宣传。从开业到现在我们过得很艰难，没有一分钱广告费，都是靠着热心的用户帮我们宣传才得以生存的。

回报社会

一次，一位老用户给我打电话要调琴，还很着急。我问他是琴不好弹了吗，他说不是，是小孩在家养病想弹琴了。我问什么病，他说是白血病。我听了，心直往下沉。我知道这病是不治之症，还要花很多钱。我突然有个想法,我来不及和李老师商量,就对他说:"以后你的钢琴我们免费给你调,我还要去看看你的孩子。"他听了很感动,说你们是残疾人,本来需要我们的帮助,可你们还来帮助我,他说不下去了。

我去了他家,见到了那个孩子,我跟他做了朋友,还把我的经历讲给他听,激励他坚强起来。从此,他的琴我们每次都免费给他调。李老师知道了,说我做得对,作为盲人也应该帮助别人。我们要不是那些热心用户帮我们义务宣传,可能早就倒闭了! 所以我们在有能力的情况下,应该尽可能地回报社会。

盲人的信誉最重要

有时我很担心我的公司职员,真怕他们和一些同行学坏。因为在一次例会上,我师弟说,他的一个朋友,是健全人调律师。有一天下午那个调律师约他出去。我师弟对他说:"我还没调完琴呢。我一天调两台琴,上午一台,下午一台,咱们晚上再去吧。"那个调律师听后笑了,说:"我半天调了四台琴,下午就没事了。你可真傻,对付对付就行了,反正用户也不懂。"

我听了,嘴上说你们不能这样做。心想,这要是接触长了学坏了,会影响公司声誉。但不久发生的一件事让我很感欣慰。

有个用户打电话表扬调律师及时上门,解决了钢琴一个键不响的问题。用户说他的孩子要考级,琴键却坏了。调律师上门检查后,出去一个多小时,就拿来零件换好了。我用电脑调出用户记录,上面记录着调律师的操作,发现他换的那个零件好像公司库里没有。因为我们的资金有限,不可能备齐所有牌子钢琴的零件。

我用电脑调出库里的所有零件,确实没有。我很纳闷他是拿什么零件换的,便给这个调律师打电话。真没想到,他说:"我知道库里没有。正好我家的钢琴和用户家的钢琴是同一个牌子的,所以我就回家,把我家的钢琴零件拆了,给用户安上。"他说得轻描淡写。

　　到了每周一次的例会,我表扬了他,给大家说这事的时候,我流出了高兴的泪。多好的职员啊!他宁愿把自己家一万多元的钢琴拆了,也不愿耽搁用户。他是维护自己的信誉吗?不,他是在维护人伟调琴中心的信誉,他是在维护盲人调律师的信誉呀!我不用担心工作时间长了职员们会投机取巧,公司开业整整三年,我负责质检工作,还从未发现蒙骗用户的事。

　　有一次公司接到一台演出琴。第二天要演出,头天晚上10点以后才能调。因为之前要用剧场,不能出声音。对方希望我们能谅解。我犹豫了,夜里调琴谁敢呀?可对方一再恳求我。李老师知道了,就说:"既然人家信任,咱们就应该克服困难,我去调。"

　　晚上,他和一名公司职员去了剧场。没想到这一干就是整整一夜。第二天早晨6点多才回家。原来那台三角琴是年久失修,不光要调音,三十七项整调步骤都需要做。中午剧场负责人打来电话,他们找过好多个调律师都不满意,老是觉得弹着别扭,这次调完后,弹着就像新琴一样了。

　　李老师说:"那台琴咱们必须修好,这是信誉。到后半夜我们都困了,但修琴一点也不能马虎。因为如果一个健全人骗了人,用户以后再换一个调律师就行了。一个盲人调律师骗了人,用户以后就不会再找盲人了。作为一个盲人调律师,绝不允许自己有一点儿失误。这不光是代表了自己,也代表了盲人调律师这个群体。"

　　李老师无时无刻不在提醒着我们,盲人的信誉最重要。

回到姥姥家

1996年底，姥姥看我们租房子生活太困难了，又觉得利利是个好人，就让我们回家住，还住我小时候的那间八平方米的房子。屋里原来是单人床，现在要改成双人床，柜子就没地方放了，姥姥又舍不得扔掉，就把柜子摞了起来。虽然住得很挤，但我们终于不用总是搬家了。回家住给姥姥添了不少麻烦，姥姥说："麻烦倒不怕，原来我怕你没本事，我死了你爸妈不管你，你会饿死，现在我不担心了，但我担心你们以后没房子住。"

一间八平方米的房子，要安放下一个家谈何容易，我只好把钢琴卖了。其实我很心疼，但我没办法，实在没有地方放钢琴，钢琴不能摆在柜子上，柜子也不能摆在钢琴上。

和利利交往时，我就已经体会到生活的艰辛。我身边所有的人都不同意我们结合，尤其是姥姥。她把我养大不容易。可我还不听她的话，那段时间，我知道姥姥很伤心也很着急。我也想两全其美，可这是不可能的，我实在很爱很爱利利，我真的无法放弃他。我们结婚以后遇到的这些困难，没结婚时姥姥都跟我讲过，我知道我们以后的路有多难走，但我要努力。

两个盲人买东西

在生活中，我们遇到的困难是常人难以想象的。就像我们去买东西，经常会买错。后来我总结出一条经验，就是没有用过的不能用，没有吃过的不敢吃。因为我买东西，都是认包装上的颜色或者靠鼻子闻，手摸。如果我没有见过，我就不知道是什么。我要问超市管理员，一般情况下得到的回答是："自己看，这不写着吗？"有时我会解释说："我看不见，请您告诉我。"但他们经常是用惊讶的眼光看着我，一句话不说，那时我很尴尬。时间长了，我索性就不问了。但如果我特别想知道是什么，就让利利问，因为利利的眼睛能看出来是盲人。

有很多时候，我买东西会出笑话。一年，春节快到了，我在家乐福给利利买了一件衬衫。利利说试一试，但他把衬衫打开后就不吱声了。我问利利合适吗，利利不说话，把衬衫递过来。我一摸笑得直不起腰来。原来我买的是短袖衬衫。利利说："没关系，正好我夏天缺一件短袖衬衫。"有趣的事不止这一件，譬如，买生菜买成了圆白菜，买鸡腿因为挑大的，结果买成了火鸡腿。……还有一

生活中的我们

次,我们中午去买菜。利利看见柜台上有绿的,就一边问这是什么,一边去摸,但突然绿色动了,说话了:"这个是大腿,不卖。"原来卖菜的在柜台上睡觉呢。我笑得眼泪都出来了。

的确,两个盲人生活起来很费劲,但我想得开,为了我爱的利利,我不在乎。北京车多人多,每天我都要小心地行走。但就是这样,我还是躲不开厄运。一天,我走在长安商场的门口,刚听见后面有声音,马上我就被撞飞了。我重重地摔到地上,一个中年妇女也摔了出去,原来她在便道上骑自行车撞了我。可她还说:"我让你靠边,你不听。"我说:"你在人走的路上骑车撞了我,你还有理?"她这才跟我道歉。我急着去用户家,很快就走了。没承想晚上回到家手腕肿得很大,利利一摸,说桡、尺骨分离,必须固定。真是飞来横祸。

我注意了一下,尤其是在长安街,便道上经常会有骑自行车的。他们是走盲道上的便道。国家修了这么多盲道,是想方便盲人出行。可就因为人们随意占用盲道,所以盲人根本不敢相信盲道。这给那些骑自行车的行了方便,盲人、行人走在上面反倒觉得危险。

给我送药的李聪

一次,我发烧了。姥姥说带我去医院。我说:"不用,我都这么大了,自己去。"我到了厂桥医院,医生让我输液,还开了中药。我想我输液要好长时间,就在这儿熬药吧。因为我烧得厉害,护士把液体流速调得很慢,四个多小时输完了,但中药还没有熬好。负责熬中药的人问我住在哪儿,我告诉了他。他说:"我叫李聪,我家离你家不远。如果你信任我,就别等了,我给你送家去。"这很是让我意外。正好我要去用户家修一个琴键,我说了声谢谢,就忙我的工

117

作去了。晚上我回到家,姥姥在等我,她很着急地说:"我一天都担心你,你去完医院,怎么不往家打个电话呀。"我这才想起没给姥姥打电话,姥姥说:"回来了就好,我就不担心了。"我很内疚,我知道姥姥肯定很着急,我知道无论什么时候,晚辈也不能完全体会长辈对我们的爱! 希望人们不要嫌长辈的唠叨烦人,换位思考一下,就能体会到长辈对我们深深的爱!

李聪真的来送药了。当他得知我经常吃中药时,他说:"以后我帮你吧。"从此以后,李聪就开始给我送药了。有一次,我们约好晚八点在楼下拿药,但我因为接热线电话忘了。八点半,李聪打来电话说在楼下等着我呢。我突然想起约定的是八点。到了楼下,我一直向李聪道歉。李聪说:"没关系,我等了半小时,你家电话一直占线。去你家找你,我又怕我领的毛毛吓着你。"毛毛是一条白色的狗,我是最怕狗的。这是冬天,还刮着六级风,我真不该让李聪受罪。

过了几天,药吃完了,我想自己去医院拿药吧。从医院回家,我要坐409路公共汽车,车上很挤。这路车经常是很挤的,我被挤得喘不过气来,手中的药更显得沉了。好不容易到站了,我的手都被药包勒红了。为此我想到了李聪每次帮我拿药的不容易。李聪知道后,埋怨我不把他当朋友,我只好接受。就这样,三年多时间李聪坚持不间断地给我送药。每当我表示感谢时,李聪总是说:"你和你爱人都看不见,你姥姥岁数又大了,我应该帮助你。"

我们也要帮助别人

业余时间,我们喜欢出去玩。一个星期天,我和利利去爬香山。利利怕我半途而废,就在山下给我买了一本猫和红叶的画册,说咪咪你今天一定要爬上山顶。我们开始爬了，到了半山腰，迎面下来一群人。我听见有一个老年人摔倒了，站不起来。我走过去说："我爱人是医生，让他给您看看。"利利摸了一下她的腿，说大概是三项骨折。"您千万不要往起站，我给您固定一下，再给您吃一片止痛片，然后赶快去医院。"我因为经常头痛，所以随身都带着止痛药。我们帮助了别人，心里很高兴。看在那本猫画册的面子上，我被利利拉上了山顶，这是我第一次爬上香山顶。

冬天到了。我们听到北京广播电台反复广播内蒙古受灾了，那里下了很大的雪，把牛羊全冻死了。大雪封了路，吃的东西都送不进去了。利利说在1987年的时候他是海淀区十佳优秀团员，区团委组织他们去了内蒙古。他说蒙古族人待人非常热情，那里的草原一望无际非常美丽。后来我们又听说因为受灾，他们的孩子上不起学了。利利说听说沙尘暴很多是从那里刮来的，如果下一代上不起学，以后就没人治理沙漠了。我说咱们给那些上不起学的孩子们捐点钱吧。我们开始打听通过什么渠道捐钱。一个盲人朋友听说了，哈哈大笑，说："咱们盲人不用社会捐献就不容易了，你还想捐钱给别人，真是不可思议！"我说别瞧不起自己，光想着社会帮助咱们呀，咱们同样也应该帮助别人。

我打听到，北京青年宫209房间的青少年基金会能帮我们把钱送到，一个孩子一年的学费加住宿费是五百元。一个星期六我们拿着五百元钱来到了基金会，当工作人员得知我们是盲人时，很感动，一再谢谢我们，还给了我们一张证书。不久我接到了内蒙古一个小女孩的来信。信中大意是：我叫孙晓敏，是锡林郭勒第二小学四年级的学生。我代表全家感谢叔叔阿姨对我的帮助！

在我童年时，上不了学一直是我生命中深深的痛楚，所以我希望孩子们都能上学，去努力学习属于他们的知识。

去看大海

我从小就向往看到大海,但一直没有机会。利利说咱们去海边吧。我不敢,对他说咱们都看不见,丢了怎么办?利利说:"北京原来你也不熟悉呀,可经过你的努力,你现在哪儿都认识了。咱们第一次去海边不认识,可以后就认识了,咱们可以每年都去呀。"我想也是,1997年的夏天,我们向海边出发了。

我们坐火车去北戴河。上了火车,我们看不见号,只能问别人。好不容易找到了座位,可有两个外国人坐在上面,用生硬的中国话说座位是他们的。我很纳闷,明明是八十和八十一号呀。这时有好多人在看我们,一个好心人让我们和外国人把票都拿出来,他一看说我们车厢错了,应该往后走。我们道了歉,接着找自己的座位。

我们住在北戴河的南边,叫黄金海岸。到了旅馆,我们放下东西就去看海。到了海边,看到一望无际的大海,水天一色,似乎没有尽头。我闻到了海水的咸腥味,脚下踩着松软的沙子,海浪在我脚边游荡,好像在抚摸我,跟我打招呼。我们下到海里游泳,利利总是在我旁边深水的一面,他怕我淹着。可我总是想试试够不着底的水是什么滋味,利利说:"别淹着你。"我想,回北京我就学游泳,以后我就能照顾利利了。

晚上,我们又到海边散步,海面上黑洞洞的有点吓人。我们反身向岸上走,突然发现路上有许多灯,还有附近的宾馆里也透出了灯光,路上有许多人在走着,那些灯有时候会被人挡住,时明时暗,我忽然想起,这是不是就像世人常说的:天上的星星挂在空中,一

海边的我们

闪一闪地在眨着眼睛？我生下来就没有看清过天上的星星，我想这也许就是天上的星星吧，好美呀！

第二天，我和利利去海鲜市场买螃蟹。利利可爱吃螃蟹了，但我们找了好几圈都没有看见螃蟹。我们回到宾馆，黄经理问我们买什么了，我说海鲜市场不好，连卖螃蟹的都没有。黄经理说不对呀，那里螃蟹有很多。我说我怎么没看见，柜台里都是青色的，一个红螃蟹也没有。经理听了笑弯了腰，说："我给你说一个脑筋急转弯的题，一个红螃蟹和一个青螃蟹谁爬得快？"我想了想说："可能是红螃蟹吧。"大家全笑了，说红螃蟹是熟了，海鲜市场都是卖生的，都是青色的，哪儿找红的呀。我才知道活着的螃蟹是青色的。在海边我们高高兴兴地玩了三天，该回家了。我非常喜欢这个地方。到这里玩的人没有忧愁，没有烦恼，不用工作，抛开一切，一门心思地想着怎样玩。我们来到这里只有短短的三天，但我们似乎忘了一切烦心事，我们玩得很放松，我想我要每年来这里，我爱大海，我喜欢海的宽广胸怀！

考上深水证

回到北京，我想学游泳。但我报遍了北京所有成人游泳班，当教练听说我是盲人时，都说不能教我，理由是盲人学游泳淹死怎么办。我经常听到一句话，就是：残疾人的素质要提高，才能得到社会的承认。但我们怎样提高呀，连学游泳都没人教。没办法我只好去青年湖的水上世界玩，这儿的水浅不会淹死。我看见看滑梯的救生员比较闲，就问他你游泳行吗，他说当然，要不怎么能当救生员。我说你能教我游泳吗，他想了想说可以。他教了我三天，我

我在潜水

又去地坛游泳馆练了一个月,此间得到了救生员纪老师的指导,一个月后我考上了深水证。我真想给那些游泳班打电话,说盲人学会了游泳,还考上了深水证。

　　我常想,我不但有责任让世人了解盲人调律师,还有责任让世人了解盲人这个群体。我从小的时候就努力学习各种本领。我学会了骑自行车、学会了滑旱冰、学会了滑板车、学会了游泳、学会了不拿盲杖自如地在马路上行走。我就是想证明盲人通过自己的加倍努力也能实现美好的愿望,盲人更需要世人的理解,请不要把我们看成是另类人!请不要认为我们只能靠别人的救济活着!我们渴望通过加倍努力和健全人一样地生活!

学跆拳道

　　一天我发烧了,下午我坐车去新街口医院输液。我要在西单商场站换车,下车时我前面的两个说东北话的姑娘旁若无人地慢慢下车,我后面还有好多人要下车,身后的人推了我一把,我不由自主地撞到其中一个高个儿姑娘身上。她骂了一句:你他妈的瞎了,往我身上撞。我说是后面的人推我才撞到你的。她用屁股一拱,把我拱到了即将开动的车轱辘上。我一推她,她就一只手拽住我的衣服另一只手打我,我一反抗,她把我拖到地上,一边打一边叫同伙帮忙。平常我的力气就比同龄人小,何况生病了。在北京西单商场门口附近,有上百人围着看我挨打。约五分钟后,几个老年人把那两个东北姑娘从我身上拉开。有个老太太对我说姑娘你赶紧走吧,你怎么能跟她们打呢,一看她们就不是什么好人。我想是不是好人难道还能看出来吗,如果我的眼睛能看到这个世界,我也许就能看出来了。

到了医院,我伸手让护士输液,她大叫起来,你的手流了好多血。我却没感觉痛,她一边用酒精棉给我消毒,一边问我怎么摔的。我给她讲了刚才的事情。屋里有好几个输液的病人,大家听了都很生气,在这个法制社会还能随便打人,怎么能这样打一个盲人。他们说着,我却在想,我小时候打架就是不在乎输赢的,只要努力打了,不在乎谁占便宜。谁让我没本事呢? 如果我会武术,全把她们打趴下。我又想起小时候的愿望。那时我非常爱听武侠小说,我最爱听白眉大侠。我非常羡慕白眉大侠的武功,我学他练就了打墨玉飞蝗石的本领,但学武功的愿望却没有实现。

过了些天我手上的伤口好了,但左手的无名指所有原来的戒指都戴不进去了。我跟利利说我想学散打,利利一听就急了,多危险呀。他看我坚持要去,就说如果你想学散打,我就先把你打散了。我想他会点穴,我还是别理他。

一天我去用户家调琴,用户是个二十多岁的女孩。我按调琴的程序,把琴擦干净、调好琴,教她保养的知识,并和她做了朋友,最后我告诉她我是盲人。那女孩愣在那里,我想她可能是没想到吧。我给她弹了一首钢琴曲《少女的祈祷》。我弹着她却哭了。她说真是太感人了! 你看不见却能把琴调得这么准,连多年不爱起来的琴键都修好了,还能弹出那么好听的曲子,真是太不容易了! 她又和我聊了一会儿,她说今天她要去上课,否则她会留我吃饭的。我随便问了一句您是教什么的,她说是教跆拳道的。我听了高兴地跳了起来。我说我小时候就想学武术,找不到老师,您能收我吗? 她犹豫了。我接着说:您不了解盲人,可能不知道盲人怎么教吧,我虽然看不见,但您做的动作只要让我摸一下就行了。她还是在犹豫。我说您可以先试一试再决定我能不能学。

　　她叫张志红，个子只有一米五几，显得又瘦又小，很温柔的。但没想到她教起课来非常凶。有时我做错了要求的动作，她就打我，打痛了，我心里就不愿意或是不高兴，可下了课我就觉得张老师是为我好。我跟她在家学了半年(一星期两次)，她说可以带我去道馆学了。

　　一个班有二十多人，张老师把我叫到前面对大家说：她是新来的学员，以后大家多帮着她点。张老师开始带着大家做太极一章，我看不见老师的动作就跟着乱比画。张老师说："陈燕你先做准备活动，一会儿我单独教你。"下课了我问张老师为什么不告诉大家我看不见。张老师说如果我说了，以后对练时谁还会打你呀。但你如果真的遇到对手，人家会因为你看不见而不打你吗？那一刻我感动了，张老师没有把我当成残疾人！对练的时候张老师教给我一个绝活，她说你看不到，就不可能躲你的对手打你的招数，但你可以只攻不守，你要一步步地进攻，你的对手会被你的气势吓跑的。这招确实管用。时间长了，那些师哥师姐们没少挨我打。

　　一次我跟一个新来的队员练踢脚靶。我摸了一下他拿的脚靶，因为我看不见要用手确定位置。我一脚踢向橡胶靶，他被我的气势吓得往后一退，我没踢到脚靶身体却飞了出去。我重重地摔倒在地上。张老师赶紧把我扶起来，我的胳膊肿起来了。张老师生气地说，拿脚靶的同学拿好了不许动。同学们都用疑惑的眼光看着张老师，他们肯定心想以前没规定呀。张老师说因为陈燕是盲人。大家都呆了，有的说没看出来，有的说不可能吧。

　　通过张老师的特殊教育方法，一段时间后，我考取了"黄绿带"。虽然只有一点进步，但我的信心更足了。我又一次尝试了别人认为不可能的事。我衷心地感谢张志红老师，是她给了我一次挑战自我的机会。我真心希望在人生路上能多碰到一些像张老师这样的人！

学跆拳道

搬进新家

　　2001年6月22日,我们搬进了利利单位分的宿舍。自从我搬到南城,姥姥就很不放心,她听说南城车多马路窄,怕我出事。姥姥说她做梦都对我不放心。姥姥来了,这是姥姥第一次来我家,觉得这地方不像别人说的那样,还不错。姥姥看着只有十八平方米的我的家,说我家布置得也很好。她说:"你现在的家就比我那里给你的房子大了不少,希望你们以后能买到自己的房子,那样我就彻底放心了。"姥姥跟我说了好多话,姥姥说:"我从你小的时候就担心你以后会饿死,所以我就拼命培养你,就是让你有一技之长,能自己养活自己。我那时极力反对你和利利结婚,就是怕你长大了还受苦。不过这几年我也看出来了,利利对你是一心一意的,我不再担心他对你不好了,我倒是担心你欺负人家。"

　　姥姥吃完晚饭就走了,我没有想到,这是姥姥第一次也是最后一次来我家。过了几天,姥姥给我打电话,说要去老家看看,老家还有她的弟弟,一个多月后她才回来。而我也开始忙了起来,因为前一段时间我装修搬家耽误了不少工作,要赶紧补回来。

利利被公交车摔伤了

　　2001年10月22日,下午3点多我就回家了。不知怎的,我总是心神不定,总是觉得有什么事要发生,但又想不出来。我不知该干点什么,就在屋里转来转去。晚上6点,利利回来了,他慢慢地走进门。不知怎么了，他竟然龇牙咧嘴的。我连忙扶他坐下。利利说："下午我去办事回医院时，坐的是810路公交车。在平安里下车时，我前面有一个人刚下去，我一迈腿，车没等关门竟然开了。我听见售票员喊'没下完呢，别开车'，但同时我被甩了下去，胳膊先着地的。当时不痛，但我是医生，知道摔伤当时没事不代表就没有受伤。我跟售票员要车号，说如果没事，我肯定不找你们。司机说没事就走吧，没必要留车号。我坚持要车号，僵持了十多分钟。平安里地区的车全堵住了，还有许多车在鸣笛，有许多人在围观。司机看走不了，就上车给我写了车号和手机号，说如果有事就打手机。我拿着纸条，才让810路车走了。在车驱动的时候，一男一女两个年轻人走过来说让他们看看司机留的号是不是真的，他们看后说不是真的，就把真的车号给我写在另一张纸上。"

后来，这两个好心人提供的车号起了关键的作用。我们非常感激他们，设法登报找过他们，但没有找到。我一摸利利的胳膊，已经肿得很大了。我叫来了刘莹，一起把利利送到积水潭医院。在路上，我把经过告诉了李老师。李老师很快就通过李素丽热线找到了肇事车的车队，车队副队长说马上来医院。

我们带着利利拍了片子，结果是鹰嘴骨裂，需要复位。复位的时候很疼，利利疼昏了。我的心都要碎了。为什么受伤的不是我？利利这辈子要靠手工作呀，他本来看不见，如果手再坏了，他可怎样做按摩呀！

车队的副队长来了，他看了司机留的纸条。司机写的是五位数的公交统一号码，通常写在前门的旁边，队长说："我们车队没有这个号码。"他又看了路人留的车的大牌号，通常写在车的前后保险杠上，说："这是我们的车号，我明天调查一下再说。"第二天上午,我拨了司机留的手机号,结果也是假的。车队的王队长来了,他说:"司机留的号不是我们车队的号,你怎样证明是坐的810路车呀?"我说:"虽然我们看不见,但还不至于连坐几路车都不知道,再说路人留的号是你们的吧?"王队长说:"谁能证明是坐我们的车摔的?"我说当时有许多人围观,还有人给我们写了这个号。如果你们不承认,我就通过新闻媒体寻找目击者。如果我找到目击者,就要诉诸法律。王队长看我的态度很坚决,就说:"我们再调查一下吧。"

艰难的维权

下午,那个副队长来了。他姓马,他说:"已经查清了,是我们的车。"我追问司机为什么留假车号,马队长没有正面回答我,只说先看病吧。利利的同事知道了都非常气愤,因为按摩医院有许多盲人。他们说本来盲人出行就很困难,出了事,司机还欺骗我们。假如没有路人帮我们留下真车号,我们还能讨回自己的公道吗!院长听说后也很生气,说怎么能这样对待残疾人呢。院长把医院的法律顾问请来,商量这件事。院长说:"我知道公交不好惹,但医院一定会出面的。"中残联的领导知道了以后,也来看利利。党委书记说:"残联的领导听说后很生气,想直接把这件事报到中央。因为这不是你一个人的事,以后残疾人再遇到这种事怎么办?"我想了想说:"谢谢领导,我已经请了长假照顾利利,我想我有能力把这件事处理好,如果我不行,再麻烦领导吧。"我开始跟车队的马队长接触,但他坚决不承认司机留了假车号,我给多家媒体打电话爆料,编辑听了这件事都很愤慨,都答应我可以报道。但事隔几天,没有一点音信。我每天要照顾利利,他一切生活都不能自理,他的整个胳膊肿得很大,手也不能动,整天他都很痛苦。也许健全人不知道,盲人是靠听觉和触觉来感受这个世界的,手对于一个盲人来说太重要了。我背着利利经常流泪,我听着他痛的样子心里非常难受。利利从小就很不幸,老天应该对他眷顾一点呀!我曾经对利利说我要给他幸福,我努力地做着,在他不顺心的时候开导他,在他不高兴的时候逗他乐。他总说我是他生命中的一大部分,老天让我替他痛吧!

马队长要当面谈谈解决这件事。我们约在医院见,当时有院长、法律顾问,车队也来了两个人。当谈到赔偿的时候,马队长只同意付给医药费。当法律顾问提出要精神索赔的时候,马队长说:"司机留的号是真的,所以谈不上什么精神索赔。"我提出立刻去看那辆车,到底车号是真的还是假的。马队长犹豫了一下说:"我打个电话,把车留在总站。"他出去打了十多分钟的电话,回来说:"你要不信,就去圆明园总站看看吧。"我心想哪儿我都敢去,我非弄个水落石出不可。利利有点担心,叫来我的朋友刘迎跟我一起去。我们跟马队长坐了两个多小时的车,才来到总站。他带我们来到一辆车前,刘迎看了大牌号,跟路人留的一样。我们又走到车门旁边,看五位数的公交牌号,却跟司机留的不一样。这时,马队长说:"这辆车是借来的,所以牌号在车的里面、门的上面。"我想,好多车的门上面倒是都有号。我们上了车,看见门上面有五个数字,是黄色的,跟司机留的号是一样的。但我总看着这号有点眼熟,突然想起我们公司用电脑做成电话号码,贴在车的后面做广告。这是不是电脑做的呀?我伸手摸了摸,确实是不干胶的,我对马队长说:"这号是假的。"他有点儿慌张,但他说:"我们临时借来的车,都是这样的,你看那边还有一辆呢。"我又上了另外一辆车，车门上面也是用不干胶贴的数字。我半信半疑。这时调度来了，他说："我们临时借来的车，都是这样重新编号的。"他围着我说了半天。我没有说话，因为我不知道该怎样判断。最后我走时，对马队长说："我再想想。"他说别想了，赶快解决完了，对谁都有好处。

我去医院接利利，在路上给李素丽热线打电话问这件事。我得到了明确的答复：凡是公交的号码，都是用红色的漆喷的，不可能用黄色的不干胶贴。那么，就是马队长在骗我。我给北京广播电台的记者打电话说了这件事。记者听了说："其实我不是不想报道，而是我们报道之前都要核实双方。当我们给车队打电话时，得到的答复是司机没有留假车号，留的是真号，而且盲人索要高额赔偿。车队还派人到电台来解释。"我听了全明白了，为什么我打电话爆料的所有媒体都没有回音，原来车队在颠倒黑白。我拨通了马队长的电话，很平静地说："咱们不用谈赔偿的事情了，我一分钱都不要了。但我一定要把你们的行为昭告于世，来警告那些觉得残疾人好欺负的人。"

马队长先是愣了一下，然后像变了一个人似的，他说："我是迫不得已才骗你的，你找了那么多新闻媒体，如果我不说谎，事情就闹大了。"我早按下了电话的录音按钮。他说："你要多少钱，我尽量满足你。你看在我四十多岁求你的面子上，就算了吧。"我说："从这件事发生以后，我就从来没有想过该赔多少钱，我争的是公道，我维护的是残疾人的权益。"我挂断了电话，一会儿马队长又打来电话求我算了，还说了许多道歉的话。我问他："你是不是觉得盲人都很笨呀，所以才会这样对待我们。我现在开着录音呢，你说的话我都录下来了。"吓得他再也不敢说话了。我找到了原来给我写过报道的南女士，她是《中国消费者报》的记者。我把我的遭遇讲给她，问她："你敢报道吗？"南记者说："我敢报道，因为人要有正义感。"

坐公交再没遭过辱骂了

2001年11月4日，《中国消费者报》头版头条报道了《巴士公司摔伤盲人以后》的文章。6日，北京电台消费者热线也把这件事原原本本地报道了。晚上，巴士公司的领导来看我们。一个副经理一边给我们道歉，一边说这事本来简单，倒让司机和队长弄复杂了。是呀，本来这事很简单，假如说摔的是一个健全人，人家自己

公交车上

记下车号，然后去看病，然后车队该赔多少赔多少就行了。可是他们摔伤的是一个盲人，所以事情就不一样了。我们生活在这个世界上本来就很难，但是就有那么一些人专门欺负弱者。后来骗人的司机被开除了，马队长被撤职了，我们得到了应有的赔偿。我们忘不了给我们留下真实车号的两个好心人，我们忘不了第一个报道这件事的南记者。巴士公司也多次开现场会，规范他们的

服务。

从此，我们坐巴士公司的车，再也没有遭到过售票员的辱骂了。原来售票员看我们不用买票，有些售票员就骂我们。但自从这件事以后，巴士公司的售票员对我们的态度好多了。这件事在残疾人当中迅速传开，他们都很佩服我的勇气，我的名字也被越来越多的人知道了。后来好多残疾人遇到不公平的事，就打我的钢琴公益热线，我简直招架不住了。

维权，从不含糊

其实，我很爱管闲事，坚决维护残疾人的权益，从不含糊。有一次，我在公主坟地铁站西检票口下去乘地铁，检票员拦住我说："这证是你的吗，你怎么看不出来是盲人呀？再说盲人下去乘地铁要有人陪同，你自己不能下去。"我不论跟她怎样解释，说我都是自己走的，她就是不让我下去。我想要人陪同还不容易，就到售票口找了一个人说："我看不见，你带我下地铁，你就不用买票了。"她带我到了检票口，检票员快气疯了，骂那个带我走的人是贪图便宜。我这时才明白，她根本就不是执行规定，也不是担心我的安全，就是看我免票来气。我急着去用户家，就没理她。后来，我听用户说公主坟车站是纠逃票率最高的，是先进单位。就这样先进！一天，我带着采访机去采访公主坟地铁的站长，因为我实在是忍无可忍。我每次经过公主坟地铁站西检票口，当我出示盲人免费乘车证的时候，都会听到一声大喊："站住！那是什么东西？"她这一喊，招来了许多人用惊奇的眼光看着我，我认为这是对我的污辱。一次两次不认识盲人乘车证也就算了,但不能每次都吼我呀。我也听说别的盲人在公主坟站西检票口遇到过这种事。

我找到了一个自称站长的人,他姓张。当我问他:"为什么盲人从西检票口下去乘地铁时,百分之百的会有人吼我们?"张站长说:"新来的不认识,看看你们的证件都不行吗?"我说:"你们车站怎么天天来新人呀?"他不回答我,还说验票是他们的权利。这是权利?如果地铁三十个站都像公主坟站这样验票,那么盲人还敢出门吗?!我把录音送到了北京电台,电台在新闻里播了好几次,但公主坟地铁站无动于衷,还是不认盲人免费乘车证,还是吼我们。我一有机会就给公主坟地铁站西检票口曝光。同时我乘地铁的时候给她看完证后,不论她怎样吼我,我就当没听见,不紧不慢地下楼梯,她也不追我。我想,她们就是看我们不用买票生气。她们简直不懂法,是中国残疾人保障法规定的盲人免票,难道公主坟地铁站西检票口的检票员们想把法律颠倒吗?!

就这样,不知从什么时候开始,公主坟地铁站西检票口没人再吼我了。

辑三　感动中国

前图:我三十岁

姥姥走了

我已经一个多月没去看姥姥了。一天,我来到姥姥家,姥姥拉着我的手说:"你以后有时间就常来看看我吧。"我摸着姥姥脸上很深的皱纹,心里很愧疚。姥姥这一辈子对我下的功夫最多,我不论多忙也应该常来看她呀。不知为什么我心里有种恐惧,我怕失去姥姥,我想以后一定常来。

当天夜里我发烧了。吃了药,但第二天还是发烧39.2℃。到医院医生让我输液,但一连三天,温度就是降不下来。医生又给我换了药,接着输液,还是不见好。我一天到晚都很难受。小姨打来电话,是利利接的,利利告诉小姨我发烧了,我说别让小姨告诉姥姥,要不姥姥又该不放心了。他们又说了一会儿,就挂了电话。我看利利有点反常,我也没在意,以为他为我的病着急呢。我输液一个星期,还是在发烧,白血球也降到了两千多。利利带我换了一家医院,一诊断说是病毒性感冒,又输了三天液,就不发烧了。可我已经病了十多天了,身体很虚弱。

利利看我不发烧了,就跟我说:"我告诉你一件事,你别着急,姥姥住院了。"我脑袋嗡的一声:"什么时候? 怎么不告诉我?"利利说:"小姨听说你发烧了,就不让我告诉你,所以我想尽一切办法盼着你快好。"我急了:"咱们现在就去看姥姥。"我们打车到了医院,姥姥住在呼吸科。看见姥姥坐在病床上,我扑了过去,问姥姥哪儿不舒服。姥姥说:"老毛病了,就是喘不过气来。"我知道,在我小时候,姥姥就有肺心病。第二天我找到了姥姥的主治医生,医生说病得很严重,照片子看见肺上面有个像肿瘤的东西。她的心脏很大,已经到四级了,怀疑是肺癌晚期。我再也没有听见什么,脑子里一片空白。难道真是这样,姥姥就要离我而去了吗?她才七十七岁呀,我一点心理准备都没有,我接受不了这个残酷的现实。我多么希望这是误诊呀。

可是,医院很快就下了病危通知书,我简直要精神崩溃了。我去单位请了长假,我天天从南城到北城的医院去陪姥姥。我多么希望能出现奇迹,姥姥的病能治好呀。但姥姥还是一天天地消瘦下去。后来姥姥不能平躺在床上了,只能靠输液和氧气活着。那些日子我除了睡觉,就是陪在姥姥身边。后来我也不行了,哮喘病经常犯,有时候会晕倒。利利开始给我吃药,他怕我顶不下来。

姥姥因为喘不上气来,平时不怎么说话,只是有时候睁眼看看我。但那天她显得好了不少,她拉着我的手说个不停。姥姥说:"我最不放心的就是你,我总觉得既然把你带回家,就有责任把你培养成人。我为了你想了好多办法,我还特意找了两个盲人做朋友,我去了解他们的生活,去了解他们是靠什么来感知这个世界的。后来我知道了盲人是靠听觉、触觉、嗅觉来认知事物的。所以我想尽一切办法培养你的听觉和肢体感觉。我知道我不可能跟你一辈子,所以我培养你独立。你知道吗?你小的时候,我让你自己去公园等我,我说去买东西。其实我没买东西,我一直在后面跟着你呢。你后来去找学校,去找残联和小教处,我都是在后面跟着你呢。后来你上学了,别的同学都是家长去接,而你是自己走,其实我也在后面跟着你呢。我一直跟到你毕业了,我看你哪儿都能去了,我才彻底放心了!在你十岁那年我把你从你父母那里带回家后,发现你很反常,你经常一个人发呆,和两年前判若两人。我怕

你精神上有什么问题就带你去看医生。医生检查后说你没问题，
就是受了些刺激。以后尽量避开让你伤感的话题，你渐渐地就忘
却了。我也对你父母的行为感到非常生气，所以我给你改了姓。
我让他们断了认你的念想，因为我太了解我的女儿了，她即使认了
你也不会对你好，肯定是有什么目的。

"后来你上学了，我怕老师问起你的父母，就和老师谈了你的身
世。在这二十多年里你的父母来过几次，我都是在你不在家的时候
让他们进门，后来他们当了八十年代第一批个体户，挣了许多钱，你
小姨说要不让咪咪去认他们，认了他们还能得点钱呢。我觉得你不
会贪图钱违心去认他们，我相信我教育出的孩子。你妈妈是因为我
生了她，她没有在我身边长大，我没办法呀。我去世后你也不用去
找他们。我知道你是大家眼中的名人了，有一部分人在谴责你为什
么不认自己的父母。我听过几次你的讲演，但每当到了提问的时候
第一个问题就是你的父母在哪里，你为什么不去找他们。我知道你
的心里很痛。利利也来问过我这个问题。俗话说天下的父母没有
错，不孝的子女有万千。其实这话有点偏激，现实当中没有这么绝
对。开始我也接受不了，为什么你的父母不要你。后来我跟你们老
师说了你的经历，老师说盲校的孩子有许多都是爷爷奶奶或者姥姥
姥爷抚养，他们的父母根本就不管，甚至不认自己的残疾孩子。
我表示不可理解，老师说父母养孩子的时候都说以后不指着他们养
老，但有哪个父母不是希望自己的孩子出人头地呢。当他们认为自
己的努力是徒劳的，他们在养一个废物的时候，又有几个父母能坚
持呢？所以造成了福利院的孩子基本上都是大家丢弃的残疾孩
子。老师说我没有来盲校工作的时候也认为天下的父母是一样的
爱孩子，但我来到这里就不这样认为了。如果你忘了小时候的伤
害，也不要去找你的父母。我的女儿我很了解，他们只能给你带来

伤害。不要对别人的看法都很在乎,那样你会活得很累,我相信咪咪,即使我走了你也能坚强地活在这个世界上。

　　"你长大了,我又为你的婚姻操心,我总怕你找不对爱人,会一辈子受苦。但你认定了的事,别人是改变不了的。你偷出户口本去登记,那时候我很生气,觉得我辛辛苦苦地养大了你,而你却不听我的。可我又想,是我怕你以后没有自信,不能适应这个社会,特意把你培养成个性很强的孩子呀。后来,我看这世界上除了我对你好,就是利利对你好了。虽然你跟着他受了不少苦,可你们的感情是很深的。俗话说钱是人挣的,可感情是金钱买不来的。后来我才觉得,你当初的选择是正确的,你是看上了利利这个人。你小时候,我就培养你要做个坦白实在的女孩,你做到了。我看着你的家庭和事业都很成功,我真的放心了。我相信利利会一辈子对你好的。我唯一不放心的是,至今你们还是没有自己的房子。好好工作,争取早点买到自己的房子。我因为带你,很早就退休了,没有攒下多少钱。我死后攒的钱都留给你,这点儿钱买房子是杯水车薪,但这是我的心意,也算是姥姥最后给你们出点儿力了。"

　　听着姥姥的话,我已经哭成了泪人。为什么我小时候,姥姥总是让我自己去买东西,去公园,去找学校,等等。那时我总是怪姥姥狠心,我也好奇姥姥总说她去买东西,但她的东西总是没买回来。我曾经想过多个答案。我认为姥姥去买的东西是这个世界上没有的呢。我曾经一个人找不到回家的路在大街上哭的时候,是姥姥第一个出现了;我曾经因为看不见路而摔倒,在地上哭的时候,是姥姥第一个出现在我面前。我曾经认为姥姥是千里眼,她能看见咪咪遇到困难了。我曾经好奇为什么姥姥会叫我用耳朵听着走路,她也能看见,她怎么知道盲人是怎样生活的呢,原来她交了盲人朋友。我曾经怪姥姥不去学校接我,因为同学们都是家长去接的。我明白了,我都明白了!

　　我早就听说过,病重的人对惦记的事放心了,那她就走得快了,我知道姥姥已经对我放心了,她也快走完她的人生路了。我真有些后悔,为什么让姥姥放心,我干什么要做得很好,我真希望姥姥对我不放心,那样她就能多活几年了。姥姥说:"咪咪,回家休息会儿吧,我这里没事。如果你累病了,还怎么来看我呀?"我确实有点坚持不住了,我怕姥姥看到我晕倒,那样姥姥会很着急。我跟姥姥说:"我明天来看您。"就跟利利走出了医院。我坐在出租车上,心好像被挖了一块似的痛,我渐渐地失去了知觉。我醒来时,发现躺在离家不远的医院里。利利说,快到家时,我晕倒了,他就把我送到了医院。我这才发现我手上扎着针头,在输液。我已经几天没好好吃东西了,但一捧起饭碗,就会想起姥姥。姥姥如果知道我病了,她是吃不下饭的,一想到这儿,我就吃不下去了。突然我有种异样的感觉,我说:"利利,咱们去看姥姥吧。"利利说:"不是刚回来吗,明天再去吧。"我说:"不行,我现在就要去。"利利没有说话,出去找来护士。护士说:"还有半瓶液呢,就拔了吗?"利利点点头。我们打车到了姥姥住的医院,看见病房里有好几个医生正在抢救姥姥,我眼泪像断了线的珠子,我为姥姥祈祷,我盼着能出点奇迹。一会儿姥姥恢复了呼吸、心跳,但她只能平躺了,医生说已经是植物人了。我知道植物人意味着什么,我慢慢地给姥姥洗脸擦身体,我突然摸不着姥姥脸上的皱纹了,姥姥的脸变得很光滑。姥姥已经很瘦,有点不像她自己了。

　　我没有思维能力了,机械地做着一切。医生虽然还在尽力抢救,但监护仪上显示的心电图的波形还是渐渐地成了一条直线。姥姥在医院住了二十三天,2002年1月13日晚上11点32分,我亲爱的姥姥走了!

我接受不了这个残酷的现实,我哭得天昏地暗,我不相信姥姥真的离我而去了。姥姥一辈子都是任劳任怨,为我活着,她这一辈子活得太累了!

我认为太阳不会出来了

凌晨2点多,我和利利回到家。我还在不停地流着眼泪,不知不觉地天亮了。我还记得姥姥经常说,死后要埋到老家去。这已经是第二天了,按照风俗明天就该火化了。我想当天就把姥姥送回老家,俗话说入土为安。我想今天的事还很多,我必须马上去姥姥家。

我走出了楼门,看见太阳出来了,和以前的一样,可我没有了在

2006年4月在姥姥的墓地

珍妮跟妈妈给姥姥扫墓

这个世上最爱我的姥姥。我买了两束鲜花,放到姥姥的遗像旁。我知道姥姥是最喜欢鲜花的。亲朋好友开始络绎不绝地来了。

第三天,我们来到了医院,我要最后向姥姥告别了。姥姥静静地躺在鲜花丛中,原来她从来没有这么安静地睡过。在我的记忆里,姥姥总是有干不完的活,现在姥姥终于能歇会儿了。姥姥看上去很安详,好像在说:"咪咪,别哭,你小时候哭的时候,我就担心你把眼睛哭坏,就总是抱着你。现在我也担心你把眼睛哭坏呀!"我知道姥姥最不喜欢我哭了,我知道她最担心我的眼睛了。利利给我擦着眼泪说:"咪咪,我知道你失去了最亲的亲人,以后我要接替姥姥疼你、爱你。我很感谢姥姥放心地把你交给了我。我一定能做世界上最爱你的人!"

我最后摸了摸姥姥,姥姥永远地离我而去了。当天,我把姥姥的骨灰送到了她的老家河北容城。这是个四周有树有草的地方,是姥姥自己选的地方。姥姥几十年前从这里去了北京,几十年后,姥姥又回来了,叶落归根了。姥姥,我会在每年的清明节来看您的,我会带来您最喜欢的鲜花,我永远也忘不了您陪我走过的这二十九年,我一直以为您永远都会陪在咪咪身边,我以为您永远都会牵挂咪咪的,我以为您总说不可能陪我一辈子是笑话,我以为您能陪我度过一生。我对死亡一点概念都没有,我对在这个世界上最亲的人离去一点心理准备都没有,但我记住了您对我的教导,我知道您最大的心愿是希望我一生幸福。我以后会努力地生活,您就放心吧!

李老师的五十大寿

姥姥的走对我打击太大了,我一直身体不太好,经常发烧,那时候我还没意识到,我在这个世界上能看见的模糊的景象、鲜艳的颜色,也就是医学上我能拥有的那0.02的视力即将永远离我而去。我身体很差所以不能上班。我很长一段时间不敢吃饺子,一吃饺子就会想起姥姥,就会流下眼泪。这时,李老师告诉我:"把盲人调琴推广到全国的机会,现在来了。包头的一个钢琴学校邀请我们去调五十台琴。"本来这是我这个业务经理的活,可我的身体状况根本不允许出差。李老师是这个公司的经理,他还在学校主管教学,学生期末考试完,他本可以舒舒服服地过个寒假呢。可现在,就只能他去了。大家都算着回来的日期,因为2月7日是李老师五十大寿,学生们商量好,要一起给李老师庆祝生日。

到了包头,他们看到了那五十台年久失修的钢琴。李老师要求很高,只要调过,就必须每个数据都是正确的。他们一天才睡五个小时,紧张得连洗澡的时间都没有。就是这样,李老师他们还是没能在2月7日前赶回来,他的生日是在包头过的。那天我给李老师打电话祝他生日快乐,还给李老师的爱人小方阿姨打了电话,我怕她寂寞。我真觉得很抱歉。李老师为了帮我干活,耽误了五十大寿,而李老师对我的帮助实际上远不止这些。

自从认识李老师,我就觉得他有点像我的姥姥。李老师从来都是为我们想,他从来只想着付出,没想过回报。他教我们技术,如果我们当时没有明白,他比我们还着急。他把我们都当成他的孩子,希望我们每个人都能找到一份好工作。当我们遇到困难时,他总是耐心开导我们。他教过的每个学生都可以随便去他家吃饭。李老师总说技术学好了只是一个方面,更重要的是信誉。他说我们不光是一名钢琴调律师,还肩负着非常重要的责任。如果一台钢琴音不准,直接受害的是琴童。

我感谢我的老师!我将永远记住老师的教诲!

买下自己的房子

姥姥走了,但我时时刻刻记得她的遗言,她希望我有自己的房子。5月份我身体好些了,就开始四处打听哪里的房子便宜交通还便利。听一个朋友说北京的北边天通苑的房子便宜,那里都是经济适用房,2650元一平方米。现在看,这个房价是太便宜了。但在2002年的时候,即使这个房价也是没有多少人能买得起房子的。不过我不论受多大的苦,也要让在天堂的姥姥放心。我和利利去了天通苑,好大的社区,当时小区里面就跑公共汽车了。听说这是亚洲最大的小区,建好了常住人口三十万。最大的便利是将来能

听见

有地铁五号线通到这里,对于一个盲人家庭来说,买车是很不现实的,必须家门口公共交通便利,所以这个小区比较符合我们的要求。第二天我在贾阿姨,就是我的调琴用户的帮助下,开始办买房的手续。贾阿姨先带我去排号,然后选房、贷款,办了一个多月,才买下我们的112平方米三居室的房子。对于看不见的人来说,办什么事情都很困难,买房子办贷款就更烦琐。所以至今我还非常感谢我的调琴用户贾阿姨的帮助,到现在我们还是常来常往的好朋友。一个月后,我们的贷款也批下来了,我们贷了二十万,要二十年还清。这个数字对于当时月收入只有两千多元的我们来说,压力还是很大的。买房子的所有手续办完了,我和利利坐在一起,我给他唱了那首《蜗牛的家》:密密麻麻的高楼大厦,找不到我的家。在人来人往的拥挤街道,浪迹天涯。我背着重重的壳,努力往上爬,却永永远远也跟不上飞涨的房价。给我一个小小的家,蜗牛的家。能挡风遮雨的地方,不必太大。给我一个小小的家,只是小小的家,一个属于自己、温暖的蜗牛的家。

我们两个都流下了眼泪,但这是经过努力后成功的眼泪。

在世纪剧院演出

我从小学过好几种乐器,一直是北京市残疾人艺术团的团员。平时我们这些团员各干各的,但有演出或者比赛,我们就集中在一起排练,谁都不计较耽误了收入。一天我接到艺术团的指挥李老师,也就是教我钢琴调律的李任炜老师的电话,他通知我到中残联残疾人艺术团报到,参加《吉祥古韵》的排练和演出。这次演出需要的人很多,所以中残联艺术团就把北京市艺术团的团员调来合作了。我想了想，去参加排练和演出，确实影响调琴挣钱，但我认为人生中有许多比挣钱重要的事情。所以我决定暂时放下高收入的工作去集中训练。

我觉得，一个人必须什么事都尝试过才能成熟。虽然看眼前，我的收入减少了许多，但我也许能学到别处学不到的东西。我们在聋哑康复中心招待所集中训练，基本上不让回家，我还是打民族排鼓。经过一个多月的紧张排练，2002年12月24日圣诞节前夜，我们在世纪剧院首次演出了《吉祥古韵》。这是古代的编钟编磬和民乐合奏的曲子，听起来很壮观。也许观众永远也不会知道我们这六十个人的名字，永远也不会知道这六十个人当中还有我陈燕，但这洪亮的声音就是我们六十个人的心愿，代表了中国残疾人的精神！

肚子里长了一个肿瘤

2003年来了，新的一年开始了，我准备把演出期间耽误的时间抢回来，准备大干一场。可世事往往就是这样不遂人愿，我突然感到肚子痛。

开始我并没有在意。我吃了止痛片接着工作。因为快到春节了，公司要做年终总结，还要制订下一年的计划，总之年底是最忙的了。再说我已经约好星期四去天津调琴，这是我们第一次去天津，我是业务经理必须去。我好不容易才让天津人知道盲人调琴，第一次很关键。早晨出发时，利利很不放心我去，但约好的事，我一般是不会改变的，我吃了止痛片就上路了。但六小时后，止痛片失去了作用，我的肚子痛得受不了了。我怕用户看出我不舒服，赶紧接着吃止痛片。晚上回到家，我已经是筋疲力尽了。利利催我去医院看看。

第二天我去了北京医院。医生让我做了必要的检查,说今天是星期五,我给你开住院条,你星期一来住院。我吓了一跳,赶紧问:"我得了什么病?"医生说:"你肚子里长了一个肿瘤,必须尽快做手术,查查是否是恶性的。"我拿着住院条,心里七上八下地到了单位。同事们知道后,都劝我回家休息,可下午还有一个会呢。这个会是我主持的,关系到公司以后的发展,我必须参加。我当时是靠止痛片维持着,药劲一过,就痛得不能忍受。

会议结束了,我的工作也暂时告一段落了。我不知道能不能渡过这个难关。如果能够渡过这次难关,我将要更加努力地去实现我的梦想,就是通过我们的努力,让全国的人都了解盲人,都知道盲人还有钢琴调律这项工作。

记得1996年第一次面对摄像机的时候,当时《北京您早》的记者问我,你学的是欧美的先进技术,如果以后有机会再学钢琴调律的技术你去学吗? 我毫不犹豫地说我不学,记者一愣问我为什么。我说,因为我学的是最先进的技术。后来我问李老师为什么我回答那句话的时候记者一愣。李老师听了说你哪能这样说呀,学技术是无止境的,虽然你学的是目前最先进的技术,但是技术是不断更新的,你怎么能这样回答呢,记者当然觉得意外了。当然我的那句话也没有在节目中播出。但从此我懂得了随时应该学习先进的技术,那时候我才理解"学无止境"这句话的意义。

我知道这次手术对于我来说有多危险,因为这次手术是全麻,对一个哮喘病人是很危险的,但又没有别的选择。如果上天给我一个恩赐,我能继续活下去,我会再去学习先进技术,然后再去努力实现我的理想。现在特教学院已经面向全国招盲人钢琴调律师了,但学生毕业以后回到当地创业会非常难。我艰难地走了十年,如果再让我重走一次，我肯定坚持不下来了。这十年我走得太艰辛了。我真的不想再看着我的师弟师妹们重复走我的老路了。深造之后，我想一个城市一个城市地走，让更多人知道盲人钢琴调律，那样我的师弟师妹们就更容易得到用户的认可。我希望我的足迹能遍布全国。同时我还有了一个新的想法，就是把我的先进技术教给更多的人。因为我看到一个又一个的琴童的钢琴音不准。每个家长都盼着自己的孩子有一技之长，但要是把孩子的耳朵听坏了就得不偿失了。

李老师说钢琴调律师的工作非常重要，这项工作直接影响孩子的听力，所以作为一个钢琴调律师必须敬业，否则就是误人子弟。可是我通过接那些钢琴调律师的咨询电话了解到，他们并不是想蒙人骗人，而是没有学到技术。我记得有一个人问我把调琴扳子插在弦轴上调准后，一松手音就低了许多，是为什么，我告诉他是弦轴松了，要垫上铳子用锤子砸。他问什么叫铳子，我哭笑不得，问他你连铳子都不知道怎么干的。他说他已经干了好几年了，那儿的调律师差不多都那样。我知道许多钢琴调律师并不想去蒙人骗人，而是他们的技术有限。我想用我掌握的先进技术去帮助那些需要帮助的钢琴调律师们。我深知这些理想实现起来有多难，但我将用我的后半生去实现我的理想。我会在这条路上永远寻寻觅觅直到成功！

手　术

星期一下午，我住院了。利利给家里打了电话，二姐要把婚礼推迟来照顾我，大家都不同意。因为二姐为了挣钱供利利上学，已错过了交朋友的年龄,她说这辈子不想结婚了,后来认识了二姐夫,交往了几年后,定在1月18日结婚。大家很早就商量着怎样给二姐祝贺。但13日我住院,没法参加二姐的婚礼了,我很遗憾。二姐辛辛苦苦地把利利培养成人,我和利利却没能参加二姐的婚礼。后来,雅琴为了照顾我,也没有去。经过商量,雅琴来陪床。她在家开了一个理发店,年底正是生意好的时候,但她把理发店关了,来照顾我。她说:"钱是人挣的,以后再说,没人照顾可不行。"她的孩子才八岁,从来没离开过妈妈,又正好在期末考试。论起来雅琴叫我嫂子,我们是妯娌,能相处到可以不挣钱、不照顾孩子来照顾我的地步,也真是不容易。每天孩子都打来电话,哭着说让妈妈回去,雅琴总是说:"等你大妈病好了我就回家。"每当这时候,我的心里都很痛。姥姥去世以后,我没有亲人了,但利利家的人都是我的亲人。

我想起以前雅琴爱给我梳许多小辫儿,用彩色皮筋绑紧,像戴了一个个发卡似的。我让雅琴给我梳。她说:"梳完多像小孩呀,你还怎么见人呀。"我说没事,我住院期间不用打扮得很成熟的样子,因为我不用见客户。我从毕业后就没有这么清闲过,一直在忙碌着,一直在盲人调琴这条路上寻寻觅觅,无时无刻不在考虑怎样能让客户信任盲人调琴。我努力了十年,趁今天住院终于能休息了。我不去想我肚子里的肿瘤是良性的还是恶性的,顺其自然吧,我会坚强地面对一切!

医生开始检查了,他不让我再吃止痛片。第二天天还没亮,我就被剧烈的疼痛痛醒了。开始我坚持着,可后来我再也坚持不了了,就哭了起来。雅琴把医生叫来,他们给我抽血化验,然后输液止痛。我不能正常地休息,眼圈像熊猫的一样黑,一下就瘦了十斤。手术定在星期四上午。到这时,我已经一点想法也没有了,我已经不能决定我该怎么办了。事隔五天,我再照B超时,肿瘤已经从上星期五的四点多厘米长到了六点多厘米了,这么飞快地长,医生也很意外。

我也从大家的表情中感觉到了什么。我没有想过我会很快地死掉。如果我死了,利利怎么办?我们刚刚买了房子。刚买完的时候,我就经常做噩梦,梦到我死了,利利一个人的收入还不起贷款,房子被没收了,利利没地方住了。我的担心是否真会发生?我肚子里的肿瘤如果是恶性的,该怎么办?我并不太怕死,我觉得死在某种程度上是解脱了,我觉得活着真是太累了,尤其是盲人。我没能清楚地看见过这个美丽的世界,但我为了生活,却要比健全人付出更多。有时我也会觉得老天不公平,我已经看不到了,为什么我还要遇到那么多难事?为什么我们刚刚有一点生活的希望,就又遭受这样的打击?我想利利的心里肯定也会这么想。我没法想象利利没有我日子该怎么过。我祈祷老天给我们一点恩赐吧。我才三十岁,我们的路还很长,我企盼能陪利利一辈子。也许我们会过得比健全人艰难,但如果可能,我要坚强地活下去!

朋友们开始来看我了,他们轮流给我送饭。利利每天下班就来看我,到很晚才走。我知道他的心理压力有多大,我知道他是多么在乎我。但这一切不是按照我们的意愿走的,我只能劝他想开些。当麻醉师得知我有过敏性哮喘时,他很紧张,一天就来了好几趟。麻醉师说哮喘病人做全麻手术很危险,全麻时容易抑制呼吸,导致呼吸衰竭,有生命危险。我和利利全明白这次手术意味着什么了!

手术那天,朋友们全来了,当然利利来得最早,早晨六点就来了。后来李老师和同学们也来了。利利家能来的人全来了。利利一直抓着我的手,我知道他有多不放心,但我没有什么办法,只能听从命运的安排。昨天,我的止痛药就停了,医生说手术前不能用止痛药,我已经痛得快昏过去了。

我知道所有的手术都是有危险的。我怕我再也醒不过来了,但我最怕的是那些爱我的人,他们会很痛苦,我的利利会更痛苦。我在大家注视的目光下,被护士推进了手术室,最后我给了大家一个微笑,说不要担心,我会好起来的。进了手术室,我无心观察周围的事物,这时我已经痛得不行了。护士开始将我固定在手术台上,麻醉师让我吸气,我知道他在给我用麻醉药。我吸了几口气,就什么也不知道了。

真怕一出去就永远看不到活着的你了

不知过了多久,我渐渐听到了那些熟悉的声音,我慢慢地睁开眼睛,感觉有许多人在注视我。这时已经下午四点多了,我感觉从未有过的难受,身上插满了管子,监护仪在床头柜上"嘀嘀"地响着。我的喉咙火烧火燎地痛,还有痰,我试图咳出来,但我刚用一点劲,伤口就撕心裂肺地痛。这时我发现肚子上还压着沙袋。大家看我醒过来了,都高兴了。利利流着泪说:"咪咪你可醒了,你可吓死我了。"看着利利的样子,我也想哭,但我知道我一旦哭出来,眼泪就会堵住喉咙,我可能会窒息,会有生命危险。我想转移注意力,不看利利了。我转眼看见李老师,他也在擦着眼泪,我注意到大家都很悲伤的样子。我很纳闷。我用几乎听不到的声音说我喉咙有痰,喘不上气来。利利按下了呼叫的按钮,医生来了说:"最好不用吸痰器。"因为我的喉咙插过管子,吸痰器会更刺激喉咙。我只能忍着了。大家看我醒了,都放心地走了,病房里只剩下了几个人。我无法说话，觉得浑身都很难受。

利利说："咪咪，坚强点，你肚子里的瘤是良性的，你会很快好起来的。"他接着说："从你被推进手术室，我们的心就悬了起来。大概过了半个多小时，一个护士出来让我签字。她说你麻醉以后，发生了哮喘并发症，曾经一度窒息，我知道这次签字的分量，我知道也许会永远失去你。但我是一个医生，我知道只有签字，才能配合抢救。我把雅琴叫过来签字，她根本不知道为什么签字，否则她一定不敢签。那一刻我脑子里全是空白，我接受不了这个现实。我也是学医的，我知道那一刻你有多危险。我想通知你的父母，但我又没有征求你的意见。我知道如果你死了，你父母也许会跟我没完没了，但我想如果你真的死了，我还有什么不能承受的呢？我觉得那一刻好像时间都停滞不前了。我不知挨了多长时间，终于看见你被推出来了。那一刻你好像是老天给我的最好礼物。你刚被放到病床上，就大喊大叫说肚子痛。我找了三次医生，医生说你不是真痛，而是原来的记忆，不用管你。可你没完没了地叫，说要跳楼，还骂人。同病房的吴大姐说不用理你，你的麻药劲还没过去呢。你却说：'我什么都明白，我痛得要死了。'我再次去找你的主治医生，他给你开了一针杜冷丁。护士刚给你打完针，你就吐了，然后就睡了。"

利利说的这些，我一点也不知道。我很难受，液体在无穷无尽地往我身体里滴着。到了晚上七点多，我突然觉得喘不过气来，然后就什么都不知道了。我醒过来时，看见有几个医生在我身边忙碌着。他们看见我醒了，说已经脱离危险了。我戴着氧气罩不能说话。利利说："咪咪，快点好起来吧，你刚才又窒息了，心电图一度成了直线，也没有呼吸了。好几个医生来抢救你，还有呼吸科的。他们让家属出去，我真怕一出去就永远也看不到活着的你了。"我感觉更难受了,嗓子很痛,头也很痛。那些管子插进我的身体,我感觉难受极了。我想翻个身,可我也就想想而已,因为我一点力气也没有。我用几乎听不到的声音说我想换个姿势。雅琴看了看我的伤口,说不能动,伤口还在流血,纱布都透过来了。这一刻我感觉到从没有过的难受,好像马上就要断气了。但我极力平静心态,为了利利、为了那些爱我的人,我必须坚持!我以为这次是我人生中最后一次手术呢,但我真的没想到,在我写这本书的时候,我已经做了十一次大手术,三次宣布病危了。

三天过去了,我度过了危险期,也可以下地轻微走动了,但我上下床要由雅琴抱我,她比我体重轻二十斤左右,真是难为她了。我一天一天地胖起来了,但雅琴一天天地累瘦了。

利利去爱尔兰

我终于在春节前出院了。我回到熟悉的家,看见许多玩具猫咪在床上,利利说它们也在等着我呢。回到家,我生活还是不能自理,起床时还必须别人抱。我催雅琴赶快回家,孩子在等她呢。经过商量,利利的大姐来照顾我,雅琴这才放心地回家了。没过两天我又高烧不退,只好去输液。利利说:"今年咱们不能回家过年了,你身体不行。"我不干,说想回家,再说今年是二姐结婚的第一年,咱们没有参加二姐的婚礼,更应该回家聚一下。利利答应我,初二找辆车带我回家一天。

三十那天,我让大姐回家过年,晚上家里只有我们两个,很冷清。利利想尽一切办法哄我高兴,这是我们单独过的第二个春节了。我说:"利利,明年咱们一定回家过年三十。你还记得咱们过的第一个春节吗？那也是一个三十晚上，在大家都高高兴兴过春节的时候，咱们却抱头痛哭。那时看不到希望，看不到未来，但咱们很坚强。经过了八年的奋斗，咱们的收获一个接着一个，还有什么理由不开心呢？现在虽然又遇到一点困难，但我想很快就会过去的，我的身体很快就会好起来的。"利利笑了："好咪咪，只要有你，咱们的路会越走越好的！"

初二，我们回家了，大家都聚齐了。利利万般小心地保护我，可我回来后还是得了重感冒，又是高烧不退，只好再去输液。

我的病还没有完全好，院领导通知利利，3月份派他去爱尔兰工作半年。利利想都没想，说："我家有困难。"领导说我知道，但你是按摩一科的副科长，是最好的人选。利利回家跟我商量，我吓了一跳。我跟利利结婚后，还没有离开过他呢，何况我身体不好，他走了我怎么办？但我想出国的机会难得，我不能拖累他，他有自己的事业。我说："你去吧，我会照顾好自己的。"说着眼泪却流了下来。我开始给他准备行李，一想起要半年见不到利利就难过，我太害怕一个人生活了。因为开了钢琴公益热线，说话多了就会犯慢性咽炎，就会发烧。持续发烧还会引起哮喘病，一旦哮喘病犯了，就会有生命危险。我知道利利也对我有太多的不放心，但是为了他的事业，我要克服一切困难。

出国的日期定了，是3月10日中午。我一夜没睡好，总是拉着利利的手，我想明天晚上睡觉我该有多害怕。我们起得很早，坐班车到了按摩医院。他两个弟弟也来送他了。

我们启程去机场，这时外面下起了大雪。雪下得好大，伸手就能接到大片的雪花。很长时间没有下过这么大的雪了，我知道雪花也在给利利送行，大大的雪花会祝福利利一路平安的。雪水夹着泪水在我脸上流着，我极力控制自己不要哭出声来，那样利利的心里会更难受。

　　马上就要登机了,我和利利难舍难分,他通过了安检。透过滚滚流下的泪水,看见模糊的他渐渐地消失在人群里了。我知道利利带着对我的爱,带着对我太多太多的牵挂,去追求他的事业去了。利利,你放心吧,我会保护好自己,等你回来!

我去广州调琴

　　利利走后,一连几天我的心情都不好,这时我突然想起宋雨的邀请,她请我去广州给她调琴。我们是在北京认识的。宋雨是搞声乐的,北京和广州都有家,可能是利于她演出吧。朋友介绍她找到我调琴,我调完以后,宋雨说非常准,和弦非常和谐,说要请我去广州给她调琴。我以为她在开玩笑。但她说:"我看完你调琴,就看不上别人调了。"我说没那么夸张吧。她说:"不夸张,我找过许多调律师,都不满意。""去广州的车费很贵,你让我去多不值呀。"宋雨说:"我觉得值,因为如果钢琴音不准,就把耳朵听坏了,你说用多少钱能买来一个好耳朵呀!"其实我学调琴的时候,就知道我们钢琴调律师的重要性。也难怪,宋雨的耳朵太灵了。后来宋雨要买三角琴,我告诉她注意事项,让她在广州买,因为要放在那儿。但宋雨说:"我买三角琴不容易,要不你在北京给我挑一台,我运回广州。"后来她问了运费,还不贵。我看她那么信任我,就费了好大劲,帮她挑了一台音色适合她的琴。

　　她早就让我去广州,可我一直没时间。现在我可以去了,正好换换环境。3月16日,我坐上了飞往广州的飞机,我心里有点忐忑不安,我要去一个陌生的地方,不知道会遇到什么。宋雨说在飞机场接我。宋雨比我大几岁,在声乐上很有造诣。她人也很好,很随和,从来不端架子。其实我们没见过几面,但我第一次见到她的时候,就很相信她,她对谁都是平等的。她说她喜欢我的性格,在某些时候还能激励她努力。她说我真的像一只猫,长得有点像,性格更像。但她说猫不是奸臣,只要对它好,它就把人当朋友。宋雨说她要对我好,我肯定会把她当好朋友的。

　　我看着窗外的一片蓝色,心里在描绘着广州的样子。三小时后飞机降落在白云机场,我走下飞机,眼前一片绿色,宋雨来接我了。我们坐车穿过广州市中心。广州的街道并不宽,听说两边的绿化很吸引人。我们到了宋雨家,她家很大,但布局比较简单,屋里没有什么多余的东西。我刚到宋雨家,就想回家了。细想起来,家里除了假猫,就没有什么让我牵挂的了。真奇怪,我在想什么呢?

　　很快,我就适应了这个美丽的地方。宋雨家挨着江边,听说整天能看见来来往往的船只。我摸到了许多热带植物,是我从来没见过的。我还摸到了做芭蕉扇的叶子,我姥姥就爱用这种扇子。我很快就把琴调完了,宋雨带我去逛商场。我早就听说广州的衣服好看。但我逛了几天非常失望。因为这儿的衣服基本上没有大号的,我根本穿不进去。我一边逛一边想,这是给谁穿的,难道是给布娃娃穿的吗?我说以后我再来广州,再也不逛商场了。原来我不胖,我喜欢的衣服想穿都能穿。但这次生病用了大量激素,我胖了三十斤。原来的衣服全穿不了了。我去商场买衣服最怕售货员说没有您穿的。我很难为情,恨不得找个地缝钻进去。但我逛过广州的商场以后就不怕了,因为这儿的售货员基本上对我都是这样说的。

　　宋雨带我去深圳的欢乐谷玩。那儿有好多很刺激的游戏。我最喜欢的是电瓶车,可以随便在公园里开,车走得很慢,就像人走得那样慢。但我体会到了开车的滋味,我体会到想去哪里就去哪里的自由。可宋雨说:"这哪像开车呀,太慢了。"我觉得如果我能开这么慢的车就好了。我渴望开车的自由,我明年还要来欢乐谷。宋雨和我去了香江野生动物园,我们坐在车上看野生动物,但我什么也看不见。不过那些动物看我一定很清楚。我们到了可以步行看动物的区域,宋雨说:那里能跟动物照相,有一只小狗熊是马来西亚熊。我对能摸的东西都感兴趣,就大着胆子坐在小熊身边。宋雨把她的朋友阿英介绍给我。她也有钢琴,我给阿英调完琴,阿英很满意。阿英很热心,她找了她的所有朋友,说我调琴可准了,她的好几个朋友都找我调琴。我还认识了住在顺德碧桂园的陶纯安先生。陶先生是个农民企业家,他还出了一本自传体的小说《天道》,写得非常感人。当他知道我的理想是让全国的人都知道盲人调琴时,他说可以帮我。

第二天一早,陶纯安先生就把我带到国内首屈一指的私立学校,让我听听琴房的琴准不准。我听了二十多台琴,都跟音叉相距甚远。我告诉了他。没想到他找到校长,推荐我给学校调琴,还说这儿都是条件优越的孩子,缺乏吃苦精神,应该让我给学生作报告。我发现,这所学校是老师听家长的意见,所有的事情都很民主。校长对我的态度也跟北京不一样,他纯粹把我看成做生意的,问我:"你怎么能让我知道我们学校的钢琴不准,你怎么能证明你的音叉就是准的?"我被问住了,原来从来没有人这样问我。我心想,让你知道简直太难了,你又不懂音乐,我怎么能让你听出来不准呢?!再说李老师也没有教过我怎样让别人听出来不准。我被问得哑口无言,显然这次是白费功夫了。但通过这件事,让我真正见识了农民企业家的办事风格,我对陶先生仍然心怀敬意。

　　我渐渐地适应了这里,但河北电视台《真情旋律》的编导给我打电话,说想做一期我的节目,催我快点回北京。3月27日,大家都去白云机场送我,虽然我只在这里待了十几天,但早已跟大家成了好朋友。新朋友文文和青青拉着我的手恋恋不舍说:"你一定要每年都来,我们会经常登录你的网站看你的情况。"我喜欢这个绿色的城市,我喜欢这里的朋友们,就要登机了,我对文文和青青说,我一定每年都来看你们。

　　告别了广州的朋友,我踏上了归途。

到石家庄现场拍摄

　　我刚到家一个多小时,河北电视台的记者许小浒就到我家采访。第二天开始拍摄外景,拍完后就到石家庄拍现场。许小浒是个很专业的编导,人也很好。但她最怕猫,连猫画都怕。真不知她怎么能找到我这么个酷爱猫的人。也许这几天太累了,现场拍摄那天我发烧了,状态不好。许小浒说坚持一下,然后请我吃好吃的。我说不用,我要你带我去买石家庄的猫,她说:"你是不是在整我呀?"我说:"没有,猫有什么好怕的,再说我小名叫咪咪,你不怕吗?"

　　那天我虽然发烧,但很投入。台下有许多观众,聚精会神地聆听我的故事。最后主持人打通了爱尔兰利利的电话,我当着好多观众的面哭了,我太想利利了。话筒里传出了利利的声音。全场观众都能听到利利的声音。他说希望我保重身体,等他回来,希望在座的观众珍惜和家人的团聚! 大家都被感动了。

排除 "非典"

2003年春季,"非典"病魔突如其来,广州首当其冲。

回到北京,我还在发烧。我想我刚从广州回来,应该检查一下,别感染"非典"。我打了好多咨询电话,每个医院都说自己不检查"非典"。最后,我去博爱医院拍了片子,排除了"非典",输了几天液就好了。

4月19日晚上10点,我听了新闻发布会,吓了一跳。原来北京"非典"已经很严重了。第二天我们的工作停了。过了几天,中小学停课了,好多行业都停业了。我很害怕,我身体不好,一旦得了"非典",就可能见不到利利了。我越想越怕,经常哭。利利来电话我也哭,我知道这会让利利对我更不放心,但我控制不了。

"五一"节那天,街上基本上没有人,也没有车,这可能是史无前例的。过了几天,我突然发烧了,38.4℃。夜里我很难受,想喝水可没人给我。我想如果利利在家该多好呀!他能帮我想办法,我不光是发烧难受,还害怕得"非典"。我平常发烧37.5℃就已经很难受了,因为我的基础体温比较低,可这次,我知道可能是老毛病,因为说话太多,嗓子发炎了。但国家规定发烧不报就会受到处理,我考虑再三,告诉了我和利利的单位。利利单位的领导很重视,说让我准备好常用的东西,急救车十分钟就来。我也听说只要发烧基本上就隔离,就开始收拾东西。

急救车来了,这时正是晚上8点多,小区门口有许多人,我感觉到周围的气氛不一般,我是在大家的注视下走上了急救车。司机和救护人员穿得都像太空人。救护车风驰电掣地朝友谊医院开去。路上堵车了,司机打开了警报器,逆行着往前奔去。我听到警报声,心里有说不出来的恐惧。如果利利不出国,他肯定陪在我身边。我大哭起来,鼻子流血了,染红了白色的口罩。

到了医院,一系列的检查排除了"非典"。我要求输液,大夫说不用,回家吃药吧。不论我怎样解释说我不输液好得太慢,大夫就是不理我。我想我既然不是"非典",就去博爱医院输液吧,因为我每次发烧都去那儿。我来到博爱医院急诊室看病,护士一听说我发烧,就不给挂号。我拿出了友谊医院的证明,还是不行,我说我住在家属楼,你们也要为你们的家属考虑呀!大夫开始请示院长,过了好长时间答复还是不给输液,让我去发热门诊看。我说我刚从发热门诊来的,医院说那也不行,这是规定。这规定可害苦了我。4月份我发烧了想排除"非典",但没有一家医院承认能排除"非典"。在5月我发烧了,我知道是老毛病犯了,但我要为我住的这栋楼的人负责就上报了,可排除了"非典"就没人管了。

在我烧得迷迷糊糊的时候,利利打来电话,我吓了一跳,我以为他知道了我发烧,我说利利你知道了,利利说我知道什么了,我意识到利利不知道。利利说今天是端午节,你只能一个人过,你替我吃粽子吧。我哭了,利利不知道我在生病,我是多么需要他呀。利利说:"咪咪别哭,还有三个月我就回到你身边了。以后我再也不离开你了。"就这样,我发烧四天后才好。

学骑独轮车

病好了以后,我想应该锻炼身体,就买了一辆独轮车开始练习。

真正学了,我才意识到学一样新东西不光要付出精力,还必须要有心理承受能力。因为我每次练习的时候,就会引来百分之百的回头率。其实大家如果光看看也无所谓，我是看不见大家的目光的。但他们还在议论。我听见他们说这是小孩学的，大人学不会，或者说这是狗熊骑的。说我是狗熊，倒是无所谓，但说是小孩学的，我听了就来气，这些人怎么一点志气也没有？如果什么都是小孩学的，那人们常说的"活到老，学到老"又该怎样解释呢？怨不得中国的再就业那么费劲，就是因为一般人认为大人什么都不该学。我学其他本领的时候，也被别人说是小孩学的，我就不服气。我认为活到老学到老，只要我想学只要我喜欢。

曾经有许多人打我的热线咨询，问大人能学琴吗，我说我最大的客户是八十三岁开始学琴。她是一个画家，到了八十三岁才想起应该学学钢琴，于是买来钢琴开始学习，我都被她那种不服老的精神感动了。然后对方就沉默了。

想学一样新东西确实很难。我让两个同学在两边扶着我，上了独轮车，可这家伙一会往前，一会往后，我就是征服不了它。才走了几十米，两个同学都不干了，他们说："陈燕你快下来，这到底是你骑车，还是我们两个抬着你呀。"确实我身体的重量全在他们两个身上了。我开始找老师，本身独轮车就很少有人骑，就更找不到老师了，我好不容易在网上找到某小学有独轮车课，赶紧打电话问人家教大人吗。人家说："大人根本学不会的。"我问："教孩子独轮车的是大人吗？"人家回答是呀，但老师是上不去车的。我赶紧挂了电话，自己都做不到的事情，还怎样教别人呢。我在网上找了三篇关于学习独轮车的文章，让那两个同学抬着我练了一个月的时间，奇迹般地能独立把独轮车骑走了。这可是个大奇迹呢。为了证明那些笑话我的人说得不对，我在小区里围着楼一圈一圈地骑着，大家见我都驻足观望，也不说是小孩子骑的了，但还有好多人说我是狗熊。哼，我才明白，其实好多大人都有自己的梦想，也

在大连骑独轮车

教孩子们骑独轮车

想多学点东西,但看见那些异样的眼光,就都被吓回去了。我庆幸自己脸皮足够厚,所以不在乎别人说我的风凉话,我庆幸看不见别人的眼光,否则也会跟别人一样认为只有小孩子才应该学本领。初学什么都不难,难的是进一步深造,我也明白了一个道理,盲人因为看不见,学东西固然很难,但我认为,盲人学东西找不到老师更难。

我一边练习骑独轮车,一边找老师,那是四年以后,2007年的春天,我在网上找到了中国独轮车网站。我看了地址有点灰心,是南京的宋桂芳老师。我试着给宋老师打电话说想学独轮车,并问大人能学吗。老师很爽快,说大人肯定能学。我又告诉她,我是盲人。她很佩服我,说如果你在南京,我肯定免费教会你。我欣喜若狂地说:"只要您愿意教一个盲人,距离不是问题,我明天就可以带着车坐火车去找您。"说到做到,并不是我热爱独轮车到痴迷的状态了,是盲人找老师太难了。第二天我就拿着独轮车坐上了开往南京的火车。后来一个朋友听说后说:"我真佩服你的勇气,也羡慕你想学什么就去努力。"我笑笑说:"不是我痴迷独轮车,你知道我找教我独轮车的老师,找了四年。往往来之不易的东西,会格外珍惜呢。"因为四年没有老师教我,所以我自学独轮车养成了许多坏毛病。就跟弹钢琴一样,手型不是为了好看才做的,我骑车的姿势不对,一定会影响我骑车的进步,而改错比学辛苦得多。但现在有许多家长认为初学什么都很不重要,凑合学学,以后学好了再努力吧。遇到这种观点的家长,我直接说:"那您别让孩子学了,这样还不用耽误孩子的时间,因为您的这种想法,孩子很难学好一样技能。"

宋老师也是长大后才学的独轮车,他们一家人都会骑呢。她的儿子鲁恒骑独轮车非常好,就差能在独轮车上睡觉了。2013年4

月中央电视台《状元360》节目组把宋老师和鲁恒请到北京,在宋老师的指导下,我的那个在独轮车上跳舞的梦想终于实现了。鲁恒和我一起在舞台上滑翔。那次的比赛,因为有鲁恒的配合,我得了全场最高分。但因为种种原因,那期节目整体都没有播出,我在舞台上骑独轮车的视频编导也没能给我,真是太遗憾了。

我需要三天光明吗?

7月9日是我的生日,利利不能给我过生日了。早晨,利利打来电话,说:"爱尔兰已经是深夜了,但我希望咪咪收到的第一份祝福就是我的。咪咪,实在抱歉,我不能给你过生日了,但我在远方祝你天天快乐!"我哭了。

朋友们知道利利不在,就约好给我祝贺生日。我们约好去公园。刘翔说今天我领着你走,我就当一天"导盲犬"。刘翔原来是我的客户,后来成了朋友。可能是职业习惯,他总是看到什么就爱评点描述一番。到了植物园,"导盲犬"给我描述各种植物的样子。他说莲花开得很好看。我问是什么样的,他说是粉色的,莲花的花瓣很多,一层层地重叠着。他也知道,像我这样从没见过这个世界真实模样的人,无论如何也没法向我描述清楚。最后他说:"这莲花有点像我家那个能伸缩变化的塑料玩具球。"

但我看不见,眼前只有一片绿色。刘翔不愧是"导盲犬",他跟我说了许多我看不见的东西。原来我姥姥从来不给我讲我看不到的东西。姥姥总是让我去听、去触摸这个世界。长大以后,别人好像也忌讳在我面前说看见的东西。我记得一个记者问我:"你渴望看见这个世界吗? 如果给你三天光明,你要看什么?"我想了想说:

"我没有渴望过看到这个世界,因为我的眼睛是治不好的。我觉得听到的世界也很美丽!"

我现在开始认识到,看到的世界会更美丽,我的心里掠过一丝苦涩。其实在内心深处,我渴望看见的东西很多,就是因为眼睛治不好,所以才不碰这个痛处。我不渴望三天光明,今后我还会在这个可以听到、触摸到的世界里寻寻觅觅,寻觅着属于我的那份感觉。

利利回国了

在思念中等待了七个多月,利利终于要回国了,从爱尔兰到法兰克福转机回北京。

那天我起得很早。北京电视台《大宝真情互动》的记者为了拍摄这个对我无比重要的时刻,也一同去机场接利利。飞机八点四十到北京,可我焦急地等了一个小时也没有看见利利出来。我们去服务台查了法兰克福飞往北京的航班,乘客名单当中没有利利的名字。我非常着急,想不出利利为什么没有登机。我们接着查,查到法兰克福飞往北京的下一班飞机上有利利。那班飞机要十一点五十五分才到。我焦急地等待着,脑子里想着利利的样子,恨不得一下就见到他。

十二点四十五分我终于听到了利利的声音,记者早已经准备好了摄像机,镜头一刻也不离我和利利。我一下扑上去紧紧地抱住了利利,我知道这一刻的景象以后会有许许多多观众看到。但我不管,这一刻好像世界上的万物都消失了,世界上只有我和利利存在。我的眼泪在脸上肆意地流淌着。我们紧紧地紧紧地拥抱着,好像一松手对方就会蒸发掉。

在那一刻我一下明白了感情是世界上任何事物都换不来的,包括金钱。所有人都应该珍惜身边的亲情和友情。在大家的注视下,在摄像机的拍摄下,我们流着泪约定以后再也不分开了,一直携手到老。

装修自己的家

2003年10月27日那天我们拿到了新房的钥匙,终于摸到了我们梦寐以求的蜗牛的家。我听说有许多夫妻为了新房的装修问题吵架,因为他们的意见不统一。我跟利利商量,他说:"我要求不高,只要住进去不搬家了就行。"我笑了:"自己的房子,谁让你搬家呀。"利利说:"我工作很忙,也不能请假,咱们这个家的装修就全靠你了,当然你就说了算吧。"我听了很高兴,这下可以按照我的想法布置我们的家了。我先找了自认为靠谱的装修公司,然后开始设计,别人设计自己的家可能要参考网上的效果图,但我没希望,我看不见图,电脑也不可能读图。我就靠着想象力开始了。负责给我装修的包工领导叫周少华,他是安徽人,做事很认真。但他可没想到跟我打交道麻烦透了。首先我不能看他出的图,只要他能用语言描述得让我明白,我就能跟他探讨,但他说不清的事情就糟了,他的普通话还不好,所以好多时候他说话我都听不懂,只好让他重复,害得他先跟我学习普通话。

首先我家客厅的吊顶,我想象着要调出花边形状,我认为都是千篇一律的大长方形套个小长方形的房顶太没创意了,就让周少华把房顶吊成波浪形的。周少华指挥工人干活,吊好了,问我行不

167

行，我站在地上也看不见，就让周少华搬来梯子，上去摸。大家都被我这个举动惊呆了，他们说："原来盲人是这样装修呀！"哼，我告诉他们每个人不一样，每个盲人也不一样。我摸着很小的波浪在房顶四周围镶嵌着，感觉不好看，就让他们重来，把花边弄大一点。过了两天好了，我又蹬着梯子上去摸，这次花边太大了，一面墙的房顶上，只有两个波浪形，我又让他们拆了重弄，第三次我终于认可了。周少华说："给你装修就是一个字：累。"我听说家里要有一面镜子，虽然我和利利都不用这个，但我也不能跟别人不一样呀，我想了半天决定把镜子跟储藏柜的门结合在一起。我还设计了一个鞋柜，上面有几个挂衣服的钩子，钩子上面也是花边形的顶子，很有艺术感呢。我去建材城买东西很不方便，好友刘莹就带我去。可我还要难为她，让她去找有猫图案的瓷砖，贴在卫生间。刘莹气愤地说："我哪去给你找猫图案的瓷砖啊，你还不如在瓷砖上画一个呢！"功夫不负有心人，我们真的找到了猫图瓷砖，还找到了贝壳形状的马桶和有花边的镜子。周少华也带着那些工人不厌其烦地努力理解我的奇思怪想。我们奋斗了两个月终于装修好了，很多朋友都说，装修房子总会有这样或那样的遗憾，很多人最后跟装修师傅成了冤家，但我真的一点遗憾都没有，目前已经十年过去了，我还很满意地住在里面呢。至于周少华，我们成了好朋友，他虽然后来又去了很多城市装修，但他来北京的时候，或是在北京装修的时候，都会来看我，我们会一起出去吃饭，一起回味那拆了装、装了拆的两个月。

房子装修好了，我们定在2004年7月9日搬家，这天是我的三十一岁生日。利利说："咪咪跟我结婚后没过上几天好日子，这个蜗牛的家就算是给咪咪祝贺生日吧。"

搬家的前两天，我开始收拾东西。以前租房子的时候搬家对

我的家

于我们来说是一件特别麻烦的事情，每次房东涨价，就意味着如果我们不能接受房价，就要很快搬家，那时候搬家对于我们就是一件伤心事，是居无定所的代名词。但现在搬家对我们来说却是一件最高兴的事情了，这是我们自己的家，以后再也没有谁能让我们搬家了。但高兴之余，我总有一点伤感，我有点留恋我们住了三年的医院宿舍。记得三年前，我们从姥姥家搬到宿舍的时候，我们也很高兴，觉得终于有了一片自己的空间了。我记得在我们高高兴兴地搬家的时候，姥姥却哭了。那时候我只是觉得姥姥可能是舍不得我走，但我现在回想起来，又有了更深的理解。我理解了姥姥对我的爱，我理解了姥姥对我的太多的不放心，我理解了姥姥的心。劝各位朋友，珍惜对家人的亲情，有时间常回家看看老人，千万别给自己留下遗憾。

手拉手和利利坐在新家里。我们不能像健全人那样看清自己的房子是什么样子，看不清装饰、油漆、地板、家具……我们所能感觉到的，就是新房子散发出的各种各样的味道和我们同样看不清的满屋子的阳光。阳光照到、反射到房子的每一个角落，我们从来没住过阳光这么充足的房子，这是我们自己的房子，我们真幸福。

拿到大学录取通知书

2003年底，我拿到了大学录取通知书。我以全国第一名的成绩考入了北京联合大学特教学院钢琴调律专业。

记得在我小时候姥姥就告诉我，以后如果有可能一定要上大学。但在我毕业的时候，中国还没有给盲人办的钢琴调律高等教育。三个月前，我听说了特教学院要开办这个专业。当时我很犹豫，因为我已经在国内钢琴调律界小有名气了。我已经有了许许多多客户了。我很担心，一是我毕业整整十年了，还能适应学校的学习生活吗？二是上学毕竟要耽误一些工作，收入也就减少了，值吗？

我问了李老师、利利，还有许多朋友。他们一半人说残疾人上学的机会很少，所以有机会就应该上。另一半人说你已经功成名就了，没必要跟自己过不去。

我拿不定主意，就去找邱阳。邱阳是我1996年认识的用户。后来我们成了无话不谈的好朋友。邱阳是一个很善良的人，她对人很热情，性格很温柔，她说话的声音很好听，听说长得也很漂亮。她比我大四岁，但看起来她简直就是一只小羊羔。一次我去给她调琴，和她开玩笑说，你看起来一点也不厉害，如果有一天歹徒到你家抢劫怎么办？她毫不犹豫地说，我就让他们随便拿。我笑了。其实我很喜欢邱阳的性格，我认为她才是我心目中的淑女呢。我遇到不好抉择的事情的时候就去问她。邱阳说："我认为如果有机会，如果你能考上，就去上吧。记住，学无止境。"记得小时候我在父母身边的那段日子里，妹妹在手工课上学会了织毛衣，回家跟我炫耀。我也想学，但妹妹不教我。妈妈说："好宝贝你就教给她吧。你要好好学习，长大了考上大学给咱家争气。你姐姐就不一样了。她眼睛看不见长大了也是个废人。她没钱买毛衣，只能织毛衣穿。"但我们长大了，妹妹没有考上大学，可能在家里织毛衣消磨时光呢。为了实现姥姥对我的期待，也因为妈妈对我的看法，我决定考考试试。我复习了一个月，考了全国第一名。

　　大学生活开始了，不同的是我必须一边上学，一边工作挣钱还贷款。我经常是早晨到学校上课，下课后去钢琴用户家调钢琴。好在我调琴修琴方面不用复习，否则肯定跟不上。但我们的专业课不光是调琴修琴，还有声乐弹琴等等。弹琴倒无所谓，多练一练就行了，就是声乐不好过关。我在盲人堆里唱歌可真不算好的，只是音特别准罢了。让我唱个通俗还能凑合着听，让我学美声就小才大用了。尤其是考试，我要求所有同学听我唱歌不许笑出声来，不出声，爱怎样笑就怎样笑，反正我也看不见大家的表情。我考试的曲目是《大海啊故乡》，一曲下来，听说都要出人命了，班里的同学都在捂着嘴笑，脸憋得通红，我特冷静地说："你们至于吗，我唱歌是不是比狼叫还难听呀？"不说还好，说了大家笑得肚子都疼啦。还有更难的呢，就是英语。我从小讨厌英语，因为我特不喜欢我的英语老师，所以老师如果在同学心里没有一席之地，那么真是误人子弟呀。虽然我跟大学英语老师远日无冤近日无仇，但我的英语基础很差呀，虽然尽力去背那个我认为是鸟语的东西。我经常想:中国话还没说明白,说什么外国话。笔试答题还能凑合,不知道的大不了蒙一下,但到口语这项可怎么蒙混过关呢?我在我们班英语不算最差的也是倒数里面的,不过到了考口语的时候,我发挥了我的特长。我从小就爱说话,最发愁的是管不住自己的嘴,小时候经常因为上课说话而被罚站听课。考口语时,我按题目跟老师对话,诀窍就是不让老师张嘴,还没等他问,我就都说了,让他没得问啦。最冤的是我同桌,平时他的英语成绩比我好多了,但就是嘴笨,让老师多问了好几个问题,他分析着老师的问话,稍微慢了点,就被扣分了。英语分数出来,我比他高十分呢,他怨老天不睁眼,哈哈。也不是我这招都灵,在调琴和修琴上就不灵了,要光说不练,早让李任炜老师轰出去了。

梦见姥姥

两年后,我以优异的成绩毕业了。1月13日我拿到了毕业证,这一天正好是姥姥去世四周年的日子。我多么想立刻到姥姥的坟前,告诉她我的成绩。记得姥姥去世的时候说,她对我基本上放心了,就是希望以后有机会能继续深造。她说人一定要活到老学到老。姥姥还希望我以后能有自己的房子。我想给姥姥打个电话,告诉姥姥我已经有了蜗牛的家,可我不知道天堂的电话号码。我想给姥姥写一封信,告诉姥姥"咪咪已经大学毕业了",可又不知道寄信的地址。但我永远相信,姥姥一定知道咪咪的成绩。就像我小时候自己出门时,她在后面悄悄地跟着我一样。姥姥,我会永远记住您的话:学本领不要光想着成功,要注重过程。只要努力,总会收获到属于自己的那份果实。

我会继续努力的,去努力实现我的一个又一个梦想。晚上我做了一个梦,梦见我来到河北姥姥的坟前,把我的成绩一个一个说给姥姥听,就像我上学的时候,星期六回家汇报功课那样。我梦见姥姥听了我的汇报之后笑了。我梦见那里到处开满了紫色的小花,这是姥姥生前最喜欢的花!

弟弟的婚礼

10月1日这天是小五弟结婚的日子。他和金霞恋爱已经有八年了,家里人都催着他快点结婚,但小五弟总是说等二姐结婚了再考虑。二姐去年结婚了,所以今年小五才结婚。金霞是个善良的姑娘,小五和她交往的时候就说:"我有一个看不见的哥哥,嫂子也是盲人,他们为了事业没有要孩子,以后他们需要帮忙的时候,咱们必须全力以赴。"金霞说你放心吧,我肯定管大哥大嫂。

金霞也是个苦命的姑娘。在她八岁的时候父母就离婚了。当时她抱着妈妈的腿流着泪不让妈妈走,亲戚也来劝妈妈,说你都有两个孩子了,你走了她们怎么办?金霞说她清楚地记得妈妈说的一句话:"舍不得孩子套不住狼。"这句话根深蒂固地长在了她的心里。妈妈走了以后,爸爸出门打工去了,她和姐姐去了奶奶家。奶奶对她们非常好,但在她们读初一的时候奶奶去世了,她们失去了依靠。姐姐比金霞大一岁,她们在一个班读书,白天去上学,放学后就去捡干柴做饭。一天姐姐在做饭,金霞去地里割韭菜,金霞拿着割完的韭菜回家,看见姐姐晕倒在锅台边,吓坏了,心想:如果姐姐走了我可怎么办?后来姐姐抢救过来了,说:"妹妹别哭,我烙完饼觉得很饿,可我想必须等你回来一起吃饭,后来就什么也不知道了。姐姐不会死,妈妈不要咱们了,奶奶又走了,爸爸常年不回家,只有咱俩相依为命了。"

听到这里我流泪了。金霞没有得到母爱,但她有一个爱她的姐姐。后来姐妹俩都考上了高中,她们都有一个大学梦,但爸爸没有钱供她们上学,再说农村的观念是女孩子上学多了没有用。姐妹俩求爸爸去借钱让她们上学,保证毕业后一定挣钱还上。但爸爸说没有办法,他没地方去借钱。爸爸的话深深刺痛了姐妹俩,没想到小时候妈妈离她们而去,现在唯一的亲人爸爸也不管她们了。早知现在不管,当初为什么要把孩子带到人世间呢?最后姐姐说我不上学了,去打工挣钱供妹妹上学。妹妹说不,我去打工你上学。她们谁也说服不了谁,一直争了一个暑假。就要开学了,她们必须做出选择。姐姐说:"明天早晨谁第一个醒来就去打工,第二个醒的就去上学。"姐姐知道妹妹爱睡懒觉,上学的时候都是姐姐叫醒妹妹,所以姐姐想妹妹绝对不会先醒。第二天姐姐天不亮就醒了,但她发现妹妹正睡眼惺忪地坐在床边。原来妹妹怕醒不了,就一夜没睡。但是生活太艰难了,后来姐妹俩谁也没上成大学。

金霞坐着奔驰穿着洁白的婚纱来了。她的姐姐来了,还有她的爸爸妈妈和她同母异父的妹妹。聊天时,我无意中听到有人问金霞的妈妈:"你是在金霞几岁的时候改嫁的?"她妈妈说好像不是八岁就是九岁。我想,走的时候连自己孩子几岁都不知道!而金霞却清楚地记得妈妈是在她几岁时离开的。一年前金霞到我这里工作,我才了解她。金霞和我的性格正好相反,她是那种受了欺负也不吭声的人。她总是为别人着想,就像她会担心我工作起来很累,会担心我会不会生病,总之她为别人想得太多了。她说她一直认为在这个世界上只有姐姐对她好,但没想到能走进我们这个温暖的家。她记得小时候,叔叔家的孩子对着她唱"世上只有妈妈好"，她气得把自己表妹暴打一顿。她永远也忘不了妈妈临走时说的那句话。我们都很渴望父母的爱，为什么大家都说母爱是世界上最无私的爱、最博大的爱，而这无私、博大的爱我们却无法体会呢？也许小时候受到的伤害一辈子也忘不了。我们的身世很相似，我们走进了同一个家庭。利利的妈妈用博大的母爱，爱着家里的每个人，她的善良换来了三个孝顺的儿媳妇。大家都说娶儿媳妇必须要盖新房子，否则，儿媳妇不上门。但利利家没有新房子，三个儿媳妇也上门了，我们妯娌之间还相处得像亲姐妹一样。这就是有付出才有收获。

面向全国创办盲人调律公司

在我们盲人钢琴调律师的努力下，北京地区大部分用户认可了盲人调琴。那些热心的用户不但自己用盲人调琴，还把我们介绍给他们的亲戚朋友。但是我所就读的学校是面向全国招生的，那些外地的盲人毕业回到当地后，我想肯定会重走我的老路的。

说句实在话，我在开拓盲人调琴市场这条路上走了十年，尝遍了酸甜苦辣，走得异常艰辛。如果再回头让我重新走一遍，我也许坚持不了，所以我真的不想看到我的学弟学妹们再重走我的老路了。于是我萌生了一个想法，就是创办一家有限责任公司，面向全国创办盲人调琴的品牌。

我和大家说了这个想法，大家都很高兴。说如果有了自己的品牌，我们走到哪里都不会受到歧视了。李老师知道了，也很支持我们的想法。但开有限责任公司启动资金最少要十万元。我刚贷款买了房子，同事们也不富裕，该怎么办呢？利利说为了你那个让全国人都知道盲人调琴的梦想，就去借钱吧。我把亲戚朋友都借遍了，还差六万元。我实在没有办法了，就想到了李老师。但李老师马上要买房子，他的钱不够，也要去贷款，我该怎样张口呢？我犹豫了好几天，想不出别的办法，就想以后凑足了钱再说吧。

一天，我去了李老师家。李老师一家看见我很高兴，小芳阿姨给我做了我爱吃的饭菜，但我却没胃口。吃完饭，李老师问我是不是办公司不顺利。我吞吞吐吐地说启动资金差六万元，以后借到钱再说吧。李老师什么也没有说，去小屋和小芳阿姨商量了一会儿后，拿着一包东西出来了。他说后天就要去交房子的首付了，今天刚取的钱，你先拿去用吧。我一下愣住了，说："您把钱借给我，我又不能很快还给您。您怎么办？"李老师说："我再想办法吧。你又不是为了自己开这个公司。如果你想挣钱就不开公司了，你自己调琴挣钱就很多了。你是为了盲人这个群体，所以我没有理由不支持你。"我抱着李老师流泪了，心里说："您放心吧，我永远也不会光想自己而不管别人的，我永远也不会忘了我的理想的。"回家的路上，我想出了新公司的第一条规章制度，就是不论现在还是将来，我不在公司拿一分钱工资。如果以后公司盈利了，我将把所有的钱投入到宣传中。只有宣传多了，大家听说了盲人调律师，我们盲人钢琴调律师才能靠着自己的诚信自食其力。

2004年11月17日，我创办了北京陈燕新乐钢琴调律有限责任公司。这是中国第一家面向全国调琴的公司。我出任了公司的总经理。当总经理可跟当业务经理不一样，我着实忙碌了一阵子，才理顺了工作。

一天，公司会计来问我，说咱们该办免税了。咱们公司除了我以外都是残疾人，应该去办免税。我想了想说咱们不办。会计很诧异，说别的公司想办都找不到条件，可咱们……我说残疾人也是国家的一员,如果条件允许应该照章纳税。会计说如果中国人都像你这样,就没有偷税漏税的了。

残疾人需要可怜吗?

　　我的时间更不够用了。我要管公司,我要调琴挣钱养自己,我要坚持开办钢琴公益热线,总之该做的工作太多了。公司的员工不断增加,意味着用户群也要扩大,我的压力很大。但总有一些用户,知道盲人能调琴后,打来电话说,我看你们怪可怜的,就算我支持残疾人事业吧,我就找你们调琴吧。每当我听说这些话时,我的心里都很不舒服,为什么是看盲人可怜,为什么不是看上我们的技术才找我们?

　　一天,我接了一个电话。一位男士说想支持一下残疾人事业,我想既然他愿意用我们,就别计较他是什么心理了。他点名让我去。他家住在望京,我找到他家,发现他的钢琴毛病很多,就问他多长时间没有调了。他说一年,我说不至于一年就变成这么糟糕。我给他讲什么是正确的,应该怎样修。我还没有说修琴多少钱,他就说:“我找你是为了帮助你们,没想到你倒说我的琴不好,原来的调律师从来没有说过。你就凑合调吧。”我一边仔细地给他擦干净琴里面厚厚的尘土,一边跟他说,我自从学了钢琴调律后就没有凑合调过,我为了盲人调琴的信誉。您不同意修琴,我是不会给您调的。他显然没料到我为了坚持原则会放着钱不挣。他愣愣地看着我。我给他擦完琴,从容地把琴装好,跟他说了声再见,就走出了他家的大门。他一句话也没有说。我暗自发笑,他也许想不明白,一个残疾人,世人眼中的弱势群体,竟然会拒绝这么好挣

我在跳伞

的钱。他肯定想,这个人也许是疯了。

　　还没有到第二家调琴的时间,我只好在大街上溜达。我约好时间总是很守时的,我不会晚,同样也不会早。北京的十二月很冷,还刮着西北风,但我想虽然很冷,虽然没有挣到钱,但值得。李老师说如果一个健全人去调琴,有一点失误了,以后用户再找另一个调律师就行了,但是如果一个盲人调琴失误了,下次用户恐怕再也不会找盲人调琴,因为用户可能会认为盲人根本不会调琴。所以每个盲人去调琴不是代表自己,而是代表盲人调律师这个群体。我深深地记住了李老师的话,所以我在西北风里溜达才不会觉得委屈。

　　有许多人问过我一个同样的问题,你靠什么赢得了那么多用户的信任,你有诀窍吗?我说没有,我靠着两个字走到了今天,就是:敬业。

"盲人太可怕了"

一天,我身体不舒服,就想早点处理完工作回家休息。接电话的职员来问我说,一个马泉营的用户要求调琴,我说那就派调律师去吧。她说:"不是,用户问咱们的调律师都是什么人。我给她介绍,技术请您放心,这是一个品牌。我们的调律师都是盲人。她听到这里大叫起来:'盲人,不行,太可怕了。'她接着说,'我经常看中央台的《走近科学》,里边经常播放没有腿的人,或是烧伤的人,可怕极了。再说我现在心情极为不好,可不能让盲人来我家。'说完她就挂断了电话。"

我听了想,我们有那么可怕吗?开始我不以为然,但我想到李老师说争取一个用户就等于争取了十个、百个。我想如果我不让她知道盲人是什么样的,她会觉得我们是怪物吧。我按照来电显示的号码给她打了电话。我说我是北京陈燕新乐钢琴调律有限责任公司的总经理,我也是个调律师,今天我正好没事,要不我给您去调琴?她听了很高兴,显然没有意识到总经理也是个盲人。我放下电话忘了难受,一脸得意的样子。会计正好进来,问我高兴什么。我说回来再给你讲,她只要接受我调琴就能接受盲人调琴了。

我一直认为盲人调律师最大的困难就是世人的不理解。我们可以克服眼睛看不见所带来的不便,但我们无法克服别人的不信任。眼睛看不见去客户家是有一些困难,但我们会想办法。就像我背过北京的地图,还不断在更新。我还要背吃饭的地方,还要背厕所在哪里。因为有些客户是不愿意让别人用自家的卫生间的。至于吃饭的地方,如果不背下来中午也许找不到吃饭的地方,就只好不吃了。我记得有个客户说原来给他家调琴的是个老头,他在客户家调一天中午不吃饭。老头是宁波人,爱吃汤圆,他早晨吃好多汤圆,一天就都不饿了。我听了非常高兴,我终于不用为背不出吃饭的地方而饿肚子了。从客户家出来我就去超市买了十袋汤圆。第二天早晨我就煮了一袋,我好不容易吃下去,就去调琴了。我想这下我不用着急吃饭了。但不知道是心理作用还是怎的,不到中午我就饿得要吃人了。这办法一点也不灵。

我用了两个小时到了她家。我感觉她的年龄跟我差不多,我一边工作一边跟她聊天。她说你可真幸运,这么年轻就当上了总经理,我可不顺,我上学读到了博士,但毕业后换了几家单位都不满意。我说我可没你想的那么幸运。我给她讲了我的工作经历,她听到最后大叫起来:"你原来也是盲人呀!"我点点头说:"没你想的那么可怕吧。"后来我们成了好朋友,我经常用我的经历激励她要努力。后来她找到了一份她认为很适合自己的工作。

找了我九年的阿姨

一天去空军大院调琴。客户孙阿姨是一个半月前给我打电话排队的,当时她在电话里说:"我可找到你了。"她说以前这架琴就是我调的,我没在意,因为有些客户我给他们调琴后,他们又找过有名的调律师。后来看到我有名了,就又来找我调。曾经有一个用户没有认出我和十年前给他家调琴的调律师是同一个人,还是我认出了他,告诉他说你的琴十年前我调过一次。我认为虽然十年了,可我的技术当年也不差呀!现在约我调琴要排队一两个月,可还有那么多人都在排着。

　　在电话里就能感觉到孙阿姨是个热心人,她非要去门口接我。我一直是不愿意麻烦用户的,可阿姨的热心不得不让我改变了一贯的做法。孙阿姨看到我很激动,不过我还是没有想起她是谁。从见到我那一刻起,阿姨就紧紧地拉着我,好像怕我跑了似的。跟她往她家走的路上,她说她找了我九年。从1997年我第一次给她家调琴后,她就一直记着我。后来我的电话变了,她想了好多办法找我。去一些琴行找,去各区县残联找,到电视台找,还问遍了亲戚朋友,都没找到。阿姨找不到我就一直不调琴,等了我八年,琴坏了,才经人推荐找了一位调律师。那人听阿姨说我好,就说:"您还找她吧,她都把您的琴调坏了,你必须换零件,否则琴就没法弹了。"

　　阿姨没有听他的。一年后,也就是在前不久阿姨终于找到了我的电话。我听了有点震惊,竟有客户为了找我费这么大劲。我看了她的琴,不像那个调律师说的必须换零件,修修就好了。我调完琴,是上午十点多。阿姨把中午饭都做好了,让我一定吃完再走。我闻到了饺子的味道,不由得想起了姥姥。姥姥认为最好吃的就是饺子,所以姥姥经常用饺子招待客人,姥姥生前也像这位阿姨一样热情。我真的还不想吃饭,但是我被阿姨感动了。阿姨给我准备的饺子是芹菜馅的,我从小就不吃芹菜。我感觉阿姨真的很像我的姥姥,阿姨准备饭不容易。如果我说不吃芹菜,阿姨会像姥姥一样有待客不周的想法。看着阿姨很热情地招呼我吃饭,我的眼睛湿了,我吞下了芹菜馅饺子。吃完饭,阿姨把我送到了车站。我上了车,阿姨还恋恋不舍地说:"你换了电话一定告诉我。"

　　我在车上想,我并没有给阿姨多做什么,只是做好了我的本职工作,但我在阿姨心目中占有这么重要的位置,阿姨找了我九年。

有时候我也会抱怨用户对我不信任拿我当敌人，以后我再遇到误解会想起阿姨的。

中德盲人调律交流

一天李老师告诉我，德国新桥基金会要促成德国盲人钢琴调律师和中国盲人钢琴调律师的交流，还要出资经常让我们两地交流。

于是，马丁·伦贝克不远万里来到北京。他在德国开有一家个体钢琴调修所。他说在德国钢琴调律师都开调修所。我们问他：在德国盲人调琴有人用吗？他说用户都爱用盲人调琴，大家都认为盲人的耳朵灵敏。我问：那些用户不担心盲人不会修琴吗？不会，大家都明白盲人没有眼睛也能自如地生存，盲人一定有自己的办法。他接着说，去年德国举行全国钢琴调律师大赛，可是没有通知盲人钢琴调律师。盲人知道了，一传十，十传百，大家商量好一起去请愿。他自豪地说："我们德国人心很齐的。"我们赶紧问："那后来呢？"马丁说后来调律师协会的会长解释说："不是我们歧视盲人，而是只要有你们来参赛，大奖都会被你们拿走，那些人就没有兴趣再来了。"我们听了高兴地鼓起掌来。

马丁是个非常有意思的人，他给我们演示调琴的时候，每做完一件事就用德语说：你看我多棒！我们每次听见他说这话，就会哄堂大笑，觉得他一点也不谦虚。马丁说中国的钢琴不好调。我想国内好多调律师吹牛说自己调的都是进口的好琴，有些用户也迎合着说把调高档琴的人请来简直太荣幸了，殊不知那些高档进口琴是最好调的了。一天，我们探讨用调音扳子的手法。我用左手拿扳子调音，马丁说他用右手拿扳子，还要让扳子柄朝上。我问他："你够得着吗？"他不紧不慢地拿来了两个方凳子摆在一起，他小心翼翼地上去了。这下我们笑得眼泪都出来了。马丁不解地看着我们，似乎是说有什么好笑的。我说你去用户家这个模样，用户能相信你吗？我示意翻译给他翻译过去。马丁听了不以为然，说用户看重的是你调的琴准不准，而不是你的形象。我想国情不一样，想法也就不一样了。不一样的地方多着呢，第二天我听说马丁把棉被扔到门外去了，抗议洗澡水不热。他高兴的时候大喊大叫，生气了就马上说出来，不像中国人那样含蓄。我们相处了一个月，彼此成了无话不谈的好朋友。

离别的日子到了，我们请马丁吃中国的饺子。马丁对饺子很好奇，不论我们怎样解释，马丁就是不明白饺子馅是怎么跑到饺子里面去的。我们要送他一件礼物。中国的紫砂茶具不错，但我们不知道马丁喜欢什么样的。我们决定带他一起去买。马丁很认真地挑选着礼物，他说很喜欢中国人这样的赠送方式，请客人自己来挑选礼物，会使客人更高兴。我心想中国人平常可不是这样呀。这是我们从马丁身上学来的直率。我很喜欢马丁的性格，他是敢爱敢恨，快乐总是写在他的脸上。离别的时候我们都流泪了，马丁拥抱了我们每一个人。我们约好德国再见。

感动中国

2005年1月我被江苏卫视、《扬子晚报》、《东方文化周刊》、新浪网评为"感动中国2004十大真情人物"。记得领奖那天，十个真情人物都到了现场。主持人陈怡和梁永斌宣布颁奖大会开始。我第四个上场,坐在钢琴前,弹奏了《少女的祈祷》。舞台开始旋转起来,我在观众的掌声中站到了舞台上。陈怡问我2004年有什么收获,我说在7月9日那天,我们终于搬进了我们梦寐以求的蜗牛的家,那一天正好是我的31岁生日;而在11月17日,中国第一家面向全国的钢琴调律公司北京陈燕新乐钢琴调律有限责任公司成立了,我们那个让全中国人都知道盲人还有钢琴调律这项工作的理想即将实现。梁永斌说:"多么大的收获呀!即使是一个健全人也很难做到呀!我相信全国的观众都会支持你的。"新浪网华东区常务副总经理顾蒙特和江苏省广播电视局局长徐毅英为我颁了奖。我的心情非常激动,这一刻我站在了全国电视观众的面前。这时候我想起了辛辛苦苦培养我长大的姥姥。姥姥如果能看到我今天的奖牌,不知有多么欣慰。

辑四　生命的脆弱与坚强

前图:我靠"听见"来实现你们的"看见"

二咪走了

2005年的春节到了。三十那天一大早,我和爱人就去了在密云的婆婆家。我们每年都和老人一起过年。平常难得回家,到了春节是一定要回家团聚的。

我们刚到家,婆婆就说二咪病了六天了,好像吃了有毒的东西,一直在吐绿水。我非常喜欢猫,就是没有时间养,所以托婆婆养了五只猫,它们都是我捡来的流浪猫。也没有给它们取名字,就按照先来后到的顺序叫它们大咪、二咪、三咪、四咪、五咪。二咪是这五只猫中最懂事的一个,它能读懂人的表情。如果主人不高兴,它就安静地趴在床上,给它猫粮也不吃。它认为主人高兴了,它才吃饭。二咪也是这五只猫中唯一抓老鼠的一个。前些天很冷,晚上简直是滴水成冰,但是二咪吃饱了饭就蹲在墙头上等着老鼠。有一次二咪抓到老鼠叼到大咪嘴边,大咪却无动于衷。还有一次二咪抓到老鼠想在主人面前显示一番,但没注意老鼠跑了,婆婆就说二咪把老鼠放屋里了,逗得大家哈哈大笑。二咪才两岁,婆婆说二咪中毒那天上午,有个卖老鼠药的总是围着这一带转悠。都说现在不让私人卖老鼠药了,怎么还有人卖?

二咪趴在床上一动不动,我轻轻地抚摸着它,它费力地睁开眼睛看了我一眼,张开嘴却没有叫出声音。我知道它是想和我打招呼。我摸着二咪消瘦的身体,心里好难过。我害怕它离我而去,我已经把猫看成是我最好的朋友了。我来到这个世界上就双目失明，我对许多物体都没有概念，但我对猫却很熟悉。在我的童年没有一个小朋友愿意跟我玩，因为我看不见，无法和他们一起做游戏。在我五岁的时候姥姥给我抱来一只小黄猫，这只猫陪了我十三年，它是我童年最好的朋友。三十晚上，我总惦念着二咪，连饭也没吃好。我想二咪一定很难受。第二天早晨婆婆说二咪死了，我奔向二咪的窝，二咪的身体已经僵硬了，但它的一对蓝眼睛却没有闭上。我不知道二咪还有什么愿望，我不知道二咪是否还想说什么。我轻轻地帮二咪把眼睛闭上，我们已经在两个世界了。

　　我的眼泪唰唰地流着，大家都默默无语，他们知道猫在我心中的位置。吃饭的时候，我的眼泪还在流着，我试图努力控制自己的感情，但却是徒劳的。吃完饭，我找了一个干净的纸箱子，把我的一件衣服一分为二，一半铺一半盖，再把猫粮撒在二咪嘴边。我说："你已经六天没有吃饭了，也许你是为了等着见我最后一面才坚持到现在。"我开始在院子里挖坑，但这冰天雪地的挖不动。我用尽全力挖着，我的眼泪一滴滴地流在坚硬的地上。大咪也意识到了什么，它在二咪身边转来转去，似乎在说，好朋友我舍不得你走，为什么生命这样脆弱，为什么世上会有悲欢离合？

　　二咪走了，大咪整天在屋子里转来转去，喵喵地叫着。我知道大咪在寻找二咪呢。我把猫粮拿到大咪嘴边，但是大咪看都不看。第三天大咪出了门，一直到现在也没有回家。我不知道大咪去哪里找二咪了。我也不知道大咪和二咪的感情到底有多深。后来我又收养了一只三岁大的狸花猫，一只五个月大的小黑猫。它们每天都吃着自己喜欢的猫粮，在大自然中嬉戏。大家都说，它们是全村里最幸福的猫了。

和服刑女犯交流

2005年3月11日是一个不寻常的日子。北京交通大学志愿者团的同学们把我请到了北京女子监狱，和服刑的女犯们交流。交流的题目是"墙里墙外话人生，在逆境中生存"。和大家交流我的人生，对我来说倒是不难，与我交流过的人有大中小学生、厂矿企业的员工，可是和服刑人员交流还是头一次。我有点紧张，怕说错话伤害她们或是激怒她们。我心里一点底也没有。

我走进会场，她们排着整齐的队伍坐在那里安静地等着我。因为路程远，我迟到了半小时。我开始战战兢兢地给她们讲我的经历，有些地方我讲得含含糊糊。因为我在想：她们到底想听什么呢？但是随着话题的展开，她们随着我讲的经历一会儿大笑，一会儿流泪。我一点也不紧张了，两个小时很快就过去了。最后教导员组织她们和我互动。因为许多人都好奇我眼睛看不见，怎么能捡起掉到地上的东西，怎样听声音用石头砸人。游戏做完后大家相信了，她们排起了长长的队让我签名。我曾经不止一次看到大家排着长长的队等着我签名，但今天我有一种别样的感觉。

2005年5月，我又来到离北京女子监狱一墙之隔的北京天堂河监狱。这是外地人员遣送地。这次有七百多人听我讲。他们听得很安静，偶尔发出一阵笑声，有时也会随着我讲的情节落泪。最后，我给他们讲了一个我听来的故事：全力以赴和尽力而为。故事说：从前有一个猎人去打猎，他瞄准了一只在不远处跑的兔子，一枪打中了。猎人踢了踢身边的猎狗说去叼回来。猎狗去不多时，跑回来说那只兔子腿受了伤，但跑得很快，我没有追上，不过我已经尽力而为了。猎人瞪了猎狗一眼说,你今天就不要吃中饭了。那只兔子跑回窝里,对同伴说我差一点就变成了猎狗的美餐,我是全力以赴拼着命才跑回来的。

我接着讲道:其实在生活当中大家经常会听到"这件事情我会尽力而为"这句话,但是大家想一想,如果那只兔子也说尽力而为的话,不早就没命了吗? 大家可能都认为我很坚强,很成功,但我在生活中遇到的艰辛是健全人难以体会的。我来到这个世界上就看不见,我的起跑点比别人要低得多。但我认为只要全力以赴地去努力,虽然起跑点不一样,但总归会追上大家的。话音刚落,周围响起了长达几分钟的掌声,随后服刑人员排起了好几条长长的纵队拿着我的书让我签名。看着他们很有秩序地一个个从我身边走过,我的心中掠过一丝伤感。没有想到这些服刑人员连自己以后的路怎么走都不知道,还会为我的经历感动。其实人生下来都是一样的,是有那么一些人走上了岔路。我真心地祝愿他们走上正路,一生走好。

回想起来这几年,有许许多多的大中小学校请我演讲,有许许多多的厂矿企业,还有上海、西安、深圳的企业请我演讲。不论是几十人听还是上千人听,我都会认真对待每一次,我每次讲到伤心处都会泪流满面。我认为如果我的经历能给那些身处逆境的朋友一点启示,那就是我最大的快乐。

高烧夺走了 0.02 的视力

我的身体像一块被夹出炉膛的炭,无力地消耗着能量,把床单都焐烫了。躺着是最舒服的姿势,可是对于我,这个姿势代表等待煎熬。我能清晰地感觉到疼痛从身体每一个缝隙里爬出来,它们织起一张密实的网,把我罩住。我在这张网底下,待了七天。不知道还会待多久。时间对于我而言,早就被一剪子下去挑折了未来,我只求今天能好起来。

利利叫我起床。我睁眼看了看窗外说:"天还没亮起这么早干什么去。"0.02的视力,是我跟这个有形世界的联系,哪怕它仅仅是色块。

利利又问了我两遍,我都有点烦了,天还没亮呀! 之后,床边是长久的沉默。

突然,我的脑子嗡的一声,身体全部的能量让我一下从床上跳起来,抓过语音表按下去,电子声报时:上午8点17分。我重复按着报时器,时间在房间里被一遍一遍重复着,无助而又苍白。我在黑暗里空洞地向窗户的方向转头,使劲眨眼、揉眼。我要找回我那0.02的视力!

我一下扑到窗户边,把所有的阻挡都推开。窗外的春天拥进来了,我的皮肤我的鼻子能感受到季节的气息。可是我的眼睛里,却依然只有黑暗。我像一把被人推进了淤泥,越挣扎陷得越深,越让人窒息,可是我,怎么能平静呢?

光,在我的心里是那么明亮。色块,在我生命中是那么的重要。但没有了,什么都没有了,我眼前只有绵绵不绝的黑暗。我试图穿过眼前的黑暗,但黑暗没有尽头。就这样我呆呆地坐在床边,利利说:"咪咪,如果你难受就哭出来吧!"我没有哭,当时也没有眼泪,我感觉面前是一个黑洞,无底的黑洞,我呢,慢慢地慢慢地坠入了深渊,然后就什么都不知道了,好像时间静止了一样。就这样吧,让我的生命停止吧,或许不会再让我的痛苦加深。

我再次明白过来是躺在一个比较空旷的地方,听到不远处有规律的嘀、嘀、嘀的声音。身上好像有好几根绳子捆住我限制了我的行动,鼻子上扣着氧气罩,眼前还是无底的黑暗。七天的高烧和失明的刺激,我再也坚持不住了。在昏睡中,我又看见了以前的景色,我能看清天黑和天亮,我不能分清阴天和晴天,但我能从小草的呢喃和鸟儿的鸣叫中感觉到晴天。我能看见树林的绿色,虽然我看黄色和绿色都差不太多。我能看见花儿的粉红色,虽然我看粉色和红色都一样。在我眼前世界是大块大块的色彩组成,虽然这些不足以指引我走路,但光和色彩对于我来说是珍贵的。我没有看清过这个美丽的世界,以至于我总是理解不了你们眼中的世界到底是什么样的。我有很长一段时间都认为,我看不见的东西,你们也看不见。我小时候并没认为我跟大家不一样。我来到这个世界上就没有看见过世间万物。

在我十个月大的时候,我姥姥抱着我去同仁医院做了两只眼睛的手术。那时候医院床位非常紧张,姥姥就抱着我在楼道里坐了七天七夜。那时我还不懂什么叫光明,我能看见是姥姥的希望。纱布拿下来了,姥姥说我终于有一只眼睛能看见光了。但医生跟姥姥说最终我的眼睛还是会失明。姥姥怕我用眼睛看路看东西,以后如果全部失明了,在生活上有很大影响,就挖空心思培养我的听觉嗅觉触觉。等我长大一点姥姥从我嘴里知道,我眼前只有光和鲜艳的色块,她从不在我面前说看到的东西,我把颜色认错了,她也从不纠正。她希望在我心中留下自己眼中看到的世界。在我十三岁的时候,右眼严重萎缩,不手术会影响外观。姥姥带我去北医三院做手术,住院的前一天我记得很清楚,她带我去了动物园,她怕我做右眼手术,牵连了左眼这一点点视力。她想再让我看看事物。尽管姥姥指着玻璃后面的熊猫让我看,尽管姥姥指着笼子中的大象让我看清楚,我还是习惯性地用耳朵来感知这个动物世界。因为凭我的这一点点光和色感,是永远也看不清楚事物的。我住院了,医生说我的左眼还有提高视力的一点点希望的时候,姥姥决定,两只眼睛都做手术。当我在手术台上清楚地感觉到剪子在我眼球上剪那层硬膜的时候,好像剪鱼肚子的声音,我恶心得要吐,医生说我不光是眼球的问题,还有眼底的萎缩,所以能有点光感就很不容易了。

七天后摘掉纱布,我右眼仍然该看不见还看不见,就是听姥姥说,比原来漂亮了不少。我的左眼还是能看见那一点点光和色彩。听着姥姥唉声叹气,我安慰姥姥说:"我又不用眼睛看东西,我耳朵好就行了,您别担心了。"

适应这黑暗的世界

现在我才深刻体会到当时姥姥的无奈,我将与光永远无缘。五天后利利接我出院了。好多朋友知道后都来看我,说得最多的都是,你本来也没看到多少光,所以现在只是分不清天黑天亮而已,你不用这样消沉,很多朋友都认为一点点残余视力对于盲人来说根本就无所谓呀,还有好多人认为只要能看见一点点,哪怕是一点点光亮,也不是盲人。所以以前当我能看出鲜艳的颜色的时候,人家就认为我不是盲人了,殊不知盲人也分一级盲二级盲和一级低视力二级低视力呢,在盲校能看见模糊事物的同学有很多呢。人就是这样,失去的东西才加倍珍惜,所以盲人会把一点点光亮看成是自己的生命一样。听到盲人对光不重要的这些话,我的心就在流血,谁能知道阳光色彩在一个盲人心目中有多重要呢,谁能知道盲人的那一点点微光是多重要呢?

但人活着总要生活,半个月后我开始适应这个黑暗的世界。

第一次踏出家门，虽然耳边还是能听到清楚的反射音，虽然我以前走路也不是靠看，但少了这一点点光，我还是心里很恐惧。人往往在极度恐惧的时候会乱了方寸，我家离超市只有七分钟的路，我却没找到超市的入口。每次我到了超市都靠鼻子和记忆找到我要买的东西的方位，但今天我脑子里却一片空白。这时候我多么渴望有一双手引领我走出黑暗呀，但利利同样也是盲人。我拿着盲杖去钢琴客户家调琴，同样也没找到人家，是一个好心的奶奶把我送到人家门口，还说："你以后让家人带你出来吧，不然多危险呀。"我听了差点哭出来，我和利利都是盲人，带我的家人在哪里呀。在家里我也遇到了很多困难，以前我的衣服都是鲜艳颜色的，因为我把衣服放在眼前是能分辨出鲜艳颜色的。但现在我摸着衣服除了样子不一样以外，就没什么区别了。我找来好朋友刘莹，让她把我所有衣服的颜色都告诉我一遍。从此我每买一件衣服，都会问清楚是什么颜色的。我还记住了开关灯按钮的方向，以后我会靠摸来掌握房间里是否开着灯。

就这样半年后我彻底熟悉了伸手不见五指的生活。但我经常在梦里重复光的明亮，颜色的绚丽。在我心底有个不可能实现的梦想，就是真的会有那么一天早晨，我睁开眼睛看到周围的事物，我看到门、窗、桌子、家具，看到绿树、鲜花、高楼、草地，还能清楚地看到我爱的人。

你得勇敢

适应。这是我早已习惯的人生态度，对于突如其来的苦难默默承受，选择适应。因为除了适应，我别无他法，就像有时候坚强，只是唯一的绝路一样。我在黑暗里适应着这个世界,还得活着,就得与生活握手言和。

我不喜欢黑暗,可是我只有黑暗。

也许是突然失去了对我非常重要的一点点光感,也许是失去光以后对耳朵的不自信,一天下午,我从钢琴客户家调完琴回家的路上,从一个高台阶上掉了下去。其实摔跤、碰撞对于盲人来讲是特别平常的事,可我还是伤心。因为摔倒的,是我那么些年一点点建立起来的自信,是我跟那模糊不清的0.02光感的诀别。我摸索着站起来,我不知道身边有多少视线在看我,身上什么地方脏了什么地方破了,对我又有什么不同呢？我只是觉得腰疼。

回家利利摸了摸我的腰说:"腰椎错位了,因为你有腰椎间盘突出的病,恐怕明天你就站不起来了。"他给我及时做了按摩和复位,我躺在床上想,身边就有个大夫,怎么会明天起不来呢？

可是第二天早晨我一觉醒来,感觉人像断成了两截,腰部以下的肢体如同假肢。我上身怎么使劲,下边还是纹丝不动。我一把抓住自己腿上的肉,使劲掐。我推、我拍、我打,声音空洞而无力地在床上响着,可是腿依然不受支配。我坐不起来了,我无法翻身,我绝望地躺在黑暗里。我简直成了废人。

整个春天沉淀下来黑色的等待,季节被锁在窗外的世界里。哪怕偶尔有花香进来,仿佛都被隐藏在层层叠叠惨白的纱布后面,为什么我闻到的只有消毒水的气味？我无力举步,却不停地在心里告诉自己:"你得勇敢。"

我生下来,不光眼睛看不见,听姥姥说,我还有很多病。姥姥怕养不活我,所以给我起了个猫的小名,她说猫有九条命七个魂,她希望我能顺利长大。后来我被医院查出有过敏性哮喘、颈椎畸形,后来又被查出腰椎间盘突出等等的病。病痛是陪伴我长大的伙伴,我很熟悉。跟死亡相比,疼痛显得多么微不足道,有时候它甚至成了我幸福的调味剂,让我明白没有疼痛的日子是多么晴朗。

闭上眼睛,我静静地数着自己的心跳,我安心了。我要继续勇敢地生活。

朋友们轮流来照顾我,利利每天下班回家给我按摩治疗,他说:"如果你想自己能站起来,必须得去医院了,光是按摩不行,还得配合牵引和输液,你的腰椎间盘突出很严重,只有几方面一起治疗才能稳定。"我已经在床上躺了半个月,就像一片肉躺在烧烤盘上,下面不停在加热,你却自己翻不了身,煎熬不过如此吧。

当我终于能拄着登山杖一步一移地慢慢走了,利利就要求我去他们医院牵引和输液,做进一步的治疗,我得每天早晨跟他一起去上班。我不干了,我说,你早晨5点半就起床,6点就去上班,我才不愿意早起呢。他放下一句:"如果你不早起,就在家继续躺着吧。"我想了想大喊:"我去还不行吗?!"他说:"咱家没有按摩床,你以后每天去我们医院牵引和输液,按摩也在那里做吧,那里的按摩床是专业的呢。"

第二天早晨5点半,我被利利准时叫醒。我躺在暖和的被窝里,说真的,什么也不想干,更不想离开我亲爱的这个窝了。但没办法,为了治病,我不想一辈子躺在床上没有自尊地活着,我必须站起来。所以虽然最讨厌早起,还是跟着利利出了门。刚出电梯寒风袭来,我不由自主地打了个寒战,虽然现在已经是春天了,但北京的春天还是乍暖还寒呢。这个春天,仿佛是我生命里的初冬。我得日复一日地让自己去适应。

每天早晨,我拄着登山杖不情愿地走着。从我家到他们医院要一个半小时的车程,我们在平安里下了公交车,手拉着手在黑暗里慢慢向医院走,他是我的光亮。

我跟小猫的约定

一天,路过医院门口小卖部的时候,我忽然听见从远处传来微弱的猫叫声,我小时候是一只黄猫陪我长大,现在还让婆婆养了五只流浪猫,所以我对猫是情有独钟的,我试着叫"咪咪过来,咪咪过来",我清楚地听到远处的猫往我这边慢慢走来,但离我不远站住了,我继续,还把我的早点、肉包子晃了又晃。那只猫又开始往前走,但它似乎警惕性很高,走两步退一步,好像随时做好逃跑的准备。我很理解猫的这种动作和心理。因为它们在外面流浪,有那么一些人就爱跟猫们过不去,他们碰上流浪猫不是想办法给点吃的,而是吓唬猫们,或者用石头打。可那些人就没有换位思考一下,假如你是它呢,你愿意让人类欺负吗? 我因为腰疼不能蹲下,就坐在还没开门的小卖部门口的台阶上继续叫:"咪咪过来吧。"利利说:"你跟猫玩吧,我先去医院打卡,就走了。"我听着猫还在犹豫着向我这边走,就把包子托在手里叫:"快来吃吧。"不知道那只猫鼓了多大勇气,不知道猫把多少生的希望寄托在我身上,猫终于走到我能摸到的地方了。我没有马上伸手摸它,我怕把它惊走。我把包子掰开,肉馅露了出来,猫不知道多少时间没有吃饭了,它扑上来大口吃起来。我摸到了瘦骨伶仃的这只猫,它不大,好像才三四个月的样子,身上还很干净。不知道是谁这么狠心把它扔出来的。猫吃饱了,我又往我的水瓶子盖里倒上水给它喝。它吃饱喝足了,也跟我熟悉了。我摸着小猫瘦弱的身体说:"我家已经有五只流浪猫了,就不能把你请回家了。不过每天我都来医院治病,你就等在这里,我一定每天都拿吃的喂你。"小猫好像听懂了一样,用带刺的舌头舔舔我的手背,然后慢慢慢慢消失在寒风中。多少年后,我已经忘了那半年每天早晨都到医院治腰的痛苦,但那小猫小心翼翼的脚步声却是我久久不能忘怀的。

　　第二天我拿着装了猫粮的瓶子到了昨天与小猫约定的地方,可我不知道怎样叫它,它才能在远方听到,我索性坐在小卖部的台阶上等着。虽然我感到了一丝凉意,但我认为小猫一定会来的。过了一会儿我真的听到了小猫从远方慢慢地向我走来,真的听见了。后来我给好多朋友讲起这只猫的故事,大家都笑我还能听到猫走路的声音,他们都不太相信,但我真的听到了,听到了那小猫身上的毛摩擦空气的声音。小猫停在离我不到五米的地方坐下了,我听见它忽闪着大眼睛在观察着我。我赶紧把猫粮倒在台阶上,叫它来吃。小猫观察了一会儿,判断没有什么危险就过来吃猫粮了。我听着小猫大口大口地吃着嚼着,心里掠过一丝感动,让一个小生命相信,也是很幸福的一件事情呢。就这样我每天早晨五点半准时起床,稍微有点打退堂鼓的时候,利利就说:"别忘了你和猫的约定。"我听了就急忙爬起来准备好猫粮跟着利利出门。它虽然是一只流浪猫,但就像有人在等我一样,我必须每天坚持,不然它会饿肚子的。每天早晨七点半,我都会在按摩医院外面不远的台阶上坐下来等着,就这样安静地等着。只有我能听到小猫的脚步声从远到近,赴约来了。但这吃饭的短短十几分钟有时候也不太平。一天从旁边院子里出来一个遛狗的,他家小狗看见小猫在吃猫粮,就直接扑过来抢猫的饭,小猫当然不干了,弓起背发出呜呜的叫声。狗主人看见不但不制止自己家的狗,还说:"一只破流浪猫怎么这么凶。"还抱起小狗以上示下地吓唬小猫。我抱起猫说:"流浪猫怎么了,是你家狗先来招惹猫的,万物平等知道吗?"听着狗主人和他的狗越走越远了,我摸着小猫的背毛自言自语:"就是有一些人从来不会换位思考,小时候姥姥就教育我,一定不要主动欺负别人,可现在怎么有这么多主动欺负别人的呀。"

那只狗和它的主人时不常地会来骚扰小猫吃饭,那只小狗也在主人的注视下来吃我的猫粮,难道他家就不给小狗吃饭吗?不过也有很多好的狗主人,遛狗的时候看见我在喂猫,他们就拉着自家的狗快点离开。在我的带动下,在按摩医院治疗的一个老奶奶也拿来自家猫粮给小猫吃,她还告诉我,这只小猫是白色的,有一双大而明亮的蓝眼睛,特别漂亮呢。我每天早晨都来赴约,时间长了招来了另外一只大猫,当我用猫粮喂大猫的时候,小猫不干了,它一屁股坐在台阶下面,尾巴都掉水坑里面了,吃醋了,哈哈。我说:"大猫也很饿,咱们给它点吃吧,猫粮很多,有你吃的还不行吗?"小猫生气了,不理我也不吃猫粮,我摸着小猫的毛说了半天好话,它才吃猫粮,脾气可真大呢。

天气一天一天地暖和了,转眼已经到了夏天,我已经在按摩医院治疗半年了,我的腰病也好得差不多了。但我舍不了那只小白猫,就和利利商量着把猫抱到了密云郊区的婆婆家跟那五只流浪猫一起养。但带猫不能坐公共汽车,要找朋友的车带猫回家,正好这时厦门的一家公司邀请我去给他们员工做励志演讲,我也要结束在按摩医院的治疗了,我想等从厦门回来就把小猫抱回家。记得那天上午要去飞机场,可我不放心小白猫就跟利利上班去,到了跟小猫约定的地方,我刚坐下来,小猫就跳到我腿上了。我拿出猫粮给它吃,并跟它说:"今天我要去厦门做励志演讲,这几天就让那个经常来给你吃猫粮的奶奶喂你吧,你等着我回来就给你一个永远的家。"小猫好像听懂了我的话,用温热的小舌头舔着我的手心。我很舍不得离开小白猫,毕竟我们有半年时间的约定,我多陪了小白猫半小时,不得不走的时候,我抱起小猫说:"等着我好吗? 等我回来给你一个家。"我恋恋不舍地上路了,喂猫的任务交给了那个好心的奶奶。

　　我坐在飞机上还是想着跟小猫的约定。在厦门讲完课的第二天我就匆匆登上了回京的航班。我想快点履行跟小猫的约定,给它一个永远的家。到北京的第二天,早晨我跟利利上班去,到了跟小猫约定的地方,我坐在台阶上听着听着,但没听到那熟悉的走路声,我等着等着,也没等来小猫的出现。那个奶奶来了,她说:"这两天就没看见小猫。"她每天都把猫粮放在这里,但小猫一直没来。就这样我每天都来台阶上等,等着实现跟小猫的约定。我在心里喊:你去哪里了,你是认为我再也不来了吗? 你是认为我不要你了吗? 我本来回来就要给你一个永远的家,你去哪里了? 是找到了新家新主人,还是被坏人害死了? 也许我永远也不知道答案,但是你让我坚持半年每天来医院治病,是你让我每天牵肠挂肚。你到底在哪里? 你现在还好吗? 我等了一周的时间,没等来小猫。小猫的出现,让我坚持了半年的治疗,现在已经几年过去了,我的腰病再也没有犯过,从此我做什么事情也不再等以后再说了。别让一生输在一个"等"字上,等将来,等不忙,等下次,等有时间,等有条件,等有钱了……等来等去,等没了缘分,谁也无法预知未来,很多事情可能会一等就等成了永远。想要做的事就赶紧去做,不要给自己等来太多的遗憾。

盲校同学出了车祸

　　前些天外地的一个朋友给我打电话,问我:还好吧? 我很纳闷,你怎么有时间给我打电话了,你不是很忙吗? 他说今天我在新闻里听说北京两个盲人误入封闭路被撞,一死一伤。我明白了,说你是不是担心我被撞死了。朋友说只是有点担心,不过凭你的耳朵应该没问题。我说谢谢你的关心,我没事。

利利回家后无意中说,那天撞死的盲人是大我一届的学姐陈元(化名)。我很震惊,怎么会是她呢?我一向对她的印象很好。她的家在河北,一学期才回家一次。我偶尔星期日不回家就总能看见她。她是个与世无争的人,和谁都能玩到一起,从来不跟别人吵架。小时候我生性好动,爱和外向的同学玩。我只有找不到朋友的时候才去找她玩。她总是以大姐姐自居,拿我当小孩哄着玩,可我主意比小孩大多了。一次我叫她和我去动物园,她说不敢去。我说有什么不敢的,咱们开了出门条去哪里老师又不跟着。她想了想就跟我去了。那时候她的视力不错能看见路。可有个台阶她没看见摔了一跤,把裤子摔破了。我说你能看见还不如我听着走路好呢。如果回学校老师看见你裤子破了怎么办。她说,我不会说你带我出来玩摔的。后来她并没有因为怕摔而不敢走了。在她身上我好像看到了一股不达目的不罢休的劲头。完全和她的性格不符。这也许就是前些天发生车祸的一点点因素吧。她出事的地点离蓟门桥,也就是能过马路的地方仅有五十米。她如果能冷静地判断一下方向,她如果能找到路往回走,也许悲剧就不会发生了。她与世无争地来到这个世界上,又与世无争地走了。前些时候我还看见她,她看见我总是爱抱着我摸我的衣服说有多漂亮。她无意中摸到我上衣上有一个洞,开玩笑说大名鼎鼎的调律师衣服都破了。我摸着衣服上的洞说不知道在哪里挂的,很正常,我的衣服经常破。我听了她走的消息很难过。也许她学会了变通一下就不会走了。有时候大家迷失了方向找不到自己脚下的路了,如果实在找不到路退回来一点再寻找通往前方的路,就不会有那么多悲剧发生了。

我的前任网管

上午接到跟我合作六年的网站管理员的姐姐的电话,她在电话里哭着说:"我弟弟昨晚突然去世了,他是在睡觉的时候走的,他没几个朋友,今天我都通知到了。"我不知自己说了些什么就慢慢地挂了电话。我只听到了郑潞颖去世的消息,别的好像根本没有听见似的。我脑中一片轰鸣,这不可能,他昨天下午还跟我通话了,说自己感冒了很难受,我还让他赶紧吃药休息呢。如果我知道这是最后听到他的声音,如果我知道这是最后的离别,我会多跟他说说话的。可是如今我们已经阴阳两隔。

六年前我建网站,要找一个网站管理员,但管理我的网站跟管理别人的不一样,我看不见,只能靠听打字,所以我的错字很多,还没标点符号。这就需要管理员仔细阅读我写的文章然后改错字。我还看不见照片,所以需要管理员把每张照片都搞懂是在什么地方拍的,是什么意图。这对管理员的要求就很细了。经朋友介绍,我认识了天津的郑潞颖,他是一个重度肌无力患者,精通电脑,因为不能出门,这样就有大量时间帮我管网站了。我对他很感兴趣,就给他打了电话。我没有跟重度肌无力患者交流过,听说这种病会导致人身上的肌肉无力,最先是不能行走,然后上半身也行动缓慢,还会影响舌头的肌肉,所以他说话一点也不清楚,"就像嘴巴里含着个热茄子"——这是我不好好说话的时候,姥姥送我的话。听他说话要费力理解才能懂。当时我就打退堂鼓了,这可怎么沟通呀,我看不见只能靠声音表达意思,但他说话又不清楚,听说他打字也不方便,因为肌肉无力,他只能用两个手指头按键盘。天呀,我真想象不到,他打字得多慢呀。

也许是我的好奇心作怪,当他答应我能当我的网站管理员的时候,我决定去天津一探究竟。不巧的是要去看他的前一天我不小心摔了一跤,导致左胳膊骨裂,到了医院只能打上夹板用纱布吊在脖子上。同事们都劝我别去了,我笑了,我又不用胳膊走路,这对我去天津没什么影响吧,再说我胳膊坏了,这些天也不能调钢琴了,正好去。朋友飞飞自告奋勇当我的临时眼睛。我们到了天津下了火车,按照郑潞颖的指挥很快就在一个很深很窄的胡同里面找到了一栋很破旧的老楼,当然我是看不见的,是同行的飞飞告诉我的。郑潞颖家就在一楼,进了他家,我感觉一股潮气扑面而来。我听到郑潞颖用含混不清的声音欢迎我们。当他看到我吊在脖子上的胳膊的时候,很惊讶地问:"你怎么受伤了?"我笑笑说:"昨天不小心摔的,没大事。所以今天我就按约定来了。"他说:"你发生意外可以改天再来呀。"我说:"没有特殊情况我会守信用的,这是我一贯的做法。"

我们坐下来,我开始用耳朵观察他和他的家。这是一个不大的两居室,他坐在轮椅上,家具听起来很简单,因为反射音不乱。他似乎觉察到了我的观察,就主动介绍:"我二十多年前是健全人,忽然有一天,我感觉抬不起腿来,感到浑身无力。可也没在意。那时候谁家都不富裕,所以根本没想到去医院。随着症状越来越重,等我去医院的时候,被诊断出患有重度肌无力。就这样我慢慢丧失了行走的能力,我已经很长时间没有出门了,我坐的轮椅还是上个月残联给送来的,原来我都是在床上行动。"他把轮椅摇到我身边让我摸摸他的胳膊和脸,说:"我原来有盲人朋友,所以我知道你们熟悉人的方式是摸。"我摸着他干瘪的胳膊和一点肉都没有的脸,我知道了,其实他说话也要付出比常人更大的力气。太震撼了。他接着让我摸他的手,只有两个手指头能动,能操作电脑。我想,这要付出多大的毅力才能做到呀。我简单跟他说了我对网站管理员的要求,他说没问题。我从心里愿意把这份工作给他,我佩服他的坚强。

中午他执意留我们在他家吃饭,他妈妈包包子。我听见他费力嚼食物的声音,重度肌无力会导致人身上所有的肌肉都没有力气,所以他连最简单的吞咽都要用很大力气才能完成。听了他的生活,我还有什么理由不努力呢?

一个月后也就是2002年10月24日,我的网站北京钢琴调律网(www.bjpiano.com)上线了。网站刚建好需要上传大量照片,这可难坏了郑潞颖。我把照片都给他了,那时还没有电子照片,都是胶卷洗出来的照片,所以他还要扫描。他也不熟悉我的生活,好多照片根本就看不出来在哪里拍的,他只能打电话形容,我回忆。我提交的文章因为是听着在电脑上写的,所以也是错字连篇,没几个正确的标点符号。他要耐心地慢慢修改。在共同工作中,我们成了无话不谈的好朋友。

真的,人一辈子能遇到几个知己就是最大的幸福了,可以说,后来我们就是无话不谈的好朋友了。当我生病的时候,他会第一时间问候我。一次我做一个摘除器官的大手术,他因为经济不富裕,没什么可送我的,就在网上找了他认为最漂亮的猫图打印后寄给我。他说:"你最爱猫,把这个贴在床头吧,你虽然看不见猫,但猫能看着你,猫能祝福你早日康复。"在"非典"的时候,我发烧被怀疑是"非典",我当时绝望了。那时候人人都恐慌,发烧就意味着死亡,我怕我永远也见不到当时在爱尔兰工作的利利了,是郑潞颖鼓励我坚持,后来排除了"非典"。当一个人遇到无法排解的烦恼的时候,第一个想到的人,我想就是知己吧,所以郑潞颖真的是我人生中一个很重要的朋友。我从来没有想过他会从我的生命中这样突然消失。所以我连网站的密码都不知道。我从没想过他会这样默默地走,所以我连告别的话都来不及说。眼泪在我的脸上肆意流淌着,耳边好像听到了他经常说的那句话:好好保重身体啊!

帮别人实现梦想

小奇是我几年前认识的朋友。他家离利利家五公里,但他的命运和利利大不一样。他三岁的时候发烧,把眼睛烧坏了。他家的人都嫌他看不见,说他长大了也是个废人。他的父母怕他出去玩丢人现眼,所以不让他跨出院门半步。兄弟姐妹也瞧不起他,不跟他玩。到了上学的年龄,他父母认为上了学也没有用,所以不让他去上盲人学校。为此他对以后失去了信心,就吃了大量的安眠药。他睡了三天三夜,家里没有人管他。后来他自己醒了,但大脑受了影响,记忆力下降了很多。

他长大以后没有成家,因为哪个姑娘也不会愿意嫁给一个不能自食其力的人。我劝他去学按摩,他去学了,但是他的心理素质太差了,以至于考试的时候紧张得晕了过去。他最大的障碍就是一点自信也没有。我鼓励他说:"你就想你一定能成。"可他说:"我从小时候家里人就说我是个废人,从小说到大。我根深蒂固地认为我就是个废物。"看来,小时候的记忆,真的是会影响人的一生。他和利利都是密云人,但他们的父母对他们的教育完全不一样,他们的命运也就不一样。利利努力钻研按摩技术,掌握了一技之长,得到了按摩医院领导的赏识和聘用,并且被院方派到国外去工作,回来后又考上了中医按摩专业本科继续深造。可小奇呢,他的理想就是能吃饱饭。同是盲人，却有不同的命运！

后来小奇开了一个小卖部，卖一些简单的商品。可是有一次，他收了一张一百元的假钞。他实在想不通，自己都快吃不上饭了，骗他的人怎么忍心呢？他气得病了好几天，血压到了一百八。我劝他想开些，身体是最重要的。我和利利商量，以后回家的时候就去小奇家，给他送点生活用品。利利高兴地说他早有这个想法，但我的身体不好，就没好意思说。回密云时，我们来到小奇家，给他带了盲人最喜欢的收音机，还有衣服和吃的。这些年来，我帮助过许多人，甚至还有一些健全人。但许多人都不理解，说一个残疾人自己能吃上饭已经不容易了，还要管别人，是不是在作秀？我听了这些话，认为如果大家不了解残疾人，肯定会这样想的。因为现在还有许许多多的人认为缺胳膊少腿没眼睛的人都是废物，甚至认为父母要养他们一辈子。我曾经到过一些农村地区，也了解了一下当地人眼中的盲人是什么样子。在农村养孩子是为了养老，一旦生了残疾孩子，大多数父母都是选择逃避。因为他们不愿做徒劳无功的事情。像小奇这样的故事在一些贫困地区的农村是不少见的。后来，每次我们回家都先到小奇家送好吃的和用的。在我的带动下，小奇的兄弟姐妹都对他好些了。原来在农村，家里有残疾人是个很不光彩的事情，但他们看见我帮助小奇，知道了残疾人也能活得很精彩。从此小奇的兄弟姐妹都开始帮助他了。但我每次回家都不会忘了去看小奇。接触时间长了，我才感觉到小奇内心的简单，有时候我都很羡慕他呢！他没什么追求和理想，他的一个梦想简单得不能再简单了，他梦想以后能经常吃上花生米喝上啤酒，就感觉自己最幸福了。我听了笑了，说："这个梦想我能帮你实现。"从此我每次去小奇家都会带花生米和啤酒。有时候帮别人实现梦想，也是一件很幸福的事情呢！

贫穷也是一种隐私

快到新年了,我想起了9月份去看过的一个肢体残疾的人。她姓于,是在北京电台《时代杂志》节目中听到我的故事,给我打电话认识的。她说在她十八岁的时候,妹妹得了脊髓灰质炎。她知道这病传染,但没办法。在她三岁的时候妈妈就去世了,是爸爸把她们养大。只能她照顾生病的妹妹。没有想到,当妹妹病好以后,她却被传染上了脊髓灰质炎。后来她高位截瘫了。她说她很渴望去大街上走走,去图书大厦买自己喜欢的书,去商场逛逛,去公园玩玩。她说一般人没法体会举步维艰的滋味。许多地方没有坡路,她吃低保,没有钱雇别人抬。我听了心里很不是滋味。很多人是想象不到别人的痛苦的,很多人也理解不了一个盲人走在路上的无助。我能理解她的行动不便。走出家门对于每个人来说,都是再简单不过的事情了,但对于于女士就是无法实现的梦想。她说她已经半年多没有出门了。我很感慨,世上比我难的人有的是,当我遇到困难想不开的时候就想想他们吧。她说很想得到我写的书,但她不能去图书大厦买。我说等我有时间给您送去。

9月我给她送书的时候,一起照了几张照片。我想年底了,再去看看她,顺便把照片送去。我到了她家,感觉有许多人,有的在打扫卫生,有的在往墙上贴着年画,有的在本子上记着什么,有的在和于女士合影。于女士看见我来了,不好意思地对我说:"你稍微等一会儿行吗?"

等那些人都走了,我问她:那些是谁呀？她说都是各单位和街道的志愿者。她看着我给她的照片,自言自语地说:"我这一年也没有今天照的相多。""他们给我送来油,就让我抱着油照张相;他们给我送来米,就让我靠着米照一张相。"我听了心里很不舒服。其实残疾人不光是年底才需要关注。大家送给残疾人的东西固然重要,但是残疾人更需要大家在条件允许的情况下教给他们一技之长,残疾人更需要自己掌握了生存本领后,能得到社会的承认。临走时,我对于女士说:"以后我不等到年底再来看你了,我年初来。"

　　我也在内心承诺,以后我不论去帮助谁,我绝对不要跟人家合影,因为,贫穷是一种隐私。

我只想赢一台导盲仪

　　一天,叶青来找我。两年前她来我家,拍过我收藏的三百多只假猫,后来我们就成了朋友。她说她现在在北京电视台《动感秀场》栏目当编导,请我去参加这个节目。她说这个节目能帮我实现一个愿望。游戏规则是台上有二十六只箱子,里面有不同的分数,从一到一百万。游戏开始,你要选一只你认为有一百万分的箱子放在你面前,然后再把你认为分数低的箱子一一打开。打开的分数越小,神秘买家给你开出的分数就越大。如果你把分数高的箱子都打开了,你就什么也得不到了。如果你的分数在五万分至一百万分,你会得到相等分值的东西。

　　我问:"有什么东西呀?"叶青说有掌上DVD、台式电脑、照相机、笔记本电脑、摄像机。如果你能得到一百万分,就能得到路虎吉普车的三年驾驶权。我说我不能开车。利利插嘴说:"你把它租出去,大概能租三十万块钱呢。"我笑了:"你真财迷,我肯定得不到一百万分。"叶青说你还可以要别的东西,有意义就可以。我想了想说,前些天我们看到一种新西兰研究出来的导盲仪,大家试用后都觉得不错。尤其是李老师,他简直是爱不释手,说如果有了导盲仪他走路就更自如了。但是价格也不菲,要八千多元呢。我要是赢一个导盲仪送给李老师该多好呀。叶青说这个主意很好,你要找三个人做你的亲友团,就是帮你出主意的,你的老师和你的爱人都行,你再找一个你的朋友就行了。我想了半天,也没有想出来哪个朋友合适。后来忽然想起金铭来。

金铭认识我可颇费了一番周折。她从朋友那里听说我的调琴技术很好,就想找我调琴。但问了好多朋友,人家都知道有这么个人,但是都不知道我的联系方式。她就发动朋友们在网上到处搜索。后来她的一个朋友找到了我的网站,给我打了个电话,确定是我以后,就把电话告诉了金铭。金铭是个非常幽默的人,她说几句话就能把别人逗得哈哈大笑。后来她和我成了好朋友,我们隔一段时间就相约出去大吃一顿,因为这是我们的共同爱好。前不久我住院了,金铭知道了就打电话说要来看我。我说不用,她说什么也不答应。她说作为好朋友就要有福同享有难同当,然后就跟我商量是在我做手术之前来呢,还是在我做手术之后来。我突然说你还是在我做手术之前来吧。她说应该在你手术后去看你好。我说你千万别,你那么幽默,如果我做完手术看见你,我一乐伤口就崩了。我想她在银行工作,对数字肯定敏感。

我给金铭打电话,她很痛快地答应了。叶青开始跟我约时间了,她说一天要录五场节目,我是最后一场,可能录完就凌晨1点多了。我说我现在身体很差,如果录的过程中晕倒了,你们就抢救过来接着录。叶青听了吓得不轻,说千万别晕倒,我去和别的编导商量让你早点。我笑了,说我是和你开玩笑呢,看在咱们都喜欢猫的面子上,我不会晕倒的。

节目开始了,程前把我请上台,我们聊起了调琴。然后他让我选一只自己认为有一百万分的箱子,我心想这就是撞大运哈,我怎么知道哪个箱子有一百万分呢,我说选二十五号。第一轮游戏开始了,我要选出自己认为小的数字。我选了三号,打开是七十五分,场上响起了掌声。第二个箱子我问利利打开几号,利利说三号,打开是二十万分,观众一片嘘声。就这样利利说的号总是开出大数,金铭和李老师说的号开出的总是小数。场上还有十个箱子的时候,就只有一个大数一百万分和两万分以下的数字了。这时神秘买家给出的分数相等的奖品是一个掌上DVD。模特把DVD拿上来让我摸了摸。程前问我成交还是继续。好诱人呀,如果跟什么也得不到相比较,这个东西也很好呀,但我还没忘今天来的目的。我按下了继续的按钮。就这样一直玩下去,我得到的相等分值可以得到数码照相机、台式电脑、家庭DV,但我都放弃了。当我可以得到笔记本电脑时我又犹豫了。如果继续玩,我不知道我选的二十五号箱子里是多少分,一旦要把一百万分开出来,我就什么也得不到了。这时候李老师站起来支持我成交。他说你不要总是为我考虑,有了你今天的心愿已经足够让我感动了。你也应该给自己赢一件有用的东西呀。我确实没有笔记本电脑,我确实也在攒钱准备买,但今天我的目的不是为了自己呀。

这时场上有了分歧,一部分观众支持我成交,一部分人支持我继续。金铭跳了起来,喊着继续继续,利利也说坚持就是胜利。我说我今天来就是想给老师赢一台导盲仪,老师教给我生存的本领,我想送老师一双眼睛,只有没有眼睛的人才能体会到这份礼物的重要。我按下了继续的按钮。全场被我的执着感动了。终于神秘买家给出了四十一万的分值,能赢一台导盲仪了。程前问我,还继续吗?如果你的箱子里是一百万分,你就能得到大家都很渴望得

到的路虎车的驾驶权了。我没有犹豫大声说："成交。"最后我和程
前一起把我选的二十五号箱子打开，全场一片哗然，里面是一百万
分。我接过了程前拿过来的导盲仪，捧到李老师面前。场上响起
了经久不息的掌声。我说，虽然最后我的箱子里是一百万分，虽然
我放弃了拿最高奖品的机会，但是我一点也不遗憾。姥姥说，你一
旦确定了目标，你就要努力去实现它，

备选残奥会

我从小就喜欢音乐，五岁的时候姥姥让我学拉二胡，但我偏偏
不喜欢二胡的声音，我觉得不论多高水平，二胡这东西拉出来也像
哭。我是个外向的孩子，当时一点也不喜欢二胡，但姥姥没钱给我
买钢琴，她说："咱家有多少钱，就办多大的事情。时间不能等，如
果等我给你攒够了买钢琴的钱，你也就长大了，时间是等不回来的
东西。"所以我小时候学二胡特别痛苦，但不论什么乐器，也能给孩
子打下对音乐良好的感觉，我虽然不喜欢二胡，但我刚到盲人学校
就进了乐器班。我在乐队里拉二胡，还去过美国大使馆演出呢。
后来我在学校学了手风琴，在学校乐器大赛中得了二等奖。当时
流行学电子琴，我用了两个月的时间就能去保利剧院用电子琴演
奏《拉德茨基进行曲》。后来我学了钢琴还学了架子鼓，其实凭我
的性格还是最喜欢打鼓，打鼓的时候感觉特别拉风。当我能在政
协礼堂演出的时候，我特别自豪呢。

毕业后我参加了北京市残疾人艺术团爱乐乐团，这个乐团都
是盲人组成的，也是一支用业余时间排练的音乐团体。平时大家
都在干着按摩和调钢琴，要演出或者比赛的时候，大家才集中在

一起。我在乐团里弹过古筝,甚至于我们的指挥李任炜老师想培养我独奏,但四个月后,他告诉我,你弹古筝只能合奏,独奏是不可能的了。我问为什么,他说:"味道不对,古筝一般要弹得行如流水,可你弹古筝好像进行曲一样。你还是去打鼓吧,那很适合你。"我当然乐得了,我还不愿意弹呢,整天练琴要把假指甲用胶布缠在手指上,活像鬼爪子,演奏的时候还不能太激动,否则古筝的琴弦会断的,同学们调侃我说:陈燕终于遇到知音了。不过我参加的是民族乐团,我打的鼓叫民族排鼓,是七个不同大小不同音高的鼓组成一个半圆,我要在鼓上面打出旋律,这对于看不见的人有点难度,我经常打到鼓边上,那声音就不对了。不过一般打十六分音符我都不怕,只要节奏不是特别特别快,我靠着基本功还是能胜任的。我们这四十二个团员心里都有个愿望,就是我们这个乐团是中国最大的一个盲人乐团,也许有朝一日我们能登上残奥会的舞台。

2000年当中国人都听到2008年奥运会将在北京召开的时候,我们每个盲人团员的心里更多了一份期望,希望被选入2008年残奥会开幕式的现场演出。

6月初我接到李任炜老师的电话,通知我暑假参加乐团的排练,9月参加全国残疾人调演,如果能得到一等奖,将被选送参加2008年残奥会开幕式的演出。我兴奋异常,李老师接着说:"这次排练的曲目是《渔舟凯歌》,是一个吹打乐,在这个曲子里你的任务最重。"我放下电话马上打开电脑在网上搜这个曲子。我找到曲子听完傻眼了,这个曲子显然民族排鼓是主角,那鼓点打得,都分不清个数了,在一片鼓点声中还要打出轻重音,还要变换着鼓打,这可是非一般人能胜任的。我抄起电话给李老师打过去说:"您不想要猫命了,那曲子太专业了,我打不了。"李老师说话明显显得理亏："我知道这曲子对于你来说，是有点难了。"我说："哪里是有点难呀，是没法完成。"李老师接着说："要想在全国残疾人调演中取得一等奖，不是这么容易的事情，盲人擅长的是抒情的曲子，所以这次我们商量后，要背道而行，选了这个快节奏的曲子，这里面除了你难了点，主旋律对大家还可以，那个打锣的也有点难。所以一个暑假要想排出在全国都数一数二的曲子，就只能把你牺牲了。"我听了那叫一个气呀。放下电话我让利利听这首曲子，他听完没说话，我追问："你倒是说呀，我到底能不能完成民族排鼓部分的演奏呀？"他想了想说："悬，真的太难了。"接下来一连几天我都能接到乐团相关人员的电话，都是劝我去试一试。我真的怕如果我不能完成，那大家将无缘残奥会的开幕式。李老师又一次打来电话说："这次残联给你请来了陈本智老师，是中央民族乐团的，而且是中国打击乐考级委员会的评委，他看过咱们演出，他说你行。"我听了打算见见陈老师再定夺。

　　周六我在市残联见到了陈老师，他是一个七十多岁的老人，但听着底气十足，看来身体很棒了，我想可能练打击乐的人身体都好吧，这是个卖力气的活呢。陈老师见了我根本没提《渔舟凯歌》的事，他上来就说："我教你一段基本练习曲，看看你的基本功吧。"我放下心来，看基本功太容易了，我也算是童子功呢。陈老师叫我在一个鼓上打轻重点，我没一会儿就学会了。他又叫我在多个鼓上打带旋律的鼓点，这对我也不难。一会儿陈老师对李老师说："没问题，我能教会她。"李老师说："陈燕身体不好，能行吗？"陈老师说："行。"我心想，这两个老头可真逗，没经过我的同意就帮我包办了。那就只能试一试了，我说："不过如果我演奏不下来，你们可别怪我。"俩老头赶紧答应："不赖你。"我领了《渔舟凯歌》民族排鼓的谱子，老师说："先去背吧。"背谱子对于我来说确实不难，我学的这几样乐器，哪个都要背谱子，因为我看不见谱，只能靠背了。

7月8日大家都放下自己的工作集中到了北京市残疾人活动中心。来之前我做好了足够的心理准备，我比谁都了解自己打鼓的水平，这次真的是凶多吉少呀。不过小时候姥姥就总说："只要你想做，就没个做不成的。"我也知道我的人生是全力以赴，而不是尽力而为。我在陈老师的监督下开始在七个鼓上熟悉谱子，三天我就背熟了，但只要一打快了就乱套。陈老师说："慢慢来，别着急。"我能不着急吗，别人都练得差不多了，可我还没把独奏段打下来呢。谁能体会到一天到晚就干一件事情的枯燥呢。还有来自身体的痛苦，打这段旋律要足够的体力，我每打完一遍就累得上气不接下气，刚想休息一下，陈老师就及时提醒我再来一遍。过了几天我的手都累得抬不起来了，也不想吃饭。管我们生活的是盲校的王老师，到了吃饭的时候，他总把我爱吃的东西都放在我面前，但我一点食欲都没有，他就拿着吃的往我嘴里放。当时的我只想睡觉只想躺在床上永远不再动，浑身疼得要散架，胳膊和手都肿了，但当陈老师大吼"陈燕开始练鼓"的时候，我还是下意识地从床上爬起来。我已经分不清白天黑夜了，我除了练鼓吃饭，就是睡觉，人生就这三件大事了。但我也惊喜地发现，我打鼓的节奏越来越快了，离陈老师的要求也差不了太多了，我渐渐有了信心，但身体还是吃不消，我做梦都是疼，从身体里的每个部分传出的信息都是疼痛，每一片肌肤都在痛，骨头之间好像缺了连接，马上要散了的感觉。我累到只要陈老师说休息一会儿，我就能抱着鼓槌睡着，他不大声叫我，我就醒不了的地步。

两周后大家第一次合练，那就意味着我要打完整个曲子，包括我的独奏段。那一段是我自己演奏，大家都偃旗息鼓听我演奏。那天我那叫一个紧张，不过我以前上台从来没紧张过，那天不知怎的,我的心跳比鼓点也慢不了多少呢。独奏段开始,我用鼓槌一下一下地敲在七个不同的鼓上,鼓点要求越来越快越来越快,最后大家都数不出个数了,这个曲子开始要求我在一个鼓上打出强弱不同的鼓点来,这可真凭基本功。然后鼓点要求突然快起来,曲子所要求的是七个鼓都要用上,我开始大口喘气,这是一项剧烈活动呀。独奏段终了,大家没有接上曲子,而是全体给我鼓掌。我一屁股坐在地上,这可是我拼命后的成功。

9月很快就到了,我们全体爱乐乐团的团员都要去大连参加全国残疾人调演比赛,是否能登上残奥会的舞台,就看能不能得第一了。我们四十二个人登上了开往大连的火车,这次的阵容真是很大呢,不光是我们乐团的,还有合唱团的上百人,这趟去大连的火车都快让我们团包了。第二天早晨我们下了火车,到了住处放下行李就一起去了海边,这里比北京就是凉快呢。也许是吹了海风,当天晚上我就发烧了,给老师们急得不行了,如果我不行,那大家就白来了。老师们把平时我最爱吃的都准备了,把所有的退烧药和感冒药也都搜罗齐了。我其实也很着急,但身上一点力气都没有,要完成《渔舟凯歌》的独奏段还真是有点难。大家排练的时候,我睡觉,我要养足精神,胜败就明天了。第二天我虽然不发烧了,但身上一点力气都没有,骨头缝里面都感到酸疼,可是抛开大家的付出,我也不能白练两个月呀,打鼓还掉了五斤肉呢。我咬牙上了台,本来我就没力气,合奏段还需要我出声呢,干脆小声点打鼓省力气,到了大家都静止听我用七个鼓独奏的时候了,我可不能再偷懒了,我特卖力气地独奏,出了一身虚汗,胳膊都快抬不起来了,我心想与其让评委听出来我打错了扣分,还不如把这段谱子改了好,于是我少打了好几个小节。我终于演奏完了,合奏又接上了,我身上的衣服都被汗水湿透了,一方面是我出的虚汗,另一方面是我怕错了连累大家紧张的出汗呀。台下的评委亮出分来，我们北京残疾人艺术团的爱乐乐团是第一名。

站在世界的舞台上

2008年6月初奥组委在全国选拔了五十六个盲人，作为残奥会开幕式乐团的演出。因为我们这个团都是盲人，所以我们，将是世界上唯一一个没有指挥的乐团。我们集中到了北京大兴残疾人活动中心，大家将封闭排练三个月，直到演出完毕。在此期间不能跟任何人透露我们演出的曲目，连家人都不能告诉，我怎么觉得这很像地下党的工作呢。

排练的地方远离城市，像个世外桃源。我们领了奥组委的任务，我们在残奥会上演出的曲子是《北京喜讯传边寨》。这是一个民族味道十足的快节奏曲子。我在乐团中还是打民族排鼓的，五个鼓转圈打，本来这个曲子就很快了，但我打鼓的音符是十六分或者三十二分的，这不是要人命吗？教我钢琴调律的李任炜老师是我们这些盲人的指挥，但我们真正站在世界舞台上的时候是没有指挥的，排练的时候，李老师把我们五十六个人的心理节奏统一起来，演出的时候，只有打击乐声部掌握节奏了。开头是我打四下鼓槌，大家就能按照节奏一起开始了。所以奥组委说我们是世界上唯一一个没有指挥的乐团，但排练的时候是李老师指挥，他指挥一群盲人连拍手带跺脚的。李老师先发给我们自己的曲谱，如果是健全人，就把谱子放在谱架子上，看着演奏就行了。但盲人不行，我们不论演奏什么乐器，都必须先把谱子背下来。背谱子对我简直太简单了，我用了半天就背完了，然后就在院子里面逛荡了。那

在朝阳剧院和孩子们跳手语舞

些还在背谱子的说我，别高兴得太早了，看排练的时候谁累。我也
知道他们在讽刺我呢，确实在这个曲子的开头和结尾，我打鼓是最
快的时候，中间还要打木鱼掌握大家的节奏。不过我高兴一天是
一天地玩着，还跟两个同学打赌喝酒，我喝了四瓶啤酒，人家喝了
六两二锅头。我一点事情都没有，人家喝多了，把我们卫生间里的
马桶圈都掰掉了。我就纳了闷了，你喝多了没事跟马桶圈较劲干
什么？害得第二天李老师当众批评我，还罚我八十元赔了马桶圈
钱。大家那叫一个笑呀。

　　一周后所有人都把谱子背下来并能用自己的乐器演奏了。李
老师开始分声部排练，就是每个人都要当众演奏出自己的分谱或
者乐段，我说：“老师您是怕我们滥竽充数吗？”大家哄堂大笑。李
老师直接说：“陈燕用五个鼓打出你的乐段，必须节奏清晰，因为大
家真正演出的时候是没有指挥的，而这段要靠你打出节奏，给大家

一个速度。"我开始自认为是卖力气地演奏完,李老师说:"这个曲子很快,你的十六分和三十二分音符都慢了。"然后他打着拍子让我演奏。说实话,我把吃奶的劲都用了,但也不能满足李老师要求的速度。我通身是汗地求李老师:"今天放了我吧,我一定会努力的。"大家都偷着笑,也许他们想起了我前几天在他们面前逛荡的事情吧。我这个人可是说到做到,第二天我除了吃饭睡觉,就是跟那五个民族排鼓较劲。那五个鼓是排成一个半圆形,每个鼓都有自己的音高,我打这五个鼓,要打出节奏来。最小的鼓面只有盘子大,打快了我经常会敲到鼓边上,那声音当然就变了。我看不见,以很快的速度敲准了对我也是一个挑战。我每天都摸这几个鼓的位置,用鼓槌打节奏和音符。我总是坚信,学不会的东西,就是功夫没下到,功夫不负有心人这句话,是姥姥经常跟我说的。但我也有了代价,手因为拿鼓槌整天打鼓,手上都是水疱,用都是水疱的手拿着鼓槌打节奏是很疼很疼的。负责生活的王老师买来冰镇可乐给我止痛,我很高兴,这可是一举两得,又能止痛,还能解渴。我喝了半罐可乐,然后放在最大的鼓上面,一会大家开始合练,我忘了鼓上还有可乐。当我敲到大鼓的时候,鼓面有弹性,可乐居然跳起来洒了我一身,还殃及了旁边打定音鼓的王利民,她大叫什么东西这么凉快呀。大家无心演奏,都对我们这边感兴趣了。

在这个乐团里年龄大的六十多岁,小的十几岁,我算中间的了。按李老师的话说,我总能出点故事给大家逗乐。李老师确实是看着我长大的,我十几岁的时候,他就带着我们排练,后来教我们钢琴调律,所以他非常了解我的两面性。他的评价,我努力还行,但也经常惹祸。我在乐团里面确实算是很活跃的,喜欢跟大家一起玩各种盲人能感兴趣的,像玩牌,但扑克牌上要有盲文才行,也喜欢跟大家一起合奏自己喜欢的曲子打发时间。晚上吃完饭大家相约大院里或者操场上散步聊天。我没有大家体力好，走不了太远，就从家里拿来了滑板车，谁愿意跟我散步，我站在滑板车上，他们就推着我散步，这样我又能跟大家玩，也不累。跟大家相处一个月，我很喜欢这种生活，每天不用去调钢琴就有饭吃，我们只管把各自的谱子熟悉了，用乐器合奏出来就行了。我感慨道："怨不得搞音乐的人都年轻呢，因为他们在乐团里面只管演出就行了，没有一点压力。"我刚刚这样想着，任务就来了，奥组委来检查乐曲，我们演奏他们挑不出什么毛病，但他们要求五十六个盲人要面带微笑地演奏，这不是难为人吗？我们大部分人从没看见过别人脸上的笑，怎么学得好呢？形体老师孙云峰开始教我们面带微笑。一曲终了孙老师傻了眼，他说："不要求你们面带微笑还自然点，一要求，真是什么模样的都有呀。"我们全都笑了，一要求我们面带微笑，我们简直都不知道怎样演奏手里的乐器了，让我们微笑着演奏真是一件痛苦的事情呢。他开始让我们挨个摸他的笑，我摸了他，然后做出笑的模样，孙老师说我笑得比哭还难看呢。是呀，我曾经听说小孩子跟谁长大，就长得像谁呢，我认为模样不可能变化，就是表情很像，其实大家都在模仿，所以人的表情才能统一，就像笑或者哭，这是通用的，谁看了都知道是什么意思。但很多盲人从生下来就没有看见过别人的表情，所以根本就体会不到表情所能带来的心理活动，久而久之我们脸上的表情就很少了。孙老师也有办法，他不光让我们摸他微笑，还给我们讲高兴的故事，他说要发自内心的笑才自然。后来我们五十六个盲人，都是按照自己内心的快乐笑出来的，当然也是什么样的都有啦。

　　还有一周就要演出的时候，我们开始每天去鸟巢走台，这是我们每个人都高兴的事情，我们终于不用在大兴这个排练场里面待着了，这三个月我一次家也没回过，真正做到了封闭式训练啊。我

在上海说相声,和师胜杰等

们坐着奥组委派来的公共汽车浩浩荡荡地去了鸟巢。我听说鸟巢是个很漂亮的建筑,旁边还有水立方做呼应,但我还从来没去过呢,正好借机亲身感受一下,虽然我们都看不见,但我们感受事物的方式可是五花八门呢。就像我,到了鸟巢北门就迫不及待约了两个团员围着鸟巢外围转了一圈,真的好大,我们用了十多分钟才转了一圈。李老师说:"陈燕中午饭还没吃怎么就……"我知道李老师要讽刺我。低视力的和有力气的都在搬乐器,可我想到鸟巢的最高处去摸摸。我拿着盲杖爬到最高处五楼,进了观众席,顺着座位往上走,当我摸到最后一个座位的时候,我自认为这是最高处了,还在扬扬得意时,就听到在我头顶有人喊:"你那里不是最高。"可我已经累得筋疲力尽不能再爬了。但下来的时候却遇到了困难,我是靠听反射音上台阶的,但下来的时候观众席很空旷,反射音发散出去,我就听不出来哪里能下去了。我面前都是座位,我找不到台阶，只好求助那个比我站得还高的团员。俗话说上山容易下山难，这话都用我身上了。我听说鸟巢有卖纪念邮票的，又让一个买了东西的团员跟我去看看，我选了一套里面有四张邮票的纪念册，价值一百元，但邮票上面画着什么我就忘了。回到团员们的休息区大家都问我买什么了，我开始给大家讲故事，说："我忘了买的什么，你们自己看吧。"有低视力的团员拿过去看。我说："现在我花了一百元买这个，等中国举办奥运会的时候就拿出来卖，那时肯定值钱，没准能卖一百万元呢，这才叫有效投资呢。"大家都笑我做梦。我就沉浸在我的梦里，如果我有了一百万元，我就去旅游，想去哪里就去哪里。到了晚上排练结束，我们要坐着公共汽车回排练场去了。天上飘起了小雨，我们要走十分钟才能到车那里，奥组委的工作人员就给我们每个人都发了一次性雨衣。可我怕我的一百万元的邮票湿了，就把雨衣给邮票册穿上了。雨越下越大，我赶紧钻到别的队员的雨衣下面。一个景象出现了，我抱着雨衣，里面有我梦想的一百万元的邮票册，大家掀起雨衣的一角给我遮雨。到了车上我也湿得差不多了。大家都笑我活该。

　　我们要走台排练一个星期，每天都去鸟巢报到。奥组委的导演不光看我们这五十六个盲人的演奏水平，还要看姿势动作肢体表情等等。一天他提出五十六个盲人都要戴上墨镜，这样才像盲人。团员里面反对的不少，比如低视力的本来有点视力，但戴上黑墨镜就真的什么也看不见了。我倒是靠听打鼓和木鱼的，但听了导演的话，心里很不舒服。盲人还要从外表上看起来像吗？什么样才像盲人呢？就是手拿一根破竹竿，身穿一身破衣服，戴着一副黑眼镜，这样才像盲人吗？我在十年前曾经做过一个调查，就是"您眼中的盲人是什么样子的"。因为我太好奇了，所有人看见我都说："哎呀，你怎么长得不像盲人呀。"所以我想调查世人眼中的盲人是什么样子的。我调查了两千多人,得到的答复是:身穿一身破衣服,手拿一根破竹竿,戴着一副黑眼镜,在路上摸索着往前蹭着走。这就是世人眼中的盲人。

我跟指挥李老师说:"如果让我戴眼镜,我就放弃这次演出。"因为我不想让全世界的人认为盲人必须戴着一副黑眼镜,我认为我的眼睛长得很漂亮,没必要戴眼镜。李老师跟奥组委反映了这件事情。后来我听说,人家问我是演奏什么乐器的,李老师说是打击乐的,但她管着全团的节奏。后来我们这个五十六个盲人的乐团,有五十五个盲人都戴着黑眼镜,只有我没有戴任何眼镜。

2008年9月6日那天晚上,世界上唯一一支没有指挥的乐团站在了世界的舞台上。我听到了现场十四万人的呼吸,我听到了鸟巢上空星星点点的烟火,我感受到了来自全世界上亿人的目光。虽然没有人知道这个乐团里还有个陈燕,但我们五十六个盲人,展现了中国残疾人的风采。

今天我经过努力,终于站在了世界的舞台上,明天我又将迎接新的挑战。我会放下上一刻的光环,追求下一刻的梦想。因为我相信,明天会更好!

车 祸

每个人心里都有一座城池,我的这座,已经被我抚摸得很光滑了,黑暗里的时间没有缝隙,因为熟悉,所以我不害怕,黑,让我有安全感。

我的人生一直在黑暗中,也许浸泡的时间太长了,常常忘了身边嘈杂的世界是有光亮的,更多的人能看见。在明与暗之间,能看见的大多数人似乎具有一种天生的优势,他们拖着一条刺眼的尾巴能忽然闯进我的黑暗,我能听见城池塌陷的声音。像永无止歇的耳鸣,旋转着,把我全部生活吃进去。

我家离我的琴行走路只有七分钟的路程,每天我都拿着盲杖自己去琴行。这探出身去的纤细的长杆就是我的身份,对,盲人,这俩字仿佛贴在我的脸上。走在路上,我的内心比我的耳朵更敏感,他们窃窃私语,他们躲闪,他们指手画脚,我能听到他们的表情,就像能听见天晴天阴一样。习以为常。

因为我小的时候姥姥培养我靠听声辨路,前些年我根本不用拿着盲杖,靠耳朵就能找到客户家。但这几年,路上的车越来越多了,不拿着盲杖心里不踏实,总是会生出一些恐惧。耳边的声音太多太乱,像一团烂了的毛线,缠在我的脑子里。

其实我的琴行就在我家的小区里,这个小区非常大,号称是亚洲最大的,能容纳上百万人呢。不过小区大了也不好,这里的车非常多,还有好多隔离带,如果我不用心,就会撞到障碍物。

忽然有一天,出门就听见很多小鸟在枝头鸣叫,还有树枝的摇动声,迎面扑来的青草的香味让我深呼一口气,春天终于来了。

我正走得高兴,突然感觉一阵强风向我扑来,我还没意识到发生什么事情的时候,却清楚地听到什么物体撞击我身体的声音,随后我被撞到空中,像一张纸,瞬间跌落,声音消失。

当我真正清醒过来的时候,已经躺在医院里了。我听说是一辆电动车把我撞倒的,我轻轻松了口气。我还以为自己已经没命了呢,原来是电动车撞的啊,应该过几天就没事了吧。

但我想错了,当我移动身体的时候,我感觉天旋地转,像什么呢,好像是在坐过山车的感觉。晕得没有位置感,就是不知道自己是坐着还是躺着,还伴有恶心呕吐。我小时候最爱坐转椅,我最不

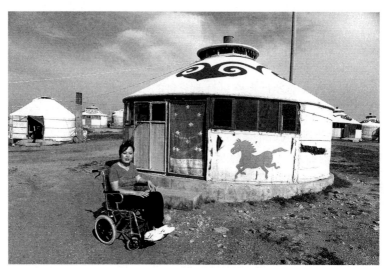

上　在内蒙古

下　在都江堰

怕晕。但此时我晕得都快把肠子吐出来了。生活如同混凝土搅拌机，我就是其中一粒石子，被摩擦、旋转、甩出去又滚回来，逐渐变成一摊泥浆。眩晕、痛苦倒是每一天都在提醒我，自己还活着。

经过十几天的治疗，我的头晕变成阵发性的了，一旦发作我就会摔倒在地。一次一次我在别人的惊讶中挪动身体，地面冰凉，我想，没有人比我有更多的机会趴在地上，我的肚子上仿佛有吸盘，可是，我真的想直立行走，这是作为人的基本要求。但我的脸真切地感觉着地面的温度，和围拢的脚步震动。

后来，我只能坐在轮椅上了。本来就看不见这个世界，再不能正常走路，什么都让别人帮助，没有隐私，没有尊严，这样的生活让我陷入深深的绝望中。深渊，空洞，寒冷。我的全部生活就是一把轮椅，它代替我的腿我的脚，大概肌体也想休息了，快速地萎缩。我连自己的身体都不敢触碰，我怕摸到一把绝望。

灰色的日子

盲人对自己唯一的要求就是自食其力。可是我却开始了一段灰色的寄生的日子。

生活的轴线变了。原来虽然我看不见，但靠听也能想去哪里就去哪里，但现在呢？如果没有人帮助，我就只能坐在轮椅上，去哪里自己说了不算。生活节奏也突然慢了下来，我不再每天忙忙碌碌，我不用去客户家调钢琴了，我的生活只是打针吃药，做各种检查。

不能自理，这四个字就是霹雳，一声接一声响在我的心里。助理每天用轮椅推着我穿梭于家和医院之间。我的病情时好时坏，头晕厉害了经常要住院。我想起那个骑电动车撞我的人就来气，如果他慢一点，如果他注意点行人，那么我就不会是今天这个样子。我恨他撞了人还逃逸的行为。他是闯入我黑暗世界的恶魔，让我的生活掉进了更深不见底的深渊。

随着住院的次数越来越多，我对自己的病就越来越心里没底。我怕这辈子就坐在轮椅上了，我怕这病永远也治不好。我开始晚上失眠，食欲大减。我感觉到自己的腿在萎缩，身体急剧消瘦下去。

人生里有很多盛大而又无常的交错，让你五雷轰顶措手不及，你顺应了，也就能安静下来。我无数次地安慰自己：你没事，只是站不起来。

屋漏偏逢连夜雨，不知道什么时候我的耳朵开始轰隆轰隆地响起来。这声音无穷无尽让我发疯。我眼睛看不见，我靠耳朵听代替眼睛，可现在呢？我靠反射音判断很多事物，耳鸣以后我的判断力下降了不少，我很担心如果耳鸣治不好，以后还能不能调钢琴，以后还能不能靠听辨别方位。

我听说耳鸣时间长了慢慢会影响听力，最后有可能耳聋了。我都不敢想了……看不见听不见这怎么办？这不变成海伦·凯勒了吗？我可没有她那么坚强，如果看不见、听不见、无法走路，真是生不如死，还有什么生活质量呢？其实我从来没有怕过疾病，我做过九次手术，身上留下十一处伤疤。但这次不一样，耳朵是我的命。我的生命里，没有斑斓的色彩，没有形状各异的物体，更没有金色的阳光，但是我的生命里有悦耳的音乐，有大自然特有的声音，像鸟儿的鸣叫、小草的摆动，连猫走路的声音我都能听见。可是如今我的耳朵却出了问题。最可怕的是查不出病因，我越来越暴躁，越来越消沉。

　　随着耳鸣越来越重我彻底绝望了,甚至想放弃了……因为我真的不敢想,有朝一日如果真的听不见了该怎样活。我终日生活在噪声里面,去了很多医院都查不出个所以然。其实得病不可怕,最可怕的是不知道自己得了什么病。在我的生命里,耳朵可是我最最重要的器官了。

　　日子成为一条直线,没有丝毫波澜,从医院到家,从家到医院,我机械地往返,忘了时间。我每天去完医院就去北海喂流浪猫,那里有上百只各种颜色的猫,它们吃着我送来的猫粮和鸡肝,很高兴很满足的样子。它们也很灵,公园里面有许多坐轮椅的,当然都是老年人了。猫们能听出来我轮椅的声音,我离它们还有很远距离,它们就站在路中间等着我了。我的轮椅刚刚停下来,猫们就蜂拥而上抢着吃我给它们准备的猫食,我感叹自己如果是一只流浪猫多好啊,它们可是能看见这五颜六色的世界,也能听到美妙的乐声,而我呢……

体验世博会

　　一天我接到了残联的电话,我被选为采访2010年上海世博会的盲人特约记者,要去上海采访报道无障碍。很久以前,我就听过海伦·凯勒写的《假如给我三天光明》一书。假如能让她看见三天光明,她的第三天就是想去看1893年在美国芝加哥举办的世界博览会。她没有看到三天光明,但她去了美国芝加哥,她用触觉去感受了人类当时最先进的技术。

　　我没有想过能有三天光明,但我也非常渴望去亲身体会一下未来的世界。

在上海世博会

就这样我坐着轮椅由助理推着去了上海，我们进入了世博会的 5 号门。进入世博园区面对的红色物体导游说这就是中国馆。作为中国人一定要去体验中国馆，所以我第一站就去中国馆采访。我坐着轮椅到了门口，听助理说这里排着长长的队伍，因为我是残疾人又是特约记者，所以我没有排队就进馆了。虽然里面人非常多，但志愿者们引导大家有序地前行。导游很详细地讲着每一处设施的作用。我们到了三楼，我听着导游在给大家介绍《清明上河图》。我感叹中国文化的久远。我们开始参观中国馆里面的省会城市，给我印象最深的是上海馆，这是一间圆形的演播厅，是靠声光和动作让观众感受上海的发展。影片开始了，屏幕上展现出二十世纪三十年代的老上海，我感受到似乎坐着马车走在街道上，我还能清晰地感受到马车的颠簸。街道两边放着老唱片，我听见有许多人在街边跳舞。我又坐上了黄包车，我坐的椅子在动，前面好像有人拉着车跑。我似乎置身于三十年代了……到了五十年代我坐上了自行车,车铃叮叮当当的清脆地响着,旁边不时有汽车驶过。到了九十年代,我也能开汽车了,街边的高楼大厦随着风声飞速地向后倒去。突然座位晃得很厉害,我坐上了宇宙飞船,随着座椅的上下起伏,我似乎感觉到时而在天空中俯视未来上海的全貌,时而钻进海底和鲨鱼嬉戏。我最喜欢能亲身体验的活动了,我忘了自己还是坐在轮椅上,我似乎又回到了自由行走的时候。我靠声音和动作体会到了上海的变化。

　　我在中国馆里参观了五个小时,把五十六个民族的发展都听了一遍。

　　下午我来到主题馆里的生命阳光馆。我感受到了残疾人用品的无障碍。我坐上了遥控轮椅,只要用手轻轻按住轮椅扶手上的按钮,就能轻而易举地指挥轮椅去自己想去的地方了。我很兴奋地指挥轮椅围着场地转,一个没听明白就撞倒了宣传画,我这才意识到,我不光不能走路,眼睛还看不见呀。所以这款遥控轮椅对我一点用处都没有。于是我就黯然神伤了。我们进了体验黑暗区,里面一片漆黑,大多数人都不敢走。可我来到这个世界上眼前就是一片黑暗,所以我非常自如地坐在轮椅上引领着我的助理前行。许多人说,如果我看不见了该怎样活呀,黑暗太可怕了。我听了若有所思,世上没有做不到的事,也没有过不去的坎。我从小的时候就渴望光明,非常渴望看见外面的世界,但随着年龄的增长,我知道永远也不可能看到这个美丽的世界的时候,我选择了坚强和努力。世上没有什么人做不到的,只要去努力,就会有收获。

　　出了黑暗体验区就是表演区,几个盲孩子正在给大家表演踢盲人足球,虽然他们都看不见,但经过练习,每个人都非常灵活地掌控着足球,当然那个足球是盲人专用的,球里面放有铃铛,在地上滚动的时候,就会发出声音,盲人就靠听判断足球的位置。让我好奇的是我分明听到了四爪扒地的声音,怎么盲人足球队还有什么动物帮着踢球吗?助理告诉我,里面有只黑狗跟盲人队员们一起踢足球呢,黑狗非常灵活,它在守门,盲人踢的足球都被黑狗阻挡在门外。我感到非常诧异,这我原来倒没听说过,狗还能跟盲人一起踢球。

一会儿踢球结束了,足球队员们退场了,只留下了那只黑狗,上来一个二十多岁的姑娘,她对着那黑狗开始说话,大家都好奇地围拢上来,那姑娘指着黑狗说:"她叫珍妮,是大连导盲犬基地训练的导盲犬,目前国内导盲犬还很少,但不久的将来,会有很多导盲犬带着盲人走路的。"然后她让叫珍妮的导盲犬表演导盲,我听了很新奇,不过觉得中国有很多盲人,导盲犬也轮不到自己呀。但我当时丝毫没有想到,一年以后,我将跟这条黑狗有着无穷无尽的渊源。

我来到了台湾馆,台湾宝岛的景色用4D的形式展现在大家面前。我们到了二楼,这里有许多小屏幕,可以和中间的大屏幕连接,每个人都可以操作小屏幕放孔明灯祈福。我在助理的帮助下选了一个孔明灯后按下按钮,我听助理说一个一米见方的红色孔明灯向我飞来,上面写着"梦想成真"。是呀,每个人都有自己的梦想。有的人把梦想深埋在心底,有的人会为梦想奋斗一生。

我来到德国馆,这里有许多大大小小的书。这些书和现在的书不一样,这些书的边上都有一个像耳朵一样的突出体,我把耳朵凑上去就能听到读书声。这太先进了,如果以后书店里面卖的书都能听,那么盲人就读书无障碍了。我们到了很大的一个厅,中间悬挂着一个巨大的声控球体。主持人指挥大家叫喊,这个巨大的球摆动起来了,大家的声音越大,球摆动得越高,真是大家合起来的力量大呀。

我们来到了日本馆,这里有靠走路发电的设备,会指挥交通的机器人,会拉小提琴的和会做饭的机器人。以后机器人普及了我就不用做饭了。如果能研制出领盲人走路的机器人,盲人出行就方便了。讲解员给我们讲了日本未来的渔村。2030年日本渔村的家庭里就没有一样家具和电气了。墙上镶嵌着电视,看的时候按下按钮,一面墙那么大的电视就开始播放了,不看的时候这面墙就是一幅画。同样桌子、柜子、床都在墙上,用什么就按什么。连电话都在墙里面,来电话了只要一摸墙就出来电话了。这确实省了许多空间,不过我有点担心,如果未来的世界都是触摸屏,我们怎样生活呀。现在我就非常讨厌触摸屏的电脑和手机,可现在能买到的电脑显示器就都是触摸按钮了,盲人使用非常不方便。不知道未来世界有没有考虑盲人的操作,设计成突出的按钮。我还听到了世博汽车馆的无人驾驶汽车。如果几十年后这款汽车普及了,我们的出行就真正无障碍了。

我在世博会采访了三天,走了二十五个场馆,我充分感受到未来世界的低耗高效。我憧憬着未来能有机器人引领盲人走路,能有汽车供盲人驾驶,能有一个绘图的软件盲人也能在电脑上画图,能有芯片置入到盲人的脑中,那时盲人就真的摆脱黑暗了。我相信在未来的世界,阳光,色彩,万物,在一个盲人眼中也会绚丽多彩。

耳鸣对于盲人意味着什么

也许是劳累过度,回到北京我病情极度恶化,不得不住进医院。经人介绍我找到了宋主任,她了解了我的病情。当她知道我眼睛看不见的时候,她说:"我知道耳鸣对于你来说是多严重了,我一定全力以赴给你治病。"

治疗时，她说不要着急咱们先彻底查一查，就是查不出什么病，我还有好多办法呢，不过你一定要放松，放下所有的事情，就闲待着吧。我除了吃饭睡觉，就是输液和做各种检查，我做了能做的所有检查，都没查出原因来。我又没有信心了。每天早晨和晚上宋大夫都来看我，问我耳鸣怎么样了，我总是说还那样，然后就问："还能治好吗？"她总是说："我有好多办法呢，你就踏踏实实地住院，相信我。"但她总是来去匆匆，不等我问她还有什么办法治，她就一阵风似的走了。一个周六早晨宋大夫又来了，我想是宋大夫值班，过了一会儿我去值班室找她，我想问问她到底有多少办法治我的病。但护士说宋大夫不值班，后来我才知道她经常双休日也来看她的病人。

在我绝望的时候，想起了一个传说，数天上的星星数到一万颗就能许个愿望，很灵的。可我从来没有看见过天上的星星，记得小时候，姥姥教我唱儿歌《小星星》：一闪一闪亮晶晶，满天都是小星星，高高挂在天空中，好像宝石放光明。一闪一闪亮晶晶，满天都是小星星，当那太阳落下山，大地披上黑色夜影，天上升起小星星，光辉照耀到天明。一闪一闪亮晶晶，满天都是小星星……

我问姥姥："什么是星星呀，我怎么没见过呀？"姥姥总是说："现在好好学本领，将来长大了就能看见星星了。"后来我知道永远也不可能看见天上的星星了。我问利利用纸叠星星算吗，利利说算数，但你怎么可能叠一万颗星星呀。我说能，只要叠到一万颗我就能许愿了，到那时我的耳朵就好了。我让助理帮我买来了星星纸，我学了几分钟就会叠了。住院期间我的手上总是扎着套管针，稍微一动就有点痛。但我还是除了吃饭睡觉输液就是叠星星。我怕时间长了宋大夫对我没有了信心，也不管我了，就给她发了第一条短信：

　　宋大夫,感谢您这些天对我的治疗,我很害怕找不出耳鸣的原因,我就会永远生活在噪声里了。耳朵就是我的命呀,这些天我的压力很大,您说要我放松。有个传说,如果数天上的星星数到一万个,就能许个愿。我看不见天上的星星,就开始用纸叠星星。我想当我叠星星到一万个的时候,我的耳鸣就好了,我又能生活在音乐里了。我很愿意配合您的治疗,只要对耳朵好我不怕痛。

　　治疗一段时间还耳鸣后,宋大夫很慎重地说:"往耳朵里面打药吧,但这不是绝对无菌操作,有一定的危险,中耳有可能发炎,那样就会影响你的听力。"我吓了一哆嗦,问还有别的办法吗。宋大夫说先用这种办法,如果不管用,再考虑其他办法吧。下午开始准备打针,杨大夫先往我鼻子里面喷麻药,过十分钟后她让我在手术室半躺下,她开始用一个很长的东西往我右鼻孔里面插,后来我才知道那是鼻镜,但反复十几次都插不进去,我感觉有些痛,我的疼痛神经非常敏感。

　　十几年前大夫们都说我娇气,几年前大夫们又说我因为眼睛看不见所以很敏感,这两年才有大夫给我平反,是我的痛神经太敏感了,我被委屈含冤三十多年。好不容易鼻镜插进了右鼻孔,然后接着插针,就怎么也进不去了。杨大夫说我的鼻中隔向右偏得太厉害了,后来宋大夫看了也说太偏了。她们接着往我两个鼻孔里面塞麻药条,麻好后杨大夫从我的左鼻孔插鼻镜,从我的右鼻孔插针。这个过程我很痛还非常害怕,尤其开始往耳朵里面打药的时候,很痛很痛,我连哭带叫,后来听说整个耳鼻喉科都能听到我的惨叫声。打完针杨大夫带我去找宋大夫,她看见我满脸的泪水惊讶地说:"是你在哭呀?我这里忙得脱不开身,不然我早就去看看是谁哭呢,知道是你在哭就不让你打针了。"

打针的时候我浑身的肌肉紧绷到了极限,一放松下来我就一点力气都没有了。我睡了十六个小时,中间护士几次进来翻看我的眼皮,她们是怕我昏迷了。我真正清醒后,感觉四周一片寂静,困扰我三个多月的耳鸣没有了,病房里面好安静,片刻,我突然大叫起来——我是不是听不见了?我助理一步闯过来说:"怎么了?"我听见她说话了呀,我终于不耳鸣了。

但两个小时后,海浪的声音又回来了,我非常沮丧,受了那么大的痛苦,才好两小时。宋大夫说只要能找到让你耳鸣间歇的原因,你的耳鸣就一定会好。我又给宋大夫发了第二条短信:

> 今天是感恩节,祝您感恩节快乐。我已经叠了2776个星星了,等我叠到一万个的时候,您就把我的耳朵治好了。我不着急,因为我相信您,我也知道头晕和耳鸣就是治好了,以后也许还会复发,您也别为我的病着急,慢慢治疗吧。我相信,今天不放弃,明天一定会有希望。

我的精神支柱

三天后第二次往耳朵里面打针,这次打药比第一次多,我的哭叫声音更大了。打完针我侧躺在手术床上半小时不能动,我听见杨大夫去找宋大夫说:"她真哭,眼泪唰唰的,以后我可不给她打了。"我助理说打针的时候,杨大夫吓得手直哆嗦。我把杨大夫吓着了。

第二天我发现躺着的时候不耳鸣了，太高兴了。宋大夫严肃地说："以后打针不许叫，不然谁还敢给你打针。"我说："那我哭完了再去。"宋大夫说不行："哭完了鼻子会水肿，本来你的鼻中隔偏曲就不好插镜子，再水肿就更插不进去了。"好残忍，痛还不让哭。

过了几天我躺着的时候不耳鸣了。第三次打针的时候，宋大夫看着我，时刻提醒我不许哭不许叫。她说再哭就不给你打了，好残忍。我给宋大夫发了第三条短信：

> 以前打完针，杨大夫让我多躺着，现在我躺着就不耳鸣了。昨天我打完针是坐着，那么我以后坐着也就不耳鸣了。我坐到半夜才睡，我做了一个梦，我真的不耳鸣了。我好高兴，有梦想总比没有强，虽然您有时候很残忍，但您是我梦想的精神支柱。我已经叠了6500颗星星了。我坚信，这一秒不放弃，下一秒就有希望，您说是吗？

我头晕发作得也越来越频繁了，一天我在病房的楼道里被助理搀扶着散步，突然感觉天旋地转，不受自己控制地倒在地上，医生护士们都奔来抢救我，我摸到像大号手电筒那样粗的针管带着很粗的针头扎到我手背上的血管里。我分明听到了液体一滴一滴地进入我的身体里，我的脸大部分埋在氧气罩下面，监护仪在桌子上滴答滴答地响着。我在半睡半醒间，身体突然变得很轻很轻了。我轻轻地飘在空中，低头清晰地看见了自己的身体还在病床上。我看见了好几个穿白大褂的医生护士在忙碌着，我看见了门口的红灯亮起，我看见了有好几个医生正往这里赶。我看到了利利流满泪水的脸。我不知道你们眼中的这一切是什么样子的，我从来没有看见过这些景象，但那天我分明都看见了。

235

不知过了多长时间,我恢复了知觉。我感觉到利利在紧紧地拉着我那只没有扎着输液管的手。那一刻我感觉到了活着不仅仅是为了自己,也是为了家人。

漫长的住院,漫长的治疗,终于宋主任给我制订了手术方案:做手术。因为是头部手术就必须要全麻。我给宋主任写了第四条短信:

> 谢谢您想尽办法给我治病,在痛苦中,我也想过放弃,我没有看见过这个美丽的世界,可我靠别的器官适应了在黑暗中前行。但我怎么也没想到耳朵会出问题,我不敢想如果耳朵治不好该怎么办,每天听见您的脚步声音,我就知道了,您一定有办法治好我的耳朵。现在我已经叠了8550颗星星了,当我叠到一万颗的时候,我的病就都好了。

又一次手术

这次的手术需要全麻,可我又有哮喘病,这个病最怕麻醉了,麻醉一旦抑制了呼吸,我就真的归于那个世界去了。我做过九次手术,有两次术后都抢救了,虽然我姥姥给我起个小名叫咪咪,她希望我有九条命,能健健康康活着,但这是第十次手术呀。我还能活吗?郭德纲曾经在相声里说:"猫有九条命,我是猫,开过来一列火车,从我的身上轧过去了,再看我,活了。"另外一个相声演员说:"不对,死了,因为火车有十节。"

最害怕的时候莫过于手术前了。我在紧张到了极点的时候被推进了手术室。我听着护士们做术前准备,刀子剪子碰撞发出冰冷的声音，我的全身也冰冷了，我害怕躺在手术台上再也醒不过来，我害怕麻醉过后那生不如死的痛苦感觉。麻醉师叫李大航，是我的钢琴客户，我们倒是很熟。她一边跟我开着玩笑，一边准备把我麻翻。我说："我不想做手术了，我想跑路。"我感觉护士们听了都很紧张，好像我真能从手术车里面跑了似的。我暗自偷笑，就是让我爬，我也没有鞋子呀，再说了我身上只穿了一身肥大的病号服，连内衣都不让穿。护士把我从手术车上扶到手术床上，就是那种很窄很窄的硬邦邦的床，我更害怕了，就跟李大航对付：你千万别多给我打麻药啊，不然我就醒不过来了，不过也千万别少打，那样手术还没做完，我就疼醒了啊。我被你麻翻了就什么也听不见了，你负责听听宋主任把我的鼻子打开后怎样评价。听了我的话，在场的人全笑了，她们说："能说什么呀，难道宋主任还会夸你脑浆子好看吗？"我很认真地说："上次我肚子里面长了个瘤子，做开腹手术的时候，当申主任把我的肚子打开以后，看见我的肠子们都粘在一起了，他一边用小刀把肠子们分开，一边说：以后这肚子，谁爱拉谁拉，我可不管了。这可是背着我说坏话呢。所以今天我才让李大航听着点。"大家更笑我了，她们说："你都被李大航麻了就老实点吧。"

　　我问宋主任什么时候来，我不想做手术了。李大航真怕我跑了，就给了我一针镇静剂，我感觉听大家说话越来越远了，耳朵听的声音都是重复的。可听她们说还不到五分钟，我就又明白了，还说害怕不想做手术了。李大航问宋主任来了吗，有人说来了，在门口换手术服呢。李大航对我说："你赶紧睡觉。"一个氧气罩向我扣来，不过我知道麻药不在氧气罩里面，是静脉点滴麻药。我一下子就失去了知觉。我感觉就一秒钟的时间，我醒过来，人却在病房里了。李大航正看着我嘿嘿笑呢。我彻底不能说话了，躺在没有枕

头的平板床上，平时我没觉得枕头有这么重要，只有麻醉醒了以后
尝到不给枕头的滋味，才知道枕头的重要性呢。我不能说话不能
动，就这样躺八小时。我早就知道这时候的待遇，所以已经有所
准备了，我示意把手机给我，我的手机安了盲人读屏软件，我打字
手机就读出来，我用手机打字问李大航："宋主任打开我的鼻子说
什么了？"李大航说："宋主任什么也没说。"我问："你看见我脑袋
里面有什么了？"李大航坏笑着说："有水。"我打字说："你等着，小
心你家的钢琴莫名其妙地不出声音了。"利利说："都这样了你还
开玩笑。"

　　我的麻药劲儿渐渐退去，我感觉头痛欲裂，要求打了三次止痛
针，还是痛。我想赶紧睡过去，就不知道疼了，可怎么也睡不着，我
打字要求打镇静剂或者打安眠药。宋主任来了说："不能给你用，
否则你就醒不过来了。"我倒真希望醒不过来了，我活着怎么这么
多痛苦呢。

　　我越来越难受，一会儿特别冷，一会儿特别热，这次我的四肢
可没做手术，虽然身上插了好多管子，但绝对不影响手动。我一边
打字说疼，一边动手动脚的，突然感觉特别恶心，哇的一声，胃里的
所有的残留一股脑地喷射而出，我感觉特别难受喘不上气来，身体
快被病痛撕碎了，一会就陷入了昏迷。

　　我感觉到有好多双手，我感觉到好多个人，我似乎听到谁在叫
我的名字，我感觉到自己的血液好像凝固了。我感觉好像有人往
我嘴巴里面插着什么。我只有一点点残存的意识。每次我有一点
点清醒的时候，就感觉到是在一个大房间里，我总能听见监护仪那
嘀、嘀的声音。有时候我都怀疑是不是我已经死了，我是不是已经
进了太平间了。虽然我没进过太平间，但我听说，太平间里面很
冷很冷，死人都是睡在抽屉里面。我努力感受着自己的位置，我没

有感觉到冷,我没有感觉到狭小的空间。我应该没有死吧,也没被放在抽屉里呢。

我离清醒逐渐近了,浑身一点力气都没有,想动动手指头都是不可能的,身上插着好多管子,我好像连呼吸的力气都没有,我的身体被护士随便摆布,护士把我放成什么姿势,我就很顺从地维持那个姿势。真不是我听话,而是我没有动身体的力气。我的肉身如同死去一样瘫在床上。

七天后我从重症监护室转到病房。我睡的时候多,醒的时候少。也不用吃饭,我的每顿饭是从胃管直接送到胃里的,我也不用管大小便,那些管子都帮我解决了。我连喘气都不用管,幸福呀。我让她们摆布了半个月,渐渐恢复了体力,我开始有意识要求说话,医生会诊后给我拔了胃管,撤了呼吸机。慢慢地我身上的管子一个一个离开我的身体,一个月后我身上只有每天输液用的套管针了,我又活了。

我好点了,闲着没事又开始叠星星。一个罐头瓶子装满了,我就让助理去超市买罐头,我不要吃罐头,只要瓶子。后来一个科的病人们都听说了我叠一万颗星星的故事,他们主动收集罐头瓶子给我送来,我的星星也是越叠越多,在这个楼层也算是一景了。

我给宋大夫写了第五条短信:

　　宋大夫,几个月的相处,您说过几天我就快要出院了,真舍不得离开您。我刚入院的时候,头晕得站不起来,耳鸣得都快精神崩溃了。是您给了我活下去的希望。您总是说有许多办法能治耳鸣。后来我才知道您没有办法了。那天幸亏您在忙,没有去看我打针的惨叫,不然您一心疼我,就不让我打了,那样到今天我的耳鸣也好不了。那时候我坚信您有许多办法治疗我的耳鸣,所以才很听您的话,安安静静地待着,我现在才知道您是给了我一个信念。我明白了,有时候病人的心理活动也是很重要的。是您给了我一个安安静静的没有噪声的世界。我又能听着反射音走路了,我又能听大自然的歌唱了,我又能听到美丽的音乐了。感谢您和医院帮助过我的所有大夫和护士们。我曾经在媒体上多次提到,我生命中有最最重要的三个人,他们是我的姥姥,她给了我生命,教会我坚强;还有我的老师,他教会我调琴的技术,教会我对客户的真诚;还有我的爱人,他将相濡以沫地陪我一生。您就是我生命中第四个最重要的人,您又还给了我耳边的世界。答应我一个要求,跟我合张影,我虽然看不见您的模样,但是我的第二本书里一定会有您的照片,我会永远记得您,给了我耳边世界的人!

羽泉演唱会的特约嘉宾

当我一天天好起来的时候,我接到一个电话,是羽泉经纪公司打来的。她说,羽凡和海泉听说了你叠一万颗星星的故事,很感动,想来看看你。我简直不敢相信,我听的歌确实不少,但我从来没有摸过一个歌星。小时候曾经很纳闷,有的人唱歌就那么好听,是不是跟我们长得不一样呀。姥姥说,每个人都长得不一样,就是双胞胎也是有差别的。我问能不能摸摸羽泉,她说当然可以,你想听什么歌,他们唱给你。我说《叶子》,这是给盲人写的。记得在2001年的时候,我拍了个电视片,电视台跟着我们来到西直门附近的希望工程办事处,我们捐助了一个锡林郭勒的小学生上学。那天利利很高兴,因为他去过锡林郭勒,那里的牧民都非常热情,给

羽泉探病

他留下了很深的印象。编导说去捐款要配上一首歌曲,问我们喜欢哪首歌,我说,《叶子》。

　　羽泉真的来了,我真的摸到了唱《叶子》的人。他们两个在病房里给我唱《叶子》,我给他们画了一张画,画了两只猫,一只很瘦是陈羽凡,一只相对胖一点点是胡海泉。他们还把我写的盲文的《叶子》歌词拿走做纪念了。我说如果演唱会那天我能去现场,如果我能给你们两个弹《叶子》的伴奏该多好呀。海泉说如果那天你的病好了,如果那天你能出院,我想你的愿望会实现的。我的梦想果真能实现吗? 太好了,我一定努力。我已经叠了9560颗星星了,当我叠到一万颗的时候,我的病就都好了,我就能去羽泉的演唱会了,我就能给羽泉弹《叶子》的伴奏了。

　　23日羽泉经纪公司的人真的通知我去北展剧场彩排。我着急了,没练怎样弹呀,她说没事,海泉会教你的,明天还会给你一个惊喜。我到了北展剧场，羽凡和海泉都迎上来说："再摸摸我们。"羽凡的个子高，他半蹲着让我摸，海泉也拿着我的手说摸摸我是不是变成瘦猫了。海泉开始教我弹《叶子》的伴奏。他很有耐心，一点都没有明星的架子。不一会儿，我学会了，他说我好聪明。我告诉他们明天来弹琴的时候，我就出院了，他们两个都为我高兴。

　　第二天是西方的平安夜，我终于出院了，我和利利早早地来到了北展剧场。演唱会开始了，我真的没有想到，我竟然是"2010羽泉演唱会"的第一个特约嘉宾。羽泉说："今天我们要把《叶子》这首歌送给一个特邀的嘉宾，她是一个盲人，前不久她的耳朵出了点问题，今天她出院了。她的梦想是用钢琴弹奏《叶子》，今天我们就把《叶子》改成《燕子》送给她。"我走上台去。"你的耳朵真的好了吗？"海泉说我先考考你。他弹了一串音符，问我：这琴准吗？我说这琴是电钢琴，不能调，音准还可以。羽凡问我心中的红色是什么样的，用音乐表现出来。我弹了几个宏大的和弦。他说：那白色呢？我弹了一连串的伴音阶。海泉问今天会场是什么颜色的。我想了想说："是蓝色的。因为天空和大海都是蓝色的，同在蓝天下，我们都能感受到蓝色的广阔。"音乐起，他们唱道：

> 有一个失明的女孩叫燕子，
> 是我的好朋友。
> 我知道在她心里面，
> 能看得见一切。
> 在她透明的心儿里面，
> 有一个角落，
> 那里停放着
> 善良的故事和动人的传说。

这个世界没有欺骗也没有争夺,

美丽的女孩叫燕子,她经常这么说:

在她透明的眼睛里面,

有一片湖泊,

那里沉浸着

喜悦的伤感和忧郁的快乐。

它的水面上没有涟漪也没有颜色,

长长的睫毛闪烁着无尽的猜测,

燕子问:

爱情是什么颜色的?

如果忧郁是蓝色的。

快乐是什么颜色的?

如果寂寞是灰色的。

2010年12月,羽泉演唱会

听见

天空是什么颜色的？
如果汪洋是蓝色的。
我说天空也是蓝色的，
因为他们彼此相爱了。
爱情是什么颜色的？
如果记忆是模糊的。
渴望是什么颜色的？
如果时间是静止的。
永恒是什么颜色的？
如果呼吸是短暂的。
我想我只好沉默，
因为这问题地球也在思考着。
透明是什么颜色的？
如果风儿是快乐的。
燕子的眼睛是透明的，
心是快乐的。

右耳听不见了

为了让黑暗丰富起来，很多我使用的东西都会说话，比如电脑，比如手机，比如钟表，等等，干巴巴的语音在我听来就像你们使用的笔，勾出我看不见的轮廓。

很多人安安静静地生活在生活的另一面，但"安安静静"这四个字对于我而言就是绳索，直接套在脖颈上，我需要声音，我需要辨别，为了不安静下来，我始终努力保留着发光的片刻，让耳边的声音发光。

我能听见声音的五颜六色,你们能吗?

可是,生活在不停书写的时候,需要被按下空格键。当一段文字出现无数次循环的空格键被按下的时候,空白连接着空白,我的心就在全部的留白中恐慌着,空旷,让人恐惧。

也许是这几天熬夜写书,也许是前几天发烧的缘故,我的身体一直不太好。我的人生似乎就伴随着病痛,所以适应了从肉体传导来的信号。忍,如果忍不了就熬,反正总能过去。

当身体和病痛相濡以沫的时候,我对它的关照就少了,迟钝了。

那天早晨像往常一样醒来,翻身,习惯性听听窗外事,晴天还是阴天,可是房间里面太安静了。这安静让我惊厥,我害怕安静。我猛地从床上坐起来,听,仔细听,右耳朵却像堵上了什么东西。

我用手指抠耳朵,我想把那里面堵住我听觉的厚墙挖开,可是手指在耳道里很孤独,那里什么也没有,甚至连手指触碰到耳朵边缘的唰唰声也基本上听不见了。

我连忙试了试左耳朵,正常。我认为也许睡觉的时候血液循环不好吧,或者是做梦吗? 我不敢相信是我的耳朵出了问题。我想再睡一会儿也许就好了。我强迫自己睡觉,赶紧睡觉,一觉醒来声音世界就会回来。

极度的恐惧心理让我又睡了过去。不知不觉间,一个多小时过去了。醒来,时间还在,声音没了。

用右耳朵仔细听听,什么都听不到,脑子里只有左耳朵听到的窗外鸟鸣的声音。右边的安静像一根针,不停地在我心上剜,血一滴一滴地渗出来,细细的,无声无息。

人从楼上跳下就是一瞬间的事儿,我就是那个瞬间落地的人,浑身冰凉,不知道如何拯救自己。

我穿好衣服,发现走路都很受影响。我这么多年是靠反射音走路的,我能听见安全通道,声音就是我的盲杖,可是突然之间,耳畔的声音没了。路塌了。

为了不耽误治病,我第一时间拿着盲杖去医院。医生给我测听力,"听不见！听不见！听不见！"我重复着这个回答,每说一次,绝望的针向心头狠狠扎下一次。

检查结果,左耳朵正常,能听到五分贝左右的声音,右耳朵只能听到六十分贝以上的声音。"神经性耳聋"结论就是右边的世界被直接删除了。我的生命已经被贴上了一个"盲"的标签,为什么要再贴一个"聋"的标签呢？我接受不了这个结果,我接受不了单声道的感觉,我甚至听到了自己说话的时候产生的回音。我聋了?!

医院没有其他办法,我的救命稻草就是在急诊室里输液吸氧。我痛恨这样躺着,我跟生活的关联只剩下一点残缺的声音,全是空白。脑子里唯一留下的,便是无尽无休的空格键。它把我要带向哪里？

我心里像长了草一样乱糟糟的,情绪跌到了谷底,我不敢想如果右耳朵就此下去,我将怎样面对失去一半声音的生活。我的一切行动都是靠听反射音判断的,但是一个耳朵听不见了,就没有了反射音。我感知这个世界也是靠耳朵听出的美丽,如果我的右耳朵听不见了,那么美丽还会存在吗？

睡眠也消失了,虽然世界真是太安静了,我却无法安然入睡,我害怕,这种害怕是那么熟悉,就像站在死亡的对面与它对视。时间就在空白处流失着,毫无意义,我觉得连吃饭都没有意义。我厌恶自己变得迟钝,行动开始迟缓,什么都要靠触摸和询问去试探,我真的变成了一个盲人。

　我总怕耳边的世界就这样离我而去。在这样紧张的心情下，当然治疗效果也好不到哪去。我也知道如果心理负担太大，对治疗不好，但我就是说服不了自己，我太绝望了。

找回右边的声音

　就在这时候，一个好朋友打来电话说她认识一位天津的老中医，医术高明，七十多岁了，看好了许多病人，希望我去试一试。

　我很犹豫，"相信"变得无比无力，谁能帮我听见世界呢？

　我试着给那位胡大夫打了电话，说明了病情，电话里的声音干净硬朗，老太太微作沉吟后说："我不敢保证能治好你的耳朵，但我保证会尽最大努力，你可以来我这里试试。"电话里的大夫没有大包大揽，没有说一定能治，她甚至没有给我任何好的希望，但是从心里忽然冒出了一股暖流，为那句"尽最大努力"，也许那就是缘分。

　我听过很多大夫对患者说"没问题""肯定能治好"的话，我倒不太相信了，因为我认为世上没有哪个医生能百分之百治好所有的疾病。

　我拿着盲杖，去投奔一次没有给任何希望的"希望"。从北京开往天津的高铁只有半个小时，火车飞快地开着，我的心却是冰的。因为目前我完全不能靠反射音走路了，我只能像别的盲人一样用盲杖探路。我不知道胡大夫是否能治好我的耳朵，渴望重新听到世界的心理催促着我奔向她。

　这是一次特别的寻找。我要找到右边的声音。

坐在火车上，我耳边没有了以前立体的声音，车轮碰撞铁轨也不再发出哐当哐当有节奏的声响，播音喇叭里面传出的列车员报站的声音听起来也显得很干瘪。火车终于到站了，朋友早就在站台上等着我。我听见她在说话，可是模糊不清，总之我用耳朵认识的这个世界变了，因为我右耳朵听不见，世界变得那么陌生。

有了朋友的引领，我收起了盲杖。她很诧异我的行走，我不敢走了，需要她用力拉扯。地面轻飘飘的，我好像根本踩不实，总要一头跌下去。朋友说："原来我根本不用注意告诉你上下台阶和障碍物，怎么一边的声音对你影响那么大？"我揣摩着别人看我的目光，自卑加上绝望，我甚至听不明白她在说什么，一次一次侧过脸，把左耳朵朝向她："你再说一遍，你大声点儿。"几句之后，我发现朋友也变得沉默了，我甩不掉的安静。

曾经，我就像能看见似的跟着她健步如飞地走，别人根本看不出来我是盲人。但现在我根本就不敢走，到了下台阶的时候，我先用脚探来探去，走起路来一点都不自信。我听到朋友在自言自语说着什么，我听不见，让她再大点声音。她趴在我的左耳朵边说："好多人都认为你能看见物体，我现在感觉到了，你的耳朵才是你的全部，你的耳朵一定能好的。"

车窗摇下，风吹起我的头发。一个城市装载着我的希望。我们到了胡大夫的诊所，那里有好多病人在排队，胡大夫是个声音洪亮的老太太，望闻问切，她温热的手指搭在我的脉上，我使劲地听着她的那个方向。

她说："我试一试啊，不敢保证你的病完全好，但也不会有坏处。得给你放血。"我心里一哆嗦，因为我的痛感阈值比平常人低，听完她的话，我觉得我全身的肌肉都开始紧张。可是，她那么坚定，无可置疑地已经开始掀起我的衣服，顺着我的脊柱找穴位了。

　　胡大夫在我后背上找了两个点，开始用梅花针戳我的皮肤，我想象中，肉会啪啪作响。梅花针又坚硬又细密，一下一下扎进肉里疼极了。我浑身哆嗦，开始大叫，胡大夫没有停手的意思，直到她满意地用一个大玻璃罐子扣上她扎破的皮肤，开始拔血罐。第二个地方，如法炮制。两个罐子紧紧地揪着我的肉，我似乎感觉到鲜血正从扎破的皮肤里争先恐后地往外蹿，我疼得都坐不直了，再听胡大夫，她已经慢条斯理地给下一个病人号脉了。此时此刻，如同上刑，疼痛清晰明朗地穿过我的空格键。

　　我盼着她赶紧把罐子从我身上拿下来，但她就跟把我忘了似的，我只好不时提醒她我的存在。胡大夫总是说："不着急，你再等一会儿。"还不时地抬头问我一句："听见了没有？耳朵感觉怎么样？"在她的提示下，我从疼痛里分辨着声音。

　　慢慢地适应了这样的揪痛，我真的用右耳朵听见了胡大夫和病人的交谈。就像墙皮一层一层被剥离，我和全世界的阻隔薄了！

　　我大叫："我能听见啦！"胡大夫说："再等一会儿就更好了。"这句话如同魔咒，把墙推倒，果然我的右耳朵慢慢听到了大家说话的声音，听到了病人走路的脚步声，听到了屋外小鸟的鸣叫，还听到了远处小商贩吆喝：收——废品。又过了一会儿，我居然听见了胡大夫拿笔在药方上唰唰写字的声音，听见了窗外微风吹过树枝的声音。

　　我和右边的声音久别重逢。眼泪在眼眶里打转。我的生活终于能够把那些空格键一个一个地删除了。

　　二十分钟以后，胡大夫取下那两个罐子，她说从针眼里流了好多黑色的血块儿。

　　你知道宝贵的东西失而复得、劫后余生的感觉吗？胡大夫解救了我，她把我从绝望的泥潭一把捞起，把声音世界又还给我了。

从这一刻开始,我相信有"奇迹"。

　　我的右耳朵基本上能听见声音了,我又能靠反射音辨别所有的物体了,耳边开始清晰。胡大夫也非常高兴,她笑着,一次一次跟我击掌庆贺,她的手那么温暖,是这个世界的温度。

　　就像站在时光里等待春天,你不知道它什么时候来,只能把新的一天一天天迎来,再把旧的一天一天天送走,等着属于我的春暖花开。

　　耳畔的世界逐渐清晰,胡大夫又给我治疗了一段时间,再去医院测听力,其实我早已经知道结果了,我的右耳朵已经恢复了正常,我说的"正常"是我耳朵的标准,听力报告显示我的听力超出我的同龄人很多,我又能听到周围物体发出的各式各样的反射音了。日子里所有空格键被删除,我生活的文档又能继续写进新的内容。美丽新世界,失而复得。

　　我又能靠听反射音走路了,让别人看不出任何盲态,我又能听到微风轻抚大地万物了,耳边的世界如花绽放。

辑五　你是我的眼

前图:珍妮,我的眼睛

遇见珍妮

车祸已经过去一年多了,但车祸在我心里留下了挥之不去的阴影,导致我再也不敢独立出行了。作为一个人,如果不能靠自己走出家门,那么就意味着失去了接触社会的能力。

2004年的时候,我就听过《导盲犬小Q》这个电影,那时候我就很渴望有导盲犬这样一双眼睛。但那时中国还没有导盲犬。目前大连有了导盲犬基地,我已经申请了几次,在等着消息。其实盲人最渴望的就是有一双属于自己的眼睛,即便有家人或者助理的辅助,盲人也觉得生活很不方便。如果有一条导盲犬,那么盲人的隐私可以得到最大化的保护。

我终于接到了大连导盲犬基地王教授的短信。他们看了我在网上的资料,知道我是一名盲人钢琴调律师,外出的机会很多,他们培养导盲犬是希望能真正带着盲人出行,能真正当盲人的一双明亮的眼睛,所以通过了我的申请。4月初,我就能去大连领到导盲犬了。我简直兴奋得一夜没睡,我终于能有属于自己的眼睛了,这是天大的喜讯呀。利利提醒我,你要好好锻炼身体,不然坐在轮椅上可无法去领导盲犬。我确实有一年多经常坐在轮椅上了。有了动力,我天天练习走路。人的潜力很大的,通过一个多月的练习,4月初,我到了大连导盲犬基地。

4月的大连比北京似乎冷那么几度,我感觉到了刺骨的寒风。刚下飞机,我就觉得又到了冬天。到了位于旅顺区的大连导盲犬基地，我迫不及待地要看导盲犬们。这次毕业的有五条导盲犬，按编号，先让领导盲犬的五个盲人试用。我记得一号是只黄色的拉布拉多犬，它很温顺地被训导师带到我面前，我弯下腰摸摸它，训导师下令让它带我走。

一号导盲犬非常温柔地在我的左腿边，紧贴着我的腿，慢慢引领我前行。到了该下台阶的时候，它就停下来，用头碰碰我的左腿，示意我有台阶。遇到障碍物的时候，它会自动绕开。我好欣喜，有了这么乖的眼睛，以后我就能自己出行了。

二号导盲犬是个大金毛。刚到我身边，金毛就把爪子抬起来放在我手上，我好感动。看起来它很信任我。它好像在用爪子跟我说，我想跟你回家。它同样很稳地带我走路。给我印象最深的是四号导盲犬，它从笼子里面放出来就向我们这边奔来，门口站着十几个人，它就对我感兴趣，我听着大爪子扒地的声音离我越来越近了，我不由自主地往后退。我这辈子是第一次接触狗呀，如果不是渴望眼睛，我说什么也不想跟狗狗近距离接触。我从小养猫，我的黄黄陪了我十三年。俗话说猫狗是冤家，我小名还叫咪咪，不知道招狗狗待见不。

随着爪子的声音渐近，我实在撑不住了，扭头就跑，同时大喊：救命呀救命呀！一个训导师及时叫住了四号导盲犬。我哆哆嗦嗦地摸摸四号，是一只个头不太大的拉布拉多巡回猎犬。它背上的毛又粗又硬，我基本上没有摸过狗狗，心想：这狗毛怎么像猪鬃呀。我听训导师说四号是黑色的。我是从《导盲犬小Q》这部感动亚洲上亿人的电影了解导盲犬的。可是小Q是黄色的呀，所以我根深蒂固地认为导盲犬都是黄色的，没想到还有黑色的呢。这个背毛像猪鬃的四号导盲犬对我一点也不友好，它成心带我走得飞快，遇到树坑就把我放在树坑里，看见电线杆也不带我绕开。好不容易四号带我回到基地门口,它奔到它的训导员那里,用长长的舌头吧唧吧唧地舔着它老师的脸。我听得发瘆,这要把四号请回家,它天天舔我的脸,就不用做美容了。导盲犬是给盲人领路的,没听说兼职做美容呀。

五只导盲犬我都体验了。要和哪只配合,请它当眼睛,成了难事。如果我选错了,将意味着十多年别扭,就像眼睛里面揉了沙子。人生有几个十多年呀,要珍惜时光,所以我必须请一只适合我的导盲犬给我当眼睛。我跟办公室的工作人员聊天,得知四号犬本来应该去年毕业,后来考试它都很优秀,就留校做了一年的表演犬。它去过上海世博会、广州残亚会。这一年大大小小的会议,都是它上台表演的。我心想怪不得跟我这里耍大牌呢,原来身份不一样呀。那四只导盲犬也很优秀,有的性格还非常温顺,特别适合给盲人当伴侣。

我想,温顺的导盲犬固然不会把我带到树坑里面玩,我对狗没有研究,但一个调皮的孩子可是潜力很大呢。这是我的亲身体会,越是家长说不听话管不了的孩子,到了我手里才会出成绩呢,我认为狗狗也一样,越皮的也许有潜力发展呢。再说四号是唯一黑色的导盲犬,我小时候第一个梦想就是当画家,姥姥叫我画我养了十三年的黄黄,它是一只黄猫。不过画画的时候,配颜色对于看不见颜色的我来说,特别费劲。如果四号跟了我,以后我如果画狗,用墨就不用配色了。就是没听说过有黑色导盲犬,未免心里有点别扭。

当我决定要四号导盲犬做我的眼睛时,训导师告诉我,四号导盲犬叫珍妮,英文名字Jenny,是黑色的拉布拉多巡回猎犬,目前两岁九个月大。我突然想起去年我当特约记者去世博会采访,去生命阳光馆听到盲人踢足球的时候,有四爪扒地踢球的声音。还记起来盲孩子们踢完球,黑狗给大家表演了导盲。原来珍妮就是那只黑狗,真是有缘。去年我丝毫没有想到它会当我的眼睛。

另外四只毕业的导盲犬也跟盲人们配对成功,下一步我们就是共同训练、相互信任和了解了。负责带我跟珍妮配对训练的训导师叫王庆伟,他并不是珍妮的老师,珍妮的训导师是付名言。因为狗狗已经把老师当成主人,所以如果是老师带着导盲犬跟盲人配对训练,那么导盲犬对老师很依赖,就会拒绝给盲人当眼睛。

共同训练

我已经记不清给珍妮准备过多少次美食了。但第一次喂它的情景我却终生难忘。我们的共同训练开始了,王庆伟训导师,大家都叫他小伟,说:"要想让导盲犬给你当眼睛,你必须让它认你做主人,狗天生对主人就是忠心耿耿。"我有点犯难,我让它认我当主人,它就认呀,应该没有那么简单。第二天早晨,小伟端来了一盆狗粮,让我喂珍妮,我把狗粮放在珍妮面前,奇怪的是它不吃,小伟说:"导盲犬都有拒食训练,就是不下命令它是不吃的。"我当着珍妮的老师的面下命令让它吃吧,我分明听见它犹豫了一下,把头转向老师,它老师付名言说:"珍妮吃吧。"珍妮马上大口吃了起来,好像就吃了三四口的样子,一盆狗粮没了。我吓得不轻,这狗吃饭怎么这么快呀,如果不够吃,会不会来吃我呢。珍妮的老师说:"珍妮没有把你当主人,所以它吃得才这么快,它怕你抢它的饭。"哼,这狗心眼真多呀。

我们开始共同训练了,开始不用珍妮,珍妮的导盲鞍由它的老师付名言拿着,是按照珍妮的高度,它老师要弯着腰学珍妮走路。

小伟手把手教我怎样拿着导盲鞍,怎样跟导盲犬配合,狗狗的前爪位置是一号位,狗狗的后腿位置是二号位。还教我导盲犬的所有口令,我没想到导盲犬们都是用中文训练的。小伟解释说:"以前是用英文训练,口令都是世界上标准的导盲犬口令,但有一个盲人给基地提意见说,她从小没学过英语,领了导盲犬才学的,跟导盲犬说话太费劲了。后来基地就用中文训练了。不过听说一个朋友跟那个盲人开玩笑说:'狗都能学会英文口令,你怎么就学不会呢?'"我听了哈哈大笑。珍妮的老师当了半天的"导盲犬",我就学会了全部跟导盲犬配合的动作和口令。小伟说我学得太快了,我笑笑说:"我学过舞蹈,肢体协调还可以,所以学跟付老师的配合就容易了,但不知道跟他的学生配合怎么样呢。"大家都笑了。

小伟带着珍妮开始跟我训练了。他给珍妮戴上导盲鞍,让我拿着鞍子和它的链子,小伟再拿一条链子拴在珍妮脖链上,这样他

导盲犬基地的珍妮

就能指挥珍妮给我导盲了。不过就这样让一条狗领着我走路,说心里话,真不太相信它,我总怕珍妮把我带到沟里去,或者前面有什么障碍物,它不告诉我,因为它毕竟是一条狗,我助理还多次摔我呢,因为有台阶她忘了告诉我,我摔成了左胳膊骨裂。助理忘了告诉我有障碍物把我摔得鼻青脸肿的事情也不少呢,何况是动物,它就没有走神的时候吗?所以我真不敢相信它。珍妮带我走路的时候,我就有点犹豫着走。小伟看出来我的想法,就说:"你放心地相信珍妮吧,毕业的导盲犬,是经过多次考核的,绝对不会把盲人摔了的。每只导盲犬毕业考试,都是它的训导师戴上眼罩,由毕业的导盲犬带着上街、过马路、去商场等等。王教授说过,如果你们都不敢相信自己培训出来的导盲犬,那么怎样让盲人相信呢?"我感动了,一个健全人戴上眼罩,是不等同于一个盲人的,因为健全人习惯于看见的世界,他们戴上眼罩,比盲人走路要困难得多,盲人已经习惯靠听靠别的器官感知这个世界了。

珍妮,我的眼睛

最开始训练的是珍妮和我配合上下台阶,走直线避开障碍物。下台阶的时候,我总是不相信珍妮,拉着它的导盲鞍不放。小伟告诉我,珍妮到了上台阶的时候,会用前爪搭在第一级台阶上,等着我用脚探好高度,下口令,珍妮才会继续上台阶,下台阶也是这样的。我试了几次,还真灵。珍妮每次到了台阶前面,都会用标准动作告诉我。我多了几分对它的信任。珍妮带着我走直线就更简单了,不像我拿着盲杖,想走直线最好用盲杖敲着马路牙子走,但又容易撞到电线杆子上。有了珍妮这些就都解决了。但我丝毫

我和珍妮在导盲犬基地

没有意识到珍妮是有它自己的思维的,在它没有把我当成主人的时候,如果小伟不监督,不知道珍妮会怎样对待我呢。跟珍妮的共同训练就是走路,我身体不好,下午就坚持不了了。小伟看出来我不舒服,就说今天的训练就到这里吧,你今天把珍妮带回宾馆,只有跟它朝夕相处,它才会把我当成主人。我有点害怕,不知道把这个大黑狗请到房间是什么后果呢。小伟说:"如果你怕掌控不了它,就把它先拴到门把手或者窗户上。"我虽然有点怕它,但不忍心用链子控制它,就说不用了,我能听见它在干什么。小伟又交代了要怎样照顾导盲犬的注意事项,还说每天早晨6点要带它去草地上,导盲犬是只能在草地或者土地上上厕所的,主人一边要嘴里说着"嘘嘘便便"。我都记下了。

　　小伟走了,房间里面略显冷清。珍妮蹲在地上好像在看着我。我蹲到它对面说:"你好,只要你不咬我,我向你保证也绝对不会咬你的。我叫陈燕，小名说出来你也许不爱听，因为俗话说猫狗是冤家，但我也不能隐瞒你，我小名叫咪咪，是我姥姥给我起的，她希望我有九条命，因为我身体不好。你跟了我绝对累不着你，因为我没多大体力走路，也不会热到你，因为我从小就不会出汗，你还能用舌头出汗呢，但我多热也不会出汗，所以特别热的时候，我不会带你出去。我也不会冷到你，因为我调节体温能力差，冬天很怕冷的。所以我就不会大冬天的北风呼啸着带你出去了。你当了我的眼睛，我一定会对你好，把好吃的都留给你。"我对着这个庞然大物说了好多话，可它一点反应都没有。一会儿它发出呜呜呜的声音，我听了觉得它在想它的老师和笼子，我赶紧把它的晚饭送到它嘴边说："你吃吧。"它一点都不客气地大口吃起来。我把酸奶放在它的水盆里面，它也喝了。我想这样它就不伤心了吧。它吃饱喝足就趴在我给它准备的垫子上，我刚吃完泡面，碗都没来得及刷，大黑狗又开始哼唧了，我想起还给它买了小熊玩具，就赶紧给它拿出来放在它嘴边，它闻了闻笑纳了，把小熊放在两个前爪之间当了枕头。终于躺在床上了，因为走路比较多，我浑身都疼，像散了架一样。地上的垫子上还趴着一只不同的物种，如果我睡着了，真不知道它会做出什么。一天的劳累，我很快进入了梦乡。

　　是闹钟把我吵醒，我定表早晨6点钟，因为小伟说6点要带珍妮出去上厕所。我听见大黑狗还在打着呼噜就穿好衣服下了床。珍妮听见我的动静，它也从垫子上爬起来，我用链子拴好它，毕竟它跟我不熟，跑了我还真追不上。刚出宾馆的大门，一阵冷风袭来，我不由自主地打了个寒战，紧接着我似乎飘了起来从三级台阶上直接摔到下面。牵引链也脱手了，不过珍妮走回来舔舔我，好像很歉意地说："哎呀，对不起啦，我只顾追猫了，忘了你看不见这回事了。"我被它摔得困意全无，彻底清醒了。原来是珍妮看见猫，想跟它玩,就蹿了起来,我力气小就被它拖倒了。我揉着摔疼的胳膊,嘴里还要说:"嘘嘘便便,嘘嘘便便。"我听着它在草地上闻来闻去,我很纳闷,草地上有好吃的,还是草很香呀,有什么好闻的,狗类可真奇怪。一会儿就听见它在嘘嘘,它又转了一会儿停下来几秒钟,就开始用后爪刨地。我心想着可能是它都嘘嘘便便完了吧。我把它请回房间,把狗粮送到它嘴边,还把矿泉水倒在它水盆里面。听着它大嚼狗粮的声音,我的肚子都咕咕叫了,它的食欲可真好呀。一会儿小伟来了,他问我珍妮跟我的第一夜怎么样。我心想:还能怎么样,我肯定不会咬它呀,就把它拖我摔倒的事情说了。小伟说:"导盲犬不佩戴导盲鞍的时候,就是一个大宠物,它不会给你导盲,除非你们共同生活一段时间了,它会习惯性地就是不戴导盲鞍也下意识地给你领路。可现在不行,你们还没有熟悉呢。"我吃完早饭,一天的共同训练又开始了,先上课,就是教盲人怎样照顾自己的导盲犬,包括犬的习性和禁止吃的东西,等等,到了上午10点多就开始上街训练了。今天去海鲜街,这里是旅顺很著名的吃海鲜的地方,街道上坑坑洼洼,我还不太相信珍妮的引领,所以走得特别慢。小伟不时提醒我要相信珍妮。我也想相信它,但总感觉前面有障碍物,走路怎么也放不开。小伟说:"如果共同训练不合格,你就带不走珍妮了。"

路人骚扰导盲犬

我正跌跌撞撞地跟着珍妮往前走,旁边也在走路的一个听起来有五十多岁的女士问我:"这是什么狗呀?"我说:"是拉布拉多。"她问我这狗咬人吗,我回答:"不咬人。"她就上来摸珍妮的头。小

上　训练有素的导盲犬是不会受周围环境的声音指令诱导的,它只听主人的命令
下　体验导盲犬

伟说:"对不起,这是导盲犬,它在工作,您不能打扰它。"那个女士不以为然地又问了一句:"它会咬人吗?"小伟肯定地说:"导盲犬不会咬人。"然后那个女士一边摸珍妮一边说:"不咬人干什么不让摸呀。"我想赶紧走躲开她吧,没想到她跟着我们,还不时用嘴发出啧啧的声音逗珍妮。小伟提醒说:"您别逗导盲犬了,她在带着盲人走路呢。"那个女士追着小伟问:"哪有盲人呀,你说哪有盲人?"在路上逗弄导盲犬的事情,我也听说过。我的一个有导盲犬的朋友,他带导盲犬去超市,本来地势就很复杂,还有人逗弄导盲犬,盲人制止,人家不听,还乱喊口令,让导盲犬坐下,导盲犬迫于那人的压力就坐下了。我那朋友真想上去教训一下捣乱的。我想应该把导盲犬的口令改成英文,这样别人就不容易逗弄导盲犬了。中午我跟小伟学了世界通用的英语导盲犬口令,还真不少呢。下午小伟教我先用中文口令说一遍,再用英文重复一遍。开始珍妮看着我,好像是不明白我在说什么鸟语。我慢慢地对它说英文,也不知道它能不能听懂。但我认为,我刚跟它接触,给它改变语言也许能行,如果是它熟悉的人就不好办了。珍妮不愧是留校生,我也没看错它。珍妮非常聪明,三天以后我就不用中文下口令了,我直接用英文就行,它都能听得懂。后来,珍妮被媒体称为中国第一条双语导盲犬。

教珍妮导盲犬之外的事

很多人都好奇地问我,你让导盲犬去哪里,它就能去哪里吗?它找得到吗?其实导盲犬去目的地要先让健全人跟着盲人,去一次珍妮就基本上记住了,以后再说那个地方,它就靠着记忆去了,

珍妮带妈妈去超市

听说一只导盲犬能记住盲人经常去的几十个目的地呢。不过后来我发现珍妮能记住我去过的所有地方,只要跟它说它去过一次的地方,不论隔多久,它都能找得到。我们开始训练找目标,就是先告诉珍妮去超市,然后由小伟带着我们去到超市门口,再告诉珍妮,这就是超市,反复两次,以后我再说去超市,珍妮就能给我带到超市了,但到了超市里面我就犯了愁,我找不到要买的东西在哪里,我想如果珍妮能告诉我就好了。我听它老师说它酷爱球,就让服务员带我们去找网球,买了它的最爱。明显珍妮很高兴,翘着尾巴带我在货架中间穿梭。我让服务员帮我找到酸奶,这也是珍妮最爱喝的了。买完东西我们到了超市外面,我蹲下把酸奶给珍妮喝,小伟说:"不用着急给它,回基地喝也行呀。"我笑着说:"我比别人力气小,拿东西也就负重小,酸奶拿着太沉了,让珍妮喝了,就让它拿着吧。"珍妮去超市喝酸奶都很积极,但带我爬山躲障碍物的时候却显得漫不经心,我心想:好在我也不喜欢爬山,就随它去吧。但障碍物只要走路就能碰到呀。小伟说:"珍妮还是没有把你当成主人呢。"我心想:吃了我这么多好吃的,你这个没良心的。每天我们都去超市,我发现每次珍妮带我去超市都停在网球那里,然后就去酸奶那里。小伟看了说:"珍妮很聪明,一般导盲犬带着盲人到了目的地,就算完成任务了,到了超市里面,盲人可以找工作人员帮助。珍妮好像能记住更多的东西呢。"我抓住这个特点,每次去超市买什么都跟珍妮说:这是妈妈喝的矿泉水,这是妈妈吃的方便面,这是冰棍,你也爱吃的。几天过后珍妮在那家超市基本上都能找到我常吃的东西,只要我跟珍妮说"珍妮去找方便面",它就把我带到方便面货架那里,我要说找矿泉水,它就给我带到摆满矿泉水的货架那里。

我跟珍妮的老师付名言说,珍妮会帮我在超市找食物,付老师居然不信，就跟着我们到了超市。我先让珍妮找网球，珍妮把我带到摆着网球的货架边，我再让它找方便面酸奶饼干等等，珍妮都带我找到了。付老师都不敢相信是珍妮找到的。我给珍妮出了个难题，让它找牙膏。虽然我吃的用的都让珍妮看，还会告诉它是什么东西，但它看的牙膏是没包装盒子的，自然这次也没找到了，我把牙膏的盒子打开拿出牙膏笑着说："你没找到吧。"珍妮不干了，直往我身上扑，好像在说："你这只坏猫，在我老师面前让我'丢狗现眼'。"付老师简直不敢相信珍妮能有这个潜力，他说珍妮跟着我一定还会创造出奇迹的。奇迹不敢说，但我相信一条导盲犬能做很多事情。我丝毫没有把珍妮当成一条狗。有时候人类就是不相信自己的能力，还没做就考虑失败了，所以这样的想法直接影响了创造新事物。我经常教育那些家长和老师看了都头疼的孩子，那些孩子是老师和家长眼中的坏孩子，也是不可救药的，但我发现一个共性，就是那样的孩子都非常聪明，加以引导，就能出现奇迹。所以我爱跟那些孩子做朋友，经过我的开导，他们有了飞跃的变化，这是我最大的欣慰。珍妮虽然是一条狗，但不是所有的拉布拉多都能当导盲犬，珍妮既然能突破层层考试脱颖而出，它自然有自己非凡的能力，所以我非常相信珍妮能做到超出一般导盲犬能力的事情。

有了阶段性的成功后，我又想，如果珍妮能带我找到我要的食品，再告诉我是不是我要的那个牌子就好了。但它怎样告诉我呢？导盲犬在戴上导盲鞍后，是不允许吠叫的，也不允许吃东西等等，就是说，除了给盲人当眼睛以外，就什么都不允许了。它更不能看见我要的东西就上去用嘴叼，那样更违反了导盲犬的工作要求。我想了好长时间，终于想到，它不能在超市里面用叫来给我传递信息，也不能用嘴叼，但它可以用动作告诉我呀。可是它的什么动作能让我轻而易举地感知到呢？我想可以用站或坐的动作告诉我。经过深思熟虑我跟珍妮达成了共同的协议,就是我让它找哪类商品,它先把我带到货架边,我用手摸到想要的东西就问:这是妈妈吃的或者用的吗?我相信珍妮能分辨各种商品的牌子。

我每天都带珍妮去超市训练,小伟笑我说:"你以为珍妮是人呢,什么都知道。"我自信地说:"我相信珍妮什么都能听得懂,会有那么一天,它能帮我去超市选东西,还能分辨牌子。"小伟觉得这不太可能。我做什么事情之前都信心满满地认为一定能成功,虽然这次我面对的是一条狗,后来2012年北京广播电台的春节晚会上,珍妮就表演了现场帮我选食品还能分品牌。那可是视频网上直播的呀。我教珍妮超出导盲犬所做的事情,后来也招来了很多人的非议,包括个别导盲犬的使用者们,他们认为我是神化导盲犬,上告我颠覆了中国导盲犬的作用。他们恨不得把我和珍妮千刀万剐了,原因就是他们的导盲犬不会双语口令,不会在超市里面帮主人选吃的用的,不会找到卫生间还能分清楚男女,不会在银行外面看见有小偷偷主人东西赶快告诉主人,不会下飞机后带主人去行李提取传送带那里蹲着等主人的行李箱来了就站起来用嘴示意主人去拿,不会跳铃铛舞,不会用前爪扒钢琴,不会耍大牌不如意就把主持人领到门外去,等等。当然这都是后话了。后来大家都说我和珍妮配合得简直天衣无缝,但配合默契的背后是一次又一次的失败。大家看见的是我们的成功,但没人关心成功后面要付出的汗水。

我跟珍妮要训练上下滚梯电梯了。基地派车把我们和小伟带到旅顺步行街的大商场,这里从一楼到六楼都有滚梯,我下命令让珍妮找滚梯,它找到了,我按照标准动作带珍妮在电梯口站几秒钟,这是为了拉开跟上面行人的距离。然后下口令让珍妮带我上滚梯。珍妮看见能动的东西很兴奋,一下子蹿上滚梯,我被它拉了

上　和大连导盲犬基地
　　的校长合影
下　珍妮的小窝

一个趔趄,把小伟吓了一跳,他赶忙跟上来说:"注意下滚梯!"我用脚感知滚梯快到头的时候,拉着珍妮的导盲鞍让它下滚梯。它一下子跳下去,我被它拉得身体失去平衡,幸亏小伟眼疾手快拉住了我,才没有酿成大祸。我吓得一身冷汗,感叹道:这家伙怎么这样猛呀。小伟也吓得不轻,说:"主要是你的力气太小了,驾驭不了珍妮。这还是给你找了个小的导盲犬,要照你的话要大个的,你早趴下了。"我刚到基地的时候就说要最大的导盲犬,我干什么都挑大个的,就忘了大个的力气也大。小伟教我说:"你在滚梯上一定要站在导盲犬的一号位置上,这样滚梯到头了,你们两个才能更好地配合下电梯。"我们就这样跌跌撞撞地一路上了六楼,小伟说:"这哪里是盲人跟导盲犬配合训练呀,就简直是玩命了。"我这个人,只要学,就不达目的不罢休。我要求小伟带我们下到一楼继续练习上滚梯。我们坐直梯下到一楼,再一层一层地坐滚梯。熟能生巧这句话绝对有道理,半个多小时后,我和珍妮上滚梯就配合得非常默契了,连小伟都说是很好了。

我和珍妮的生死抉择

珍妮很聪明,它能基本领会我的用意,但它还是没有把我当成主人,可能它倒是把我当成朋友了,因为它酷爱玩球,我也很愿意跟它一起玩,听说它的面部表情很丰富,它的眉毛就能一高一低的,它的大眼睛好像在说话,它吐舌头散热的时候,别人看了都以为它在开心地笑。但小伟对我说:"你一定让珍妮把你当成主人才行,否则它以后不会完全听你的。那样以后在它领路中会遇到很多麻烦。"可我让它把我当主人它就当呀?它那么聪明,还有点调

珍妮带妈妈过马路

皮,真是不太好驾驭呢。我知道它一直没看得起我这个主人,每次到了基地,它看见付名言都会甩开我向它老师奔去。它认为付名言才是它的主人。

这一天我们开始共同训练过马路。导盲犬是完全具备这样的能力的。我下口令让珍妮找斑马线,它顺利找到了并等着绿灯亮起就能通过了。小伟在离我们几米的地方跟着。同时我要问珍妮:走吗?走吧?因为我看不见什么时候能过,所以把这个权利给了珍妮。一会它用大长嘴碰碰我的腿,意思是走。我跟着珍妮往马路对面走,快到马路中间的时候,我分明听见一辆声音很大的车,正飞速向这边驶来,这时候我再躲到安全地带已经晚了,因为我并不知道哪里是安全的。瞬间我想起了一年前的车祸,一辆电动车还把我撞得坐轮椅一年呢,这么大的车,一定会没命的。我跑不了了,但我不能拉个垫背的,珍妮这么可爱,不能陪我丧命呀。我下意识地放开了珍妮身上的导盲鞍和牵引链,同时对着珍妮大喊:珍妮快跑。我相信它一定能跑到安全的地方。接下来的一秒钟令我终生难忘:珍妮并没有跑,我虽然放开了它跟我的所有牵连之物,但珍妮紧贴到我的左腿边,用它的长嘴拱我的腿,好像在说:"我带你一起到安全的地方去。"小伟也没有躲开,而是迎着飞速开来的大车跑到我们前面,一边跑一边喊停车。我耳边响起了刺耳的刹车声,大车停下来了,离我们只有十几米远。小伟冲到驾驶室那里,拍打着车门说:"你为什么闯红灯,看见导盲犬带盲人过马路也不减速!"那个司机可能也吓得不轻,他结结巴巴地说:"我不知道什么导盲犬呀,我着急赶路,就闯了红灯,我以为这狗和人能躲开呢。"

　　我惊得脸都白了,好像珍妮也吓到了。小伟说:"上午就训练到这里吧,我把你们送回宾馆,下午再训练。"到了房间我给珍妮拿出酸奶倒在它的水盆里面,它看看没有喝;我把苹果放在它嘴边,它也不吃,只是安静地趴在垫子上看着我。我摸着它的背毛对它说:"你也吓到了吧? 其实生命很脆弱,生死就一刹那的事情。一年前我被车撞过,所以我知道车祸的严重性。当时我靠自己的能力是躲不开那车的,但我不希望你也跟我丧命,所以我放开了连接咱们的绳索,我希望你能活着。你能成为一条优秀的导盲犬,肯定也付出了千辛万苦,所以我要让你活下去……"我继续跟珍妮聊着,我看不见它的表情,但我听见它安静得出奇,我不知道它能不能听懂我的话,但我希望它能明白我的心。珍妮就这样一动不动地趴在垫子上,前几天它休息的时候都爱东看西看,好奇得不得了。今天它好像一下子就长大了。

下午继续共同训练，我惊奇地发现珍妮不再带我撞石头了，不再让我掉到树坑里面了，不再下台阶的时候偶尔不告诉我了，珍妮乖乖地成了我真正的一双眼睛。

二十一天很快就要过去了，我们的共同训练也要结束了。现在珍妮已经把我当成了它的好妈妈，我会陪它玩球，陪它在海边散步聊天，它会带我去超市饭店，路上的所有障碍物它都能带我躲开。我试图读懂它的想法，它在观察着我的爱心。共同训练终于结束了，明天我就要带着这双眼睛回到我熟悉的城市了。晚上王教授和训导师们一起请我吃饭。虽然只是短暂的相聚，但还是有丝丝不舍。

珍妮的老师说："陈姐，珍妮虽然很聪明，但它生性调皮，你要严格要求它呀。"我分明听出了老师对珍妮的太多不舍。老师培养珍妮一年九个月，他希望珍妮成为一只优秀的导盲犬，但成为导盲犬以后，对于训导师来说，就是分离。我能明白付老师的不舍。我说："您放心吧，我一定对珍妮好，我会把它当成自己的孩子，毕竟珍妮要背井离乡，到异地当我的眼睛。我还会带珍妮常回家看看，毕竟这儿是它最熟悉的土地。"王教授说："珍妮是中国第十八条导盲犬，以前的导盲犬们只要去了外地，回来的机会就很少了。"我默默地对珍妮说："我一定会带你回来。"听着珍妮趴在垫子上均匀的呼吸，我心中掠过一丝伤感，明天我就要回到属于自己的家了，但珍妮却被我带到了一个它从未去过的城市。珍妮是一条导盲犬，但它也有想家的权利，大连有它的寄养家庭和训导师。导盲犬一生中有三个主人，这里有它的两个。它生下来就不能自己选择地当了盲人的眼睛，导盲犬要比宠物多付出太多太多。我对珍妮说："请你相信我，我一定把你当我的孩子，我一定要让你幸福一生。"

上　珍妮一生中的三个主人

下　2011年4月珍妮毕业了

再见了故乡

一大早珍妮的老师就开车把我和珍妮送到机场,同来的还有基地的工作人员和小伟。一路上大家都在嘱咐珍妮要听话,真好像在送一个即将出嫁的女儿。珍妮好像也知道了即将跟它熟悉的一切告别,所以它一直在沉默,一改往日那活泼的性格。办好了登机手续,我们要进安检了,珍妮带我走一步,它就一回头。我读出了珍妮对这个城市的太多不舍。它的老师奔过来抱住珍妮告别,珍妮用大舌头舔着它老师的脸。我分明听见一个男人脸上的泪无声地流着。我不知道珍妮会不会流泪,就让我替你流泪吧。我答应基地,在下个月15日导盲犬基地成立五周年的日子,一定带珍妮回来参加周年庆典。

飞机带着我和珍妮冲上了蓝天,向着我居住的城市飞去。珍妮是基地的表演犬,所以它坐过多次飞机,看起来它一点也不紧张,就是好像有点忧伤。我一路上抚摸着它的大耳朵对它说:“我是你的第三个主人,你将有个新家,新家里有爱你的爸爸妈妈,我们一定会对你好的。”

带导盲犬去超市有多难

每个人都有自己心里最渴望的东西。我最渴望的莫过于拥有一双属于自己的眼睛。自从珍妮来我家后,我终于有了眼睛。我本以为盲人就是缺少一双眼睛,只要拥有了,就哪里都能去了,再也不用别人的帮助。但我没想到的是我所居住的这座城市的所有公共场合都拒绝导盲犬入内。看见穿着导盲服戴着导盲鞍的珍妮，就说宠物不能入内，人家丝毫没把珍妮身上导盲犬三个字看进眼里，我出示导盲犬的证件也是徒劳的。我真怕珍妮跟我回家以后，因为所有公共场合都拒绝它，过段时间它的导盲本领就退化了。珍妮来我家已经一个多月了，可我们还没去过一个公共场所。我多次去问家附近的几个超市，但不论大小，都告诉我宠物狗不能入内。可我去问的时候，都是带着珍妮的工作证的呀。

　　导盲犬的受阻也引起了各个媒体的关注。许多媒体打电话问我最想带珍妮去哪里。我想想说："民以食为天，我必须去的是超市，所以我最想让珍妮带我去超市。"在大连的时候，珍妮可以带我去买任何东西，还能帮我选食物。珍妮能选食物的本领引起了媒体的关注。可我每次都说："导盲犬只能领路，只有珍妮会选食物，那是我跟它配合默契的结果。"珍妮来我家四十七天的时候终于五家媒体还有当地居委会出面联系了一家中型超市，超市的经理表示，如果导盲犬进入不会影响顾客，他们就让导盲犬进。那天各个媒体加上围观的群众，我听着大概有八十多人在旁观珍妮带我去超市。我心想这阵势没吓到珍妮就不错了。幸亏它是表演犬，不然珍妮看见这么多人，恐怕连导盲的工作都忘了呢。我下口令找超市，因为我带珍妮早就来过多次这家超市的门口，所以它轻车熟路地找到超市门口，但珍妮不再往前走了，用长嘴碰碰我的腿，好像在说："每次来人家都不让我进，说我是宠物，我不想听别人说我是宠物，就跟本来人家有工作，却说人家是待业青年似的。"我跟珍妮说："进去。"珍妮犹豫了一下走进了超市的大门。这可是珍妮来北京第一次到公共场所呢。

　　一个记者提问我："您是怎样让珍妮找食物的？"我说："在大连

的超市,珍妮认识我常吃的东西在哪里,不过它没来过这个超市,我就不知道珍妮是否能找到食物了。"我下口令让珍妮找酸奶,我想酸奶是珍妮最爱喝的了,也许它能闻见。珍妮带着我不紧不慢地走到一个货架边停住了,我用手摸到了各种各样的瓶瓶罐罐,真是酸奶呢。我拿起一瓶问珍妮:"这是妈妈常吃的吗,如果是你就坐下,不是的话你就还站着吧。"但我是用英语跟珍妮交流的。珍妮想了想没有动。我又换了一瓶问珍妮,它看看就坐下了。记者问:"你在找什么味道的酸奶?"我说我找的是原味的。大家都惊叹珍妮真的认识酸奶。我又让它找饼干、方便面,珍妮都找到了,还用动作告诉我,我拿的是不是我经常吃的那个牌子。

一个人说:"你让它找矿泉水,水没有味道,看看它找得到吗?"珍妮确实没来过这个超市,我也不知道它到底能不能找到没有味道的东西,就跟珍妮说"妮妮去给妈妈找矿泉水",说完还故意吧嗒吧嗒嘴。珍妮想了想就慢慢地带我到了一个货架旁。我摸了一下,确实都是瓶子。我拿起一瓶问珍妮:"这是妈妈经常喝的水吗?"珍妮看看坐下了。大家都说这黑狗太聪明了。一个女记者提议让珍妮找熟食,我心想这个提议太坏了,本来大家就担心狗会吃超市的东西,还把狗往敏感地带勾引。可是我在大连跟珍妮共同训练的时候,没有让它找过熟食呀。我愣在那里,我听有人说:"熟食有那么大的味道,狗一定能闻得到的。"我说狗肯定能找到,但我想不出来怎样跟它表达,我没跟它说过什么是熟食。我突然想起来,就跟珍妮说:"小妮去带妈妈找爸爸碗里的肉肉。"因为利利爱吃蒜肠。珍妮很快带我来到熟食柜台,还没等我摸到熟食呢,它就趴在地上了。记者问:"珍妮为什么趴在地上了?"我心想,我又不是狗,我哪里知道呀。但我不能这样说,想了想就说:"珍妮看见过它爸爸吃蒜肠,但那是我切成片的。超市的熟食往往都是圆的肠子,珍妮肯定认不出来。所以我想出了让它找爸爸碗里的肉。"大家都笑了。

在珍妮带我找大家提出的各种各样的东西的时候，围观的人越来越多，我很佩服珍妮的淡定，如果它是个孩子，看着这么多人也会紧张吧。这家超市的经理一直看着珍妮的举动，他当众表示，以后这条黑色的导盲犬随便来我们超市，我们会培训所有员工不要拒绝导盲犬。黑狗真是太乖了，还很通人性。我很高兴，以后珍妮终于能带我来超市了，这也是北京第一家让珍妮进入的超市，叫超市发天通西苑店。不过别的超市可没这么通情达理，我带珍妮去过物美超市五次都被拒之门外，经理看了珍妮还说："这么大的狗，进超市要吃我们多少东西呀。"我说："导盲犬戴上导盲鞍就是盲人的眼睛，眼睛是不会随便吃你们的东西的。如果您怕导盲犬吃超市的东西，那么人呢，人更多，还能吃到高处的东西呢。"两年后物美超市才让导盲犬进，但他们超市新来的员工经常看见我们就大喊大叫"宠物出去"。家乐福拒绝珍妮四次，每次我们要求进入超市，保安都会说："我们要先请示领导。"每次请示领导，我们都要等上半个多小时，然后人家再说："领导说了，狗就不让进。"中国残疾人保障法早有规定，导盲犬可以进入公共场合，但有法不依的商家太多了。后来国务院出台了无障碍保障法，我拿着法律去找家乐福，才真正打通了珍妮能带我进家乐福的通道，可喜的是，北京十八家家乐福都欢迎导盲犬进入了。这就是坚持的胜利吧。

公共交通拒绝导盲犬

说起公共交通，好像离我和珍妮很远似的。自从珍妮来当我的眼睛，我们遇到拒绝最多的就是公共交通了。到现在只要带着珍妮,公共交通就跟我们无缘了。十几年前我们选择在哪里买经济适用房的时候,就先考虑是否有地铁了。我跟利利都是盲人,所以地铁对于我们就显得很重要。我们选择了一个离地铁走路只有七分钟路程的楼住下了。前几年我同学买车,我也没考虑一下,因为我认为地铁是最快捷的交通工具,对于我这个爱计算时间的人来说是最好的了。2011年北京突然买车摇号了,我傻了眼。有驾驶证的人才能参加摇号,这意味着我这辈子与私家车永远擦肩而过了。我多次在残疾人代表大会上提案北京的盲人买私家车,但领导总说我这个问题是个例,不采纳。郁闷呀,我倒不是钱多得要买车,是因为珍妮来我家以后就面临着无法出门的窘况。

　　我去过天通苑地铁站多次,询问导盲犬是否能坐地铁,但都被拒绝了。看着微博上有导盲犬能坐地铁十号线等等,我认为应该继续争取。我记得带珍妮去天通苑地铁站有十一次呢,每次站领导都说研究汇报一下,也不马上拒绝我,我认为这就是希望吧。但每次研究汇报之后的结果都是一样的,就是研究一个多小时以后,依然拒绝导盲犬进地铁。我提出:为何别的线路能让导盲犬坐地铁呢?天通苑地铁站的王站长说:"我不管别人,导盲犬从我这里就走不了。"确实真是走不了,因为每次我去争取权益,站长都会让我在门口站一个多小时,直到我身体支撑不住就离开了。我要是珍妮就好了,就趴在地上不累了。

　　一次北京电视台的记者出主意让我去十号线往回家方向坐地铁。我们就打黑车出发了。其实我们也不想坐黑车,但出租车真不拉呀。珍妮刚来我家的那个夏天,我们出门打车四十分钟,没有一辆出租车拉珍妮,尽管朋友解释我们带了一次性床单,不会把座位弄脏。司机总说:"公司规定不能拉宠物。"可能在他们眼里导盲犬就是宠物吧,但他们绝对不会冲着警犬叫宠物吧,这不是欺负狗

地铁拒绝导盲犬

吗？北京的夏天真是热呀，天气预报报了三十五度，地面温度更高，我们还站在阴凉处，可四十分钟珍妮还是中暑了，回家吃了狗粮全吐了。我和朋友马上租黑车带它去了宠物医院，因为我在导盲犬基地共同训练的时候上了二十一节课，内容就是怎样与犬接触，怎样饲养犬，所以我知道狗中暑是非常危险的。

　　我们坐着黑车到了十号线的管辖地，车站的工作人员看见有导盲犬也说汇报一下，我们等了十分钟左右，领导发话进去吧。珍妮来北京半年了，这是它第一次坐地铁，我们换到了五号线地铁，在天通苑站出站，我特意在站内，记者去找站长问："你看导盲犬可以在别的站进入，也没出什么问题呀，以后天通苑站是否能让它进呢？"站长摇着头说："我不管它们从哪个站进地铁，从我这里就是进不去，因为没有规定导盲犬能进地铁。"记者问王站长："那有规定不让导盲犬进地铁吗？"当时王站长就不振振有词了。我说："没有规定就等于允许。再说了,导盲犬进入公共场合这是有法可依的,中国残疾人保障法和国务院颁发的无障碍保护条例,都规定导盲犬可以进入公共场合,难道天通苑地铁站不算公共场合吗?"王站长索性不理我们了。记者问:"那您让不让导盲犬出站呢?"王站长说:"如果我不让它出站,不就违法了吗?"我听了都笑了,你拒绝导盲犬难道不是违法吗? 但是在天通苑地铁站拒绝珍妮第十一次的时候,珍妮的表现彻底让我放弃了坐地铁的想法。那天珍妮像往常一样趴在地上等待着王站长去汇报领导,一会儿一个围观的人说:"快看,黑狗好像流眼泪了。"我赶紧蹲下摸珍妮的眼睛,真的湿了,还有大滴的泪珠往出涌。我顾不得围观的人多了,一把抱起珍妮说:"妮妮对不起,以后妈妈再也不带你来争取坐地铁了,我给你租车出门。"说着我的眼泪像断了线的珠子流淌在珍妮的脸上。

出门靠租黑车

从此我们出门就靠租黑车了,说实在的确实很贵,超出了我们的承受能力。但为了跟珍妮在一起,为了不把人家辛辛苦苦培养的导盲犬当宠物,只能租车。自从珍妮来到我家,我们就没存过钱,两个人的工资,大部分都租车了。《焦点访谈》的记者找到我,他们想呼吁导盲犬乘坐公共交通,提出让珍妮带我去天通苑地铁站。我很想让更多人了解导盲犬,也放弃了自己一半的事业来义务宣传导盲犬畅行,但我答应珍妮不再带它去那个伤心的地方了。我征得了珍妮的同学导盲犬子龙的主人同意,介绍他们参与拍摄。因为子龙是个公犬,又刚来北京,它也许还不知道什么叫拒绝,公犬的承受力也很强,它的主人也非常想呼吁导盲犬畅行。那天记者跟着子龙和它主人在西单转了一圈,都没有遭到拒绝,他们来到天通苑,果不其然又遭到了拒绝。子龙的主人想耐心说服站长让导盲犬进入,但他们在站口站了五十分钟,还是不让进,他们又争取了一个多小时还是不让进。子龙的主人都被他们气哭了。最后是珍妮的志愿者正好开车来看珍妮,把子龙和主人送回家的。

　　公共汽车也会拒绝导盲犬,除非司机喜欢狗,那么导盲犬就能上车了。出门撞大运的日子我可不敢过。前些天外地的一只导盲犬带着主人来中央台做节目,打车回宾馆,两个多小时,没有一辆出租车拉他们。没办法只能拨打110报警。警察真的来了,但警察知道事情的原委后也没办法,他们说:“我们虽然是警察,但也不能强迫司机拉导盲犬呀。”导盲犬的主人说:“那您送我们吧。”警察叔叔说:“我们只能送你们一公里,因为一公里之外就不归我们管

在西安地铁

281

了。"警察也试着打车，但司机还是不拉，警察直跟司机商量，一个家里养过狗的司机终于把他们送回宾馆了。还听说一个上海的导盲犬坐高铁来北京做节目，回去的时候在北京南站受阻一天的时间，那个导盲犬没吃没喝一天都在车站等着。我的身体可真吃不消，所以我出门都是有备而去的。珍妮也坐过地铁，那是去上海南京广州深圳西安天津武汉成都等等的地方，那些城市规定宠物不能进入地铁，导盲犬除外。我义务宣传导盲犬畅行已经三年多了。随着大家对导盲犬的了解，现在接受导盲犬进入的地方已经越来越多了，但天通苑地铁站直到今天还是不让导盲犬进入，目前附近已经有两只导盲犬了，同样被天通苑地铁站拒之门外。珍妮和我都相信，会有那么一天，我们一定能从天通苑地铁站进入，坐上地铁的，到那时，我就能省下钱给珍妮买好吃的了。

当一天我的眼睛

辉辉是我的好朋友，她看着我和珍妮处处受阻心里很难过，她说过多次想当一天我的眼睛。今天正好辉辉休息，我就约她到我家玩，她又提起了要当一天我的眼睛，好吧，正好让珍妮歇一天，出发。

辉辉问我想去哪里，我想了想说："咱们去看电影吧，我记事以来只跟着别人看过几次电影。我记得上次看电影还是三四年前的事儿呢，那时候热播《唐山大地震》。"辉辉欣然答应了："我还能给你讲呢。"我们到了电影院，现在只有《京城81号》，是个恐怖片。我说："虽然我的胆子小，但我看不见屏幕，所以没关系。"这个电影是3D的，辉辉带我去领眼镜。我说："我就不要了吧，还省得一会儿还呢。"她一愣,想了想说:"你确定不要眼镜吗？3D电影如果不戴眼镜,看着就都是重影,所以看电影的人,就没有不戴眼镜的。"我赶紧说:"还是要吧,不然大家都会觉得我太奇怪了,或者认为我有什么特异功能。"辉辉沉默了,我感觉到她有一丝伤感,就说:"看不见也有好处,一会儿要是有鬼出来,我看不见就不害怕了。"

电影开始了,虽然我看不见屏幕,但听着惊悚的音效也是被吓得一惊一乍的,每次响起恐怖的音乐,我都问辉辉:"你看见什么了？"她就下意识地用手蒙上我的眼睛说:"什么也没有,你别看。"我笑着说:"没事儿,我看不见的。"我经常会听到全场的唏嘘声,我在脑海里设想着各种毛骨悚然的画面,但怎么也害怕不起来。我轻轻摸摸辉辉的手,她的手冰凉,可能是吓的。我调侃她说:"身临其境,却处乱不惊,看不见的好处就在于此,这回知道了吧。"就这样,全场的人都看着很害怕的画面,只有我手里拿着3D眼镜,偶尔会被恐怖音乐吓到一点点。

电影结束了,辉辉抹了一把额头上的汗说:"幸亏你看不见,其实好多画面都很可怕,你胆子小,我真怕吓到你呢。"

黑暗体验

我跟辉辉说:"你总好奇我的世界,咱们去西单吧,去木马黑暗餐厅好不好,那里是全黑的世界,就像我眼中的世界一样的黑。"我经常带朋友去那里,尤其是找我励志的朋友,他们物质上很富有,但总是觉得不幸福,我会跟他们聊天谈心,如果还是触动不了他们,我就带他们去黑暗餐厅,每个从黑暗中复明的朋友,都会对光明、对生活,有一番全新的认识。

我拉着辉辉的手进了位于西单的木马黑暗餐厅。"哇！房顶上、墙壁上到处贴着夜光的装饰物，好像有许多星星，漂亮极了！"爱浪漫的辉辉被这人造的迷人夜色陶醉了，欢呼雀跃着。

这里有半黑暗区和全黑暗区。辉辉的高兴劲来得快去得也快，她小心翼翼地问我："咱们要不要这次先在半黑暗区体验，下次再去全黑暗区呢？"我摇摇头，说："来了就要给你一个震撼，哪有失明还能选择一半的呀？"

走进全黑的区域，辉辉彻底傻了眼，她的手搭在我的肩膀上，我往前走，她磕磕绊绊地跟着我，还不时往后拉扯我的胳膊，哈哈，她是不敢走了。到了桌子边，她费了好大的劲才摸着桌子找到椅子坐下了。我说："你再找不到椅子，我就抱你坐下。"她一直不吭声，两只手在自己周围认真摸索着。我感觉到了她在黑暗中的不安，抱抱她的肩膀安慰说："没事儿，这里是安全的，你的前面只有一张桌子，这个区域周围都是桌子，之间有隔断分开，隔断边上有各种毛绒的动物。"她听了吓得赶紧把手缩了回去。我说："都是长毛绒玩具，不会咬你的。"她摸到了桌子上的勺子，紧紧攥在手里，好像怕勺子飞了似的。

坐在伸手不见五指的餐厅里面，耳边回荡着舒缓悠扬的钢琴曲，我听见周围的食客们紧张得不知所措，而我反而有种特别安宁的感觉，在这一刻，我终于和大家平等了。

服务员来上菜了，我问："你看看，这里是不是我的动作最正常了？"她用远红外夜视仪看了看说："还确实是呢。"好吃的都上来了，辉辉却在那里安静地拿着勺子坐着。我催她："快吃呀，如果找不到就用手抓。"即使在黑暗中，她依然极爱惜自己的淑女形象，机械地用勺子在盘子里盛了一下就往嘴里放。我赶紧说："你勺子里面什么也没有。"她咬了一口空勺子问："你怎么知道的？"我说："我听到的呀,在这个空间里的所有人的一举一动我都能听到的。"她又沉默了。我把蘑菇汤放在她面前说:"你先喝点汤,可千万别烫着。"其实这是我多虑了,服务员端进来的所有食物都吃着温度正好,绝对不会烫。我拿起一个面包说:"你吃面包吧。"辉辉没有接,而是摸我的胳膊。我问:"你不吃面包摸我干什么?"她说:"我找不到。"我把面包递到她手里,又把沙拉放在她面前,她一直在沉默。她是我的知己,她总是爱多愁善感。我怕她伤心,赶紧笑呵呵地说:"我很喜欢来这家餐厅,到了黑暗的世界,我听着钢琴曲能彻底放松下来。在这里我终于和别人平等了,我平时和别人交流的时候不能察言观色,但别人都能。在这里,大家都是一样的了,都是靠听来感知这个无色的世界,在这里我就是强者,因为我生下来就是这样生活的。你们有光的界限,能看见从白天到黑天的转变;我没有,我的世界是一体的,没有变化。但我尽力做到跟别人一样生活,却遭到别人的质疑,说我是假盲人,真想把那些闭着眼睛想象盲人的人拉进黑暗里,让别人看看我们到底谁更像盲人。"辉辉突然问我:"你总在黑暗中生活不害怕吗? 我现在就有种莫名的恐惧。"我说:"不怕,当你知道永远也走不出黑暗的时候,你就不怕了。"

很多人都问过我:假如给你三天光明,你会去看什么? 我总是苦思冥想后摇摇头说:"我今生不可能有三天光明,但我也要在光明下生活,我努力实现我的梦想,因为在黑暗中也会有流星一闪的光亮。如果能让我选择人生,我当然要看见这个美丽的世界,但我不能,我只能熟悉黑暗的色彩。我在黑暗中体会到了人生的酸甜苦辣,我体会到幸福就是光明。我想让更多人知道,阳光、色彩、万物,在一个盲人的心目中也一样绚丽。"在黑暗中,我分明听到了辉辉的眼泪正沿着她的脸庞轻轻滑下。我拉着辉辉的手说:"别为我难过,如果人生能选择,我肯定选择光明,但人生中不能选择的事情太多了,看不见不算什么,最重要的是能有一颗明亮的心。"

我问辉辉:你想过吗?假如给你三小时黑暗,你会怎样?辉辉说:"如果三小时后阳光还能属于我,我就细细体会这黑暗的味道。如果我将永远停留在黑暗中,我会崩溃的。"我摇着辉辉的胳膊说:"你别多愁善感了,阳光永远属于你,我在黑暗中也过得好着呢。"

我们吃完饭,服务员送来两块橡皮泥说:"你们在黑暗中做出自己想象的作品,但橡皮泥是五颜六色的,出去看看,颜色和物体是否对应。"我问辉辉:"你猜,你手里的橡皮泥是什么颜色的呀?"我听着她把橡皮泥放在眼前,左看右看,然后说:"想不出来。"我说:"我想我的橡皮泥是粉红色,这个颜色象征着纯洁快乐。咱们先做吧,然后到亮的地方你看看是否和想象的一样?"我听着她开始揉搓手里的橡皮泥了。我想了想,就做一颗心吧。

三小时以后,我带辉辉走出了黑暗,她看见了我们各自在黑暗中的作品,居然都是心,我的不是粉红色,是一颗金黄色的心;辉辉做了一颗蓝色的心。我说:"咱们真是知己呀,连做的东西都一样,就是我猜错了颜色,不过本来在我的生命中也没有颜色,但有一颗坚强的心。"

珍妮陪我住院

我从小就身体不好,从小到大的这几十年里经常住院。自从珍妮来我家以后,我一次也没住过院,一方面是珍妮每天早晨会准时6点叫我起床,如果赖床,它会给我点颜色看看。轻则在我面前哼哼唧唧,重则用它的大长嘴把我的被子叼走。所以我可不敢赖

航空总医院报告会

床。赶紧起来跟它出门锻炼身体。

就像导盲犬基地创始人王靖宇教授回答质疑他的人的话,盲人可以雇保姆,可是保姆是八小时工作,导盲犬可是二十四小时守候呢。就是家人也做不到每天准时带盲人出门锻炼身体,但珍妮能做到,如果我敢偷懒,它的大长嘴就在我腿上拱来拱去,对我很不满意的样子呢。这样我的身体慢慢好点了,但这些天工作特别忙,我又感冒了,还有点发烧,最可怕的是两年前撞车的后遗症又犯了,头晕得站不起来了,就到航空总医院去看病。这家医院我以前住过多次,尤其是出车祸之后,住院的频率就更高了。记得那年这家医院的高国兰院长听我的主治医生介绍了我的情况,邀请我在医院给医生和护士们做励志演讲。当时我确实给全国各地的许多家企业讲过课,医院还真没讲过。我一边住院一边准备,当我病好些的时候,给大家分享了我的经历和人生感悟。我的主治医生刘春青主任说:"我们医院经常会组织大家听一些讲座,但这次你的讲座感动了许多人,他们现场都流泪了。"

自从珍妮来到我的身边,我就没住过院,有时候需要住院,可想着珍妮在家伤心地盼着我回来,我就不忍心。这次我的病有点严重,到了医院刘主任看了检查结果要我马上住院,我很为难地说:"我住院了,就没人管我的导盲犬了,我不太放心它。"当刘主任了解到目前我所居住的这个城市导盲犬还是处处受阻的时候,她也很为难。她查了网上相关报道,还真没有导盲犬进入医院的。她向高院长说了我的情况,高院长也很为难,说:"我也不知道让导盲犬进医院是什么后果,不过我在美国学习的时候,看见过导盲犬,它们哪里都能进的。"后来医院领导开会研究了这个问题,大家都认为既然国家有法律规定导盲犬可以进入公共场合,既然国家发了导盲犬的工作证件,就有法可依。于是航空总医院成了中国让导盲犬陪着盲人住院的第一家医院。

我开始了漫长的治疗,珍妮也跟着我住在病房里面。它每天都趴在垫子上,用黄褐色的大眼睛关切地看着我,我分明能听见它眨眼的声音。我总说珍妮什么都能懂,就是不会说话,它知道我病了,所以我住院的那些天,早晨珍妮从来不叫我起床,它就用大长嘴放在我的床边上,好像在问:"妈妈今天好点了吗?"我去检查的时候,珍妮也跟在我身边,好像非常珍惜跟我在一起的时间似的。不论是医生还是护士都很喜欢它,病人们看见它也没有大喊大叫。光明网的记者跟着我们去门诊检查,她随机采访了一些病人,大多数还都知道导盲犬就是给盲人领路的,没什么可怕的。还有人说:"医院都让进来了,我们有什么意见呢。"当时我想:如果让那些拒绝导盲犬的商家听听就好了,他们总是以顾客有意见为由来违法拒绝导盲犬。至今没有一家承认就是不让导盲犬进的,可是

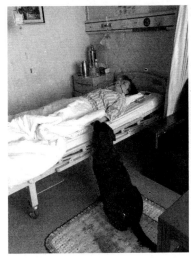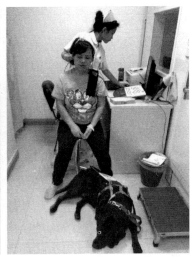

珍妮跟妈妈在医院

珍妮带着我就是去不了公共场合，很无奈呀。还有很多商家怕导盲犬到处撒尿污染环境，他们不了解导盲犬在训练的时候，要求必须在草地或者土地上大小便，所以住院期间我也是带珍妮去花园大小便的，如果珍妮便便了，我会用纸和塑料袋处理干净。如果我感觉头晕不能下楼，就让特别喜欢珍妮的护士姐姐们带它去花园方便。只要我跟珍妮说"去吧，跟着姐姐去嘘嘘便便"，珍妮就摇着大尾巴跟着走了。我的好多朋友知道我病了，就都来医院看我，每次珍妮看见来客人了，就赶紧叼着自己的玩具去迎接，大有主人待客的风范呢。

每天我都要输液，护士来了都会先跟珍妮说："我给你的主人打针是为了治病，你没意见吧?"每次我听了都笑，我告诉她们导盲犬不会咬人的，你们就放心扎我吧。珍妮最不喜欢侯医生，他每次给我做复位动作的时候，侯医生都说珍妮在警惕地看着他呢。我说放心吧,它不会咬你的。不过珍妮确实不喜欢侯医生,它认为侯医生会给我带来危险吧。珍妮最喜欢刘主任了,因为有一次刘主任带着自己的女儿小雨来看珍妮,小雨是个漂亮的小姑娘,还给珍妮买了好多好吃的,珍妮特别爱跟她玩。之后珍妮每次看见刘主任都会凑上去看着她,好像在问:"小雨什么时候来呀?"我说这是珍妮馋了,大家还不信。自从珍妮陪我住院后,每天中午吃完饭,都会有医生或者护士们还会有病人来门口看,我知道肯定是来看珍妮的,还有个病人,可能是喜欢狗的吧,去护士长那里要求搬进我们的病房,理由是能每天看见珍妮。珍妮的懂事和乖巧也给我带来了许多乐趣。我白天睡觉的时候,珍妮总是趴在垫子上关注着我,真像一个孩子在期盼妈妈快点好起来。我输液的时候无所事事,就跟珍妮聊天,我说:"妮妮帮妈妈看看液体输完了没有吧,妈妈看不见的。"我听见珍妮眨巴着大眼睛好像在说:"你的耳朵好,自己听呀。"确实我可以知道,我不是靠听,是用脚碰碰输液袋,就知道还有多少液体了。我练过跆拳道,把脚放在比头高的地方还真是不难。或者我轻轻拽一拽输液管,也能知道液体滴完了没有。我的这个本领,护士们都说太奇了。一天早晨我醒了急于去卫生间,可能是起来得太猛了,头晕发作一下从床上掉到地上晕了过去。等我醒来的时候,发现自己已经躺在床上了,监护仪跟我的身体连接上了,我身上一点力气都没有。我听见珍妮发出呜呜咽咽的声音,我想对它说点什么,但嘴上扣着氧气罩。后来我听护士说她们是听到狗叫声才赶紧跑进来,看见我晕倒在地,就赶紧叫来医生抢救我了。就这样珍妮会救主人的本领在医院传开了。

　　一个多月后,我出院了。但要终生服药。所以半个月就要来一次医院拿药。每次我让珍妮带我挂号,找电梯,去四楼找刘主任,拿了药方交钱,拿药。珍妮把这一系列的看病经过都记住了,它每次

钢琴进医院

都是准确无误地带我完成。那些来来往往的病人和他们的家属们，也没有谁提意见说医院让狗进来的。2014年的9月份，航空总医院率先把钢琴引进医院，他们把一架三角钢琴摆放在大厅里面，医院想让患者在病痛之余听到舒缓的钢琴曲，这样会减轻他们的紧张情绪。据我所知，早在古代就有音乐疗法了。我是第一个带着我的钢琴调律团队报名的。这家医院没有拒绝盲人的眼睛。我还记得高院长的一句话：如果不让导盲犬进，那不就是等于拒绝盲人吗？所以我是抱着一颗感恩的心来当钢琴演奏志愿者的。9月30日那天上午，我带着珍妮来到医院大厅，同时我团队的盲人钢琴调律师们也来到这里。当我作为医院的第一个志愿者弹响钢琴，那些就诊患者和他们的家属都围拢过来，我听见二楼也有驻足向这边观望的。在现场我承诺，以后每次来看病都会给患者们弹奏钢琴，我们盲人钢琴调律师团队将定期免费给医院调钢琴。10月15日是第三十一个国际盲人节,今年的主题是"关爱盲人,帮助盲人"。航空总医院又率先开启为盲人就诊提供志愿者导医服务。这一天我也早早地来到医院坐在钢琴边,弹奏了一曲《感恩的心》。

盲人们需要社会的帮助,需要大家伸出热情的手引领盲人前行。盲人们也希望在力所能及的情况下回报社会,盲人们一定会记住每一个帮助过他们的志愿者,让我们一起呼唤爱,明天会更好!

带珍妮去黄金海岸

我最喜欢大海,我喜欢它的博大,我喜欢它的宽广。珍妮也最喜欢大海,听说拉布拉多的祖先就是给渔民拉网的水猎犬。所以珍妮酷爱在大海里面游泳。在大连导盲犬基地的时候,我带珍妮去海边玩过,但北京没有海,就没再带它去了。珍妮来我家半年了,只要出门就处处受阻,珍妮虽然不会说话,但我发现它什么都能听懂。听着拒绝它的话,它也很伤心。我很无奈,我不能保护它,我总让它去公共场合伤心。利利多次跟我说:"就放弃了吧,你还是像以前一样拿着盲杖出门,就把珍妮放家里当个听话的宠物吧。"但我总是认为对不起导盲犬基地,人家花大价钱,花很多精力培养一只导盲犬太不容易了,我却把人家辛辛苦苦培养的导盲犬当宠物。再说珍妮也离不开我,把它放家一天我也会很想它呢。

利利休假了,我们商量着要带珍妮去我最喜欢的黄金海岸。但火车不让导盲犬上,我只好租黑车带珍妮去了。我们用了四个小时到了北戴河,黄金海岸就在前面了。渐渐地我耳边的高楼大厦稀少了,取而代之的是越来越宽广的田野。我们到了黄金海岸,找朋友的朋友承包的一家宾馆住下。自从有了珍妮,我们的行动就非常受限了,珍妮是我的眼睛,但不是带着眼睛去哪里都行的。一定要先沟通,但沟通的结果多数是拒绝。好在是朋友的朋友承包的宾馆,所以珍妮才有了栖身之地。珍妮自从闻到大海的那一刻起就非常兴奋,都快从车里面跳出去了。我们顾不上吃饭,这次就是陪孩子来玩的嘛,珍妮平时真是太受委屈了,这次就让它玩个够吧。

　　我们带着珍妮到了宾馆对面的沙滩上,它开始在松软的沙滩上奔跑,我和利利往海边走去,珍妮比我们快得多地奔向大海。但它不下海,在海边等我们。我从包包里面拿出了珍妮最喜欢玩的球,向着大海扔去,珍妮就随着那个球扑向大海。我想起了去年我们来玩的时候,海边有卖彩色大球的,利利说很好看,是彩虹的颜色。那时候我就想买,但太贵了。今天就给珍妮买一个吧。利利

一家三口在黄金海岸

珍妮是爸妈的眼睛呀

买来了彩色大球,我把球抛向天空,珍妮急得汪汪大叫。利利说:"你哪里像个妈妈呀,赶紧给它。"我说:"拉布拉多的牙齿很尖的,会咬破的。"利利说:"球那么大,珍妮没有那么大的嘴,不可能咬破的。"珍妮一跳就跟我一样高了,它的弹跳力可真好。珍妮抢去了大球,球太大了,它抱不住也咬不住,我哈哈大笑,拉布拉多对大球没辙了吧。没想到珍妮比我聪明,我听着它用爪子按住大球,用上牙咬。我耳边听见了撒气的声音,说:"你这只大臭狗把球咬破了。"珍妮装作没听见。球破了它能咬住了,它兴高采烈地叼着破球在沙滩上转,好像在给大家展示它的胜利品。然后珍妮把破球扔到我脚边,我知道它让我扔。我把破球扔到大海里面,珍妮像箭一样冲出去了。真是大臭狗爱玩大破球呀。我们往大海的深处游,大黑狗紧随其后。可不论我们怎样用力游,就是没有大黑狗游泳快。到了深水区,我的脚已经够不到底了,珍妮就游到深水的那一面,把我往岸边推。我赶紧说:"妮妮,妈妈没事,你不用担心我会被淹死啊。"然后我就往岸边游。珍妮追上我们就用大爪子抱我,它用爪子抱过的皮肤感觉火辣辣地疼。我大喊:"你这个大臭狗,也不是猫,怎么抓人这么疼。"我玩累了就坐在沙滩上,珍妮则蹲在我身边。我听着海鸥在天空中翱翔,海风吹来了远方的笑声。在这里珍妮不会遭到拒绝,在这里珍妮是一个开心的孩子。

　　我抓了一把湿沙子用手挤压成一个球,然后轻轻磨平球上的指纹。我对它说:"妮妮你看像不像麻团?"我把"麻团"扔到一个小坑里,珍妮用前爪奋力地刨着,珍妮很纳闷:咦,怎么没有球呀? 我又扔了一个,珍妮还是没有刨到。珍妮应该百思不得其解吧:真奇怪,我明明看见妈妈把沙子做的球扔到坑里了,怎么没有呀? 它刨

大沙狗

了一个能把我都装进去的大坑,还是没有球。我累了,抱着珍妮躺在沙滩上,我想珍妮那两只大眼睛里面应该都是蓝色吧,也不知道是天空的蓝,还是大海的蓝。我对珍妮说:"妮妮,沙子做的球,不论多大,到了沙坑里就和沙滩融为一体了。有些人跟别人闹了矛盾,心里就系了个疙瘩,就是俗话说的记仇。如果他们心里的疙瘩和这个沙子做的球一样,到了心里就融化了,那么这个世界就会充满了宽容,就没有了恨,爱会时刻萦绕在我们身边,那该多好啊!"

珍妮的救命之恩

珍妮是一只导盲犬,它是我的眼睛,但我从来没想到它还能救命。第一次救命是刚来我家一个多月的时候,那时公共场合还都不知道什么是导盲犬,所以哪里都不能去。我正想着如果真的没办法,我只能把珍妮放家里当宠物了,等以后大家都知道了导盲犬就是盲人的眼睛后,我再带珍妮出门。

一天下午我跟珍妮说:"去妈妈的钢琴行。"它带着我走在小区里,路上没碰到一个行人。是呀,大夏天的,谁不在家睡觉,顶着太阳出来散步。因为路上很安静,我就能听到小鸟在树上相互聊天,听到绿叶之间用身体抚摸对方互相问候。还听到了一只昆虫在小草之间急急忙忙地穿梭,真不知道昆虫要去往何方。突然我听到了四爪扒地的声音,还是向着我们这边奔来。我听出来了,是体重大概有八九十斤的大狗,跟珍妮接触之前,我从来没摸到过狗狗,我怕狗咬,也是怕自己看不见,上来就摸到狗嘴,就是不咬人的狗,往人家狗嘴里送,也不好说了呀。自从有了珍妮,我对狗就不那么怕了。但也不主动去摸人家的狗狗,毕竟我不是狗狗的主人。那个四爪扒地的声音越来越近了,我听着都到我身边了,我大喊:"这是谁的狗呀,快叫走!"但我没听到回应。当时我的脑子一片空白,只想着快点逃命。我放开珍妮就跑,我自认为珍妮肯定比我跑得快,它有四个爪还能看见路呢。但我没想到,珍妮没有跑在我前面,它是挡在了我和那条大狗之间。也许是那条大狗看见我能动好玩吧,这是后来我知道的,看见狗来了千万别跑,只要跑狗准追,狗喜欢能动的物体。但当时我不知道呀。人到了极度恐惧的时候,就什么也想不起来了。我听见那条大狗在扑珍妮,我近于声嘶力竭地大喊:"谁的狗,怎么没人管呀?!"我知道珍妮是导盲犬,它会领路,就是不会打架,不会咬人,同样也不会咬狗。我怕珍妮受伤,但我又帮不了它。我听着大狗把珍妮的导盲鞍撕掉了,我听见珍妮在哀嚎,我为我无能为力而伤心。

这时候时间好像静止了一样,路上好像永远也没有人经过了。我听到了远处有人吹口哨,那只撕咬珍妮的大狗闻声而去。原来大狗是有主人的。我赶紧摸珍妮的身上,我摸到它后背上都湿了,放在鼻子上闻闻,是鲜血,我赶紧打电话叫朋友开车来送珍妮去医院。我抱着珍妮,眼泪像断了线的珠子。我是个不称职的主人,我连自己都保护不了,遇到危险还要靠珍妮给我挡,我是个没用的人呀。那一刻我的自责之心是用言语说不清的。朋友来了也吓了一跳,说珍妮后背上的伤口看起来很深,流了好多血。

我们带珍妮去了动物医院,医生给珍妮处理伤口,它疼得直哆嗦也没吭一声。我把珍妮平时爱吃的零食放它嘴里,它都不吃。以前我总是说:"拉布拉多最爱吃了,什么事情都影响不了它吃的欲望。"但今天摸着疼得哆嗦的珍妮,我的心里在淌血。珍妮宝贝,你是为了救我,才被大狗咬的,否则你比我跑得快多了。谁能给自己挡危险? 只有家人。回家后我把珍妮放在我的床上养伤,因为

为了救妈妈,我受伤了

床是珍妮最向往的地方了。如果是宠物狗,上哪里也无可厚非,只要主人愿意,狗狗就随便了。但作为一只导盲犬,规矩太多了,其中就有不能上床上沙发等等。珍妮虽然是一只导盲犬,可它一样渴望跟主人挨得再近一些。珍妮终于能上它梦寐以求的床了,它有点受宠若惊的感觉。我很伤心我是个不称职的主人,对珍妮说:"以后只要戴上导盲鞍你不违反规定,我会给你尽量创造你喜欢的生活方式。因为我已经把你当成了我的家人。"

　　一天早晨珍妮照例带我去公园锻炼身体,回家的路上,有一段很窄的通道,珍妮在我左边走,因为导盲犬在训练的时候,就确定了它们只能在盲人的左边走,这样才能更好地保证盲人的安全。在这个车多人多的城市,我总是担心珍妮会有什么事,我曾经跟外国有导盲犬的朋友调侃说:"你们在车多的地方一定要小心,只有

298

在拥挤的地方，才能体现出中国导盲犬更肩负着带盲人出行的艰辛呀。"他们总是说："珍妮太厉害了，我们可没它那本事呢。"就在那个狭窄的通道，珍妮突然把我顶到墙上，还没等我反应过来，一阵风袭来，砰的一声，珍妮被撞了出去。我赶紧循着珍妮的声音摸过去，我摸到它的导盲鞍被撞开了，我一边摸它的身体哪里受伤了，一边问它是怎么回事，我都忘了珍妮不能说话了。这时我听到一个老太太说："小伙子你撞了人就走呀？"我没听到有人回应，只听见电动三轮车一阵风似的跑远了。我失魂落魄地带着珍妮回了家，赶紧租车带珍妮去了动物医院，经过检查还好只是软组织受伤。我感叹珍妮对我的忠心，我想起了一句话："你若不离不弃，我必生死相依。"

珍妮抓小偷

珍妮在危险时刻会救我，在遇到小偷的时候也有表现呢，好多人都认为狗就是能抓小偷的。确实，狗狗是看家的好手，但导盲犬不行，它们受过严格的训练，绝对不会看家的。那天我让珍妮带我去银行办业务，从银行出来没走多远，珍妮就用大长嘴碰我的腿，我说："珍妮你要吃冰冰吗？"因为我们去银行要路过麦当劳，它很爱吃甜筒冰激凌，有时候它馋了就用嘴碰我。如果我说得对它就不碰了，但这次显然我猜得不对，它继续用嘴碰我，身体还扭来扭去的。我纳闷它要干什么的时候，忽然感觉后面有人掏我的包。我背的是一个双肩包，里面真的没有钱，只有证件和手机。可小偷不知道呀，只要从银行出来，他们就认为有钱偷吧。我出了一身冷汗，小偷敢光天化日下偷我，也不怕狗，不然他不敢在珍妮后面偷我。我天生力气小，珍妮是导盲犬也不会攻击，这可怎么办？我还听说小偷手里往往有刀子，我连人都打不过，有刀子就更没希望了。干脆破釜沉舟吧，我拉了一下牵引链引起珍妮注意，然后突然用英语喊："珍妮后转！"那个小偷的注意力应该都在我的包上面，他肩负着不能惊动我，又要把我包里面的东西偷走的任务，所以他一点都没注意的情况下，珍妮和我突然就面对他了，珍妮的大长嘴就放在他的腿边。再不怕狗看见这样的场面也都受不了吧，那小偷愣了一秒钟后落荒而逃。我蹲下抱着珍妮好激动，是珍妮告诉我有小偷的，是珍妮把小偷吓跑的。我赶紧带着珍妮去了麦当劳，给它买了甜筒冰激凌。

　　一个朋友看了我对珍妮的好，说："它只是一条狗，你对它那么上心，作为一只导盲犬就应该给盲人带路，如果它被你好吃好喝好招待，过着锦衣玉食的生活，我们觉得它一点也不伟大了。"我听了什么话都没说，不想解释。后来她只要看见我就说起。有一天我们闲聊，我说："我不是大家眼中的有钱人。大家认为上电视就能挣钱，那是演员。很多访谈类节目都没有钱，而我又只适合做访谈类节目。我义务宣传导盲犬四年了，少调了多少钢琴就不说了，就是给大连导盲犬基地捐款也十几万了。但我还买不起自己的车。我总认为钱要用在有用的地方。我初见珍妮的时候，只是认为它就是我的眼睛。但随着它一次又一次用它自己小小的身躯守护我，我被狗狗的忠诚感动了。我不止一次地想过如果以后再遇到危险，如果我能先预支，我就用自己的生命保护它。也许别人理解不了一条狗在我心目中的位置，我已经把珍妮当成了自己的孩子。"

　　一天中午我带珍妮下楼嘘嘘便便，刚出楼门右转，一阵风向我右面袭来，躲开已经来不及了，我拿着珍妮的牵引链和导盲鞍用尽全身力气把珍妮甩了出去，同时我被收破烂的机动三轮车挂着贴到了墙上。因为那个收破烂的朋友认为路上没有人,所以他开车飞快地转弯,等转过来发现我们,已来不及停了,他为了不撞人就直着撞到了墙上,他车上不知是什么的东西也把我挂到墙上了。那人冲我大喊大叫:"车来了,你不躲开,还管那个破狗,不要命了?!"他在小区里横冲直撞还这态度,本来想跟他理论一番,但想想算了,就是把我撞坏了,他也没钱赔。只要珍妮没事就行了。那次我一个多月都是浑身疼,多处软组织受伤呀。但我觉得如果以后遇到危险,我还会用生命来保护珍妮的,它不单是我的眼睛,也是我的女儿。

骚扰电话

从2月中旬起,我就不断地接到81918007的电话。对方从不说什么事情,有时不出声音,有时问一些不着边际的问题,有时干脆给我放英语录音。有一次我去医院输液,在上厕所时手机响了,我接听了电话。一个听上去像二十多岁的女孩问我在哪里,我随口说在医院输液。她问输液干什么。我说发烧了。她说发烧干什么。我有点来气,就问你是谁呀。她却说你问这么多干什么。然后就挂断了电话,我气得差点背过气去。手机马上又响了,还是那个声音。我没等她说话就说:"是你给我打电话问这问那,你倒嫌我问得多了。"她又挂断了电话,然后就不断地打电话。回到输液室,护士发现我输液的手已经肿起了一个大包,只好重新扎了。我恨呀!真想把那个打骚扰电话的人抓住,狠狠地揍一顿。到了3月份,我的电话记录中还是不断有这个号码。我想时间长了她也就不打了,我又没有得罪谁。但是她越来越恶劣,凌晨5点多、晚上

11点多,她想打就打。3月24日晚上在热线时间,她不断地打进电话但不说话,我的热线简直让她包了。我那个气呀,我用家里的电话开办钢琴公益热线已经十年了,我义务付出了一万多个小时了,我帮助了全国各地许许多多想了解钢琴知识的人,我这次怎么碰见这么个可恨的人呀?我考虑再三,报了110。

约半小时后,东小口派出所的民警来了解情况。几天以后,东小口派出所的警察给我打电话,说让我去电话局调出我的电话记录。因为不属于刑事案件,所以派出所找电话局不行。我找了电话局,他们说要出示公安局的证明,才能调出记录;除了长途电话清单以外,机主也不能调记录。我感叹制度的落后。我义务为大家服务,都说出了慢性咽炎,为此经常发烧输液,可竟然有人这样对待我。后来通过多方努力,那个打骚扰电话的人终于被查出来了。警察说那部电话是小灵通,是一个河南人买的,他离开北京时把这个电话给了一个十九岁姓彭的女孩。警察到了丰台彭某的家,她的家人听了并没有引起多大的重视,彭某还不以为然。我估计他们在想,不就打了几个电话吗?第二天警察去抓彭某要拘留她,这时他们才重视起来,马上给我家打电话说,让我们求求警察放了他们的女儿,还在电话里泣不成声。往往正在犯法的人不认为自己在侵犯别人的权益,直到服法时才后悔,但已经来不及了。警察问彭某为什么给一个号码打这么多电话,彭某回答得很简单:"就是好玩。"

后来我又遇到一位很执着打骚扰电话的。这次人家的手段很高明了,她用公用电话给我的热线电话打。她要是问钢琴的问题,哪怕问点事情也好,可人家就想听听我的声音。我想:是不是遇到同性恋了?人家还口口声声要见珍妮。我又天真地认为,打一段时间就把我忘了。但这个人真是有点不达目的不罢休的精神呢。

一段时间她打我公司电话,用公用电话打了就挂断,导致钢琴客户都打不进来,公司因为她要停工了。这样反反复复,真不知道她累不累。我也报过警,但警察让我把她抓住带到派出所。我感叹,如果我能把她抓住,还进什么派出所呀,直接用跆拳道打她,真是气死我了。

过段时间我发现在"导盲犬珍妮"的微博上,有人私信我说要见珍妮,我回答说:等我们参加活动的时候,您去现场看珍妮吧。但人家总是反反复复地私信我,我一旦回复慢了点。她就没完没了地问:"你为什么不理我?"一天我突然想:这跟打骚扰电话的是不是一个人呀?于是我根据她注册的微博开始查她的身份。在她骚扰我一年后,我约她到东城区残联看珍妮,那天我正好去开会。她真的去了,我赶紧让志愿者给她拍了照。然后问:"那个总给我打电话的是不是你?"她愣了一下,我肯定地说:"我查了公用电话号码,也知道你的户口所在地,是一致的。"她不情愿地承认,在这一年多里都是她用公用电话给我打的。她说:"就是想看珍妮。"我说:"你今天也看见了,如果以后你再打骚扰电话,我就报警,并提供你的照片。"她保证不打了。我终于去了一块心病。但没想到她又在微博上注册小号问我问题。开始我还耐心回答,一次她问我,去导盲犬基地领养导盲犬需要什么手续,我简单回答了一下,然后把基地的电话私信她,说:"你去问基地吧,这样更具体一些。"她说:"我不问基地,就问你。"我一下起了疑心,回复问:"你是胡某?"她承认了。我真的忍无可忍。我走路是靠耳朵听的,但频繁接她的骚扰电话,这对我的生命是有危险的呀。我上网回复私信也比健全人慢,这就耽误我很多时间。可就有这些像胡某的人,怎么就拿着别人的劳动开玩笑呢。我把胡某的照片请人打上马赛克并写出我跟她的渊源发到"导盲犬珍妮"这个微博上。很快就有人私信我说,她是一个残疾人的志愿者,被这个人打电话骚扰得换了号码。还有一些评论说:她骚扰过很多人呢。还有人要给我提供她的身份证号。原来胡某是惯犯呀。我就纳闷了,怎么就没人管呢?

我通过胡某户口所在地的居委会找到了她妈妈的手机号,打过去开始还很客气,但听了我的要求后,她妈妈说:"这可不敢答应你,我说不让她打电话了,她都三十岁的人了,她就打,我也没辙呀。"我也怒了:"您养了孩子就去危害别人呀?"她妈妈说:"那你让公安局把她抓走呀,我没意见,我就是管不了。"电话里突然传来一个男人的声音,他说:"我是她爸爸,你有什么事情去找胡某说呀,找我们干什么,你再打电话,我们也报警,也说你打骚扰电话。"我当时就明白了,有什么样的父母就有什么样的孩子。在这打人不犯法、骚扰人没事的大环境下,我关了钢琴公益热线,这个热线是1996年6月12日用我家的电话开的,我每天晚上义务回答大家的钢琴问题,甚至有寻求心理帮助的,我也耐心地帮助。我曾经帮过一个洛阳要跳楼的女孩。她患了血液病,男朋友抛弃了她,她说看过我的电视片,她最崇拜我,想跟我通话后就跳楼。我吓得不轻。但我学过心理学,这时不要提她现在要做的过激反应,也不能劝她停止,就是忽略。我开始战战兢兢地跟她聊天。我讲了我小时候的执着,长大后遇到的困难和坚持。一个小时过去了,她的心情慢慢平稳了。最后她说"我不轻生了,我要像您一样坚强地活着",并跟我做了朋友。

就这样我用自己家电话义务帮助别人解答钢琴问题或心理问题十八年后,终于关闭了这个热线。在这十八年里的每个晚上,我都会坐在电话边等着大家打来电话。开热线十八年我收获了信任、欢乐,也收到过骚扰,就像一天夜里电话铃声突然响了,我拿起听筒,对方一个深沉的男声说:"你看看外面的月亮圆不圆。"还有凌晨5点电话里传来："你起床了吧？"总之十八年的光阴，我付出了时间和精力，但收获了酸甜苦辣和丰富的人生。别了，钢琴公益热线，以后如大家还想咨询钢琴相关问题，可以去我们的网站或微博，总之在这个信息大爆炸的年代，找一个人还是很容易的。

励志演讲

说起演讲，我好像到现在已经讲了几百场了吧。从二十世纪九十年代末开始，很多新闻媒体报道我是怎样让大家信任盲人可以调钢琴的。其实也没什么好说的了，一般的钢琴客户都不懂钢琴的内部结构，所以就有一些抱着侥幸心理的钢琴调律师，认为客户不懂就没有监督了，可想而知他们的服务是什么样的了。我没什么诀窍，就是两个字：敬业。还有就是责任心。如果调律师不认真对待客户的钢琴，直接后果就是弹琴孩子的耳朵会听偏了。所以我们这个行业直接影响着下一代呀。

很多人通过媒体了解了一个盲人不单会调钢琴，还会画画、跆拳道、骑独轮车等等的故事后，就请我去给他们单位员工做励志演讲，把我的经历分享给大家，让他们在我的生活中体会坚持。刚开始讲的时候也很紧张。一次在上海做励志演讲，听课方要求我讲两个小时，可时间还没到呢，我就不知道该讲什么了。因为当时是现场直播，有四个城市的员工在网络上听我讲。后来急中生智让大家提问，一个城市问两个问题才凑够时间。

一次在深圳市民中心做励志演讲，现场有一千八百多人，因为我经常讲，也就熟悉了。我讲了两个多小时结束后，主持人感慨地说："以前我们公司也组织大家听演讲，但中间会有好多人离开，可这次没有一个人走的。"2004年我被江苏卫视、新浪网等评为"感动中国十大真情人物",我在全国各地讲课的机会就更多了。很多单位都会提前很长时间约定我给他们讲课的时间,一次正好赶上我刚做完开腹手术一个月,讲课地点在哈尔滨,又是寒冬腊月,我连走路都很困难,可怎么去呢。但小时候姥姥就教育我不能言而无信,定好的事情没有极为特殊的事情就要守信用,我便坐轮椅去了哈尔滨。当主持人把我推上台,我听见了下面的议论声,我的耳朵太好了,所以什么都能听见。有人说:"不是眼睛看不见吗,怎么坐轮椅上来了,原来是腿有毛病呀。"我心想这要是不解释一下,就会误会了。我说:"大家好,我是盲人钢琴调律师陈燕,今天非常高兴来到哈尔滨跟大家探讨人生,虽然我是坐着轮椅来的,但我的腿可没毛病,一个月前我做了开腹手术,术后并发症导致抢救,所以恢复得不太好。但我很早就接到了贵公司的邀请,我不能失信于人,所以就坐着轮椅来到哈尔滨,来到大家身边。"我说到这里,台下响起了经久不衰的热烈掌声。我知道我的开场白感动了大家。

我跟大家分享我的童年:是姥姥把我培养成人,我生下来就没有看见过这个美丽的世界,但姥姥总是说,看不见并不可怕,可怕的是失去一颗坚强的心;姥姥教我用耳朵听着走路,用手代替眼睛,用鼻子辨别事物;姥姥总是说:"想学什么就去努力,不要考虑成功在哪里,只要付出了,总会有果实属于你。"就这样我在童年就学会了所有生存的本领。接着,我跟大家分享我的事业和爱情,因为刚做完手术气力明显不足了,但我总是要求自己,只要做,就要做到最好。对于我来说,一场励志演讲是我无数次演讲中的一次,但对于听课的朋友们,就可能是唯一一次,所以我对待每场演讲和每个钢琴客户都是一样的敬业。接着我讲到和利利刚结婚租房子住,因为房东总是涨价,我们又没有更多的钱付房

上 在什刹海小学做励志
  演讲

中 在幼儿园义务宣传导
  盲犬

下 在打工子弟学校做励
  志演讲

租只好搬家,一年就搬了七次家,在年三十的晚上利利跟我提出
离婚,因为他买不起房子,后来经过我们的努力,终于买到了经济
适用房。这时,我把当时没有地方住的心情给大家唱了出来——
音乐响起,我缓慢地从轮椅里站起来,唱道:"密密麻麻的高楼大
厦,找不到我的家。在人来人往的拥挤街道,浪迹天涯。蜗牛背
着重重的壳,努力往上爬,却永远也跟不上飞涨的房价。给我一
个小小的家,蜗牛的家。能挡风遮雨的地方,不必太大。给我一
个小小的家,蜗牛的家,一个属于自己温暖的蜗牛的家。"场上一
片抽泣声。后来我听说,这家公司的老总不想当着员工流泪,就
去了卫生间,进去一看,好几个人眼圈红红地站在那里。老总说:
"怎么没准备面巾纸呀?"

　　2010年我出车祸后身体一直不好,再做励志演讲就只能以"访
谈"的形式了,有主持人跟我一对一答地说,我还能休息一下。记
得那年夏天我答应一家公司去湖北十一个城市巡讲我的经历,第
一站武汉就出了问题。我讲到一半的时候就一点气力没有了,只
好用上事先准备的氧气袋。每次讲课我都会带给大家我的歌,那
天我是戴着氧气袋唱的。会后大家都抢着跟我合影让我签名,他
们老总也指挥不了了,一千多人确实不好掌控,然后事情就发生
了:一个女士把笔记本递上来让我签名,旁边一个人碰了一下她的
手,本子就扎到了我的眼睛。虽然我眼睛看不见但也是肉的,当时
我疼得满脸泪水。后面的人不知道出事了还往前挤,前面的人只
好围成一个圈让我快速离开去了医院。

　　因为我的眼睛是先天疾病,没有以前的病例,医生很难判断和
治疗。经过研究,医生给我处理了伤口,然后我坐飞机飞回北京直
接去了北医三院。王薇阿姨给我做了所有检查,又开了眼药水,叮
嘱我好好休息,不然眼睛受伤容易变形,以后就不漂亮了。这时,

湖北襄阳报告会

如果我因此不再去湖北继续讲那十场演讲,那家公司也说不出什么,但我认为已经答应人家了,那十个城市都按期组织当地的中小学生和他们的家长到场,我不去不太好。所以过了几天眼睛稳定了,我又飞回了武汉,开始巡讲。夏天湖北又热又潮湿,我每次讲课到一半的时候都要用氧气袋才能坚持。但我对自己一向要求很高,只要做,就要做到最好。给我印象最深的是一个十岁左右的小女孩,她听了我讲自己的经历,跑上台抱着我表示以后她也会像我那样努力,她的眼泪流了我一脖子,这个小女孩很可爱。

　　一次我去宁夏医学院做励志演讲,现场有一千多个学生听,座位不够了,很多同学是站着听的。会后《宁夏日报》的记者随机采访到一个男生,他红着眼圈说:"我从小到大都是一帆风顺的,从来没有什么事情能打动我的心。有时候我倒觉得自己一点也不幸福,但今天陈老师的经历触动了我,我会珍惜现在的生活。"

梦想导盲犬畅行

自从我身边有了珍妮，我的演讲就更丰富了。每次我带珍妮去企业或者学校讲课，都是先把珍妮藏在别的房间里，等我最后讲到导盲犬的时候，再让珍妮出来。我考虑如果刚开始就让珍妮上场，大家的注意力就都在狗身上了，再有逗狗的，我还怎样讲？况且珍妮一直在台上趴着也不舒服。珍妮倒很喜欢跟我讲课，人越多它越高兴。那次我带珍妮去郑州人民大会堂做励志演讲，现场有两千多人听，到了珍妮上场，志愿者把珍妮从大门那里引领进来，我在台上叫珍妮，它却没直接上台，而是绕场一周。主持人说："珍妮跑到哪里，哪里的人就都站起来看它。"幸亏我让志愿者给它穿上白色纱裙了，否则一条大黑狗真吓人。

自从珍妮跟我一起去讲课，我听课的人群就发生了改变，以前主要是企业或者大学请我讲课，现在可是上到老年人，下到小朋友都听我讲课。这对我的要求就更高了，我要激励不同年龄的人。不过激励别人的时间多了，挣钱养自己的时间就少了。一次我给一个特别知名的大学做励志演讲。说那个学校的知名度，就是太多的优秀学子都想考入那个学校，可以说是世界知名的学校。我当然非常荣幸地答应去讲课。但我没想到的是当校领导知道我会带导盲犬的时候，他们说："我们学校的教室就从来没进过狗。"不论主办这场讲座的老师怎样解释导盲犬是盲人的眼睛，校领导就是不同意导盲犬进教室。后来我是带珍妮在那个学校的情人坡给大家讲课的。就是一片大草地。那次听我讲的不单是那个学校的学生们，还有老师和家属，还有外校的同学们。大

《推拿》话剧首映式

珍妮带妈妈过马路

家看着珍妮守候在我身边的安静，都为校领导拒绝导盲犬而伤心。

　　谁也没给我宣传导盲犬这个责任，我只是碰到了太多的拒绝，才坚持义务宣传导盲犬。不过我也拒绝过一家企业的励志演讲，那是我唯一一次拒绝别人。一个酱油的知名品牌，就是做饭的人都知道的品牌，他们资助贫困孩子学厨师，那些孩子一点都不自信，资助方想让我去帮助他们，我一口答应了，这是好事。随着跟知名酱油企业接触，他们不但让我免费给孩子们讲课，还跟我要我写的书和我画的两幅猫，说要挂在他们班里，时时刻刻激励孩子们。

　　我说："我画画是靠摸和心理定位，所以画一幅画要用七个多小时，还不一定能成功。我的画多次拍卖后捐给盲人做复明手术，在广州拍卖一幅画到四万元，都捐给了大连导盲犬基地。"没想到酱油企业居然说："我们做的也是公益事业，小姐就奉献一下吧。"我说："我做的也是公益事业，你们为什么要画不给钱，你们可以把钱给到大连导盲犬基地呀，珍妮就是那里毕业的。否则你们也不可能让孩子们看见导盲犬呀。你们做好事，也别这样消耗励志人物呀，我也需要生存，何况我也没把卖画的钱装进自己口袋里。书确实是我写的，但绝对不是我生产的。我只能免费送你们五本书，再需要就花钱去买吧。"酱油企业说："对不起，我们没有这个经费。"我压着火气说："对不起，我也没有这个时间。"我经常碰到打着公益事业的旗号跟我要书的，好像书是我印的一样，就是我印的也有成本呀，何况我把所有的稿费都捐给了大连导盲犬基地呢。我送的书，都是我买来的。要画的也不仅这一家，还有特别特别知名的栏目也来要画，真应该让他们看我全程画画，就知道一个盲人是怎样创造他们随便就来索取的礼物了。

西宁"凯米宝贝"欢迎珍妮

我很喜欢去中小学和幼儿园讲课,他们那天真纯洁的声音能感染到我。珍妮也很喜欢跟小孩子玩。我每次给孩子们讲完课都让他们戴上眼罩来体验盲人的生活,珍妮就带着他们去寻找他们指定的物品,孩子们都很喜欢珍妮,他们觉得大黑狗太神奇了。最小的是"凯米宝贝"不到两岁半的孩子们,由他们的家长带着来听我的演讲。这家早教机构是全国连锁,我出差的时候也会在当地给"凯米宝贝"的孩子讲课。自从我义务宣传导盲犬后,这样的义务讲座越来越多了,多得都影响我挣基本生活费的时间。但我希望那些听过我讲课、看见过珍妮现场表演导盲的孩子们长大了,到了工作岗位不再拒绝导盲犬,几十年后,导盲犬就能畅行了。这就是我和珍妮最大的梦想。

一人一狗走天涯

看不见固然出门不方便，但珍妮来到我身边以后出门就更不方便了。记得第一次带珍妮从北京坐飞机，就遇到了办手续无门的窘况。当时火车还全面不让导盲犬上，所以只能坐飞机。我带珍妮回大连参加导盲犬基地五周年庆典，到首都机场询问带导盲犬的手续，值班经理也说不清，就知道要办检疫，可不知道在什么地方办。我租车围着机场转呀转呀，问谁都不知道，没办法只能退掉机票租车带珍妮回大连参加活动。租车的钱是坐飞机的三倍，但我答应导盲犬基地五周年庆典的时候一定带珍妮回去，我把信誉看得很重，所以只能租车了。两个月后我带珍妮又要坐飞机出行，我下定决心要把导盲犬乘坐飞机的手续弄明白，用了三天去了三个地方才把那个检疫证办完，然后去直属营业厅申请导盲犬跟着盲人进入机舱。这套手续办下来，真心费劲。但出行那天又遇到了头天大面积航班滞留，我们乘坐的航班被滞留旅客乘坐了，我带珍妮就只能坐后一班了。没想到的是我都摸到舱门了，机长和乘务长以没申请有导盲犬、没多一个安全员为理由拒绝我们登机。我提前申请的航班不带我们走，下一班又没申请，我又急又气晕倒在舱门边。等我醒过来摸到了草地，我是躺在草地上，珍妮正用它那湿润的舌头舔着我的脸。一会儿救护车来了，医生伸出头来看了看躺在地上的我和珍妮，他说："人，我们可以救护，但狗绝对不能上车。"我抱着吓得直哆嗦的珍妮说："你们不让狗跟我在一起，我就不去医院了。"我真怕我去了医院，他们会把珍妮怎么样了。随着我带珍妮出行的次数越来越多，很多航空公司都能乘运

上　北京到昆明的飞机上

下　导盲犬坐火车啦

导盲犬了,去外地的交通问题解决了,但当地的吃住行都还很困难,因为我们去的很多城市珍妮都是第一个到那个城市的导盲犬。大家都没见过什么是导盲犬,拒绝就可想而知了。

　　因为我经常受邀去企业或学校做励志演讲,或去电视台做节目,所以珍妮跟我去外地的机会很多。珍妮跟我到过福州、厦门、上海、南京、苏州、杭州、绍兴、成都、石家庄、山西、西安、广州、深圳、武汉、三亚、云南、西藏、青海等等的地方。去那些地方珍妮是第一只导盲犬,遇到的拒绝就太多了。不过也有欢迎珍妮的地方。我们去武汉是做湖北卫视的《挑战女人帮》。因为是媒体宣传的缘故吧,我们到了武汉真是一路畅通,就是住的地方有点麻烦,后来住在武汉大学招待所里,他们不拒绝导盲犬,武汉大学的校长碰见珍妮还非常喜欢呢。我们去武汉的步行街也没人拒绝,记者出难题让珍妮找麦当劳,我说它没去过的地方恐怕不好找吧。我跟珍妮说去麦当劳买冰冰,它就晃着大尾巴带我向前走了。到了一个滚梯旁,珍妮示意我上滚梯,我很纳闷,去麦当劳干什么坐滚梯呀?记者说它找对了,就是要坐滚梯才能到。大家都夸珍妮聪明,还问我:珍妮没去过它是怎样找到的?我还真不知道,可能是靠闻味道吧。于是大冬天的记者请我们吃冰激凌,南方的冬天冷到骨头里,吃着冰激凌就更冷了。

　　我们去坐地铁,一样也是畅通无阻。因为我居住的城市还不能让导盲犬坐地铁,所以珍妮显得很兴奋呢。我们还在东湖门口见到了励志狗狗小萨,是武汉的骑友去西藏的路上捡来的狗,他们还有一段感人的故事呢,主人给小萨写了书《GOGO小萨》。录制节目那天珍妮一直在电视台的草地上玩,它最爱去没去过的地方,它的好奇心可大了,不像我只爱去自己去过的地方,这样会有安全感。该珍妮和我上台了,我讲述了我跟珍妮的故事,珍妮还

海南航空梦想787之旅

去嘉宾当中找了一位漂亮女郎来读我书里的片段。我弹着钢琴，嘉宾朗诵珍妮的传记，全场都被感动了。最后评分的时候我们得到八百分，是全场最高分。珍妮最喜欢大海，我的那个带着珍妮去天涯海角的愿望，终于能实现了。我们得到了从北京到海口的免费机票。

回到北京我就开始联系海口那边的旅行社，但只要人家听说有导盲犬——当然更多人认为导盲犬就是宠物了，都拒绝我们参团。在找不到一个能在海口到三亚之间接待我们的旅行社的情况下，我在"导盲犬珍妮"这个微博上发出了求助。没想到海南支持导盲犬的朋友们纷纷转发和帮我们联系住的地方。首先是从海口到三亚的交通问题，虽然高铁九十分钟就从海口到三亚了，但多方联系后，高铁坚决不让导盲犬带着盲人上车（后来另外的一只导盲犬要从三亚到海口也被拒绝了)。因为珍妮是到海南省的第一只导盲犬,所以困难重重。最后是海南省旅行社协会出面解决了我们的交通问题。

在天涯海角合影

　　珍妮带着我和爱人顺利到了三亚。旅行社协会的李会长听说商家总是以顾客有意见来拒绝导盲犬,特意给我们安排到了亚洲最大的海滨酒店"三亚国光豪生度假酒店"。这家酒店有一千多间客房,为了让顾客接纳导盲犬带着盲人入住,酒店特意在大堂放上了珍妮和我的海报,还在酒店内部电视上滚动播出导盲犬的介绍。好多客人看见海报对导盲犬都很感兴趣,都要看珍妮。酒店开始筹备我的励志演讲。一周后,在酒店宴会厅举办了"笑

和珍妮在三亚做励志演讲

对人生——陈燕个人励志演讲会"。听众是酒店的大部分员工和酒店的客人们,还有从三亚市特意来听的。我讲完课,珍妮在酒店成了明星,它每天走在酒店里面大尾巴都翘得高高,它能知道,这里没人拒绝它和妈妈。同样在旅行社协会的联系下,海南所有的景点都欢迎导盲犬了。

我们去了天涯海角,珍妮坐在观光车上东瞧西看,真像一个孩子。到了天涯海角那个大石头边,我们合影留念。我蹲下摸着珍妮的头对它说:"目前还有许许多多的人不知道、不了解导盲犬,所以你跟着我还会处处受阻。你为了给我当眼睛,牺牲了自己的天性,还总受到拒绝。我知道很对不起你,所以请你相信,在你有生之年,我一定要带你去一个没人拒绝我们的地方。"珍妮好像听懂了我的话,它把头靠在我脸上,我分明听到了它眨巴着大眼睛,好像在说:"我愿意当你的眼睛,咱们永远不分离。"

和珍妮在三亚做励志演讲

去西藏，找一个没人拒绝我们的地方

珍妮能听懂人类几乎所有的话，它也能从人类的表情上看出来对它的拒绝。我一直想带它去一个不会拒绝它的地方，可去哪里没拒绝呢？我听说西藏是狗狗的天堂，天堂一定不会拒绝导盲犬吧。去西藏是我的梦想，因为我身体不好又有哮喘病，所以一直没有触碰这个梦想。我要给珍妮一个没有拒绝的地方，就去西藏吧。正好有个志愿者要跟着车队去西藏，我跟她说我也想带珍妮去呢。就这样一群志同道合的旅友出发了。

第一站昆明，车队提前两天出发了，因为我答应南开大学团委

和藏族小朋友

我们一起进藏

去给同学们做励志演讲,所以我只能带珍妮坐飞机到昆明跟大家
会合。第一站就遇到了非常大的困难,十多个志愿者打了一百多
个电话,不论是酒店宾馆客栈,上星的不上星的,一听说有导盲犬,
全都拒绝我们入住。我真犯了愁,这不是连累大家吗?可大家没
这样想,都在积极想办法。后来昆明的如家翠湖店勉强接纳了我
们,但要求导盲犬不能在房间里面拉尿。我赶紧说:"导盲犬是在
草地或者土地上嘘嘘便便的,在房间里面绝对不会大小便。"我们
只住了一夜,第二天早晨车队前往大理,后来看见如家的官方微博
上发出了"欢迎证件齐全的导盲犬在全国各地的如家快捷酒店入
住",是珍妮的乖巧给导盲犬们争取了空间。

　　在云南我做得最多的事情就是在"导盲犬珍妮"微博上求助哪
家客栈能收留导盲犬。也有许多网友骂我作秀,他们的理由是云
南到处都是流浪狗,还有好多客栈里也养着狗,怎么会没地方住

呢。我也很委屈,没带狗狗出来过的人不知道,如果客栈养狗,客栈的狗不会对客人有攻击性,但对客人带来的狗可绝对有攻击性。谁听说过狗狗去串门的,因为这种动物都有领地意识。不养狗的客栈又怕顾客有意见。说起流浪狗还是很危险的呢。我们到了丽江束河古镇,刚停车,一群流浪狗就围了上来,大有把珍妮吃了的感觉。志愿者们赶紧把带的吃的往外扔,但没抢到食物的狗狗继续往上冲,最后我都快把自己喂狗了。我们觉得这个古镇不能住,因为没那么多吃的喂狗。

第二天我们到了丽江古镇的狮子山上,一家只有六间客房的旅社接纳了珍妮。她家也养了一条吉娃娃小狗,那狗也就有三斤重,但看见珍妮进门就不顾一切地往上扑。主人赶紧把小狗抱起来,关进房间里面。珍妮在的时候,客栈的老板就不让她家狗出

珍妮在西藏

来,等珍妮进房间了,小狗才被放出来玩一会儿。我们都很感谢那个客栈的老板。丽江古镇真是人多,尤其是晚上基本上人挤人人挨人了。我就白天带珍妮去古镇看看。我们正往前走,"甜缪子"突然大叫狗咬珍妮了,吓得我一下子用腿挡在珍妮的屁股后面,因为我听着珍妮的前面和旁边并没有什么物体,只有后面我没注意到。我分明感觉到尖利的牙齿碰到了我的腿。因为狗是冲着珍妮来咬的,它们基本上都不会伤人,否则也不会在这么多人的地方生存。所以那狗看没咬到珍妮就悻悻地走了。"甜缪子"说:"看见那狗张着大嘴冲着珍妮的屁股咬呢,真是后怕。"如果珍妮受伤了,我的行程就只能中断。导盲犬一点攻击性也没有,不会保护自己。志愿者们又多了一份小心。

到了香格里拉,这里的客栈很多,我们住的这家客栈不养狗但很喜欢珍妮。我们住在二楼,这里的建筑都是木制的,楼梯是用木头在院子里面搭起来的,直上直下。俗话说:上山容易下山难,我想楼梯也是这样吧。我下楼还要侧着身子慢慢走呢,珍妮四条腿可怎么下?"甜品帝国"说:"我抱着珍妮下楼吧。"牛牛说:"不可能,这楼梯陡得一个人下还很困难呢,再抱着六十多斤的珍妮就没法下来了。"我试着在楼下叫珍妮下来。它在楼梯口转来转去,然后探出了前爪,大家都很担心,如果珍妮正常下楼,楼梯是直上直下的,没有什么坡度。那么它会不会折下来呢。大家都在下面试图接住珍妮,但珍妮不慌不忙地前爪在楼梯的左面走,后爪在楼梯的右面下,侧着身子。大家都说它真是太聪明了。我松了一口气,珍妮太棒了,我不想给大家添太多麻烦。

当地最知名的是普达措森林公园,到香格里拉的旅友基本上都去。我们到了普达措公园门口,询问导盲犬可否一同进去,工作人员还算是客气地说:"里面有好多野生动物,像狮子老虎藏獒牦牛等等,不咬人但看见狗就不好说了。"我问可以在观光车上不下车吗。工作人员说:"必须下车。景点之间要走一个多小时,不能走回头路。观光车是在出口等游客的。"我跟大家说:"你们进去玩吧,我跟珍妮在门口等,我真怕珍妮去里面喂了老虎。""甜品帝国"说:"你跟大家进去吧,我看着珍妮。以后也许我还会来,但你就不一定再来了。"我想也是,盲人出行确实太不方便了。带着导盲犬就更加深了难度。我摸着珍妮的毛,恋恋不舍地对它说:"妈妈一会儿就回来找你,等一会儿好吗。"确实我一刻也不想离开它。

我们坐上观光车,车上的人都在往外看,只有我面向前方。我用耳朵细细听着窗外的景色。到了一个湖,观光车停下来,司机说等着我们,拍拍照,也没什么了。又到了一个观景台,司机告诉大家远处有牦牛和羊群。我问:哪里有藏獒和狮子呀?司机笑了,这里没有。观光车也是原地上下车的,一直到出了公园的门,大家也没看见野生动物。珍妮看见我扑了上来。两小时不见,它就跟好几天没看见我似的亲热。"甜品帝国"问我们:"看见什么凶猛的动物了?"牛牛大呼上当,什么也没有,只看见了牦牛和羊群。我说:"珍妮遭到过太多太多的拒绝,但吓唬人的还真就这一次。"大家都笑了。

听当地人说,进藏要去大宝寺祈福,我们又去了大宝寺,山门没有人看着,珍妮也就没有被拒绝了。上山的路上都是小动物,有鸽子、猪、羊、牛等等。一只小羊一直陪着珍妮走。到了寺院里面,一个大和尚迎了出来说:"感谢施主,把狗放到房间里面吧。"我说:"谢谢不用了,它跟我在一起就行了。"那和尚说:"送到我们这里的动物都是留下的。"我听了吓了一跳,怎么还要把珍妮留下,就给他们了,这可真不行。"甜品帝国"解释说:"这狗是导盲犬,是给盲人领路的,不能给您留下。"大和尚听不太懂,又找来一个汉语不错的解释半天,人家才明白这个黑狗不是捐给庙里的。我都想好了,如

在香格里拉大宝寺

果他们强行留珍妮,我也跟它留下来出家得了。

从香格里拉出发去飞来寺,这也意味着真正进入西藏境内。

谢谢你救了我的命

到了飞来寺,海拔渐渐高了,我有点高原反应了,头晕喘气费劲。第二天头痛欲裂,牛牛他们看着珍妮,"甜品帝国"开车送我去了医院,到了医院有好多高原反应的人在这里看病,没什么好办法,都输液吸氧。我有头痛的毛病,痛起来真是生不如死,但很少犯病,可这次疼得我只想死了算了。中午的时候我们回到客栈,珍妮看见我扑上来用它那温热的舌头舔着我的脸,我的眼泪一下子

高原反应严重,珍妮在担心

流了满脸。珍妮用前爪抱着我,好像在说:"妈妈别害怕,有我呢。"
这一幕好多旅友都看见了,有个骑行的小伙子送我一块红景天,说
是从藏民家里买来的。大家商量着让我退到海拔低的地方去,"甜
缪子"因为高反严重已经飞回北京了,他们说:"如果你不行也回去
吧,我们把珍妮带到拉萨。"我紧紧抱着珍妮,我不能一个人去安全
的地方,把珍妮留下。但又不能一起飞走,因为当时的四川航空没
有承运过导盲犬,他们不同意珍妮进入机舱,要托运它。这样我更
不放心了。一路上我开始跟四川航空沟通,沟通了半个月,终于我
可以带珍妮从拉萨到西宁了,但从香格里拉到拉萨的路还很远
很远。

　　我们开始翻越进藏以来第一座高山东达山。山高五百多米,
我跟珍妮坐在后面,"甜品帝国"和牛牛在前面开车,他们一路上形
容着雪山的壮观,我渐渐地失去了知觉。不知过了多长时间,我慢

慢有了意识,分明听见大家都在抽泣,我真不明白他们为什么哭呢。珍妮在我身边紧紧地依偎着我。红叶说:"刚才你们坐的车忽然打双闪示意大家停车,我们都停到路边,不知道发生了什么,是'甜品帝国'过来叫香山和我去抢救你。说不知道什么时候你昏迷了,是珍妮在后面发出近似于哭的呜咽声引起了他们的注意。他们开始还以为珍妮有什么不舒服呢,但叫你几次没有反应,就让我们都停车了。我们赶紧拿着氧气瓶去抢救你。珍妮一直趴在你身上哭。我们把它抱开,它又紧紧挨着你,眼睛里面充满了泪水。我们看得都哭了,一条狗竟然对主人这样忠心。"我听了也感动得哭了。我捧着珍妮的脸,对珍妮说:"宝贝,妈妈不会死的,妈妈要陪你一辈子,你下辈子要当妈妈的好孩子,咱们永远在一起。"

就这样我身体一直不太好,随时都会用上氧气,中午大家都去吃饭,我却只能去医院吸氧,临走时还要把两个氧气袋和一个氧气瓶充满。珍妮一直陪在我身边,真是寸步不离。它知道妈妈很难受,它是不放心我呀。我们一路上都得到了志愿者们的帮助,十五天后我们终于到了拉萨。拉萨盲校的盲孩子们第一次摸到导盲犬,他们的心里又有了希望。盲人都梦想着拥有一双属于自己的眼睛,他们梦想长大后也会有一只导盲犬引领他们在黑暗中前行。我跟孩子们约定,等我写出珍妮去西藏的书的时候,我还会带珍妮回来,回到拉萨盲校,把书送给他们。当珍妮带我走到布达拉宫广场的时候,我流泪了。心里说:"珍妮宝贝,是你的守护,让我坚强,是你的守护,让我坚持走到终点。你是世界上到这里的第一只导盲犬。西藏对你没有一次拒绝,只要我能去的地方,你也能去。我完全不用再担心你是否遭到拒绝后会伤心,因为西藏是狗狗的天堂。妈妈对你的承诺终于实现了,妈妈冒着生命危险带你来到了一个没有拒绝的地方,以后我还会带你去很多你没去过的

在拉萨盲校

地方。也许还会有许许多多的人拒绝你入内,咱们还会遇到重重的困难,但珍妮别怕,有妈妈在,妈妈会保护你。我会用你的口气写出咱们去各地的感悟,书名妈妈都想好了,就叫《陪你走过千山万水》。虽然以后咱们脚下的路不平坦,但珍妮宝贝请你记住:向前走,别回头。人生总有不期而遇的温暖和生生不息的希望。"

我们一起呼唤晴天

　　我喜欢读书,但摸着书店里面堆成山的书们又无能为力。我看不见书上的字,就是有朝一日出现奇迹,我能看见这个世界了,我也不认识汉字呀。我绝对不是文盲,而是学的盲文。所以汉字就不认识了。不过我还是会摸着写一些汉字的,但总数也不超过一百个字吧。

2003年我听到收音机里播出王小柔的书《把日子过成段子》,我惊叹世上还有这样开朗的人。她把家长里短用幽默的文笔写得生动极了。后来她基本上每年都有新书,像《妖蛾子》《都是妖蛾子》《还是妖蛾子》。我有点纳闷,她身边怎么那么多妖蛾子呢。我还听过她写的《如愿》《乐意》《有范儿》《越二越单纯》。我喜欢她的书,在我不开心的时候听听她的作品,也就忘了忧愁。我真羡慕她对生活的那点感悟。好像在她的生活中就没有伤心。自从我有了导盲犬珍妮,生活对我就不那么公平了。珍妮带我出门,随便一个人就能当众呵斥我们出去。我也郁闷过,但听听王小柔写的书,我又豁然开朗,一件事情的发生,绝对是各有利弊的,没有总倒霉的人,所以我从心里很崇拜这个快乐的作家,也萌生了收藏她的全部书的念头。我听说网上有卖电子书的,盲人的读屏软件只能读出文本文件,图片形式的文字就不读了。所以我先试试看,就托朋友买了两本王小柔的书。一会书就发过来了,我迫不及待地打开,用键盘操作电脑,让电脑读,但真的不能读,我好遗憾。我很喜欢听书,就是盲人看不见字,读书的局限性太大了。我真羡慕那些健全人,他们到了书店就能随便看书,盲人什么时候也能到书店,想听什么书就能听呢? 现在是信息无障碍的时代,想找个人我想应该不难吧。于是我打开新浪微博搜索王小柔,还真找到了。我给王小柔发了私信,简单介绍了一下自己,希望能得到她的有声版的书。也就是试试看吧,现在的名人都很忙,能不能回复我还不一定呢。

一周后,我想肯定人家没有时间搭理我吧。过了一个月没想到王小柔回信了,她说她从来不会看私信,偶尔看见二百多条信息,就打开一条一条看,就看见我发的了。我心想我真幸运呀。她同意去帮我找有声版。我为了感谢她就跟她要了地址,给她寄去了我写的珍妮的自传《妈妈我是你的眼》。并表示非常喜欢她的风格,请她指教。她收到我的书还真看了,看后她给我一些指导。这也让我非常感动。以前我想都没想过能跟她交流。她还加了我的微信,发来了她读的书。好好听的声音。因为盲人没有看见过这个世界,所以我们对事物的感知都是靠听。听了她的声音,我就莫名地认为她长得特别好看,所以我就很想亲手摸摸她。机会很快就来了。我要去天津办事,就约了她见面。那天我很早就起来了,我很激动,十多年的偶像终于要见面了。我带珍妮坐着志愿者的车到了天津。王小柔终于来了,一阵风似的飘到我身边,她那爽朗的笑声非常能感染人。她说:"我看了你的书,你虽然看不见,但什么都能做到呀。"我说:"我是通过自己的努力学会了一些技能,但我看不见你的模样呀。"她突然沉默了。我有点不安,想不出自己哪里说错了话,但我分明感觉到她的伤心。我问她:"我能摸摸你吗?"她痛快地答应了。其实我摸她也没用,我根本不知道人应该长什么样子,到底什么样子是好看。我只摸自己,很少要求摸别人的。我就记住了她戴着眼镜,头发好浓密。我还是更爱听她的声音,更喜欢她的性格。我们聊着天,珍妮也凑上去用鼻子闻闻她,然后就把大脑袋放在她腿上了。我很奇怪,珍妮是一条很骄傲的导盲犬,它除了亲近我,从来不亲近别人。好多时候它的粉丝特热情地来看它,珍妮却熟视无睹,该干什么就干什么。我都不好意思了,直跟人家赔礼道歉,我总说:"这孩子被我惯坏了,一点礼貌都没有了。"但今天王小柔对珍妮并没有显出特热情的喜爱,怎么珍妮倒喜欢起人家来了?难道这就是上辈子的缘分吗?

　　下午王小柔提议带我们去天津著名的古文化街逛逛。我也很舍不得就此告辞呢,就欣然答应了。到了文化街到底发生了什么,我就不在这里写了,因为王小柔已经把这段写下来,放到她新出的《喜欢》里面了。

当她了解到导盲犬出门还是举步维艰的时候,她说:"你来天津在我们的悦读会上讲讲你的书吧,那样会有更多的人了解导盲犬的。"我高兴地答应了,并开始准备图片和导盲犬的简介。也许是气候变化的原因吧,我身体一直不太好,在给王小柔发出最后一张图片后,我食管痉挛疼得晕了过去。救护车把我送进医院,因为我原来有这个毛病,医生调出病例就知道怎样处理我了。我浑身绑着监护仪的线路,就差进ICU了。后半夜我才被护士推进病房,但还是一级护理。第二天珍妮也来到病房,她看见我躺在床上,戴着氧气罩,用嘴碰碰我的手,好像在问:"妈妈你还好吗?"一连几天珍妮都趴在垫子上静静地看着我,有朋友来看我,它就叼着鳄鱼玩具去迎接。我一连几天都不能进食,只能靠营养液。王小柔从天津来看我,珍妮是第二次见她,但珍妮看见她一点也不陌生,赶紧叼着鳄鱼迎上去,然后把她引领到我的病床前。王小柔看见我躺在床上输着液,还戴着氧气罩,就说:"这周六的活动,如果你身体不行就别去了,我给大家念你的书就行。"我有气无力地说:"我争取去,言而有信是我做人的底线呀。"这期间王小柔悦读会的公众号上一直预告我生病了,可能去不了天津了。我还记得,我跟王小柔说:"今天是一个晴天。"她好奇地问:"你怎么知道的?"我说:"你听,是小鸟告诉我的。"所以这次励志演讲的题目就是:我们一起呼唤晴天。

这样王小柔呼唤了一个月的晴天,没想到我讲课的那天下大雨。我说:"老天在跟你开玩笑呢。"那天凌晨5点半我就输完液了,6点带着珍妮租车出发去天津。我已经九天没有进食了,手上还扎着套管针,身上一点力气都没有,手上有针活动也非常不方便。我

王小柔悦读会

到了天津的西岸艺术馆，那里已经有很多人在安静地等待了。他们通过王小柔悦读会的公众号知道了我还在住院，今天是带病来讲课的。在我化妆的时候，竟然有一个阿姨来给我送粥，她说："我从报纸上知道你生病不能吃东西，所以就熬了粥给你带来了，你吃一点好有力气说话呀。"我虽然吃不进去，但感动得眼睛湿润了。今天是王小柔亲自给我当主持人，这也是我坚持带病来讲课的原因之一。王小柔是我的偶像，我能跟偶像同台，也真是太幸运了。王小柔悦读会的朋友们可真是年龄不一呀，从几岁的小孩子到花甲老人都来到艺术馆，这里简直都没有地方坐了，来晚的都站着听。我跟大家分享了我的童年，姥姥怕我长大了不能好好照顾自己，所以教会我所有生活技能。讲了我长大后学了钢琴调律，但掌握了先进的技术却没有人敢用盲人调钢琴，是我带着盲人调琴师这个群体打拼二十年才让大家知道了盲人不但可以调钢琴,技术还是一流呢。我又讲到了导盲犬。本来想拥有一双自己的眼睛,没想到珍妮来到我的身边,我倒哪里都不能去了,有太多的地方拒绝我和珍妮入内。

这次我带珍妮去天津大悦城就遭到保安们的驱逐。我和朋友们解释珍妮是导盲犬,并拿证件给他们看。保安们说:"这里顾客多,你带狗进来,顾客会有意见的。"我说:"北京大悦城就让导盲犬进的。"还建议保安去汇报领导,如果领导不让导盲犬进入,我们就离开。在僵持的时候,围观的群众有几十个,他们有的在逗弄导盲犬,有的问我:"你不是上电视的那个姐姐吗? 你原来的导盲犬是黄色的,怎么现在是黑的了呢?"还有人问:"他们怎么不让你们进呢?"我听见居然有人蹲在珍妮身边,伸出手不知在比画着什么,让同伴拍照呢。

当时虽然天津大悦城门口非常嘈杂,但我好像立在一个孤岛上一样,我感觉到了孤单。后来经过"导盲犬珍妮"这个微博的呼吁,天津大悦城出台了一个跟残疾人保障法,和国务院颁发的无障碍环境建设条例相违背的规定:如果导盲犬带着盲人到了天津大悦城,将要把导盲犬存放在服务中心,由大悦城的工作人员当盲人的导购。

我再也没打算第二次去天津大悦城了,因为盲人和自己的眼睛不能分开。我说希望今天听过我讲课的朋友们,以后遇到导盲犬不会拒绝。大家用热烈的掌声回应我。到了提问时间,一个听起来只有五六岁的孩子问:"阿姨,商场为什么不让导盲犬进呀?"我愣住了,是呀,证件齐全的导盲犬,中国也早有法律导盲犬可以进入公共场合,他们为什么不让导盲犬进呢? 我无语了。不过,目前天津的轨道交通已经明文规定导盲犬可以乘坐了。天津的新煮义连锁餐厅也挂出了导盲犬准入的牌子,还请珍妮来参加一个店的开业庆典。

我接着讲到我从事二十年的钢琴调律,二十年里,我接触了许许多多弹琴的孩子,我看到有太多的家长不懂钢琴,给孩子买回来的钢琴并不适合自己的孩子,所以导致中途换琴,这样给家长造成很大损失。于是我在2008年开了一家小小的琴行,卖的钢琴都是我亲自选回来的。我会根据每个孩子的手型选钢琴的触键感觉,根据孩子的性格选音色。因为每个孩子都是不同的,每台钢琴也是不一样的。讲到这里,有好几个家长让自己的孩子上来让我摸摸他们的手,问孩子适合什么样的钢琴。我一一作答。有家长当场说:"如果你能在天津开琴行就好了。"我说:"目前北京到天津的路程只有半个小时,天津的地铁又让珍妮乘坐,对于盲人来说,能坐地铁就是盲人出行最大的方便。我现在为了跟珍妮在一起,在北京租车基本上要花去我半个月的收入,但在天津就不用租车了。所以不久的将来,我会带着珍妮来天津,开我的钢琴行和钢琴学校。"现场以热烈的掌声欢迎我。最后,我给大家唱了一首《隐形的翅膀》:每一次都在徘徊孤单中坚强,每一次就算很受伤也不闪泪光。我知道我有一双隐形的翅膀,带我飞,飞过绝望。不去想他们拥有美丽的太阳,我看见每天的夕阳也会有变化。我知道,我有一双隐形的翅膀,带我飞,给我希望。

辑六　调琴与调人

前图:珍妮和妈妈一起调琴

把孩子放心地交给我

如今,我从事钢琴调律工作已经二十多年了,接触的钢琴也有上万台了。我从一个没有客户敢用的调律师,到家长们把我作为教育孩子的榜样,现在到了寒暑假,就有许多家长打来电话,要把孩子送到我这里,让我好好调教一下。家长们只看到了我成功的一面,他们丝毫没有意识到,我的成功是姥姥和我一起努力的结果。我生下来就看不见,父母希望要一个健康的孩子,就把我抛弃了。是姥姥把我培养成人,她陪了我二十九年。我姥姥也不是什么教育家,她只有一个愿望,虽然我看不见这个世界,但她一定要让我能在这个世界上自食其力。就这么简单:能自己养活自己,能自己照顾自己。

随着媒体大量报道我成功的故事,尤其我写的导盲犬珍妮的自传《妈妈我是你的眼》被广电总局评为推荐给青少年的百本优秀图书以后,家长们找我教育孩子的事情就更多了。家长们看重我是盲人但还会那么多本领,比如会摸着画猫,会游泳,会骑独轮车,会跆拳道,会弹琴唱歌,等等。现在的家长往往只重视结果,但过程呢?我认为陪着孩子长大的过程对于孩子以后更重要。我刚毕业的时候,别说家长能很信任地把孩子给我送来教育,就是让家长把琴给我这样一个看不见的盲人调,都是一件很困难的事情。一路走来的酸甜苦辣只有我知道。最初调琴的几年,我只是干好本职工作,我的愿望就是能有更多的客户信任盲人调琴师,我就能自食其力,也能挣更多的钱孝敬姥姥,报答她的养育之恩。

我调完钢琴，都喜欢让客户弹弹。我调琴的客户，一般都是小孩子。他们大部分都是扭扭捏捏地来弹，但家长经常当着我的面就开始教育孩子的手型。当孩子开始弹的时候，家长时不时地提醒，你别折指呀，别颠手腕呀，等等的问题一大堆。我还会经常听到孩子们的回击。最让家长生气的是："我弹得不好，你来弹我看看呀。"这时家长都很愤怒。还有好多家长跟我抱怨："我们小时候没有条件学乐器，有了孩子就想让他们物质上丰富一些，怕埋没了他们的天分。我们省吃俭用，连买件衣服都拣便宜的，但他学琴的费用一个月就上千。到头来换来他说让我弹，如果我把给他学琴的钱用在自己身上，我肯定比他弹得好。每次去上钢琴课，老师都说他手型不好，可老师说的问题，他回家总是不注意改正，这可什么时候是个头呀。"

这类话我听得太多了，也有许多孩子不愿意当着生人弹琴。确实，演奏钢琴是美妙的，但练习就没那么舒服了。我五岁学二胡，从十三岁开始学钢琴。练琴的种种苦我也体会过，虽然我姥姥要求不特别严格，但也绝对不是眼里揉沙子的那种人呢。我小时候学琴，可没少挨老师和姥姥的骂，因为我的小指短，立起来就够不着了，所以只能直着弹，有时候手还会向小指那边歪，这是我的先天不足，但老师和家长就是理解不了。后来在我给孩子选琴的时候，我都很注意他们的手型，我会按照他们的手型，给他们选择适合他们的钢琴。因为钢琴的触键感觉是可以选择的，而自己的手是无法选择的。

家长选琴的误区

在我多年调钢琴期间，遇到很多客户都对自己的钢琴不满意。他们费尽周折找到我，就是想让我解决。可是我遇到了太多都不是调钢琴和修钢琴的问题,比如是客户对自己钢琴的音色不满意。他们说自己家的钢琴声音太小了,不如邻居家的钢琴好听,让我把钢琴的声音调亮一些。还有的孩子说自己家的钢琴弹着太重了,不如小朋友家的钢琴好弹。每当我遇到这些问题的时候,我都跟客户解释说:"钢琴在生产过程中,会有音色和触键感觉的差异,甚至差异很大,这就要让懂钢琴的朋友去帮着选琴。选琴要根据弹琴人的特点选,并不是按照帮着选琴的朋友的性格爱好选,因为钢琴不是选琴人弹。"

我就经常遇到这样的情况,好多客户让我帮着选琴,说您是专家,您认为好就行了。我坚持要见弹琴人,客户都会说:"孩子太小,还不会弹,所以才让您帮着选的。"我遇到这些问题,每次都要耐心解释:"并不是我让孩子亲自弹或者自己选,而是我要观察孩子的性格,我要摸孩子的手,我会根据孩子的性格选钢琴的音色。比如外向的孩子,我就给他们选明亮一些的,内向的孩子,我就要选柔和一些的了。我要根据孩子的手,选择钢琴的触键感觉是沉一点还是轻一点。"很多家长的误区是钢琴的键盘越重越好,但如果孩子的手型不适合弹重的,会造成颠手腕,或者折指的毛病。或者在弹不动的情况下快速练习,会练得浑身僵硬。家长们大多数都问我:"您说什么牌的钢琴好呢?"这也是我很难回答的。因为钢琴的牌子跟它的音色和触键的感觉是不成正比的,所以每次我都不正面回答,我会说:"您问我什么牌的钢琴好,就像您问我哪个城市的人好一样呀。"我说这话的意思是:哪个城市的人都是五花八门,不能单纯用好与坏来衡量。钢琴也是一样的,每个牌子的钢琴也都是什么样的全有。音色与触键感觉的好与坏是根据不同人群不同性格来界定的,不管闷与亮,沉与清,都是看谁弹而界定的。但在一台钢琴上必须做到音色统一,就是要闷就八十八个键子都闷,要亮就八十八个键都亮,触键的感觉也是这样,必须统一才是好钢琴。但因为钢琴有八千多个零件且在生产线上生产过程中的每个环节也许都会影响声音和触感,所以如不统一也不算是质量问题。但往往琴行卖琴的时候会说:"您要什么声音,买回家后,让调律师就给您调成什么声音吧。"这个缓兵之计把钢琴老师都坑了。很多人通常认为只要会弹钢琴,那么钢琴内部的零件就都很了解,其实未必。这就跟开汽车和修汽车一样,会开车的可不一定能修车。

前几年我还遇到过家长把孩子送到我家,让我看看孩子适合什么样的钢琴,我刚说点皮毛,比如孩子外向,要选明亮一些的钢琴,家长就跟全明白了似的,带着孩子去买钢琴了。过了一年多,我都忘了这回事了,那个家长回来找我算账了。她说:"您不是说我家孩子适合亮的钢琴吗,我去琴行就跟卖琴的说我要亮的,人家给我选了。买回家后,我才发现亮的吵死人了,我又让琴行的调律师来修理,人家看了琴说不是质量问题,是我要的亮的钢琴,这不是调律能解决的。"我说:"钢琴的音色和触键的感觉是与生俱来的,我是说了您家孩子适合明亮的钢琴,可多亮是好呢,这就靠个人的感觉了。每个人对钢琴的感觉都是不一样的,您问过我,又让别人去选,这到底是谁的误区呢?"

不见弹琴的孩子不卖琴

我去调琴的时候,见过太多的琴童对自己的钢琴不满意。通常弹到六级或以上水平的时候,琴童就对钢琴的触键感觉和音色有自己的认知了。但很多家庭是不可能再换一台钢琴的,这样会导致越来越多的琴童对自己的钢琴没有兴趣,最后也就放弃了。

所以我经常说："钢琴就是一个工具，只要适合自己，就是好钢琴。"八年前我开了自己的琴行，说是琴行，可平时那里没有人，也没有挂招牌，还埋没在小区的居民楼里面。如果有人来买琴，我才会特意在那里等着。因为我这种观念和经营方式，如果租个门脸房，还真不够赔房租的了。我卖的钢琴，都是我亲自一台一台选回来的。然后每台琴都调一遍，才能确切知道钢琴的特性。我选钢琴必须是音色和触键的感觉都统一的，然后谁喜欢什么样的钢琴，就靠缘分了。我最喜欢一个人在我选的钢琴堆里待着。摸摸这台琴，弄弄那台琴，这是我最放松的时候，也是最享受的时间。

　　我卖琴也跟别人不一样，我不看见弹琴的人，我是不卖钢琴的。就是外地的孩子我也必须见到本人。我会根据弹琴人的性格选音色，根据弹琴人的手型选触键的感觉。这一点很多家长不理解，他们认为自己的孩子还没开始学琴，怎么能看出来适合什么样的琴呢。还有家长认为我事情太多了，不就是卖琴吗，没必要耍大牌。每当遇到这样的家长，他们不愿意带孩子来，他们认为孩子不懂，我都坚决不卖。我总是解释，不是让孩子自己选，而是我参照孩子的个性选琴。这也受到一些家长的非议，他们认为钢琴都一样，选选外观就行了。还有的家长有一种买什么都砍价的意识，但我恰好喜欢明码标价。那些到了双休日就打折的东西，我都不买。因为我发现到了平时，那些东西的价钱比打折后还便宜呢。就这样，我的经营理念也得罪了一些客户。

请家长换位思考

　　一天我去调钢琴，这是一个五岁孩子弹的琴。我调好后，给客户弹了一个曲子。小女孩的妈妈也让她来弹弹,她叫含含,是个开朗好动的孩子。她弹的是拜尔的练习曲,刚弹十几个小节,含含妈妈就大喊:"怎么又折指呀,都说你多少遍了。"含含不弹了,坐在琴凳上看着她妈妈。我有点尴尬,这家长也太不给孩子面子了。我说:"含含你弹得还不错,节奏很好,谱子也都弹对了,如果你的手的每个关节都突出一点,就像阿姨这样(我给含含做了一个手型的动作),你再弹的时候,会更好听的,不信你试一试。"含含明显对我的说法感兴趣了。她认认真真地弹了一遍练习曲。我听着她的手基本上都立起来了,就接着说:"你听出来了吗,我是听出来了,你注意手在钢琴上搭房子,你弹的曲子就更好听了。"她妈妈也露出了笑容,开玩笑地说:"要是孩子让你教就好了。"含含马上说:"我要跟这个阿姨学琴。"我笑笑说:"阿姨是调钢琴的,教琴只是阿姨的爱好。阿姨每次来调钢琴的时候,可以跟你探讨一下弹琴的技巧和习惯。但长时间教你,就真的没时间了。"含含小声跟我说:"我每天练琴妈妈都在后面说我,我不论怎样做,她都说我不认真,说我没长脑子。其实我很喜欢弹曲子,就是不爱练琴,尤其是妈妈在家的时候,我就不爱听她总是说我,真烦。"我听了笑出了声,刚刚五岁的孩子,说得头头是道呢。我说:"妈妈说你是为了你好呀。"含含说:"我不用她为我好,她怎么不去说爸爸呀。"我说:"爸爸是大人不用说了。"含含说:"我盼着快点长大,长大了就不会挨妈妈的说了。"她妈妈接话说:"你以为我愿意说你呀,跟你置气,我有那时间看会儿电视好不好,都是为了你好,你还不领情。"我赶紧说:"我要去下一个客户家调钢琴了,我先走了。"我可不想听母女两个打嘴仗。

含含恋恋不舍地把我送出门。晚上含含的妈妈打来电话,问我:"我在含含练琴的时候,不错眼珠地盯着,可说出含含的错误,她总是不虚心改正。但今天你简单的两句话,就让含含特别注意手型了。你能告诉我是什么秘诀吗?"我说:"真的没有什么秘诀,您就换位思考一下吧。如果您每天上班,努力做了本职工作,可领导怎么也不满意。只要你做,领导就挑毛病。你是什么心情呢? 所以在孩子练琴的时候,您要想指出孩子的一个缺点,就要先找出孩子弹琴的一个优点说,然后再强调如果把那个缺点改正了,你弹的曲子就会更好听了。这是我换位思考得来的一个小小的经验。"

买琴,水挺深

现在,我每天都能接到很多预约调琴的电话,我们钢琴调律师就像医生出诊一样,登记并预约约定上门时间。因为每一台琴的情况都不一样,我需要靠声音给它们诊断。

有一天,一位女士打来电话,千叮咛万嘱咐让我务必尽快亲自来调,她的语气像自己的钢琴出了急诊,我就是120。这位客户还真着急。

我如约上门,她的钢琴是个原装进口二手琴,这类钢琴如果选好了,要比同等价位或者价格高一倍的钢琴还好弹,并且保养好了,寿命会更长、更具有增值空间。我拆开她的钢琴,用手一一摸去,我摸到好多零件都更换过,还有的不太配套。这样一台琴,我的手指按下去,就能听见一个大厂房,好像各种各样品牌的零件组装起来共同发出的合唱。我对着琴想了想:这个病人有点复杂,移植的器官有点多,并发症来得就快。

客户见我沉吟,说她为了给孩子一个好弹的钢琴,花了两万多块钱买了这台琴,但这琴总是出问题,光调律师就请了好几个。一般钢琴三个月调一次,她的这台琴弹一个月左右就不好弹了,琴键经常不起来，还会发出特难听的声音，就像敲破盆的声音。一个月后再请调律师调，又能将就三十来天，可这终究不是办法。她说："我是真没辙了，听说您在钢琴调律方面是专家，就想让您看看。"

我又仔细检查一遍，确定这是一台翻新的二手钢琴，虽然外观上摸或看起来很新，但里面生产日期的编号被改过，钢琴零件也有很多是更换过的，甚至有的还不是原装。这样的琴带病坚持工作，能每次弹三十多天真够难为它的了。

其实这不是个案，市面上确实有一批这样的钢琴。钢琴翻新，意思是本来这台二手钢琴进口到中国特别破，商家为了卖个好价钱，就把坏了的零件换了，再把外表的油漆处理一遍，旧貌换新颜。但商家为了赚钱不可能都换成原装零件，这就造成弹奏起来不太顺畅。

这琴我也没法调，基础太差调完也避免不了出问题。我做钢琴调律师的宗旨是：必须保证人家正常用琴，否则我宁愿白跑一趟。我给她出了两个方案，一是哪怕赔点儿钱也把这琴卖了，因为影响弹奏；二是选择大修，这个业务我们公司也经常做，就是把年久失修的旧琴修得能正常弹奏了。

在我接触的客户和朋友里，有很多和她一样对钢琴一无所知，钱花完了才发现上当，可经济损失无法挽回，那么大一物件摆在家没法用，看着都添堵。有的家长花大价钱买钢琴，就是为了给孩子一个好琴，可是钢琴虽然动听，但买琴的这条河，水也挺深。

什么样的钢琴适合你

每个家长都有一颗非常迫切的爱孩子的心，首先表现在买好钢琴、请好老师上,这样做是对的。但什么是好钢琴,什么是好老师? 是越贵越好吗? 因为不懂和对艺术的崇拜,大概家长们只能从价格上判断了。他们一般买琴的标准是:看牌子,找贵的,再看外观,必须没有磕碰,钢琴那八十八个琴键用手挨个按,只要都能弹起来就行。殊不知这不是买家具,其实钢琴的琴键不顺畅是最好修复的,但专业上,一台钢琴要音色统一,触键的感觉统一,这些都统一了,还要看是否适合孩子的性格和手型,等等,这些家长们一概不知。

我就经常遇到这样的家长,他们总把钢琴不好弹、不好听归罪于调钢琴的人。他们总认为如果找一个好的钢琴调律师,那么他们钢琴上面的所有问题都能解决。

我在上海出差的时候,一个朋友打来电话说自己正在一家琴行给女儿选钢琴,举着电话告诉我琴的牌子,说看上一台琴特别好看,声音非常好听。因为我正在开会,就赶紧告诉她,牌子只决定钢琴的质量和价格,至于声音和触键的感觉,就要精挑细选了。可没一个小时,我收到这朋友的短信,说琴行的人拿那台琴弹了首特别动人的曲子,她就给买下来了。琴行告诉她,喜欢什么声音,让调律师调调就行了,还送了免费调琴。

对于一台钢琴而言,音色和触键的感觉不算质量问题,基本上大部分也不能改变。她买的钢琴六万多,理论上"好琴"的概率很大,琴行还送了她十次免费调琴,等我见到她的钢琴,已经是她买琴的五年后了。

这五年我这朋友经常带着女儿飞飞来我家做客,飞飞也给我弹琴,但我总听着孩子的手型不对。飞飞妈说:"老师也总说她的手型问题,本来识谱节奏都得到老师的表扬,就是这手型。她考三级都没过,我也着急,就拿着毛衣针看着飞飞弹,只要她折指我就打,手趴在琴键上我也打。每天她练琴我们两个就针锋相对,可孩子依然改不了。"

飞飞妈也怀疑过老师教得不好,为此我跟着飞飞去听她的钢琴课,老师是一个很认真的人。当我排除了老师的问题,影响孩子的焦点就落在钢琴上了。

我到她家,摸了她的钢琴,我才明白。飞飞的手指细长,但很软,手掌也不宽,可她的钢琴触键感觉非常的沉重,就是我弹起来也比较困难。飞飞现在已经练习车尔尼的849了,这本练习曲要求一定的速度,飞飞还要注意手型,难呀。

另外,这架钢琴的标准音跟实际的标准相差甚远,不连调两三遍是调不到标准音的。飞飞妈很诧异:"我可是半年调一次呀,琴行的调律师也太蒙骗人了吧。"我笑了,没加以任何解释。飞飞妈说:"飞飞学视唱练耳的时候,老师也说她音不准,原来是钢琴不准。我几万块钱的琴都买了,就让他们送十次免费的调琴服务。这么多年买东西的习惯,好像不砍下来点价钱,不让商家送点东西,心里就不平衡似的。这不是害自己吗?"

战士上战场不能拿着滋水枪,哪怕这枪再贵都没用,只能把战士害了。飞飞妈狠下心把钢琴卖了,让我帮孩子重新挑一台。飞飞是个很自律的孩子,她除了练琴她妈妈会在一边大喊她的手型之外,她的学习是不用她妈妈管的,只要督促一下就行了。所以根据飞飞的特点,我给她选了一架声音和触键的感觉都很适合她的钢琴,我觉得外观也很适合她。这台琴的谱台在钢琴外面,键盘盖子打开是立起来的,就像三角琴的键盘盖一样的。这样弹琴人可以很清楚地看见反射出来的自己的手型,就不用别人提醒了。飞飞很喜欢这个钢琴的外观,她长出一口气说:"以后妈妈终于不用在我后面大喊大叫了,我自己就能看见自己的手型了。"

飞飞在音乐上的变化有目共睹，她自己也非常高兴，更加有了自信。钢琴和人一样是有个性的，要找到合适的人才能有共鸣，这是我多年对钢琴和琴童的研究结果。如果飞飞是一个自律性比较差的孩子，我就不建议给她买从外观上能看见自己手型的钢琴了。飞飞现在已经上大学了，她在高中的时候就考完了中央音乐学院的钢琴九级，现在她在大学里也经常登台演奏钢琴。

调琴也是调人

文文是个乖巧听话的女孩，她小时候就是我的钢琴用户。那时候我每次去她家调钢琴，她一定会在家等着我。她喜欢看我调钢琴，喜欢看钢琴内部的零件，喜欢跟我聊天。我们成了半年见一次的老朋友。她上的是重点小学的重点班，小学毕业那年同时有五所重点中学录取了她，我听说后还跟她妈妈开玩笑说："家长都恨不得让孩子削尖了脑袋考重点中学，文文就占了五个名额呀。"文文学习从来不用家长操心，在班里还是班干部，多次去区里市里参加钢琴比赛，还取得了很好的成绩。同样她也顺利地考上了重点高中。大学也是很顺利地上了名牌。文文可是在成长过程中听表扬最多的了。文文的爸妈为有这样一个女儿感到骄傲，他们周围的亲戚朋友同事们都拿文文做自己家孩子的榜样。后来我去她家调钢琴，她就上班了，听说进了一家效益很不错的企业，这辈子可是衣食无忧了。

但前几天文文妈妈约我去她家做客，说想请我帮个忙。我答应了，毕竟给文文调钢琴已经十几年了。我如约到了她家，文文和她妈妈都在。我问："文文你今天不上班呀？"文文没说话，跟我打声招呼就回了自己房间。她妈妈说："文文辞职了。我也不瞒着您了。这孩子从小就听话，从来没让我和她爸着过急。大家都认为这孩子长大了一定有出息。可没想到上了班就不听我们的话了。说单位不好要辞职，我和她爸劝了她好长时间，那个单位您也听说过，就是铁饭碗呀，待遇还特别好，好多人想进都进不去呢，怎么说都没用。这不辞职已经快半年了，她后来找了好几份我们都认为不错的工作，但没干几天就不去了。现在连门都不爱出了，我们真怕这孩子闷出什么病来，我也找过她以前的好朋友来家里劝劝她，但收效甚微。我们真是没办法了，才给您打电话。这孩子小时候最崇拜您了。您就帮帮我们吧。"我点点头说："我一定尽力。"

　　我进了文文的房间，她很沉默。我对文文说："现在你有时间还练琴吗，你小时候弹琴可是不错呢。"文文开门见山地说："我妈妈是不是让您来劝我的呀？"我点点头说："没事，你别紧张，你都这么大了，我都是给小孩子讲励志，你不属于那个范围。"她笑了。我接着说："今天我就跟你聊聊天就回家了。"我明显感觉文文放松了许多，我问："你喜欢狗吗？"文文说："我怕狗，我怕它咬我。"我笑了，说："三年前我领了一只导盲犬叫珍妮。我本以为自己终于有了眼睛，可以想去哪里就去哪里了，但我没想到导盲犬还是新生事物，虽然有了法律，大家不知道什么是导盲犬，所以我就处处受阻。如果公共交通能让导盲犬上，今天我就带着珍妮来你家了。"我又跟她东拉西扯了一会说："我该回家了，珍妮还在家等着我呢，你要不要送送我呢？"文文跟她妈妈说了声："我去送陈阿姨了，您晚上就别等我吃饭了，我回来再说。"她妈妈特高兴地把我们送出了门，还嘱咐文文："我和你爸吃完晚饭就去你小姨家拿点东西，你不用着急回家，在外面吃晚饭吧。"

　　在路上我还是不问她工作的事情，甚至跟她讲笑话也不问她的现状。到了我家小区门口，文文站住了，她问我："陈阿姨，您不想问问我工作上遇到了什么吗?"我说："如果你愿意跟我说，就说，不愿意就不说。"她想了想就跟着我进了小区。我把文文带到我的琴行，进门她大呼："啊，这里有这么多钢琴。"我说："是呀，这是我卖的钢琴，也是我安静的心灵港湾。小时候姥姥没有钱给我买钢琴，我就只能学了二胡。但我很不喜欢那种幽幽怨怨的声音。我十三岁才开始学钢琴。那时候我的梦想是:以后有钱了就买好多钢琴。这个梦想注定了我只能当一个钢琴调律师或者卖钢琴吧，你看见过哪个钢琴家的家里有好多钢琴呀。"文文笑了。她选了一台比较柔和的钢琴坐下来弹了一曲李斯特的梦幻曲。那婉转的曲调飘散在空中，我分明从中听出了无奈、沮丧。

　　一曲终了，文文面对钢琴并不看我说:"小时候爸妈告诉我只要努力就会有收获。我努力学习，是老师和家长眼中的好学生，是同学们学习的好榜样。每年我都评为优秀干部和'三好生'。我五岁学琴，十二岁的时候钢琴就考到了九级。别人家的孩子都是家长催着学习，可我爸妈却总是劝我该休息一会儿了。我像上了发条的钟表，停不下来地努力。因为我喜欢考第一，喜欢老师们的夸奖，喜欢爸妈把我当成他们的骄傲。可上班以后我发现，在社会跟在学校完全不一样。在学校只要学习好就处处是绿灯，可我在单位也努力了，还是遇到些想不到的困难。像同事之间的关系就太难搞了。跟我一起进那个单位的有五个人，都是名牌大学的优秀生。我知道压力很大，我连加班都不计报酬。可同来的小张却背后说我是装样子给领导看呢。我们单位去一家酒店搞圣诞联欢，我在现场弹了莫扎特的《土耳其进行曲》，我们主管领导很爱听那首曲子，当众表扬了我，这也引起我们办公室不小的波动。这不是明摆着嫉妒吗? 我想可能过段时间就好了吧，还主动请背后说我坏话的同事吃饭。但我想错了,他们还是背后说我的坏话,还成心在工作上刁难我。我每天上班都像进了地狱一样,我实在忍不了了。我百思不得其解,为什么我不招惹别人,别人却来伤害我。我不顾爸妈的反对就辞职了。我又去了几家公司,发现哪家公司都会有一两个爱搬弄是非的人。我真的烦了,对人都失去了信心。在学校只要付出努力就会有结果,但在社会上,你优秀有人嫉妒,你平庸有人会落井下石。我越来越封闭自己,越来越不相信人了。为此我爸妈也很着急,可我却走不出这个怪圈了。"

我没有正面回答文文,我一边摸索着心爱的钢琴一边说:"我的专业是钢琴调律,但在我毕业之前中国还没有盲人钢琴调律师这个工作岗位,所以我们遇到了太多的拒绝。当我闯出了一片天空的时候,我的梦想是让更多的钢琴客户知道盲人可以调钢琴,而且还调得很好。我为此努力了十八年,其间听到很多流言蜚语。让我不能接受的是个别的盲人钢琴调律师也在背后说我是为了出风头才宣传盲人调琴,还说如果她是第一届学钢琴调律的盲人一定也能出名。

"我有了导盲犬珍妮才发现导盲犬目前还是处处受阻,所以我就放弃了自己一半的收入来义务宣传'导盲犬畅行'。可是就有一两个导盲犬的使用者说我是享受特权。珍妮带我出门处处受阻,就有导盲犬的使用者说我是不会沟通,她经过好好沟通,所有的地方都会让导盲犬进入。她那个意思就跟我不会说人话似的。有家媒体的记者对她的话感了兴趣,就带着她和她的导盲犬到了经常拒绝珍妮的地铁站。结果自称很会沟通的她也受阻了,也没坐上地铁。她又说:因为有个黑狗在地铁站龇牙咬人,所以地铁站才不让导盲犬进。珍妮就是黑狗呀,这是说谁呢?

"我为了让更多人了解导盲犬就让志愿者教我开了微博,我靠盲人电脑读拼软件学了半年,才学会发微博和照片。照片还需要志愿者们帮着我选好再给照片命名,我才能准确发到微博上。这又遭到网友的质疑,质疑我是假盲人。我带珍妮去公共场合受阻,我把经历发到微博上,被网友称为'闯关',跟盲人就应该待在家里不让出门一样。前天早晨我在小区里练独轮车,没碍着谁的事情。但碰到一大姐,人家认出我就是上电视那个调钢琴的盲人。那大姐先用手在我面前晃动,问我能不能看见。我说看不见。她不信,说:'你看不见怎么能骑在这一个轱辘的东西上呀?'我更正她:'这是独轮车。'她说:'你是装瞎吧,不然你骑这个怎么不撞到墙上呢?'我惹不起躲得起赶紧走。可人家一把抓住我的胳膊说:'你是不是什么都能看见呀?是装瞎!我看你的眼睛好着呢,怎么看不见呢。'"

文文听到这里愤怒地说:"阿姨你怎么不骂她呀,太不像话了。"我说:"这类事情我遇多了,都习惯了。你如果有时间后天来看我画画吧,有很多人想象不到盲人还能画画呢。"

过两天文文来了,还带来了她妈妈做的酱牛肉和糖醋带鱼。文文说:"我妈妈记得我小时候您来我家调钢琴,她看您不方便出去吃饭就给您做饭,记得您最爱吃这两个菜了,就让我带来了。"我说替我谢谢你妈妈。我早晨吃得很饱,是为了画画才吃那么多的。文文很纳闷:"您画画时间特别长是吗?"我一边准备画猫的工具一边说:"我画一幅猫大概用七个小时左右,中间不能离开画台,否则就接续不下去了。我看不见,是靠定位感知画到哪里的。"我开始画猫,文文就坐在钢琴边看着我,几个小时过去了,她开始站起来走动,又过了一会儿她说:"阿姨您累不累呀,能歇一会儿吗?"我说好呀,手不离开画纸地直起了腰说:"画画是我儿时的梦想,我一直坚持学画,但找不到愿意教盲人画画的老师。后来去南宁找到了曾柏良老师教我。但我画画招来的非议更多,说我是作秀、假盲人的太多了。我常说的话是:做自己的事情,让别人说去吧。千万别在乎别人对你的看法。"当我画到五个多小时的时候,一滴墨水滴到了猫的脸上。文文大叫:"完了。"我停了手直起腰离开了画台。她特别可惜地说:"阿姨,您费了这么大劲,可……"我说:"没事,这很正常呀。我看不见,画画怎么可能每次都能成功呢。有人看着我画还能及时告诉我中止,如果就我自己画,我就只能画完了,盲拍个照片发给朋友,朋友看了会告诉我这幅画是否成功。往往失败的画作不少,不过盲人画画本身就是挑战,我喜欢的是画画的过程,如果失败了,是在我的意料之中;如果成功了,就是我很大的喜悦。"我问文文:"你在单位遭到的不理解,有我画画遭到的非议多吗?"文文说:"没有。我明白了,我会走出自己的世界的,我想当您的志愿者,这两天我看您生活太不方便了,干什么都比我们困难,但您还是这样乐观。"听了文文的话,我感觉到脸上有了一丝暖意,也许是阳光照进房间,照到了我的脸吧。后来文文成了我的志愿者,她也找到了一份自己满意的工作。前几个月文文结婚了,现在正准备着要一个宝宝呢。

"吃苦之旅"

中国家庭习惯于把更多的关注放在孩子身上,这一点通过预约调琴的电话就能反映出来,我也经常接到家里根本就没有钢琴,只是想让孩子见见我的要求,调钢琴和调理孩子似乎异曲同工。

我遇到的孩子多了,也就更了解孩子,加上学过儿童心理学,在去客户家调钢琴的时候就会给家长提供一些建议。好多家长都对我说："您帮我教育教育孩子吧，教育他们怎样吃苦。"就跟我是从旧社会穿越过来似的。还有的家长直接要把孩子给我，说："让孩子在你这里学会吃苦，让你用他们干活，他们总是不知道珍惜现在。"好像我是地主老财周扒皮似的。还有的家长当着我的面对没有上学的孩子说："你看阿姨眼睛都看不见了，她还会调钢琴呢，弹琴也那么好，你是不是应该努力呀？"我分明感觉到很多孩子都睁着大眼睛问："为什么阿姨看不见呀，她眼睛不是跟我们一样吗？"孩子嘴里的为什么多得最后家长都不知道怎样回答了。

我跟孩子沟通的时候，如果他们事先不知道我是盲人，我根本就不告诉他们，让他们知道我和他们不一样只能转移孩子的注意力，他们会对我的日常生活等等细节感兴趣，最后没起到我了解和引导孩子的作用，倒满足了他们的好奇心，真是一点意义都没有。我通常是从跟他们闲聊天开始，先了解他们对某件事情是怎样想的，才能做到知己知彼。确实孩子就跟钢琴一样，每台钢琴的声音和触键的感觉都是不一样的，每个孩子也不是用一样的方法教育就行的。千万不要小瞧他们，离开父母的百般呵护，他们每个人都是小精灵。

后来，我实在推托不了家长的要求，就办了一个家长眼中的学吃苦活动，叫"吃苦之旅"。我带着十个七到十岁的孩子，每个孩子带一名家长做他们的监护人。出发前我要求家长们只是帮助我看着孩子们的安全，剩下的事情都不能管。我们有淘汰制，如果有人举报家长管理有"越权"嫌疑，经过讨论，有可能中途劝退，家长们也同意我的倡导。利用双休日，我带孩子们去了京郊密云的一个农家院住下了。首先我把孩子们分成两组，按照年级高低分开。五个孩子一组，要选出学习班长，管检查督促写作业；卫生班长，监督大家是否随地扔垃圾、房间整洁等等；餐饮班长，统计大家对食

物的爱好,统筹点餐;经济班长,保管大家的钱,花钱由他牵头讨
论;策划班长,管小组的所有活动。大家因为不太熟悉,就采取自
荐和评选的方式决定。不过我也特意引导平时写作业能拖到夜里
十二点的孩子当了学习班长,从没干过家务的孩子当了卫生班长,
妈妈都抱怨老人带的特自私的两个孩子当了餐饮班长,总抱怨零
花钱不够的孩子当了经济班长,策划班长是两个在学校从不主动
举手回答问题胆子特别小的孩子。我被大家推举当了大家的总
司令。

　　刚到农家院就发生问题,学习班长一声令下大家赶快写作业;
餐饮班长要求大家说出爱吃的饭菜;策划班长征求大家喜欢搞什
么活动。这下乱成一团。我问学习班长:"你为什么先要求大家写
作业呢?"两个学习班长抢着说:"每天回家妈妈都要求我们先写完
作业再玩或者吃饭。"我问大家你们每天回家是这样吗,大家基本
上都点头了。那好,先写作业通过了,两个学习班长简直是兴高采
烈了。我引导两个学习班长说:"你们组的同学们不是来自一个学
校也不是一个班,所以作业不一样。你们要统一收作业,安排年级
高的同学检查年级低的作业,不但要速度,还必须要质量。请大家
互相监督不能抄作业,也不能帮着写作业。违规的同学我唯学习
班长是问。"两个组凑成两队商量去了。我和家长们悠闲地坐在院
子里聊天。将近一小时后两组的学习班长把收上来的作业交给
我,我让当老师的家长检查去了。一个卫生班长跟我告状说:"我
们组的壮壮写作业的时候乱扔纸团,我说他,他也不听。"我叫来壮
壮问:"你是经济班长,如果别人乱花钱,把你那里的钱都花光了还
不够怎么办?"壮壮有点着急地说:"那可不行。"我说:"那你写作业
的时候扔纸团了吗?"壮壮说:"我去捡起来扔到纸篓里面去。"就这
样在矛盾不断中吃完饭。两队商量好比赛爬山,前三名有奖品。

大家还为买什么奖品讨论了好长时间,经济班长把好多主意都否了,因为太贵。我要求两个组的班干部们要协作,所以他们事事都一起商量。爬山比赛的结果谁都没想到,导盲犬珍妮得了第一名。大家都为大黑狗欢呼,那三个怕狗的小女孩,这时候也不怕了。

　　两天的郊游在孩子们不停的争论与欢笑声中结束了,家长们感慨道:真没想到,我的孩子还有这么强的能力。

　　每逢寒暑假,我的大部分时间都是跟孩子和家长在一起的。我喜欢孩子,他们单纯的心灵时时让我感动,我自认为只给了他们一点点帮助,却收获了他们最大的信任。每个孩子不一样,所以我的引导方式也是五花八门的。但我相信孩子们真的都差不多,谁也不比谁笨。学习成绩只是孩子们学习方式的检验,每个孩子都有自己的特点,只要发现他们的优点,克服他们的缺点,每个孩子都是天才。

后记：用我的耳朵见证这人生

很多人都说，上帝给你关上了一扇门，同时就会给你打开一扇窗。而我的那扇门从还没出生就被关得死死的，连光都透不过来。为了推开其他的窗，我付出了比别人多很多倍的努力，在黑暗中揣摩光明世界的举止言行，我是靠想象让自己生活在健全人的社会。

其实不仅是我，每一个盲人，在他沉默的双眼背后都有一个又一个爱恨交织的故事，黑暗是我们永远也走不出来的边界，所以只能靠想象，给自己的心里洒进阳光。我们必须要努力活得像健全人一样。

整理书稿的时候，北京的冬天来了，我听见树叶和地面摩擦的声音，这是我生命里的第四十一个冬天。我的电脑里有盲人的语音软件，每一个字它都会清晰地读出来，我的人生故事在这个电子声音里再次被诉说了一遍。很多关于往事的回忆又在心里蔓延，美好的、痛苦的全都扑面而至，我站在时光的面前，情不自禁地流下眼泪。

我写的都是我自己的亲身经历，困难、压力、病痛、误解、关注、支持、鼓励、祝福等等，像不同颜色的彩笔为自己画的一幅画，画里会有明明灭灭的光亮，有时候，我会用我的耳朵去见证这微弱光亮覆盖的繁华。

我是一名钢琴调律师，我像要求钢琴的音准一样校对自己的人生。我希望旋律始终都在，可以优美可以悲切，但要激昂地延续，生命的曲谱就在我们每个人的足下。看不见，没什么可自卑的，但如果不努力，听天由命，才是件自卑的事。

导盲犬珍妮来到我的身边，它成了我的眼睛，陪我万水千山，终于让我的脚步突破了黑暗的边界。只有盲人懂得眼睛对自己的重要，我依然会身体力行地倡导导盲犬带盲人出行，让那些孤单身影可以从自己的房间走出来，去听更大的世界，让风景从想象中走出来，变得更加生动。

我喜欢在我的琴房弹琴，钢琴是我生命的一部分，我在这里也认识了很多喜欢弹琴的小朋友。很多人都不知道，钢琴也是有性格的，孩子不同的手型、迥异的性格需要选择不同的琴来跟他和鸣。音乐是那么美妙，把耳边的世界都打扮得漂亮了。

我依然有很多梦想，我会一个一个地去实现它；我依然会走进学校、企业和大家面对面地探讨人生；我依然会把自己多年来接触孩子的教育理念和大家分享；我依然会带着盲人钢琴调律这个团队为大家服务；我依然会向自己希望的样子成长。

再一次感谢我们在文字里相遇，感谢大家的关注和支持。希望你通过我的故事了解到盲人的世界不远在天边也不在黑暗的角落，我们就在你的身边，我们和你一样，有梦想有期盼有自尊，也有更多的努力。

请大家相信，阳光、色彩和世间万物在一个盲人的心目中，比在任何一个健全人的眼中都更加绚丽。

陈　燕

跋：但以圆通耳，净闻微妙音

　　陈燕是位视障人士，但这位视障者极具智慧、美德、无畏勇力。其苦难的经历，可谓传奇人生。陈燕博学多识，才艺出众，是现代知识女性的典范，也是有志于事业创新仁者智者的励志榜样。

　　我认识陈燕，缘于2012年秋季。那时我开始了解中国导盲犬为视障人士服务的情况，并去过大连、东营、郑州等地的导盲犬基地。当我走进北京陈燕的家，看到导盲犬珍妮的温驯善良，及其以高智商服从主人的那种灵性时，我顿时明了："狗子有佛性。"珍妮是陈燕的眼睛，也是陈燕的女儿，那是一种朝夕相处、形影不离、患难与共、相依为命、终生为伴的母女亲情。

　　陈燕经历了常人无法想象的磨难与坎坷，却始终保有一颗光明朗朗的心。她对生活的苦难从不自怨自艾，从不怨天尤人，而是用心征服磨难，用心超越自我。追求艺术，她勇猛精进；体贴残疾人，她亲切友善；善待动物，她仁慈博爱。书琴画艺、武术体育、调琴写作，均能表达她内心的光明智慧。海伦·凯勒说"假如给我三天光明"，而陈燕不需要这三天光明，她已经生活在心的无限光明中。相信以陈燕生活、学习、工作、奋斗的诸多经历，能够影响更多有识之士来了解残疾人的生活，来关心和支持残疾人的事业，来关爱导盲犬及作为人类伴侣的动物们，让动物的生存权不受忽视，生命权不被剥夺。

　　陈燕秉性仁爱，宿具慧根，善根坚固。凡夫以为盲人不具眼根、色尘，看世界是一片混沌。但陈燕独具眼识，智眼能观众生相，圆通之耳能聆听众音之妙，并以钢琴的旋律诠释世界的真、人性的善、自然的美。正所谓："但以智慧眼，妙观世间相；但以圆通耳，净闻微妙音。"愿以此偈，激励陈燕积极进取，感恩人生，为社会奉献更多正能量。

河北省佛教慈善基金会　释常辉
农历二〇一五年二月二十九日于弘一佛堂